SARAH SAXX

Everything I Feel For You

Roman

everlove
by PIPER

Mehr über unsere Autoren und Bücher:
www.piper.de

Wenn Ihnen dieser Roman gefallen hat, schreiben Sie uns unter Nennung des Titels »Everything I Feel For You« an *empfehlungen@piper.de*, und wir empfehlen Ihnen gerne vergleichbare Bücher.

Unser Versprechen für mehr Nachhaltigkeit
Klimaneutrales Produkt
FSC®-zertifiziertes Papier
Hergestellt in Europa

FSC
www.fsc.org
MIX
Papier | Fördert gute Waldnutzung
FSC® C083411

ISBN 978-3-492-06527-6

Redaktion: Jil Aimée Bayer
Korrektorat: Uwe Raum-Deinzer
Satz auf Grundlage eines CSS-Layouts
von digital publishing competence (München)
mit abavo vlow (Buchloe)
Druck und Bindung: CPI books GmbH, Leck
Printed in the EU

Content Note

Dieses Buch enthält potenziell triggernde Inhalte. Am Ende des Textes findet sich eine Aufzählung, die jedoch den Verlauf der Geschichte spoilern kann.

Für Anya, weil es diese Story ohne dich nicht geben würde.

❤

Für Mona.

Und für alle, die sich manchmal ein bisschen lost fühlen –
ihr seid es nicht. Lasst euch davon nicht täuschen.

Playlist

Malibu – Miley Cyrus
The Way You Miss Me – All Time Low
You Problem – Cloudy June x emlyn
Can You Hold Me – NF, Britt Nicole
Look After You – The Fray
Don't Sleep, Repeat – 44phantom, Machine Gun Kelly
Now Go – Erato
Something Wonderful (Alternate Version) – Seaway
Mars – Alto Moon
Lovebite – Hobbie Stuart, Le Montais
Sick of It – Skillet
Addicted – Saving Abel
Casual Sex – My Darkest Days
The Kill – Thirty Seconds to Mars
What I've Done – Linkin Park
RISE – League of Legends, Mako, The Word Alive, The Glitch Mob
Popular Monster – Falling in Reverse
Riot – Three Days Grace
Wolf in Sheep's Clothing – Set It Off, William Beckett
Voices In My Head – Falling in Reverse
War – Sum 41

Diese Playlist findest du auch auf Spotify unter Everything I Feel For You – by Sarah Saxx – *viel Spaß beim Hören und gute Unterhaltung!*

1 – Richie

Verrückt. Das alles war einfach zu verrückt – als ich an einer Ampel hielt, musste ich mich in den Arm kneifen. Aber selbst danach konnte ich nicht wirklich glauben, dass ich vor gut eineinhalb Stunden auf dem Los Angeles International Airport gelandet war. Nun saß ich in einem schwarzen Ford Mustang Convertible ohne Verdeck und war auf dem Weg nach Malibu in meine Villa.

Gut, der Wagen war gemietet, genau wie mein Zuhause für die kommenden drei Wochen – aber hey! –, dennoch lebte ich meinen Traum.

Ehrfürchtig schluckte ich, ehe ich weiter den Pacific Coast Highway entlangfuhr. Die Julisonne brannte unerbittlich auf mich herab, und für den frühen Nachmittag fühlte ich mich ziemlich müde. Selbst in London war es noch nicht mal Mitternacht, doch die Aufregung und Anstrengung der letzten Wochen inklusive des elfstündigen Fluges forderten ihren Tribut.

Da kam der Urlaub gerade recht, und im Moment konnte ich mir nichts Schöneres vorstellen, als hier zu sein. Palmen und das offene Meer zu meiner Linken, sandfarbene

Felsen und von der Sonne gebräuntes Gras auf der anderen Seite, schaltete ich das Radio an.

»... und diese Band solltet ihr euch merken. Die *Mighty Bastards* stürmen in Europa gerade die Hitlisten, und es würde mich nicht wundern, wenn die vier jungen Briten es mit ihrer Single *Broken* nicht auch auf die Billboard-Charts schaffen. Denn Leute, gebt euch diesen Sound!« Die Moderatorin stieß einen Jubelschrei aus, als Theos Gitarrenintro erklang. Und ich musste mich zusammenreißen, nicht die Hände vom Lenkrad zu nehmen, um mein Bass-Riff in der Luft nachzuspielen, das daraufhin einsetzte.

Ein raues Lachen brach aus mir hervor, ehe ich einen Arm nach oben reckte und »Woohoo!« schrie. Denn auch wenn wir in den USA weitestgehend unbekannt waren, konnte sich das ändern.

Okay, Richie, tief durchatmen, ermahnte ich mich und erinnerte mich daran, wo Lex, Theo, Spencer und ich herkamen. Wie ich mir als siebenjähriger Junge in den Kopf gesetzt hatte, E-Bass zu lernen, weil ich bereits damals fasziniert gewesen war von seinem fülligen, weichen Sound. Wie ich seit Jahren mit meinen Kumpels im Kellerraum von Spencers Dad geprobt hatte, wie wir erst bei Schulveranstaltungen aufgetreten waren, bald jedoch vor mehr Publikum in und um York gespielt hatten. Wie wir beschlossen hatten, groß rauszukommen, und deshalb ein selbst produziertes Musikvideo auf YouTube gestellt hatten – das eingeschlagen hatte wie eine Bombe. *Fallen Angel* war innerhalb kürzester Zeit millionenfach aufgerufen worden. Wir waren bei *Symbol Records* unter Vertrag gekommen, und der weitere Verlauf klang selbst in meinen Ohren total unwirklich. Wir hatten ein erstes Album mit dem Namen *Feet on the Ground* produziert, angelehnt an unseren Vorsatz, nicht abzuheben und uns immer daran zu erinnern, woher wir kamen. Auch wenn wir erfolgreich waren. Und verdammt, das waren wir. Unsere dritte Single *Broken* hatte es inzwischen in vierzehn Ländern auf die

Eins geschafft, die *Elevation*-Tour, die uns europaweit durch einundzwanzig Städte gebracht hatte, war ein voller Erfolg gewesen. Und jetzt, nicht einmal einen Monat später, war ich hier. Drei Wochen hatte ich nun Zeit, in völliger Ruhe zu begreifen, wie krass sich mein Leben innerhalb der letzten zwei Jahre verändert hatte, seit wir dieses Video online gestellt hatten.

Als ich Malibu erreichte, wurden die Häuser luxuriöser, und meine Vorfreude auf die nächsten Wochen stieg auf ein neues Level.

Kurz wünschte ich, Dad und meine Schwestern Tamara, Ashlynn und Shelley könnten hier sein, um das alles mit mir zu erleben. Okay, auch meinem Bruder Brandon würde ich einen Blick hierauf gönnen. Eventuell. Aber aus anderen Gründen ...

Das Navi zeigte mir an, dass ich mein Ziel fast erreicht hatte – und das Trommeln in der Brust nahm zu. Inzwischen konnte ich den Pazifik nicht mehr sehen, dafür waren die Wiesen zu beiden Seiten grüner geworden – ein klares Zeichen, dass es hier nicht an Geld und Egoismus mangelte –, denn Wasser war hier knapp.

Ich drosselte mein Tempo, um die gigantischen Villen zu bestaunen und die Auffahrt nicht zu verpassen. Als ich den Blinker setzte, spürte ich die Aufregung in mir – und das lag nicht bloß daran, dass ich mich bei jedem Abbiegen darauf konzentrieren musste, nicht irrtümlich auf die falsche Straßenseite zu geraten. In diese Gegend vorzudringen, fühlte sich verboten an, wobei das völliger Quatsch war. Dass ich es jedoch als der kleine Junge, der unter nicht gerade einfachen Bedingungen groß geworden war, in meinem Leben bis hierhergeschafft hatte, war unglaublich.

Die Straße führte mich ein Stück weit zwischen Bäumen und Büschen den Hügel hinauf, und ich drehte das Radio leiser.

»Sie haben Ihr Ziel erreicht, es befindet sich auf der linken Seite«, kündigte das Navigationssystem an. Ich lenkte auf die Zufahrt und hielt vor einem großen Eisentor, neben dem sich eine Codetastatur befand, in die ich den Zahlencode eingeben musste, den ich per E-Mail erhalten hatte.

Schnell öffnete ich die App auf meinem Handy und gab die sechs Ziffern ein, die ich mit dem Drücken des *OK*-Buttons bestätigte.

Für einen Augenblick tat sich nichts, und ich fürchtete, mich vertippt zu haben. Doch dann setzte sich das Tor in Bewegung und glitt zur Seite.

»Irre!«, stieß ich aus und fuhr in die Einfahrt.

Ungläubig schüttelte ich den Kopf, als ich ein Haus passierte, das wohl das auf der Website angekündigte Gästehaus sein musste. Es wirkte minimal kleiner als das, in dem ich mit meiner Familie aufgewachsen war.

Danach fuhr ich tatsächlich an einem Tennisplatz vorbei. Einem fucking Tennisplatz! Anschließend kam endlich der Bungalow in Sicht, der mit seinen Säulen neben dem Eingang, der weißen Fassade und der flachen Dachneigung wie eine italienische Villa aussah. Drei Garagen standen zu meiner Rechten zur Verfügung, doch ich hielt erst einmal direkt auf dem weitläufigen Vorplatz. Zuerst wollte ich mein neues Zuhause erkunden und in Ruhe mein Gepäck ausladen.

Ich stieg aus und ging auf die Eingangstür zu, neben der erneut ein Zahlenfeld angebracht war. Den Code hierfür hatte ich per Textnachricht vom Vermieter bekommen, vermutlich, um nicht beide Geheimnummern über ein einziges Medium zu verschicken und Unbefugten auf diese Weise den Zutritt zu erschweren.

Als ich eintrat, vernahm ich ein leises Bellen, was mir bewusst machte, dass – obwohl es in dieser von Büschen und Bäumen gesäumten Einfahrt nicht danach aussah – die Nachbarn in unmittelbarer Nähe wohnten.

Breit grinsend sah ich mich um und konnte meine Freude über all das nicht länger im Zaum halten. Ich hüpfte auf und ab und ging schließlich auf das weitläufige Wohnzimmer zu, dessen mir gegenüberliegende Seite eine gewaltige Fensterfront zierte, die den Blick auf den Garten und das Meer freigab.

Kurz bereute ich es, allein hergekommen zu sein und meine Begeisterung mit niemandem teilen zu können. Doch Lex war mit seiner Freundin Tessa in York bei seinen Eltern, Theo hatte es nach Südfrankreich verschlagen, und Spencer besuchte seine Mum in Dublin. Wir alle hatten den Abstand bitter nötig, nachdem wir die letzten eineinhalb Jahre quasi 24/7 aneinandergeklebt hatten.

Ich ging an den beiden cremefarbenen Sofas in Nierenform vorbei, die vor einem großen elektrischen Kamin standen, und gelangte weiter in ein Esszimmer mit Platz für zehn Personen. Daran angrenzend befand sich durch ein gläsernes, deckenhohes Weinregal getrennt die Küche aus Holz und hellem Stein – vielleicht Marmor, jedoch kannte ich mich damit nicht aus. Es sah edel aus, und vermutlich würde ich die ganze Zeit hier essen. Bei dem Gedanken daran, mich allein an den gigantischen Esstisch zu setzen, fühlte ich mich jetzt schon seltsam verloren.

Als ich den großen Kühlschrank öffnete, stellte ich überrascht fest, dass sich Lebensmittel darin befanden – offenbar eine nette Willkommensgeste des Vermieters.

Ich setzte meine Erkundungstour fort und betrat eines der vier Schlafzimmer im Haus. Selbstverständlich verfügte jedes davon über ein eigenes Badezimmer. »Irre, das hätten wir zu Hause bei Dad auch gebraucht«, stellte ich schmunzelnd fest. Immerhin hatte es jeden Morgen einen Kampf ums Bad gegeben.

Außerdem entdeckte ich ein Büro, das ich garantiert nicht nutzen würde – ich wüsste nicht, wofür –, und schließlich ein gut ausgestattetes Homegym.

Begeistert drehte ich um und wollte die andere Hälfte der Villa erkunden, als ich plötzlich innehielt. Denn ich war nicht allein. Aus dem Augenwinkel hatte ich draußen im Garten eine Bewegung bemerkt. Kurz überlegte ich, ob es nicht einfach die Spiegelung der Sonne im Fensterglas gewesen sein könnte, das Schwappen des Wassers im Pool bewies allerdings eindeutig das Gegenteil.

Einige Sekunden war ich wie erstarrt. Hatte ich mich vielleicht in der Villa geirrt? Aber wie wäre ich dann durch das Tor und ins Haus gekommen? Die Wahrscheinlichkeit, dass der Vermieter dieselben Codes für zwei Anwesen verwendete, war verschwindend gering. Um nicht zu sagen, dass es ausgesprochen dumm wäre ...

Die Person, die da draußen gerade eine Bahn nach der anderen in *meinem* Pool zog, musste sich also unerlaubterweise Zugang verschafft haben.

Wäre ich in London, läge die Vermutung nahe, dass es sich um einen Fan handelte, der herausgefunden hatte, wo ich abgestiegen war. Nachdem wir in den Staaten jedoch bedeutend unbekannter waren, konnte ich das mit ziemlicher Sicherheit ausschließen.

Angespannt holte ich Luft.

Weil ich der Sache allerdings auf den Grund gehen musste, straffte ich die Schultern, schob eine der großen Terrassentüren auf und trat nach draußen. Sofort hüllte mich wieder die kalifornische Hitze ein. Doch nicht nur die war dafür verantwortlich, dass es mir erneut den Schweiß aus allen Poren trieb, sondern auch die Tatsache, dass gerade eine Frau im Pool schwamm. Und wie ich bei genauerem Hinsehen erkennen konnte, trug sie keinen Badeanzug oder Bikini, nicht einmal ein Höschen. Nichts. Verflucht, sie war splitterfasernackt!

Okay, ich ging nicht davon aus, dass sie mir jetzt gefährlich werden würde, und ich entspannte mich etwas. Ich lehnte mich an eine der Säulen im Schatten und überlegte, wie ich sie darauf aufmerksam machen sollte, dass sie genau genommen nicht hier sein durfte. Auch wenn ich die Gesellschaft von jungen Frauen grundsätzlich genoss.

Mir fiel ihr Tattoo auf, ein Schriftzug, der sich über ihre gesamte Wirbelsäule nach unten erstreckte, soweit ich das von hier aus beurteilen konnte. Zu gern hätte ich gewusst, was dort stand, doch bevor ich auch nur ein Wort entziffern konnte, wendete sie am hinteren Ende des Beckens.

Für einen Augenblick hob sie ihren Blick, wollte weiterkraulen, aber sie musste mich entdeckt haben, denn sie stieß einen Schrei aus und schlug wild mit den Armen herum. Dabei schluckte sie Wasser, ruderte, suchte Halt, fand jedoch keinen.

Fuck, ich würde nicht zulassen, dass sie vor meinen Augen ertrank. Auch wenn ich bis eben den Eindruck gehabt hatte, sie wäre eine gute Schwimmerin, hieß das gar nichts ...

Ohne zu überlegen, lief ich auf den Pool zu und zog mir mit einer fließenden Bewegung mein T-Shirt über den Kopf, um ihr zu Hilfe zu eilen – bis mich ihr dröhnender Schrei zum Stehenbleiben zwang.

»Noch einen Schritt weiter, und du wirst dir wünschen, dieses Grundstück nie betreten zu haben!« Wütend funkelte sie mich an. Mit der flachen Hand schlug sie auf die Wasseroberfläche, sodass es in alle Richtungen spritzte, bevor sie beide Hände an den Rand des Pools legte. Würde sie sich gleich aus dem Wasser stemmen? Doch nein, sie blieb, wo sie war. Und obwohl ich mir sicher war, dass sie völlig harmlos war, tat ich, was sie von mir verlangte.

2 – Hayden

Was. Zur. Hölle?

Mein Herz raste, wie irre, als ich diesen Mann anschaute, der da halb nackt wenige Schritte vom Poolrand entfernt stand.

Noch nie war ich überfallen oder ausgeraubt worden. Und schon gar nicht war mir etwas angetan worden. Zwar hatte ich zwei Selbstverteidigungskurse besucht – einen an der Highschool und einen weiteren letztes Jahr gemeinsam mit meinem Bruder Jackson. Weil er ihn – leider – nötig gehabt hatte. Aber jetzt, wo dieser fremde Typ in mein Zuhause auf Zeit eingedrungen war, während ich nackt und wehrlos im Pool schwamm, hatte ich keine Ahnung, wie ich mich gegen ihn verteidigen sollte.

Ich befand mich eindeutig im Nachteil – so ohne Klamotten und im Wasser. Noch dazu als Frau. Die Einzige, die zumindest ein Ablenkungsmanöver hätte starten können, war Izobel – und die hatte ich im Schlafzimmer eingesperrt.

»Wer bist du, und was hast du hier verloren?«, schnauzte ich den Mann vor mir an. Den Täter in ein Gespräch verwickeln und ihn gleichzeitig mit scharfem Ton auf Abstand halten – beides Taktiken, die hoffentlich nicht verkehrt waren.

»Interessanter ist eher, wer du bist und was du hier machst«, konterte er mit einem verschmitzten Grinsen und britischem Akzent.

Der spinnt wohl …!

»Ich glaube nicht, dass du in der Position bist, mir Fragen zu stellen«, gab ich scharf zurück und strich mir mit beiden Händen Wasser aus den Haaren.

»Aber du, ja?« Am liebsten hätte ich dem Typ seinen überlegenen Ausdruck aus dem Gesicht gewischt. Bestimmt kam er sich besonders cool vor mit seiner Frisur, mit der er ein bisschen Ähnlichkeit mit Will Smith hatte.

»Ich *wohne* hier«, erklärte ich und sah Izzy, meine süße Jack-Russell-Terrier-Hündin, am Schlafzimmerfenster stehen, die den Eindringling endlich bemerkt hatte und wie wild bellte.

Schon vorhin hatte sie Laut gegeben, doch ich hatte nicht verstanden, was los gewesen war. Herrje, war ich dumm, dass ich mich über sie geärgert hatte. Ich hatte angenommen, sie wäre neidisch, da ich sie nicht mit raus in den Garten genommen hatte. Allerdings hatte sie Panik bekommen, als ich das erste Mal im Pool geschwommen war, und war mir hinterhergesprungen. Vermutlich dachte sie, sie müsse mich retten. Seitdem musste sie immer im Haus bleiben, solange ich mich abkühlte. Sicher war sicher. Doch jetzt wäre ich für ihren Einsatz für mich dankbar gewesen. Zwar hätte sie den Eindringling nicht gebissen, aber vielleicht durch ihr Bellen in die Flucht geschlagen.

Der Typ lachte auf. »Das ist ja witzig, weil *ich* für die nächsten drei Wochen hier wohne. Ich kann dir ja gerne den Vertrag mit dem Vermieter zeigen, wenn du mir nicht glaubst.« Mit diesen Worten griff er in seine hintere Hosentasche und zog sein Smartphone hervor, während er auf mich zukam.

»Auf keinen Fall kommst du näher!«, kreischte ich und wedelte mit den Händen, bis ich erneut Wasser schluckte. Finster und zugleich verzweifelt sah ich mich um und musste erneut husten.

Mist, mein Handtuch lag hinter ihm auf der Veranda.

Der Mann folgte meinem Blick und nahm dann die drei Stufen nach oben.

»Ist das dein Hund in meinem Schlafzimmer?«, fragte er, als er mit dem Frotteetuch in Händen zu mir zurückkam.

»Ja, sie gehört mir. Und es ist *mein* Schlafzimmer, denn *ich* habe diese Villa gemietet. Nicht näherkommen!«, mahnte ich ihn erneut.

Seine Augenbraue zuckte – etwa amüsiert, oder bildete ich mir das ein? –, und er legte das Handtuch auf den Rand des Jacuzzi, der an den Pool grenzte. Anschließend wandte er mir den Rücken zu, um mir die nötige Privatsphäre zu geben.

»Wehe, du drehst dich um«, sagte ich drohend, während ich die Stufen nach oben aus dem Wasser stieg.

»Keine Sorge!« Schwang da etwa Belustigung in seiner Stimme mit? Dieser Mistkerl.

Schnaubend schluckte ich einen bissigen Kommentar hinunter. Männer waren doch alle gleich, ganz egal, von welchem Flecken der Erde sie kamen.

Schnell schlang ich mir den weichen Stoff um den Körper und brachte wieder Abstand zwischen den Kerl und mich.

»Also ... du kannst dich umdrehen«, sagte ich und ärgerte mich, dass meine Stimme dabei beleidigt und bockig klang statt entschlossen und tough.

Verdammt, was war nur mit mir los? Gut, der Typ hatte mir nichts getan – zumindest noch nicht. Aber ich war doch sonst auch nicht auf den Mund gefallen, führte immerhin regelmäßig erfolgreich die Verhandlungen mit den Abnehmern unserer Waren.

Tatsächlich waren seine Lippen zu einem frechen Grinsen verzogen, als er meiner Ansage folgte, sich mir wieder zuwandte und mich kurz von meinen Beinen ausgehend nach oben musterte, ehe er sich räusperte.

»Ich habe diese Villa für drei Wochen gemietet«, wiederholte er und hielt mich dadurch davon ab, ihn für sein Abchecken anzupflaumen. Gleichzeitig streckte er mir sein Handy entgegen, und ich ging vorsichtig auf ihn zu. Gerade so weit, um den Text lesen und dennoch zurückweichen zu können, sollte das Ganze bloß ein Ablenkungsmanöver sein, um mich zu überwältigen.

Tatsächlich war es eine E-Mail von *meinem* Vermieter, in der stand, dass er die Reservierung für diese Adresse vom heutigen Datum an für drei Wochen bestätigte. Ich kannte den Text, denn ich hatte ihn fast identisch in meinem Mail-Eingang.

»Bleib genau hier stehen«, sagte ich betont scharf, das Frotteetuch fest an meinen Körper gepresst. Nach wie vor vertraute ich diesem Fremden nicht. Womöglich hatte er die E-Mail gefälscht, doch das würde sich schnell herausfinden lassen. »Ich hole mein Telefon«, erklärte ich, bevor ich durch die einen Spaltbreit offene Terrassentür huschte und anschließend ins Schlafzimmer lief.

Die aufgebrachte Izobel konnte ich nur schwer daran hindern, nicht hinauszulaufen und den Unbekannten anzukläffen, aber ohne mich ließ ich sie bestimmt nicht auf ihn los. Wer wusste schon, was er ihr antat ...

»Brave Izzy, du passt so gut auf dein Frauchen auf.« Beruhigend streichelte ich ihr über das kurze Fell. »Jetzt ist's allerdings genug. Es ist alles in Ordnung, hörst du?«

Natürlich tat sie das nicht, wollte an mir vorbei in Richtung Tür, und als sie merkte, dass ich sie nicht hinausließ, lief sie zurück zum großen Fenster, um hinauszuschauen, ob der Eindringling noch hier war.

Offenbar, denn sie kläffte weiter, doch um sie würde ich mich später kümmern. Ehrlich gesagt war ich gerade echt froh, dass sie nicht stumm und schwanzwedelnd auf Fremde reagierte ...

Schnell schlüpfte ich in meine Jeansshorts und in das weiße Tanktop, das ich vorhin getragen hatte. Anschließend holte ich mein Smartphone vom Nachttisch, wo ich es zum Aufladen hingelegt hatte, und suchte die Bestätigungs-E-Mail, bevor ich zurück zur Terrasse eilte.

Mein Puls hatte sich nur minimal beruhigt, als ich mich dem Typen näherte.

Inzwischen hatte er sich sein T-Shirt wieder angezogen und verdeckte damit den Großteil seines – zugegebenermaßen! – ansehnlichen, muskulösen Oberkörpers.

»Ich habe eine fast identische E-Mail im Posteingang«, erklärte ich und hielt ihm mein Handy entgegen.

Stirnrunzelnd beugte er sich näher. »Darf ich?«, fragte er und schaute mich abwartend an. Als wäre es ihm wichtig, dass er mein Einverständnis dafür bekam, mein Telefon in die Hand nehmen zu dürfen.

Ein Schnauben unterdrückend nickte ich.

Vielleicht war das von ihm ebenfalls nur eine Tarnung, allerdings konnte er von mir aus alles haben, was ich an Besitz hierhatte, solange er nur Izzy und mich in Ruhe ließ.

»Hm«, machte er, drehte sich von mir weg, und kurz fürchtete ich, er würde gleich mit dem Telefon abhauen. Doch er legte es auf den Tisch auf der Veranda und platzierte seines daneben. »Die sind absolut identisch, abgesehen vom Datum.«

Zögernd kam ich näher. »Und der Absender?« Mit etwas Abstand stützte ich mich neben ihm ab und schaute ebenfalls auf die Displays hinab.

»Beide von Derrick Sutton.« Er tippte auf seinem Handy auf den Namen, um sich die E-Mail-Adresse anzeigen zu lassen, und ich tat es ihm auf meinem nach.

Tatsächlich, es war derselbe Absender.

»Scheint, als hätte Mr Sutton hier unabsichtlich eine Doppelbelegung vorgenommen«, sprach der Mann neben mir aus, was ich bereits vermutet hatte.

»Okay, das ist unmöglich«, sagte ich sofort. »Ich kläre das.«

Ohne zu zögern, schnappte ich mir mein Smartphone und tippte auf die Telefonnummer in der Signatur.

Es klingelte fünfmal, und ich wollte bereits auflegen, als sich endlich eine Stimme meldete. »Ja?«

»Spreche ich mit Derrick Sutton?«, erkundigte ich mich, ohne den Eindringling neben mir aus den Augen zu lassen. Gleichzeitig wurde mir bewusst, dass sich meine Brustwarzen ziemlich deutlich durch den Stoff des Tanktops abzeichneten, das von meinen noch nassen Haaren mehr und mehr durchtränkt wurde. Na großartig ...

»Ja, wer ist da?« Er wirkte gestresst, fast schon genervt, doch das war mir egal.

Normalerweise war ich sehr friedliebend, aber das gerade konnte ich mir nicht gefallen lassen. Immerhin hatte mich ein Fremder nackt gesehen. Wegen meines Vermieters.

»Hayden Butler, ich habe für drei Wochen die Villa gebucht.«

»Welche?«

Kurz warf ich einen Blick auf die E-Mail, weil ich die Adresse nicht auswendig wusste, und gab sie ihm durch.

»Okay, was ist damit? Wollen Sie absagen?«

»Was? Nein, ich bin gerade da. Also seit einer Woche schon, und für weitere zwei habe ich gebucht. Nun ist es allerdings so, dass hier ein gewisser Mr ...« Ich schaute den Mann neben mir mit hochgezogener Braue an.

»Richie Scott«, half er mir aus.

»Danke. Mr Richie Scott ist eben hier aufgetaucht, der *ab heute* für drei Wochen gebucht hat. Es gibt also eine Überschneidung von gut vierzehn Tagen.«

Geräuschvoll atmete Mr Sutton aus. »Fuck ... Ich meine ... Sorry! Das muss ein Versehen sein.«

»Allerdings«, sagte ich streng und schaute zu diesem Richie Scott, der mich stirnrunzelnd betrachtete.

Vielleicht sollte ich den Lautsprecher aktivieren, um ihn mithören zu lassen – immerhin betraf ihn diese Sache ebenso. Jedoch würde er dann womöglich einschreiten und alles zu seinen Gunsten drehen, und ich wäre im Nachteil. Wieder einmal. Etwas, das ich ganz klar verhindern wollte.

»Fehler passieren, Mr Sutton. Aber wir brauchen hierfür eine Lösung. Mr Scott kann auf keinen Fall hierbleiben und …«

»Moment, da habe ich ebenfalls ein Wörtchen mitzureden«, schaltete sich dieser prompt ein.

»Wie stellen Sie sich das vor? Ich habe momentan nichts anderes frei«, sagte Mr Sutton und klang dabei mehr genervt als entschuldigend.

Was für ein Idiot, es war schließlich nicht mein Fehler, dass er seine Villa überbucht hatte.

»Sie könnten Mr Scott ein Hotelzimmer organisieren, bis ich abgereist …«

»Auf gar keinen Fall!«, dröhnte der Mann neben mir, während Mr Sutton etwas Ähnliches in mein Ohr bellte.

»Wenn er dort nicht bleiben will, bin ich mir sicher, dass er sich selbst ein Zimmer organisieren kann. Ich bin ja nicht sein Sekretär.«

Mein Mund klappte auf, und ich spürte Panik in mir hochsteigen. »Äh … hallo? Ich werde mir garantiert nicht die Villa mit einem Fremden teilen wie in einem Feriencamp. Schon gar nicht, da ich ein halbes Vermögen dafür hinblättere, hier zu sein, um meine *Ruhe* zu haben!«

Mr Sutton holte geräuschvoll Luft. »Okay, Ms Butler, ich kann nicht mehr tun, als mich für die Unannehmlichkeiten zu entschuldigen. Ich bin in Europa auf einem Segeltörn, habe eben erfahren, dass meine Frau mich betrügt und die Scheidung will, und Sie haben Glück, dass Sie mich überhaupt erwischt haben. Ich bin im Urlaub und ohne Laptop unterwegs. Sie verstehen also bestimmt, dass ich Ihnen im Moment nicht weiterhelfen kann. Spontan würde ich vorschlagen, dass ich Ihnen je einen Gutschein für eine weitere Buchung ausstelle. Mehr kann ich jedoch echt nicht für Sie tun, weil … mein verdammtes Leben gerade den Bach runtergeht.« Kapitulierend holte er Luft. »Hören Sie, Sie sind zwei erwachsene Menschen, ich bin mir sicher, Sie finden eine Lösung.« Mit diesen Worten legte er einfach auf.

Sprachlos schaute ich auf mein Telefon. Und obwohl er mir wirklich leidtat, was seine persönliche Geschichte betraf, war ich dennoch pissed, weil er dieses Problem mit der Doppelbuchung ganz bequem auf uns abwälzte.

»Was hat er gesagt?«, wollte Mr Scott wissen.

»Er kann uns nicht helfen.« In wenigen Worten berichtete ich ihm von dem Gespräch.

Mr Scotts Blick verdunkelte sich – offenbar gefiel ihm ebenfalls nicht, wie die Lage für uns aussah.

»Okay, ich … muss raus aus der Hitze«, sagte ich, weil ich nicht wusste, wo mir der Kopf stand. »Und mich umziehen«, fügte ich mehr an mich selbst gewandt hinzu.

»Gut. Ich hole mal meine Sachen aus dem Auto. Manche Dinge in meinem Gepäck sollten wirklich nicht zu lange in der Sonne bleiben.«

Mein erster Impuls war es, ihn davon abzuhalten, doch an seiner Stelle würde ich nicht anders handeln. Also nickte ich knapp und eilte zurück ins Schlafzimmer, wo mich eine aufgebrachte Izobel erwartete.

»Okay, es ist genug!«, sagte ich diesmal so streng, dass sie mit ihrem Gebell aufhörte und sich schmollend in ihr kleines Hundebett zurückzog.

Völlig verwirrt von den jüngsten Ereignissen ging ich ins Ankleidezimmer, in dem ich in Windeseile einen Slip unter die Jeansshorts und einen BH unter das Tanktop anzog.

In der Hektik band ich meine Haare irgendwie hoch, damit sie mein Top nicht noch mehr durchtränkten. Anschließend streichelte ich Izzy liebevoll. »Du bist ein gutes Mädchen. Na komm, wir haben Besuch.« Mit diesen Worten stand ich auf, öffnete die Tür, und Izzy huschte nach draußen. Ihre kleinen Pfötchen rutschten auf den glatten Fliesen, weil sie einen Affenzahn draufhatte, was mir ein Lächeln entlockte.

Sofort kläffte sie wieder, als sie Richie Scott entdeckte.

»Na, sag mal, du bist ja eine Wilde.« Mit ruhigem, fast liebevollem Ton begrüßte er meine Hündin. Ging vor ihr in die Hocke und streckte seine Hand aus, damit sie an ihm schnuppern konnte.

Augenblicklich stellte sie ihr Bellen ein und stupste schwanzwedelnd ihr süßes Näschen an seine Finger. Als er auch noch über ihr Köpfchen streichelte, schmiegte sie sich sofort in seine Berührung. Verräterin!

»Also ... was machen wir jetzt?«, wollte ich wissen, während ich an ihm und seinem Gepäck, das er im Eingangsbereich abgestellt hatte, vorbei in die Küche ging.

»Tja, gute Frage. Wir könnten nachschauen, wer zuerst gebucht hat, und derjenige darf bleiben.«

Ich drehte mich zu ihm um, und auf seinem Gesicht lag ein verschmitzter Ausdruck, der mich misstrauisch werden ließ.

»Lassen Sie mich raten, Mr Scott, Sie waren vor mir dran.« Herausfordernd sah ich ihn an. Bestimmt hatte er auf das Datum in unseren E-Mails geachtet.

»Richie. Und ja, sieht ganz danach aus, als müsstest du die Koffer packen.«

»Auf gar keinen Fall, ich hab zu nichts zugestimmt. Davon abgesehen war ich zuerst hier.«

Statt etwas darauf zu erwidern, grinste er einfach, und ich zögerte. Hatte er mich nur veräppelt und pokerte hoch? Dachte er wirklich, ich wäre so naiv, dem Wort eines Fremden zu glauben? »Lass sehen«, forderte ich harsch.

Wortlos reichte er mir sein Telefon, und wie vorhin legte ich beide nebeneinander, diesmal auf den Küchentresen.

Tatsächlich war seine Buchung knapp einen Monat vor meiner bestätigt worden. Was nicht schwer war, da ich erst vor zwei Wochen beschlossen hatte, mir spontan eine Auszeit zu nehmen, ehe mir auf der Arbeit alles über den Kopf wuchs. Dass ich tatsächlich noch etwas bekommen hatte, hatte mich überrascht. Jetzt jedoch wurde mir klar, warum.

Weil ich die neuesten Erkenntnisse erst einmal sacken lassen musste, öffnete ich den Kühlschrank und nahm mir ein Kokoswasser heraus. »Willst du auch was trinken?« Mit einem höflichen Lächeln sah ich ihn an. Immerhin hatte ich trotz der aufwühlenden Situation meine Manieren nicht komplett vergessen.

»Gern, was hast du denn da?«

Wortlos hob ich die Packung in die Höhe, und er nickte, woraufhin ich ihm ebenfalls eine reichte und die Kühlschranktür wieder schloss.

»Also ... wie ich das sehe, ist die Lage folgendermaßen«, begann er, während er sein Kokoswasser schüttelte. »Wir sitzen beide im selben Boot. Oder in derselben Villa – nenn es, wie du willst. Unserem Vermieter ist ein Fehler unterlaufen, und er kann uns im Moment keine Alternative anbieten. Ich bin gerade aus London angekommen und brauche diese drei Wochen Urlaub hier wirklich dringend. Nicht umsonst habe ich hier gebucht.«

»Ist bei mir nicht anders«, fiel ich ihm murrend ins Wort. *Nur war mein Weg nicht ganz so weit,* dachte ich noch, sprach es jedoch nicht laut aus.

Richie hob tadelnd eine Augenbraue, bevor er fortfuhr. »Genau das dachte ich mir. Deshalb habe ich mir Folgendes überlegt ...« Er trank einen Schluck von seinem Wasser, dann stellte er es auf dem Tresen ab, und ich war kurz von seinen Lippen abgelenkt, die von dem Kokossaft noch leicht benetzt waren. Anschließend ging er in die Hocke, um Izzy hinter den Ohren zu kraulen. »Wir bleiben beide hier.«

3 – *Richie*

»Was?« Hayden klang schrill, beinahe panisch, weshalb ich unsicher zu ihr hochsah. »Auf gar keinen Fall, wie stellst du dir das vor? Ich bin hier, um abzuschalten, um den Kopf freizubekommen. Um *ungestört* nachdenken zu können, um …«

»Das kannst du ja trotzdem«, unterbrach ich sie, bevor sie mich mit meinem Gepäck wieder vor die Tür setzte. »Ich meine, ehrlich, die Villa ist groß genug für uns beide.«

Hayden lachte auf. »Ich habe diese Villa aber nicht gebucht, weil sie genug Platz für weitere Gäste bietet, sondern weil ich sie seit zwei Jahren oder länger auf dem Radar hatte. Und ich habe mir vorgenommen, *wenn* ich mal Urlaub machen kann, dann hier.«

Ich hatte sie ehrlich gesagt nur wegen des Pools und der Aussicht gemietet. Und weil ich beschlossen hatte, dass ich mir nach all den Jahren harter Arbeit diesen dekadenten Urlaub verdient hatte. Hätte diese Villa nur ein Schlafzimmer, wäre das für mich allerdings auch in Ordnung gewesen.

»Wir können uns aus dem Weg gehen, ich bin auch ganz

unkompliziert. Ich schwöre, du wirst nicht einmal merken, dass ich hier bin.«

Der Blick, den sie mir jetzt zuwarf, sagte mir, dass sie mir kein einziges Wort glaubte. »Selbst wenn, kann ich dich nicht hier wohnen lassen. Ich meine ... wir kennen uns nicht.« Demonstrativ verschränkte sie ihre Arme vor der Brust.

Ich konnte nicht anders, als ihrer Bewegung mit den Augen zu folgen und festzustellen, dass sie nun einen BH trug, da sich ihre Spitzen nicht mehr durch den dünnen Stoff abzeichneten. Zum Glück, denn vorhin hatte mir die pikante Aussicht den Schweiß auf die Stirn getrieben.

Weil ich es mir mit ihr aber nicht endgültig versauen wollte, sah ich ihr sofort wieder in die Augen, deren Blaugrün mich faszinierte, weil sie mich an den Ozean erinnerten. »Okay, das lässt sich schnell ändern. Richie, fünfundzwanzig, Musiker, wohnhaft in London, gebürtig aus York, England. Und du?« Freundlich lächelnd streckte ich ihr meine Hand zur Begrüßung entgegen. Dabei checkte ich sie erneut kurz ab, riss mich jedoch zusammen, um es nicht zu übertreiben. Denn auch wenn ich sie absolut hinreißend fand, wie sie da einem kleinen Teufelchen gleich wütend vor mir stand, während sie aussah wie ein blonder Engel, sollte ich mich besser so gentlemanlike wie möglich verhalten.

Doch anstatt sich mir ebenfalls kurz vorzustellen, drehte sie mir den Rücken zu. »Das ist echt nicht zu fassen«, zischte sie, nippte an der Getränkepackung und machte anschließend ein paar Schritte von mir weg. Sie wirbelte zu mir herum, stellte ihr Kokoswasser auf dem Tresen ab und stemmte beide Hände in die Hüften. »Musiker, hm?«

Irritiert schaute ich sie an. War das jetzt gut oder schlecht, dass sie nachfragte? »Ja«, antwortete ich dennoch, weil es nichts gab, wofür ich mich schämen müsste.

Hoffentlich sah sie das ebenso ...

»Was *genau* machst du?«, wollte sie skeptisch wissen.

»Ich spiele die Harfe im *London Symphony Orchestra.«* Mit aller Kraft versuchte ich, ernst zu bleiben.

Hayden musterte mich mit zusammengezogenen Augenbrauen – sie war eindeutig misstrauisch – und schielte zu meinem Gepäck, wo obenauf der Koffer mit meinem Bass lag.

»Du verarschst mich, oder?«

Kurz musste ich lachen. »Ja.«

Schnaubend rollte sie mit den Augen. Okay, ihr Humor schien wohl friedlich zu schlummern. Falls sie überhaupt welchen besaß.

»Nein, genau genommen bin ich der Bassist bei den *Mighty Bastards.«*

»Den *Mighty*-was?«

»Wir sind eine Rockband und in Europa gerade ziemlich erfolgreich.«

»Ein Rockstar!«, rief sie beinahe verächtlich aus, warf gleichzeitig die Arme in die Luft und machte abermals ein paar Schritte von mir weg, während ich ihr verwirrt dabei zusah. Was störte sie denn an mir? »Nein, du bleibst garantiert nicht hier«, sagte sie dann und wirkte sichtlich entschlossen, wie sie ihr Kinn nach oben reckte.

»Und wieso nicht?« Nun war ich echt gespannt.

»Weil Rockmusiker ständig Musik machen und hören. Ihr braucht die wie die Luft zum Atmen. Und ich brauche nun mal absolute Ruhe, um abzuschalten und endlich den Stress der letzten Wochen fallen lassen zu können.«

Gut, dagegen konnte ich jetzt nichts erwidern.

»Oh, und du behauptest, ich würde nicht merken, dass du da bist. Aber plötzlich stehen Leute vor der Tür. Erst vielleicht nur zwei Kumpels, mit denen du einen gemütlichen Abend verbringst, dann sind es zehn, und kurz darauf wird hier eine wilde Party gefeiert. Mit Alkohol, Drogen, Nutten ... Und das Chaos wegzuräumen, bleibt an mir hängen. Und an Mary, der Haushälterin. Womöglich tauchen sogar Paparazzi auf, belagern die Villa und das war's endgültig mit meiner Erholung. Nein, *auf gar keinen Fall* kannst du hierbleiben.«

Schmunzelnd verfolgte ich ihren Monolog und hatte dabei wirklich zu kämpfen, nicht laut zu lachen. Dass sie von Nutten sprach, amüsierte mich, noch dazu, da ihre Wangen inzwischen einen zarten Rosaton angenommen hatten. »Ist das nicht ziemlich klischeehaft?«

»Was?« Sie blinzelte mich an, als könnte sie meinen Worten nicht folgen.

»Deine Vorstellung von meinem Urlaub hier.«

»Du bist in einer Rockband. Ich weiß nicht, was daran klischeehaft ...«

»Ich bin hier, um Ruhe von dem ganzen Trubel zu bekommen, der sich in den vergangenen Wochen und Monaten, nein, in den letzten Jahren abgespielt hat. In den Staaten kennt man uns kaum, weshalb ich hergekommen bin. Mal davon abgesehen ist es mein erster richtiger Urlaub seit ... Puh, keine Ahnung. Irgendwann waren wir mit Dad mal am Meer, aber das ist ewig her. Die paar Ausflüge mit meinen Kumpels, um gute Musik zu hören und Party zu machen, zähle ich jetzt nicht dazu.«

Hayden hob eine Augenbraue und sah mich triumphierend an, als hätte sie damit die Bestätigung ihrer Behauptung.

»Ich zähle sie *nicht* dazu. Das ist für mich kein Urlaub, verstehst du? Ich bin hier, um abzuschalten. Um absolute Stille zu genießen. Wie du offensichtlich.« Ich versuchte mich an meinem besten Lächeln, das es sonst immer schaffte, mein Gegenüber – vorzugsweise weiblich – zu besänftigen.

Wäre sie Tessa, Lex' Freundin, oder eine meiner Schwestern, würde ich jetzt einen Arm um ihre Schultern legen, ihr durch die Haare wuscheln, und die Sache wäre vom Tisch.

Bei Hayden war ich mir allerdings nicht sicher, ob ich das nicht gleich bereuen würde. Vermutlich könnte ich damit einen Tritt in die Glocken riskieren. Also blieb ich lieber stehen, wo ich war, und sah sie abwartend an.

Wieder schnaubte sie. Musterte mich zwar nach wie vor mit zusammengeschobenen Augenbrauen, aber dass sie nichts mehr sagte, wertete ich vorerst positiv. »Wenn du mich nur einmal nervst oder hier irgendwelche Leute auftauchen, werfe ich dich hochkant raus, haben wir uns verstanden?«

Ich konnte mir das breite Grinsen, das sich auf meine Lippen legte, nicht verkneifen. »Dass das Gleiche für dich gilt, versteht sich von selbst, oder?«

Zufrieden nickte sie.

»Hast du Erfahrung mit anderen Rockmusikern, dass du diese vorgefertigte Meinung von uns hast?« Irgendwoher musste ja ihre Einstellung kommen.

»Äh ... nein.«

»Und woher willst du dann wissen, dass es so läuft?«

Hayden zuckte mit den Schultern. »Das weiß man halt.«

»Ah ja. Ich sehe schon, deine Behauptungen gründen sich auf detaillierte Recherchen und Tatsachenberichte aus erster Hand.«

»Man braucht nur ein wenig die Szene online zu verfolgen, dann bekommt man einiges mit«, erklärte sie und reckte abermals selbstbewusst das Kinn nach oben.

»Im Internet also«, wiederholte ich amüsiert. »Du weißt schon, dass du nicht alles glauben darfst, was du dort liest, siehst und hörst?«

Ihr Mund klappte auf und zu, aber ich wollte sie nicht noch mehr reizen, weshalb ich das Thema wechselte. »Wir haben hier eine Haushälterin?«

Einen Augenblick musterte sie mich noch unschlüssig, als wäre sie sich nicht sicher, was ich mit dem Themenwechsel bezweckte. »Genau, wusstest du das nicht?«

Ich schüttelte den Kopf.

»Mary kommt zweimal die Woche, um hier sauber zu machen. Dienstag- und Freitagvormittag. Falls du also unsere Abmachung ignorierst, lass die Fete am Montag- oder Donnerstagabend steigen, dann bin ich wenigstens nicht allein mit dem Aufräumen.«

Langsam schüttelte ich den Kopf. »Es wird definitiv *keine* Party hier gefeiert. Nicht von mir. Ich kenne hier ja nicht einmal jemanden.« Stimmte nicht ganz, ein paar befreundete Musiker lebten tatsächlich in und um L. A., doch das erwähnte ich ihr gegenüber besser nicht. »Aber jetzt, da du hoffentlich ein gutes Bild von mir hast ... verrätst du mir, wer du bist?«

Irritiert blinzelte sie.

»Äh ... ja, klar. Dass ich Hayden Butler heiße, weißt du ja inzwischen. Ich bin dreiundzwanzig, komme ursprünglich aus Buffalo, Wyoming, lebe aber seit etwas über vier Jahren in Palm Springs, Kalifornien, wo auch der Sitz meines Unternehmens ist.«

Eine eigene Firma? Beeindruckt sah ich sie an. »Wow, eine Businesslady also. Das erklärt die Schlagfertigkeit.« Ich zwinkerte ihr zu. »Was stellt ihr her oder vertreibt ihr? Beziehungsweise du? Ist es ein Einfraubetrieb?«

Dass ich mich dafür interessierte, schien ihr zu gefallen, denn mit einem Mal gab sie ihre abweisende Haltung zumindest ein wenig auf und wandte sich mir offener zu.

»Nein, wir haben knapp einhundert Angestellte. Wir stellen vegane Tiefkühlgerichte her und bringen sie in die Läden. Aktuell nur in Kalifornien und in wenigen Teilen Arizonas, aber wir sind gerade an Las Vegas dran und ... na ja, mal abwarten, wie sich der Markt entwickelt.«

Ihre Aufgabe bedeutete ihr wirklich etwas, das sah selbst ich. Dass sich dabei ihre Wangen abermals rosa färbten, war verdammt niedlich.

»Das ist echt beeindruckend! Klingt, als wärt ihr richtig groß. Wer steckt hinter dem *wir?* Und wie heißt euer Unternehmen?«

»Davis ist mein Geschäftspartner und bester Freund. Der Wunsch, eine Firma zu gründen, kam von mir, die Idee für

WholeVegan haben wir allerdings gemeinsam ausgearbeitet.«

»Und du bist Veganerin?« Schnell überlegte ich, ob ich tierische Produkte im Kühlschrank gesehen hatte, doch dafür hatte ich zu kurz hineingesehen. Haydens Anwesenheit in der Villa erklärte jedenfalls, warum er gefüllt war …

»Ja, seit ich zwölf bin. Und du?«

»Nein, ich … ähm … fühle mich gerade schlecht, weil ich auch Fleisch esse. Ich hoffe, ich darf dennoch bleiben?«, fragte ich, erst mehr im Scherz, bis mir klar wurde, dass Hayden es tatsächlich so sehen könnte.

Verlegen fuhr ich mir an der Seite über meinen Hi-top fade. Fühlte sich seltsam an, so kurze Haare zu haben, aber nach der Tournee hatte ich beschlossen, dass ich eine Veränderung brauchte. Eine, die widerspiegelte, dass für mich ein neuer Abschnitt begann. Dad war, warum auch immer, nicht begeistert von der Stilveränderung gewesen, von meinen Schwestern hingegen hatte ich große Unterstützung erfahren. Und hey, es waren meine Haare, meine Entscheidung. Nichts, wofür ich mich hätte rechtfertigen müssen.

Hayden wiegte den Kopf hin und her. »Wir werden sehen. Hast du denn schon einmal darüber nachgedacht, dich vegan zu ernähren?«

Nun blies ich die Wangen auf. »Puh, keine Ahnung. Hab ich noch nie probiert. Proteine sind für mich sehr wichtig und es wäre schade, wenn ich auf die verzichten müsste …« Ich ließ die Brustmuskeln spielen und stellte zufrieden fest, dass Hayden einen Moment zu lange darauf starrte.

»Ich glaube nicht, dass du dir in diesem Punkt Sorgen machen musst«, meinte sie geistesabwesend.

»Gut, ich bin offen für alles und kann ja das ein oder andere Gericht probieren.« Hoffentlich merkte sie, dass ich bereit war, mit ihr zu kooperieren, und wertete den Versuch, mich darauf einzulassen, als Friedensangebot. »Und wer weiß, vielleicht komme ich ja auf den Geschmack.«

Spielerisch leckte ich mir über die Zunge und grinste, als ihr Blick sofort dorthin wanderte.

Dennoch musterte Hayden mich, als wäre sie unsicher, ob ich das nicht nur gesagt hatte, um sie aufzuziehen oder auf jeden Fall bleiben zu dürfen. Allerdings erwiderte sie nichts darauf und kniete sich stattdessen hin, um ihrer Hündin über das weiß-schwarz-braune Fell zu streichen. »Weißt du, was? Ich hatte eben eine Idee, die die Lösung für unser Dilemma sein könnte.« Während sie sich wieder aufrichtete, sah sie mir direkt in die Augen. »Du beziehst das Gästehaus«, sagte sie ruhig, als würde sie mir gerade mitteilen, dass sie jetzt in den Pool gehen würde, und mit einer Bestimmtheit, als wäre die Sache damit bereits beschlossen.

»Äh ... nein, das werde ich nicht.«

»Doch, das ist die beste Lösung, um einander aus dem Weg zu gehen. Dann hat jeder einen Bereich für sich, und wir kommen uns nicht in die Quere. Du hast es dort sehr schön mit einem großen Wohnbereich, einem Schlafzimmer, einem Bad und einer eigenen Küche. Da kannst du tierische Produkte essen, so viel du willst. Und du hast es genauso weit zum Tennisplatz wie von hier aus, also ...«

Nun war ich derjenige, der schnaubte. »Das wird garantiert *nicht* passieren. Ich habe für diese Villa bezahlt und werde sie auch nutzen. In vollem Umfang und mit all ihren Annehmlichkeiten.«

»Aber ...«

»Darüber diskutiere ich nicht«, erwiderte ich vielleicht eine Spur zu scharf, denn Hayden zuckte zusammen. Doch nun war es so weit, dass ich um meine Rechte kämpfen würde.

»Und der Tennisplatz ist mir so was von egal, ich spiele nicht mal Tennis. Ich bin wegen des Pools hier, wegen des Gartens und des Meerblicks. Um *hier* zu chillen und nicht hinten im zur Straße zugewandten Bereich. Vom Gästehaus aus sieht man nicht einmal den Ozean, was soll ich dort?«

Sichtlich beleidigt – immerhin zog sie einen Schmollmund – verschränkte sie die Arme vor der Brust und wandte sich von mir ab. Nicht die Oberhand zu behalten, gefiel ihr offenbar gar nicht. Zumindest da hatten wir eins gemeinsam. Viel zu lange habe ich mir ihre Forderungen angehört, aber damit war Schluss. Das, was sie konnte, konnte ich auch.

»Ich werde eines der Schlafzimmer hier beziehen. Sonst berufe ich mich auf das Recht desjenigen, der zuerst gebucht hat.« Okay, das war fies, aber hey, ich ließ mich sicher nicht von hier vertreiben.

»Dann nimmst du das beim Gym«, antwortete sie patzig.

»Kommt nicht infrage. Ich nehme das neben deinem, immerhin will ich den Pool und das Meer sehen, wenn …«

»Ich gehe zweimal täglich nackt baden. Das brauche ich, um den Kopf freizubekommen. Und aus Respekt mir gegenüber und um des Friedens willen wäre es besser, wenn du das Schlafzimmer neben den Garagen und dem Gym beziehst. Es ist das einzige ohne direkten Blick zum Pool und … na ja, du siehst dennoch aufs Meer. Ein wenig zumindest. Ich denke, das ist ein guter Kompromiss.«

Keine Ahnung, wer dieser Lady die Bedeutung von *Kompromiss* beigebracht hatte. Meine Auffassung dessen war definitiv eine andere. Denn ich sah in dieser Forderung gleich zwei Nachteile – jetzt, da ich wusste, was ich alles dabei verpassen würde.

Aber ich wollte kein Arsch sein, und in einer Sache hatte sie recht: Um des Friedens willen wäre es schlau, nicht länger mit ihr zu diskutieren, sondern endlich einen Schlussstrich unter diese sinnlose Diskussion zu setzen. »Du bleibst noch die Hälfte der Woche in deinem Zimmer, und ich nehme einfach das neben dem Gym. Und danach tauschen wir. Dann hat jeder von uns die Hälfte seines Urlaubs das mit dem besten Ausblick gehabt. Und wenn du vorhast, nackt baden zu gehen, halte ich mich einfach vom Garten fern.«

Zähneknirschend schaute sie mich an, und ich merkte, dass ihr die Argumente ausgingen. Als sie schließlich die Lippen fest aufeinanderpresste und knapp – und vermutlich widerwillig – nickte, musste ich mich zurückhalten, meine Freude darüber nicht zu sehr zu zeigen.

»Also gut, dann bringe ich mal meine Sachen in mein vorläufiges Zimmer. Und du solltest dir vielleicht einen Plan überlegen, wann du nackt schwimmen gehst, damit ich mir für diese Zeit jeweils eine Beschäftigung suchen kann.« Mit diesen Worten trank ich mein Kokosnusswasser leer und warf die Packung in den Mülleimer, den ich auf Anhieb unter der Spüle entdeckte. Anschließend wandte ich mich ab und war mir sicher, dass Haydens Mund sprachlos offen stand ...

4 – Hayden

Ich hätte schreien können. Aufstampfen, mich wie ein kleines Kind auf den Boden werfen und ... keine Ahnung. Heulen.

Dass Richie hier war, passte mir gar nicht in den Kram. Vorbei war es mit meiner heiligen Ruhe, mit der Stille, die mich die letzten Tage umgeben hatte.

Denn auch wenn er behauptete, ich würde seine Anwesenheit nicht bemerken, wusste ich, dass es anders sein würde.

Vor nicht einmal einer halben Stunde war er angekommen und hatte seitdem meinen Puls in Höhen katapultiert, wie ich es nur von der Arbeit kannte. Dabei war ich extra hierhergekommen, um mich zu beruhigen. Um mich nicht aufzuregen und mir endlich klar darüber zu werden, ob und wie es mit *WholeVegan* und mir weitergehen sollte. Oder mit Davis und *WholeVegan.* Mit uns beiden und unserem ehemaligen Start-up. Denn mit der Entwicklung war ich schon länger unzufrieden – und das hatte nichts mit dem Wachstum an sich zu tun. Darüber konnte ich mich nicht beschweren. Dennoch war ich bei der Unternehmensgründung vor etwas über drei Jahren mit anderen Erwartungen an den Start gegangen.

Wütend ging ich in mein Ankleidezimmer zurück, um einen Bikini in der Schublade zu suchen. Zum Glück hatte ich welche eingepackt – ich hatte tatsächlich überlegt, sie komplett zu Hause zu lassen, um nahtlos braun zu werden. Immerhin konnte man von außen nicht in den Garten sehen. Allerdings war ich mir nicht hundertprozentig sicher gewesen, weshalb ich sie am Ende in den Koffer geworfen hatte.

»So ein Witz, oder?«, murmelte ich verärgert in Izzys Richtung, als ich mich neben ihr Bettchen kniete und sie streichelte. Sie hatte sich zusammengerollt und wohl beschlossen, nach der Aufregung ein kleines Nickerchen zu machen. Bestimmt ahnte sie, dass ich sie nicht mit nach draußen nehmen wollte.

Nur kurz sah sie mich an, bevor sie ihr Köpfchen auf die Vorderpfoten bettete und die Augen schloss.

Jaja, schon gut, danke für deine Unterstützung, brummte ich sie in Gedanken an.

Dass sie mit Richies unerwartetem Auftauchen kein Problem hatte, zeigte lediglich, was für eine gute Seele sie war. In dem Moment, in dem man ihr Aufmerksamkeit schenkte, hatte sie einen schon ins Herz geschlossen. Vermutlich waren alle Jack Russell Terrier so – Izzy war nun mal kein Wachhund.

Seufzend setzte ich mich mit meinem Telefon in der Hand auf die Bettkante. Bevor ich dem Eindringling in meine Ruheoase noch einmal über den Weg lief, wollte ich erst seine Geschichte überprüfen. Nur zur Sicherheit.

Als ich *Mighty Bastards* in die Internetsuchleiste eingab, sank meine Hoffnung, ihn loszuwerden, jedoch gen null. Auf den Fotos erkannte ich Richie sofort, und verdammt, diese Band war wirklich erfolgreich!

Ich überflog ein paar Zeitungsartikel, in denen von ihrem kometenhaften Aufstieg berichtet wurde. Dann ließ ich meinen Finger über einem YouTube-Video schweben. Doch bevor ich mir anhören würde, welche Stilrichtung die Band spielte, stöpselte ich mir Kopfhörer in die Ohren. Auf keinen Fall wollte ich, dass er mitbekam, was ich tat. Ich musste sein Ego ja nicht auch noch befeuern.

Mein Herz raste, als ich auf das oberste Musikvideo klickte. Es war zu ihrem Song *Broken,* der aktuell in Europa wohl am erfolgreichsten war, und bereits bei den ersten Klängen bekam ich eine Gänsehaut. Fasziniert schaute ich auf die vier Bandmitglieder, die durch einen Park spazierten. Zwar wirkte es, als würde die Sonne scheinen, der düstere Filter darüber tauchte jedoch alles in ein gedämpftes Licht, das in Verbindung mit den Lyrics für ein beklemmendes Gefühl sorgte. Mein Herz zog sich zusammen. Ich fühlte den Schmerz über den Verlust bis in meine Zehenspitzen, obwohl ich nicht einmal zuordnen konnte, *wen* ich vermisste. Denn bis auf eine Großtante, die gestorben war, als ich ein kleines Kind gewesen war, hatte ich niemanden von meinen Liebsten an den Himmel verlieren müssen.

Ich ertappte mich dabei, wie ich immer Richie suchte. Er spielte den E-Bass, und seine Leidenschaft für die Musik war mehr als deutlich zu erkennen – was zudem seine Story wasserdicht machte. Außerdem, jetzt, wo ich ihn intensiver musterte, musste ich zugeben, dass er gar nicht so übel aussah.

Verdammt!

Aufgewühlt schloss ich die App und navigierte mich stattdessen zu meinen Kontakten, um Jacksons Nummer zu wählen.

»Hayden! Was geht?«

Beim Klang der Stimme meines Bruders musste ich schmunzeln, und sofort fiel ein Teil der Anspannung von mir ab. »Jacks, hast du kurz Zeit? Ich muss dir was erzählen.«

»Klar, ich bin gerade auf dem Weg vom Gym nach Hause. Schieß los, was gibt's?«

Schnell warf ich einen Blick zu meiner geschlossenen Schlafzimmertür, ehe ich aufstand und beschloss, zum Telefonieren ins Badezimmer zu gehen – nicht dass ich dabei womöglich noch von Richie belauscht wurde, das wäre mir unangenehm.

Kaum dass ich auf dem Badewannenrand saß, erzählte ich Jackson, was sich gerade alles bei mir ereignet hatte. »Kennst du die Band?«, fragte ich ihn schließlich.

»Nein, noch nie von denen gehört.«

»Okay, dann googel die mal.«

»Schon längst erledigt«, sagte er, und ich konnte das Grinsen in seiner Stimme förmlich hören. »Und …« Er pfiff durch die Zähne, und ich musste das Telefon kurz etwas vom Ohr nehmen. »Mit *diesem* heißen Typ teilst du dir die nächsten zwei Wochen die Villa?« Sein Lachen dröhnte an mein Ohr. »Also auf mich wirkt es, als hättest du den Jackpot gewonnen. Viel *Spaß,* Schwesterherz! Tu nichts, was ich nicht auch tun würde …«

Ich rollte mit den Augen. »Kannst ihn gerne haben. Und nein, er ist *nicht* heiß«, log ich. »Sicher, er sieht gut aus, aber er ist nicht mein Typ. Mal davon abgesehen, dass du mir offenbar nicht zugehört hast.«

»Doch, das habe ich. Durch einen Fehler des Vermieters wohnt ihr bis zum Ende deines Urlaubs zusammen. Du schlägst also gleich zwei Fliegen mit einer Klappe. Traumvilla *und* Traumtyp. Ich will nicht wissen, wie viele Personen auf dieser Welt dich gerade beneiden würden, wenn sie davon wüssten.«

»Danke für deine Hilfe und Unterstützung«, maulte ich ins Telefon.

Jackson lachte. »Nein, im Ernst, Hayden. Mach einfach das Beste aus der Situation. Davon abgesehen sitzt ihr beide im selben Boot. Oder denkst du, er freut sich darüber, seinen bestimmt lang ersehnten Urlaub mit einer fremden Person teilen zu müssen?«

Verdammt, Jackson hatte natürlich recht.

Ich stieß einen frustrierten Laut aus. »La, la, la, ich will die Wahrheit nicht hören. Du weißt, ich bin immerhin hier, um mich auf *mich* zu konzentrieren. Auf meine Zukunft«, jammerte ich verzweifelt und beleidigt zugleich. »Wie soll ich mir denn in Ruhe Gedanken über alles machen, wenn Richie hier ist und mich ablenkt?«

»Aaah, daher weht der Wind«, meinte er mit verwegenem Unterton. »Ich verstehe.«

Seufzend stand ich vom Badewannenrand auf. »Nein, du verstehst *gar nichts.«*

»Doch. Ich könnte mich ebenfalls nicht konzentrieren, wenn dieser Typ ...«

»Jackson!«, unterbrach ich ihn genervt, musste allerdings schmunzeln.

Geräuschvoll holte er Luft. »Schon gut. Du musst ja nicht Zeit mit ihm verbringen. Soweit ich weiß, ist die Villa groß genug. Und hat ein Gästehaus. Du könntest dich ja dorthin zurückziehen. Oder du gehst an den Strand, fährst irgendwohin ... Ganz ehrlich, es ist ja nicht so, als würdet ihr beide auf einer einsamen Insel sitzen, auf der eine einzige kleine Hütte steht. Wenn du ihn nicht sehen möchtest, geh ihm aus dem Weg.«

Ich schaute durch das Fenster nach draußen zum Pool. Dem Ort, an dem ich die letzte Woche die meiste Zeit verbracht hatte. Die ich in vollen Zügen genossen hatte. »Ich will aber nicht ausweichen müssen, weil er jetzt da ist, verstehst du?« Mit einem Mal stiegen mir Tränen in die Augen, die ich schnell wegzublinzeln versuchte. »Ich möchte mich hier weiterhin wohlfühlen und frei bewegen können.«

»Hey«, sagte er mit sanfter Stimme. Jackson musste wohl gehört haben, wie sehr mich die Situation überforderte. »Ich bin immer für dich da, Hayden. Selbst wenn ich an der Northwestern studiere und uns noch mehr Meilen voneinander trennen, seit ich in der Nähe von Chicago wohne.«

»Danke«, brachte ich erstickt hervor. »Gott, ich vermisse dich!«

»Ich dich auch. Du packst das schon.«

Zustimmend brummte ich und atmete tief durch. »Lass uns von was anderem reden. Wie geht es dir?«

»Gut. Sehr sogar.«

»Also hast du die Sache mit ... wie hieß sie noch einmal? Josy? ... vertiefen können?«

»Genau. Und nein, wir haben beschlossen, dass es besser für uns beide ist, wenn wir Freunde bleiben.«

»Oh«, brachte ich enttäuscht hervor.

»Ja, anfangs war es hart. Inzwischen geht es mir allerdings gut damit.«

»Du hättest was sagen sollen, ich wäre für dich da gewesen.«

»Schon gut, ich wollte dich in deinem Urlaub nicht damit belasten.«

»Das tust du nicht, Jacks. Nie. Wirklich«, fügte ich mit eindringlichem Ton hinzu, weil ich nun ein schlechtes Gewissen hatte, da er wohl dachte, mit seinen Sorgen nicht jederzeit zu mir kommen zu können.

»Danke. Beim nächsten Mal dann.« Ich konnte das Schmunzeln in seiner Stimme hören.

»Na, hoffentlich läuft es beim nächsten Mal besser. War es wegen ...«, begann ich dann, ließ den Rest des Satzes jedoch in der Luft hängen.

»Ja, ich denke schon. Josy hat relativ aufgeschlossen reagiert, als ich ihr gesagt habe, dass ich ein Transmann bin. Ich glaube ihr auch, dass sie versucht hat, damit klarzukommen. Aber ...« Er seufzte schwer. »... vielleicht hat der Zeitpunkt nicht gepasst, weißt du. Jedenfalls verstehen wir uns jetzt besser als zuvor.«

»Es kommen andere«, sagte ich, um ihn hoffentlich aufmuntern zu können.

»Ja, bestimmt.«

»Halte mich auf dem Laufenden.«

»Klar, du mich auch«, meinte er, nun wieder besser gelaunt. Ich wusste, worauf er anspielte.

»Sicher«, antwortete ich schnaubend.

Wir plauderten noch eine Weile über seine Vorbereitungen für das nächste Semester an der Northwestern, wo er Englische Literatur studierte und einen zusätzlichen Kurs in Kreativem Schreiben besuchen wollte. Und er erzählte mir von seinem letzten Telefonat mit Mom und dass sie sich ziemlich viele Gedanken um mich machte, weil ich gerade in dieser Selbstfindungskrise steckte.

»Ich werde sie die Tage mal anrufen und beruhigen«, versprach ich, »aber erst muss ich herausfinden, was ich will. Zumindest eine Richtung zu wissen, wäre gut.«

»Falls ich dir helfen kann, sag Bescheid. Im Brainstormen bin ich gut.«

»Danke, Jacks. Darauf komme ich gerne zurück, sollte ich das Gefühl haben, in einer Sackgasse festzustecken.«

»Jederzeit.«

Anschließend verabschiedeten wir uns, und ich ging ins Schlafzimmer rüber, wo Izobel verschlafen ihr Köpfchen hob und gleich wieder zurück ins Land der Träume glitt.

Mein Handy schloss ich ans Ladekabel und griff nach meinem Block fürs Brainstormen, der auf dem Tischchen neben dem eleganten cremefarbenen Sessel lag. Ich würde also meine täglichen Schwimmzeiten aufschreiben und den Zettel Richie geben. Dabei war ich mir inzwischen nicht mal mehr sicher, ob ich wirklich weiterhin nackt schwimmen wollte. Denn was, wenn er nur darauf wartete, dass ich, wie Gott mich erschaffen hatte, in den Pool stieg, um einen Blick zu riskieren? Obwohl ich ihn nicht so einschätzte.

Fakt war, er steckte hier genauso fest wie ich. Ihm meine Schwimmzeiten zu geben, war meine Art, auf ihn zuzugehen. Allerdings wollte ich es mir dennoch nicht nehmen lassen, ihn für zweimal jeweils dreißig Minuten aus dem Garten zu verbannen. Einfach aus Prinzip. Also schrieb ich zehn Uhr bis halb elf auf und halb vier bis vier Uhr nachmittags. Und bei der ersten Gelegenheit würde ich ihm den Zettel in die Hand drücken.

Doch jetzt wollte ich es mir auf einer der Poolliegen gemütlich machen, eine Flasche kühles Wasser in Reichweite, und Pros und Cons zu *WholeVegan* aufschreiben. Und neue Ideen notieren. Herausfinden, warum aus *meinem* Traum, der von Davis geworden war, und analysieren, wie es mir damit ging …

Eine Sonnenbrille auf der Nase saß ich also wenig später unter einem der Sonnenschirme im Schatten am Pool, den Notizblock auf dem Schoß.

Von Richie war nichts zu sehen, was mich ehrlich gesagt kein bisschen störte.

Ich hatte vor, zu jedem Punkt, der gegen *WholeVegan* sprach, einen positiven dazuzuschreiben. Allerdings scheiterte ich schon zu Beginn, denn nachdem ich *Es ist nicht, was* ich *wollte* aufgeschrieben hatte, fiel mir nichts mehr ein, was dem Ganzen positiv gegenüberstand. Und das war frustrierend.

Ich trank von meinem Wasser, um mich abzukühlen und einen klaren Kopf zu bekommen, als ich eine Regung an der großen Fensterfront wahrnahm.

Beinahe hätte ich mich vor Schreck verschluckt und sah genauer hin. Richie kam heraus und … heilige Scheiße! Er trug nichts als eine Badehose, eine Kette um seinen Hals, eine Sonnenbrille und ein Handtuch, das er lässig über eine Schulter geworfen hatte.

Sein Oberkörper bestand nahezu ausschließlich aus Muskeln, und für einen Moment ertappte ich mich beim Starren, ehe ich den Blick schnell auf den fast leeren Block vor mir heftete. In meinem Schock vorhin hatte ich gar nicht wahrgenommen, *wie* gut er halb nackt aussah.

»Hey«, sagte er freundlich, »ich darf mich doch setzen, oder?« Er zeigte auf die Liege neben meiner.

Sofort stieg wieder Unmut in mir hoch. »Sicher«, grummelte ich, obwohl ich am liebsten *Nein* gesagt hätte und gleichzeitig wusste, dass das alles nicht seine Schuld war. Die Diskussion würde ich allerdings nicht noch einmal aufrollen wollen. Da ertrug ich ihn besser schweigend neben mir.

Aus dem Augenwinkel bekam ich mit, wie Richie sein Handtuch ausbreitete und es sich gemütlich machte. Es dauerte nicht lange, da stand er auf und ging zurück ins Haus.

Erleichtert seufzte ich und richtete meine Konzentration erneut auf den Block in meinen Händen, als er keine halbe Minute später mit einer Flasche Wasser zurückkam. »Ich hoffe, es ist okay, wenn ich mich für heute bei deinen Sachen bediene? Ich revanchiere mich natürlich dafür – der nächste Einkauf geht auf mich. Mach ich gleich morgen.«

»Mhm«, stieß ich missmutig hervor. Schließlich konnte ich ihm schlecht verwehren, etwas zu trinken. Und hey, es war nur Wasser. Ich hatte genug davon hier und würde sicher nicht verdursten.

Der Verschluss knackte, als er ihn aufdrehte, und ich ertappte mich dabei, wie ich unauffällig in seine Richtung schielte und ihm zusah, wie er fast ein Drittel auf einmal in sich kippte.

Anschließend stand er auf und stieg in den Pool.

Ein Glück, dass meine Brillengläser leicht verspiegelt waren, sodass er meine Augen dahinter nicht sehen konnte. Verstohlen beobachtete ich ihn, wie er elegant durchs Wasser glitt.

Meine Liste!, ermahnte ich mich und starrte auf *Es ist nicht, was* <u>*ich*</u> *wollte*, ehe ich daneben endlich einen Pluspunkt ergänzen konnte: *veganes Essen.*

Davis wälzt gefühlt zu viel Arbeit auf mich ab, war der nächste Punkt auf der negativen Seite. Erneut stand ich vor dem Problem, dass ich nicht wusste, was ich als Gegenstück in die positive Spalte eintragen sollte.

Allerdings war ich sowieso abgelenkt, denn Richie

schwamm an den Rand und spritzte Wasser in meine Richtung. Nicht viel, lediglich ein paar Tropfen erwischten meine Beine.

»Es ist echt angenehm hier, du solltest dich auch abkühlen.« Begeistert sah er mich an.

»Nein danke«, erwiderte ich genervt, während ich sofort bereute, das gesagt zu haben. Denn verdammt, es war wirklich heiß, und mich im Pool abzukühlen, klang mehr als verlockend. Und war ich nicht genau deswegen hier? Um den Pool zu genießen und eben nicht zu viel an meine Firma zu denken?

Noch heißer wurde mir, als Richie sich nach einem kurzen Schulterzucken am Rand des Beckens nach oben drückte und sich aus dem Wasser hievte. Und nein, ich konnte nicht den Blick abwenden, sondern musste auf das Spiel seiner Muskeln starren, auf seinen Sixpack, über den das Wasser perlte. Und ja, auch darauf, wie sich seine Badehose *ganz* eng an seinen Körper schmiegte. An *alle* Stellen, und mir wirklich keinen Raum für Interpretation ließ …

5 – Richie

»Was hältst du davon, wenn wir uns was liefern lassen und ich dich einlade?« Ich stand neben Hayden in der Küche, während sie den Inhalt des Kühlschranks inspizierte. Ohne groß darüber nachzudenken, war ich ihr gefolgt, kaum dass sie ihre Sachen am Pool gepackt und mit den Worten »Ich mach mir was zu essen« im Haus verschwunden war.

Kurz linste sie an der offenen Kühlschranktür vorbei und funkelte mich herausfordernd an. »Kannst du denn ein gutes Restaurant hier aus der Nähe empfehlen? Eines, das keine Geschmacksverstärker, tierische Produkte oder zu viel Fett verwendet? Das ohne versteckten Zucker arbeitet und bestenfalls nur Bio-Lebensmittel verwendet? Eines, bei dem die Arbeitsbedingungen gut sind und die Kochenden sauber arbeiten? Die idealerweise auf Verpackungsmüll und unnötigen CO_2-Ausstoß bei der Lieferung verzichten? Dann bin ich dabei.«

Mein Mund klappte auf, doch Hayden redete einfach weiter: »*Wenn* ich mir was liefern lasse, dann ausschließlich von Restaurants, denen ich vertraue. Das handhabe ich in Palm Springs nicht anders.«

»Ach, und da wird dir alles in wiederverwendbaren Schüsseln mit einem Elektroauto geliefert?«, meinte ich schmunzelnd. Das konnte nicht ihr Ernst sein.

Gut, über den Rest hatte ich mir tatsächlich nie Gedanken gemacht, aber ich achtete sowieso auf meinen Körper und meine Gesundheit, sodass ich es mir gönnen konnte, all diese Punkte an Cheatdays geflissentlich außer Acht zu lassen.

»Hast du eine Ahnung, wie umweltschädlich Lithium-Ionen-Batterien in der Herstellung sind? Oder wie aufwendig das Recyclingverfahren der Akkus ist, sobald sie ausgedient haben? Davon abgesehen, dass sie noch unverhältnismäßig lange Zeit die Umwelt belasten, wenn sie kaputt sind. Oh, und wusstest du, dass sie als hochgefährlicher Sondermüll gelten, wenn sie bei Unfällen beschädigt werden? Ganz zu schweigen davon, wie gefährlich es ist, sollten sie überhitzen und zu brennen beginnen.«

Ich rollte mit den Augen – schon wieder. »Okay, schon verstanden.« Beschwichtigend hob ich beide Hände. *Herrje, die muss dringend mal entspannen ...*, dachte ich und musste mir auf die Unterlippe beißen bei den Bildern, die sich gleichzeitig dazu in mir nach oben drängten.

»Und ja, das Essen wird in wiederverwendbaren Schüsseln geliefert, allerdings mit dem Fahrrad.« Als hätte sie alles gesagt, kramte sie weiter im Kühlschrank herum.

»Mit einem E-Bike also?«, fragte ich und konnte mir das Grinsen nicht verkneifen.

Hayden zuckte kurz zusammen, als hätte sie bisher nicht darüber nachgedacht oder darauf geachtet.

Mehrere Karotten landeten auf der Küchenanrichte, sowie ein Glas Tomatensoße und eine Packung Linsen, genau wie zwei Kartoffeln. »Ich koche. Siehst ja dann, ob du was von meinem Chili sin Carne abhaben willst oder dir lieber fragwürdige Gerichte liefern lässt.«

»Okay. Wie kann ich helfen?«

Hayden huschte an mir vorbei und legte eine Zwiebel

und zwei Knoblauchzehen zu den anderen Zutaten, ehe sie einen Topf Wasser aufsetzte. »Du kannst die Kartoffeln und die Karotten schälen und fein würfeln. Damit meine ich diese Größe.« Sie hielt Daumen und Zeigefinger knapp übereinander.

Gut, also wirklich Miniwürfel. »Ich gebe mir Mühe«, sagte ich, während sie Schneidebrett, Messer und Gemüseschäler für mich auf die Steinfläche legte. Sofort machte ich mich an die Arbeit.

In der Zwischenzeit schnitt sie Zwiebel und Knoblauch klein, wusch rote Bohnen und Linsen und kochte eine Gemüsebrühe aus einem Pulver, das angeblich komplett bio, vegan, geschmacksverstärkerfrei und ohne Hefe war. Ausschließlich Gemüse, Steinsalz und Gewürze beinhaltete es, ließ ich mir von Hayden sagen. Und ich nickte bloß, weil ich fasziniert war davon, was sie alles wusste und worauf sie achtete.

Während des Kochens versuchte ich mich in Small Talk, gab jedoch schnell wieder auf. Irgendwie hatte ich das Gefühl, Hayden wäre nicht in der Stimmung. Entweder gab sie gar keine oder pampige Antworten, ich nahm das Ganze aber nicht persönlich. Sie hatte einen miesen Tag hinter sich, und ich konnte verstehen, dass sie pissed war. Mir ging es nicht anders, allerdings wollte ich dennoch das Beste daraus machen.

Meine Bandkollegen, Freunde und Familie waren der Ansicht, dass mir selbst in den beschissensten Situationen die Sonne aus dem Arsch schien. Manche mochte es verwirren, doch ich hatte für mich festgestellt, dass es bescheidene Momente schöner, ja sogar leichter machte, wenn ich sie mit Humor nahm und mir die Laune nicht verderben ließ.

Morgen würde Hayden bestimmt auch besser gelaunt sein. Hoffte ich zumindest.

Wenig später saßen wir am Esstisch, jeder von uns eine große Schale Chili sin Carne vor sich. Ich war inzwischen richtiggehend entspannt vom Kochen. Auch Hayden wirkte relaxter, weshalb ich erneut ein Gespräch mit ihr suchte. »Was hast du da eigentlich auf deinem Rücken stehen?«

Sie hob den Blick, und sofort schoben sich ihre Augenbrauen zusammen.

Abwehrend streckte ich die Hände hoch. »Sorry, ich hab es vorhin gesehen, als du von der Liege aufgestanden bist.« Dass es mir bereits davor aufgefallen war, verschwieg ich. Nur ungern wollte ich sie daran erinnern, dass ich sie beim Nacktbaden überrascht hatte.

»Fly high, so you can reach your dreams. Ich hatte vor, mir auch noch Flügel auf die Schulterblätter stechen zu lassen, aber mir wurde davon abgeraten.«

Fragend schaute ich sie an. »Vom Tattooartist?«

»Nein, von ... einem Freund.« Sie senkte den Blick auf ihr Chili.

Ihre Reaktion verunsicherte mich, und ich fragte mich, warum sie erneut dichtmachte.

Schweigend aß ich weiter. »Das hier ist übrigens unglaublich gut«, wechselte ich das Thema und deutete auf unser Essen.

»Ich weiß«, war ihre lapidare Antwort, was mir gefiel. Selbstbewusstsein war gut.

»Und in einer Portion steckt eine ordentliche Menge Eiweiß«, redete ich beeindruckt weiter.

»Ich weiß«, wiederholte sie, was mich schmunzeln ließ.

»Okay, Hayden Butler, welche Geheimnisse hütest du noch? Was kann ich alles von dir lernen?«

Sofort verfinsterte sich ihr Blick wieder. »Das Schweigen. Immerhin meintest du, ich würde gar nicht bemerken, dass du hier bist. Seitdem bist du allerdings ununterbrochen in meiner Nähe und redest ständig. Falls du es vergessen hast: Ich bin hier, weil ich *Ruhe* brauche.«

Mit diesen Worten stand sie auf, nahm ihre halb volle Schüssel und ging damit in ihr Schlafzimmer. Izzy tapste ihr mit schnellen Schritten hinterher. Kaum dass Hayden die Tür hinter sich geschlossen hatte, seufzte ich frustriert auf.

Sicher, ich hatte ihr gesagt, ich würde sie in Ruhe lassen, aber hey, die Klappe zu halten, fiel mir verdammt schwer. Ich redete gern und viel und war nun mal der direkte Typ. Andererseits war ich ebenfalls hergekommen, um die Stille zu genießen. Und wenn ich ehrlich war, wusste ich es interessanterweise an ihr zu schätzen, dass sie offen sagte, wenn sie etwas störte. Das war mir definitiv lieber, als wenn sie wie ein unsicheres Mäuschen schweigen, sich vor jeder Konfrontation ducken und zu allem Ja und Amen sagen würde. Warum also kränkte mich ihr Abgang dennoch?

Am nächsten Morgen war die Stimmung nicht wirklich besser.

Allerdings hatte ich beschlossen, Hayden nicht einfach aus dem Weg zu gehen. Ich war hier, um meinen Urlaub zu genießen, und nicht, mich wie in den letzten Wochen in London zu verstecken. So dankbar ich für unseren Erfolg als Band war, war es dennoch ungewohnt und teilweise sogar unangenehm, wenn ich mich nicht frei bewegen konnte, weil ich fürchten musste, von Fans belagert zu werden.

Also saß ich mit einer Tasse Kaffee am Tresen und sah Hayden dabei zu, wie sie Lebensmittel für ein Frühstück bereitstellte.

»Ich mache mir Omelett, willst du auch eins?«

Irritiert sah ich auf. Bei dem Wort Omelett wurde ich hellhörig. Denn die, die ich mir zu Hause zubereitete, enthielten Eier.

Offenbar zögerte ich ihr zu lange mit meiner Antwort. »Sieh mich nicht so an. Ja, sie sind vegan, völlig ohne Ei, aber das wirst du nicht merken, da es nach Ei schmecken wird. Und ja, es ist eine Proteinbombe und damit genau so, wie du es willst.«

Stirnrunzelnd nickte ich. »Okay, gerne. Danke. Kann ich was helfen?«

Sie deutete auf das Gemüse auf der Arbeitsfläche. »Du kannst Paprika, Champignons und Zwiebel waschen und schneiden. In kleine ...«

»In kleine Würfel, ich weiß«, sagte ich mit einem Zwinkern, das sie jedoch ignorierte.

»Ja, aber nicht die Pilze. Die brauche ich in dünnen Scheiben.«

Den Kommentar, dass ich mir das schon gedacht hatte, verkniff ich mir. Stattdessen machte ich mich an die Arbeit, während ich ihr von der Seite zuschaute, wie sie Kichererbsenmehl, Chiasamen, Backpulver und andere Zutaten zusammenmischte. Sie würzte mit Kala Namak – was auch immer das war –, Kurkuma, geräuchertem Paprikapulver und Oregano und gab schließlich pflanzliche Milch dazu.

»Hast du das alles hier besorgt oder von zu Hause mitgenommen?«, fragte ich, weil ich neugierig war.

»Teils, teils«, war ihre knappe Antwort, woraufhin ich lediglich nickte. Auf keinen Fall wollte ich die Stimmung zwischen uns überstrapazieren und Hayden erneut reizen oder sie gar dazu bringen, sich wieder in ihr Zimmer zu verziehen. Zwar war ich nicht der Typ, der sich für jemanden verbog, doch ich wusste auch, wann ich besser meine Klappe hielt und Höflichkeit walten ließ. Sie würde schon noch auftauen ...

Als Hayden wenig später das Gemüse zu ihrer Masse gab und die Hälfte davon in eine erhitzte Pfanne kippte, stellte ich überrascht fest, dass es tatsächlich wie ein Omelett aussah.

»Was?«, fragte sie, nachdem sie den Teig einmal gewendet hatte.

»Nichts, ich schaue dir fasziniert zu.«

Sie schnaubte und gab kurz darauf die erste Portion auf einen Teller, ehe sie die restliche Masse ebenfalls in die Pfanne goss. »Fang schon mal an«, brummte sie.

»Ich warte auf dich«, sagte ich entschieden.

Statt zu antworten, rollte sie mit den Augen.

»Weißt du, da, wo ich herkomme, bedankt man sich, wenn jemand auf einen mit dem Essen wartet.« Diesen Kommentar konnte ich mir nicht verkneifen.

»Und da, wo ich herkomme, bedankt man sich, wenn wer einem etwas zu essen kocht, und isst es warm«, konterte sie, woraufhin ich lachten musste.

»Touché. Wobei ich das noch vorgehabt hatte.«

Hayden hob eine Augenbraue, sie glaubte mir nicht. »Na los, fang endlich an, sonst wird es kalt«, erwiderte sie schließlich entschieden.

Ein Seufzen unterdrückend, setzte ich mich an den Frühstückstresen. »Na gut, dann ... danke.« Ich schnitt ein kleines Stück von dem Omelett ab, roch daran und schob es in den Mund. Kaute und stieß einen erstaunten Laut aus.

Dass dabei Haydens Mundwinkel zuckte, die mich beobachtet hatte, blieb mir nicht verborgen.

»Das ist ... überraschend gut. Und schmeckt tatsächlich sehr ähnlich wie das Omelett, das ich mir immer zubereite.«

»Sag ich ja«, meinte sie, und ich hatte den Eindruck, sie gab sich cooler, als sie war. »Und du hast deine Proteine.«

Genüsslich schnitt ich ein weiteres Stück zurecht. »Könntest du mir bitte das Chilipulver reichen?«, fragte ich und trank von meinem Kaffee.

»Sicher«, hörte ich sie sagen, während ich den Kopf in den Nacken legte, um die Tasse zu leeren, und überlegte, worüber ich mit ihr reden könnte, um sie aus der Reserve zu locken.

»Hast du noch mehr Rezeptüberraschungen auf La...« Ich stoppte mitten im Wort, als der Deckel des Gewürzes mitsamt seinem ganzen Inhalt auf meinem Omelett landete – und Hayden herzlich zu lachen begann.

6 – Hayden

O Gott, war es fies, dass ich das getan hatte?

Das war es – definitiv –, aber unmöglich hätte ich diese Chance verstreichen lassen können. Noch dazu, da ich nach wie vor überlegte, welche Möglichkeiten es gab, um Richie loszuwerden und meinen Urlaub weiterhin ungestört zu genießen.

Vermutlich war es kindisch, es mit einem Prank zu versuchen, womöglich sogar dumm, weil mein von mir gekochtes Omelett hinüber war und er jetzt kein Frühstück mehr hatte.

Aber dem Drang zu widerstehen, war schlichtweg nicht möglich gewesen.

Womit ich allerdings nicht gerechnet hatte, war, dass er nach einem ersten Schockmoment lauthals lachte und das Ganze offenbar genauso komisch fand wie ich.

»Shit, keine Ahnung, wie ich das jetzt noch essen soll«, meinte er, während er mit dem Messer das rote Pulver von dem Omelett kratzte, so gut es ihm möglich war.

»Könnte eine Herausforderung werden, ja«, sagte ich, obwohl ich mich ursprünglich für meinen Streich hatte entschuldigen wollen, die entsprechenden Worte nun jedoch nicht über die Lippen brachte.

In Richies Augen blitzte Entschlossenheit auf. »Okay, worum willst du wetten, dass ich das Ganze, ohne zu husten, essen kann?«

»Komm schon, du musst hier nicht einen auf großer Macker machen …« Vor allem wollte ich nicht, dass er meinetwegen das scharfe Zeug hinunterwürgte und womöglich Sodbrennen oder sonstige Magenbeschwerden bekam. Oder mir noch umkippte.

»Wenn ich es nicht schaffe, muss ich die nächste Mahlzeit kochen – selbstverständlich vegan und unter deiner Aufsicht. Sollte ich es jedoch aufessen …«

»Ohne zu husten und ohne etwas nachzutrinken oder -zu essen«, schob ich schnell ein, weil ich meine Gewinnchancen erhöhen wollte.

Richie hob eine Augenbraue, nickte allerdings. »Okay, abgemacht. Sollte ich es schaffen, schenkst du mir eine Stunde deiner Zeit, in der wir uns unterhalten und besser kennenlernen.«

Mir lag auf der Zunge, es abzulehnen, aber ich schaffte es nicht. Weil ein kleiner Teil von mir genauso neugierig war, mehr über ihn zu erfahren – das würde ich allerdings nie zugeben. Mal davon abgesehen, dass ich dazu viel zu stolz war.

»Geht klar«, sagte ich deshalb und streckte ihm die Hand entgegen, in die er einschlug. Seine Haut war weich und an manchen Stellen schwielig, sein Händedruck fest, aber nicht unangenehm, und die Berührung kribbelte in mir nach, nachdem er sich zurückgezogen hatte.

Richie grinste, als er das sehr rot gefärbte Omelett an seinen Mund führte.

Gebannt sah ich ihm zu, wie er es zwischen seinen Lippen verschwinden ließ und wie er kaute. Schluckte, röchelte und sich räusperte.

»Das war kein Husten«, wandte er mit heiserer Stimme

ein, und ich konnte nicht anders, ich musste grinsen, als ich Tränen in seinen Augenwinkeln bemerkte.

»Noch nicht«, sagte ich und aß genüsslich mein Frühstück weiter, während erste Schweißperlen auf Richies Stirn traten.

Doch er zog es weiterhin durch, aß den nächsten Bissen. Erneut machte er Geräusche, bei denen mir das Schmunzeln allerdings langsam verging.

»Komm schon, du musst das nicht ...«, begann ich, aber er schüttelte vehement den Kopf.

»Ich zieh das durch«, meinte er rau, während das schlechte Gewissen in mir weiter anstieg.

Nun bereute ich es, ihn dazu genötigt zu haben, nicht einmal einen Schluck Kokosmilch zu trinken, damit es nicht so brannte. Für gewöhnlich war ich kein Unmensch, auch wenn wir nicht gerade den besten Start gehabt hatten.

»Kannst du mir mal ein Taschentuch besorgen?«, fragte er und wischte sich mit dem Handrücken über das Kinn, an dem ich ebenfalls Schweißperlen erkennen konnte.

Schnell sprang ich auf und eilte ans andere Ende der Küche, wo der Spender stand, den ich im Ganzen mit zu Richie nahm.

Er zog eines heraus und wischte sich damit über das Gesicht, ehe er die restliche Masse auf seinem Teller zusammenklappte und auf einmal in den Mund schob.

Wieder konnte ich nicht anders und riss beeindruckt und auch mit ein wenig Angst um ihn und seine Gesundheit die Augen auf.

Schnell kaute er, schluckte, kaute weiter und tupfte sich gleichzeitig über die Stirn. Räusperte sich und presste die Faust gegen seine Lippen, während ich mir nicht sicher war, ob er gleich husten, sich verschlucken oder alles über den Teller erbrechen würde.

Kurz überlegte ich, ob ich wusste, was im Notfall zu tun wäre, sollte er ein Stück in die Luftröhre bekommen oder ...

keine Ahnung, womöglich sogar allergisch darauf reagieren.

Nachdem Richie den letzten Bissen hinuntergewürgt hatte, atmete er geräuschvoll aus. »Yeah, geschafft!« Er hielt die Hand in die Luft, als erwartete er, dass ich einschlagen würde, doch ich stand verärgert auf.

»Das war einfach dumm«, sagte ich und stellte ihm das Glas mit dem Kokosöl vor die Nase. Einen Löffel legte ich daneben. »Iss davon, oder spuck es in den Müll, nachdem du den Mund damit gespült hast. Das Fett neutralisiert die Schärfe.« Mit vor der Brust verschränkten Armen schaute ich ihn an, zwang ihn förmlich mit dem Blick, meiner Aufforderung Folge zu leisten. »Komm, mach endlich, das zählt auch nicht als Niederlage«, erklärte ich genervt und schob das Glas näher zu ihm.

Richie grinste, drehte es auf und nahm etwas von dem weißen Fett, mit dem er wie mit einem Mundwasser spülte. Anschließend spuckte er es erst in eines der gebrauchten Taschentücher und warf dieses wiederum in den Mülleimer. »Challenge erfüllt, immerhin habe ich nicht gehustet, nichts gegen die Schärfe gegessen und nichts getrunken. Ausspucken ist nicht schlucken, auch wenn ich grundsätzlich auf Letzteres stehe.«

Dass er mich bei diesen Worten fast schon auffordernd anschaute, machte etwas mit mir. Vielleicht hätte es mich reizen sollen, oder es war gar nicht so anzüglich gemeint, wie ich es auffasste, aber in mir kribbelte es. Und das war definitiv falsch. Wütend darüber wandte ich mich von ihm ab und stellte das benutzte Geschirr in die Spülmaschine. »Du bist ein Idiot, Richie Scott.«

»Ja, das haben schon einige gesagt, bisher konnte ich jedoch alle vom Gegenteil überzeugen. Also ... wann hast du Zeit für das Gespräch? Heute Abend bei Sonnenuntergang? Macht es intimer. Und die Antworten ehrlicher.«

Mist, unseren Deal hatte ich fast vergessen. »Mal sehen«, brummte ich deshalb, ehe ich Izobels Leine, die ich in der Zwischenzeit geholt hatte, am Halsband einhängte. »Komm, Izzy, wir gehen eine Runde spazieren, bevor es zu heiß wird.«

Dass Richie daraufhin lauthals lachte, ärgerte mich noch mehr. Dabei hatte *ich* das ganz bestimmt nicht zweideutig gemeint.

Kaum dass ich die Villa hinter mir gelassen hatte und ein kleines Stück die Straße raufgegangen war, stöpselte ich mir die In-Ears ins Ohr und wählte Jacksons Nummer. Wie schon die letzten Tage hatte ich die verdorrte Wiese angesteuert, auf der ich für Izzy Stöckchen warf und sie ihr Geschäft verrichten ließ.

»Na, wie geht es dir?«, meldete er sich vergnügt.

»Ging schon mal besser.« Missmutig erzählte ich ihm von heute Morgen beim Frühstück, was meinen Bruder zum Lachen brachte. »War ja klar, dass du das witzig findest«, maulte ich verärgert.

»Ist es auch. Schade, dass ich nicht dabei war, das hätte ich gerne gesehen. Oder hast du es gefilmt?«

»Bist du irre? Womöglich werde ich noch verklagt, weil ich damit in seine Privatsphäre eingedrungen bin und den Fortbestand der Band gefährdet habe, wäre ihm ernsthaft was passiert.«

»Das tust du doch bereits, also Ersteres zumindest. Ich meine, du wohnst mit einem Rockmusiker in einem Haus. Würde mich nicht wundern, solltest du eine Verschwiegenheitserklärung unterschreiben müssen. Scheiße, Hayden, der Kerl ist ein Superstar.«

Ich schnaubte auf.

»Und wenn er der König von England wäre, ist er immer noch ein Mensch wie du und ich. Ich mache da keinen Unterschied zwischen den Leuten. Und gerade nervt er mich einfach.«

»Du denkst wirklich, dass du ihn mit ein paar Pranks loswirst?«

»Keine Ahnung. Den Versuch ist es wert. Bei dir hat es

früher immerhin auch funktioniert, dich auf Abstand zu halten.« Ich grinste bei der Erinnerung.

»Haha, ja, du kannst echt nervig sein, wenn du willst.«

»Siehst du? Die Chancen stehen also nicht schlecht«, erwiderte ich, musste allerdings daran denken, wie Richie gelacht hatte, nachdem ich das Chili über sein Frühstück gekippt hatte. Und wie er es trotzdem gegessen hatte. Wider Willen musste ich ihm dafür Respekt zollen. Er stand zu einer Vereinbarung.

Vielleicht würde es um einiges schwieriger werden als früher bei Jacks, Richie auf die Palme zu bringen. Momentan war es jedoch die einzige Chance, ihn loszuwerden. Also würde ich sie nutzen …

Zurück in der Villa, legte sich Izzy in ihr Bettchen und schlief. Was gut war, denn es war Zeit für mein Nacktbaden.

Allerdings wusste ich nicht, ob Richie die Uhr ebenfalls im Blick hatte – den Zettel mit meinen Schwimmzeiten hatte ich ihm immerhin gestern nach dem Abendessen noch gegeben. Doch ich konnte ihn nirgendwo entdecken. Weder war er draußen noch im Wohnzimmer oder in der Küche. Also ging ich zu seinem Zimmer, um ihn daran zu erinnern, sich vom Garten fernzuhalten, aber hinter der Tür war es ruhig.

Vielleicht ist er gar nicht da, fiel mir dann ein …

Dennoch klopfte ich leise an die Tür. Stille.

Nachdem er nicht geantwortet hatte, öffnete ich sie vorsichtig und linste hinein. »Richie?«, fragte ich zur Sicherheit, bevor ich sie ganz aufdrückte. Die Tür zum Badezimmer stand offen, und auch von dort konnte ich keinerlei Geräusche wahrnehmen.

Ich machte einen Schritt hinein, angezogen von der Neugier, bis mir einfiel, dass mich sein Bereich nichts anging. Ich wollte ja auch nicht, dass er in mein Zimmer kam.

»Was machst du da?«, ertönte es hinter mir, und ich

zuckte so sehr zusammen, dass Richie es garantiert gesehen haben musste.

Mein Herz schlug derart wild in meiner Brust, dass es mich nicht gewundert hätte, wenn es jeden Moment kollabiert wäre. »Ich ... wollte dich nur wissen lassen, dass ich jetzt beim Nacktbaden bin.« Ich reckte mein Kinn in die Höhe und schaute ihn entschlossen an.

»Und da kommst du extra zu mir? Willst du, dass ich doch dabei bin?« Ein freches, ja fast schon amüsiertes Grinsen kräuselte seine Lippen.

Erst jetzt fiel mir auf, dass er ein Muskelshirt trug, das mehr von seinem Oberkörper zeigte, als es verdeckte. Auch die kurze Trainingshose, die ihm nicht ganz bis zu den Knien reichte, umspielte gewisse Körperstellen gekonnt locker, dass ich es nicht wagte, einen zweiten Blick dorthin zu werfen, aus Angst, ihre Konturen zu erahnen.

Heilige Scheiße, mir wurde mit einem Mal unfassbar heiß ...

»Nein, ich wollte bloß sichergehen, dass du dich an unsere Abmachung hältst und dem Garten fernbleibst.«

Richie nickte knapp. »Klar, Deal ist Deal. Allerdings ... Ich hoffe, du hast bedacht, dass du Mr Sutton womöglich eine Show lieferst.«

Alarmiert kniff ich die Lider zusammen. »Wie meinst du das?« Wieso sollte unser Vermieter ...? Dann fiel es mir wie Schuppen von den Augen. »Denkst du ...?«

Richie zuckte mit den Schultern. »Keine Ahnung, aber da mehrere Überwachungskameras auf den Garten ausgerichtet sind, kann ich mir vorstellen, dass er etwas sehen könnte. Vorausgesetzt, er hat die Kameras im Blick.«

Erneut stieg mir Hitze ins Gesicht, diesmal allerdings aus einem anderen, äußerst unangenehmen Grund. »Du hast recht.« Ich keuchte, und mit einem Mal war mir schlecht. Und ich fühlte mich ... unwohl. Mehr als das: entblößt. In meinem Kopf spulte ich die paarmal ab, die ich mich letzte Woche nackt im Garten aufgehalten hatte. Gleichzeitig versuchte ich, mich an das Telefonat mit Mr Sutton zu erinnern. Hatte etwas dabei darauf hingewiesen, dass er mich gesehen hatte? Er hatte erzählt, seine Frau habe sich von ihm getrennt – möglicherweise wegen seiner Vorliebe, seine Mieter zu stalken?

Ein Schauder schüttelte mich, während ich den Abstand zu Richie vergrößerte. Abstand, den ich brauchte, um nachzudenken, und weil ich ihm unmöglich länger in die Augen sehen konnte. Denn verdammt, er könnte recht haben.

»Hayden, warte!« Sanft umfasste er meinen Oberarm und drehte mich langsam zu sich. »Tut mir leid, es war nicht meine Absicht, dir Angst zu machen«, meinte er leise und mit besorgtem Blick. »Ich wollte dich nur darauf hinweisen, dass es *sein könnte.«*

»Nein, es ist nicht völlig abwegig. Deshalb ist es ja gerade so …« Erneut fühlte ich, wie ich eine Gänsehaut bekam.

»Vermutlich schaut er sich die Aufnahmen nur dann an, wenn es zu einem Einbruch oder etwas in der Art gekommen ist.« Richie klang beruhigend, während er mich noch immer hielt. »Ich möchte damit nicht sagen, dass er dich die ganze Zeit über beobachtet hat, und schon gar nicht wollte ich dir Furcht einjagen. Ich hoffe, das weißt du.«

Langsam nickte ich, obwohl ich gerade gar nichts wusste. »Ich gehe jetzt schwimmen.« Endlich löste ich meinen Arm aus seinem Griff.

Erneut hatte ich das Gefühl, verletzlich zu sein. Und das ärgerte mich. Mal davon abgesehen, dass ich mich schon wieder nicht auf den eigentlichen Grund konzentrieren konnte, weshalb ich hier war. Nämlich, um Ruhe zu haben und mir Gedanken, um meine eigene Zukunft zu machen. Denn gerade war in meinem Kopf dafür kein Platz …

7 – *Richie*

Dass ich Hayden mit meiner Vermutung dermaßen aus dem Konzept gebracht hatte, tat mir leid. Ich schaute ihr hinterher, wie sie in Richtung Garten ging, doch ich hielt sie nicht noch einmal auf.

Falls sie trotz alledem nackt schwimmen würde, war es ihre Sache. Nach unserem Gespräch glaubte ich das zwar nicht mehr, wollte es aber dennoch nicht ausschließen. Und da wir vereinbart hatten, dass ich mich für die kommenden dreißig Minuten vom Garten fernhielt, tat ich genau das.

Mein Plan sah vor, mich für die zwei jeweils halben Stunden ins Gym zurückzuziehen und ordentlich zu pumpen. Nicht nur, weil ich den Kraftsport brauchte, um den Kopf durchzupusten, sondern auch, um Hayden die Freiheit zu geben, die ich ihr versprochen hatte.

Dass ich sie dabei ertappt hatte, wie sie in mein Zimmer gehen wollte, amüsierte mich. Ich hatte nichts zu verheimlichen, oder, besser gesagt, ich hatte nichts bei mir, das ich vor ihr verbergen müsste. Allerdings vermutete ich, dass sie sich durch mein Auftauchen dermaßen erschreckt hatte, dass sie kein weiteres Mal ohne Einladung mein Reich betreten würde ...

Dabei war sie eine unglaublich toughe Frau.

Noch immer musste ich über ihren Streich heute Morgen beim Frühstück schmunzeln. Zum einen, weil sie sich das getraut hatte, wo wir uns im Grunde nicht kannten, zum anderen, da sie durch die Aktion ihr aufwendig zubereitetes Essen ungenießbar gemacht hatte. Die Verschwendung musste sie gefuchst haben.

Ich ahnte, worauf sie aus war. Sie wollte mir das Leben schwer machen – in der Hoffnung, ich würde vorzeitig abreisen. Das war mir bereits gestern klar geworden, als sie mir die ganze Zeit mit schlechter Laune gegenübergetreten war und mehrere Anläufe gestartet hatte, mich aus der Villa zu verbannen oder mich auf andere Weise loszuwerden. Doch ich war mit drei Schwestern und einem Bruder aufgewachsen – ich wusste mich zu wehren. Und vermutlich hatte ich schon viel schlimmere Dinge erlebt, als sie für mich vorgesehen hatte. Und ich brannte förmlich darauf, zu erleben, was sie mir noch bieten würde.

Deshalb war es ein Genuss für mich gewesen, das Chiliomelett zu essen und dabei in ihr fassungsloses Gesicht zu sehen. Noch mehr, als sie mich im Anschluss beschimpft hatte und mit Izzy verschwunden war.

Ich war mir sicher, dass ich sie im Laufe der Zeit weich bekommen würde. Niemand hatte bisher meinem Charme widerstehen können, und Hayden würde keine Ausnahme bilden. Zudem gefiel mir ihr Ansatz mit den Pranks. So gut, dass ich mir die Gelegenheit nicht entgehen lassen würde, zurückzuschlagen. Ich hatte auch schon eine richtig gute erste Idee.

Hayden hatte keine Ahnung, was sie noch erwarten würde. *Wie sehr* mir das Ganze jetzt schon Spaß machte, obwohl unsere kleine Schlacht gerade erst begonnen hatte ...

8 – Hayden

Die Sache mit den Kameras ließ mich lange nicht in Ruhe, weshalb ich mich nach meiner Schwimmsession im Bikini in mein Schlafzimmer zurückzog und Kenneth, meinen IT- und Sicherheitsmann bei *WholeVegan* anrief.

»Hey, Boss, ich dachte, du machst Urlaub?«, meldete er sich reichlich verwirrt, während ich mir das Grinsen nicht verkneifen konnte.

»So ist es, aber ich brauche dich kurz. Beziehungsweise deinen Rat.«

»Okay, was kann ich für dich tun?«, fragte er sofort, und ich war echt froh, ihn in meinem Team zu wissen.

In wenigen Worten erzählte ich ihm von meinen Zweifeln.

»Was steht denn im Mietvertrag? Wenn er filmt und Schrägstrich oder die Daten gesichert werden, müsste es genau genommen im Vertrag festgehalten sein. Also ... falls er alles korrekt gemacht hat.«

Oh! Daran hatte ich noch nicht gedacht.

»Danke, das ist ein guter Hinweis«, sagte ich. »Und wenn nicht?«

»Dann … tja … wird es schwierig. Grundsätzlich kann er überall Kameras installiert haben. Sollte er dich nackt sehen wollen, hat er diese eher im Schlafzimmer oder im Bad versteckt. Ich würde mich also dort umsehen, falls du den Verdacht hegst, er würde dich stalken. Outdoor-Kameras dienen ja grundsätzlich erst mal der Überwachung des Grundstücks und der Aufzeichnung von Vandalismus oder eines Einbruchs.«

Auch das klang einleuchtend.

»Wenn du willst, kann ich versuchen, mich in das Sicherheitssystem des Hauses einzuhacken. Aber ich kann nicht versprechen, ob mir das gelingt. Aber hey, damit das klar ist, das ist illegal, und wenn die uns erwischen, bin nicht nur ich dran, sondern auch du.«

Auf keinen Fall wollte ich, dass Kenneth sich meinetwegen strafbar machte. Mal davon abgesehen, dass ich auch keine Schwierigkeiten bekommen wollte. Hinzu kam, dass ich befürchtete, er könnte womöglich ebenfalls sehen, wie ich nackt in den Pool stieg – und das konnte ich nun gar nicht brauchen.

»Nein, alles gut, ich denke, mit deiner Auskunft hast du mir schon sehr geholfen.«

»Klar doch, immer, Boss. Erholsamen Urlaub noch. Und sag Bescheid, wenn ich was für dich tun kann.«

Ich bedankte mich und legte auf. Dann navigierte ich mich sofort zum Vertrag in meinen E-Mails. Er umfasste mehrere Seiten, die ich zugegebenermaßen vor dem Unterzeichnen nur grob überflogen hatte. Ehrlich gesagt hatte ich mir nichts dabei gedacht, immerhin waren die ersten Punkte Standardklauseln, nach denen ich irgendwann nur noch quergelesen hatte. Doch nun nahm ich mir für jeden einzelnen Paragrafen Zeit.

Allerdings fand ich keinen Hinweis auf die Kameras oder ein Sicherheitssystem unabhängig von der normalen Alarmanlage. Diese wurde durch Eingeben des Codes an der Eingangstür deaktiviert. Dass ich jedoch sonst nichts aus dem Vertrag herauslas, sorgte dafür, dass ich mit einem mulmigen Gefühl im Magen zurück in den Garten ging.

Mit einem Mal war das Sitzen auf den Liegen im Schatten vor dem Pool gar nicht mehr so entspannend wie zuvor, was mich ärgerte.

Richie hatte es sich etwas entfernt von mir gemütlich gemacht. Er lag auf dem Bauch und hatte den Kopf abgewandt, weshalb ich mir nicht sicher war, ob er schlief oder sich einfach nur entspannte.

Wäre die Sache mit den Kameras nicht, würde ich die Situation nutzen, um ihm einen Eimer voll Eiswasser überzugießen. Aber gerade fand ich nicht einmal das reizvoll.

Tief seufzend griff ich nach meinem *WholeVegan-Zukunftsvisionen*-Block, auf dem immer noch nicht mehr geschrieben stand, und tippte mit dem Bleistift darauf. Sofort war mein Kopf wieder blockiert, als würde er sich einfach nicht mit meinem Unternehmen, meiner Zukunft darin und deren weiteren Verlauf auseinandersetzen wollen ...

Meine Gedanken schweiften zurück zu der Zeit, als ich die Idee gehabt hatte, Menschen veganes Essen interessant und schmackhaft machen zu wollen. Jenen Leuten, die zwar bereit waren, etwas zu verändern, aber nicht wussten, *wie* oder welche Möglichkeiten es gab ...

Irgendwie erinnerte mich Richie an meine ursprüngliche Zielgruppe. Vielleicht war das mit ein Grund, weshalb ich ein klitzekleines bisschen ein schlechtes Gewissen verspürt hatte, als ich heute Morgen den Deckel des Chilistreuers gelöst hatte.

Aus dem Augenwinkel bekam ich mit, wie Richie sich bewegte. Wie er sich aufrichtete und in meine Richtung schaute, doch ich hielt den Blick weiterhin auf den Block gerichtet, den ich nur noch pseudomäßig in der Hand hielt. So viel war selbst mir klar. Dann stand er auf und ging an mir vorbei.

Durch meine Sonnenbrille verfolgte ich ihn, wie er die Pooltreppe ansteuerte und sich langsam ins Wasser gleiten ließ. Und, Gott, ich musste mich wirklich zwingen, nicht zu offensichtlich zu starren. Denn entgegen meiner Behauptung Jackson gegenüber sah Richie schon echt unglaublich gut aus. Und war definitiv sehr wohl mein Typ.

Ich biss mir auf die Unterlippe, um zu verhindern, dass ein schmachtender Laut meinen Mund verlassen konnte, sobald Richie zügig durchs Wasser glitt und ich dabei das Spiel seiner Muskeln verfolgte.

WholeVegan! Entwicklungen, Ziele, Wünsche, Veränderungen!, ermahnte ich mich in Gedanken und zwang mich, meine Konzentration wieder auf das ungebleichte Papier vor mir zu richten.

Frustriert seufzte ich auf und legte den Kopf in den Nacken, weil ich das Gefühl bekam, komplett blockiert zu sein. Nicht zu wissen, wo ich hinwollte mit meinem Unternehmen. Ob es überhaupt *mein* Unternehmen war, nachdem Davis so viel von sich eingebracht hatte, von dem ich mir rückblickend nicht sicher war, ob es auch meiner Vorstellung entsprach. Klar, *WholeVegan* war unglaublich erfolgreich angelaufen – weit besser, als ich zu Beginn gedacht hatte. Dennoch war ich nicht glücklich damit. Nicht mehr ... Oder war womöglich ich diejenige, die sich verändert hatte? Brauchte ich eine neue Herausforderung, jetzt, wo alles lief?

»Woran schreibst du da?«

Ich hob den Blick und sah in Richies dunkle Augen, wie er mich vom Rand des Pools aus anschaute. Die Arme hatte er auf den weißen Fliesen abgelegt, während sein restlicher Körper im Wasser war. Die Sonne glitzerte in den Wassertropfen auf seiner Haut, und für einen Moment war ich abgelenkt.

»Ich äh ... Das ist für die Arbeit«, gab ich dann zu.

»Kann ich helfen? Du wirkst irgendwie planlos.«

Nun musste ich laut lachen. »Korrigiere mich bitte, falls ich mich irre, aber du bist meines Wissens nach ein fleischessender Musiker und hast weder Erfahrung mit der Lebensmittelbranche noch mit veganem Essen und schon gar nicht mit der Führung eines Unternehmens.«

»Da hast du recht, aber manchmal soll es helfen, über seine Probleme zu reden. Es könnten sich Knoten im Kopf ganz von allein lösen, wenn man über das spricht, was einen bewegt oder eben aufhält.« Er zuckte mit den Schultern. »Nur ein Angebot, du musst natürlich gar nichts.«

Wieder seufzte ich tief. »Danke, Richie, aber ich muss selbst herausfinden, wie es in Zukunft weitergehen soll und welche Veränderungen ich durchführen möchte. Dabei kann mir niemand helfen.«

»Wenn du meinst.« Er verzog seine Lippen zu einem Schmunzeln und stieß sich dann vom Rand ab, jedoch ohne den Blick von mir abzuwenden. Immer noch sah er mich so intensiv an, dass es in mir zu kribbeln begann. Was mich wahnsinnig machte, da ich so nicht empfinden sollte.

»Ich habe übrigens den Mietvertrag gecheckt, dort steht nichts zu den Kameras drin«, sagte ich, in erster Linie, um das Thema zu wechseln – obwohl dieses nicht gerade besser war.

Richie brummte zustimmend. »Dachte ich mir schon, das wäre mir sonst in Erinnerung geblieben. Aber was mir eingefallen ist: Wir könnten die Reinigungsdame fragen. Mary heißt sie, oder?«

Ich nickte kurz. »Ja, das wäre eine Idee.« Falls sie etwas wusste, würde sie es mir sicher sagen. Ich mochte die Mittfünfzigerin, ein wenig erinnerte sie mich an meine Tante Stephanie.

»Gut, dann warten wir Dienstag ab«, meinte er, kam wieder näher – heilige Scheiße, dieses Muskelspiel in seinen Armen! – und stemmte sich einfach vor mir aus dem Becken, mit intensivem Blick in meine Augen. Und erneut klebte seine Badeshorts viel zu eng an gewissen Stellen.

Eventuell war mein Mund aufgeklappt, ich wusste es nicht.

Mir lag auf der Zunge, ihn zu bitten, das sein zu lassen –

aber das konnte ich nicht. Auf keinen Fall wollte ich ihm noch mehr verdeutlichen, dass er gut aussah und dass er mich dermaßen aus dem Konzept brachte. Ersteres wusste er bestimmt selbst. Und Zweiteres ... eher würde ich noch einmal Fleisch essen, als ihn das wissen zu lassen.

Am Nachmittag verzog sich Richie pünktlich um fünf Minuten vor halb vier ins Haus, damit ich meine halbe Stunde für mich hatte. Zwar ließ ich auch diesmal wieder den Bikini an, aber dass er sich unaufgefordert an unsere Abmachung hielt, war ein Pluspunkt für ihn.

Überhaupt konnte ich wirklich wenig gegen ihn sagen – mal davon abgesehen, dass er mit mir redete. Doch selbst da konnte ich ihm keine Vorwürfe machen. Er quatschte mich nicht zu, sondern gab sich interessiert, freundlich und höflich. Und verdammt, insgeheim hätte ich ihm stundenlang zuhören können, weil ich seinen britischen Akzent zum Niederknien fand. Natürlich nur metaphorisch gesprochen ...

Nachdem ich meine Schwimmzeit absolviert hatte, kam Richie diesmal nicht zurück in den Garten. Eine Weile spielte ich mit Izzy und warf für sie ein paar Bälle, ließ sie Sitz und Männchen machen und sie für ein Leckerli tanzen, doch falls Richie uns dabei beobachtete, tat er das von drinnen. Auch als ich etwas später mit Izobel hineinging, um ihr eine Schüssel frisches Wasser zu geben und ihr Abendessen bereitzustellen, war von ihm nichts zu sehen.

Irgendwann zog ich mich in mein Badezimmer zurück, um mir das Chlorwasser vom Körper und aus den Haaren zu waschen. Dabei überlegte ich, welcher Prank sich als Nächstes eignen könnte, um Richie die Zeit hier schwer zu machen und ihn zu einer verfrühten Abreise zu bewegen. Was allerdings auch schade wäre, da ich zumindest seinen Anblick inzwischen sehr genoss.

Eventuell könnte ich mich in sein Schlafzimmer schleichen und ihm mit einem Sharpie etwas ins Gesicht malen.

Oder ich könnte mit dem durchsichtigen Klebeband, das ich in der Garage hatte liegen sehen, den Durchgang zum Gym zukleben, sodass er in die Klebestreifen laufen würde. Ich könnte auch Senf auf den Türgriff schmieren ...

Ideen, die mir gefielen, tippte ich in mein Handy, um sie nicht zu vergessen, während ich mich nebenbei eincremte und schließlich die Haare aus dem Handtuch-Turban löste. Ich kämmte durch die zum Teil verknoteten Strähnen, sprühte Pflege darauf, massierte alles ein und griff dann zum Föhn, um sie zu trocknen. Schaltete ihn ein, bis ... mich eine weiße Wolke einhüllte. Und ich einen spitzen Schrei ausstieß.

Izzy bellte, sprang an mir hoch und wirkte reichlich verwirrt.

Und ich ... Herrgott, ich sah aus wie einem Gruselfilm entsprungen.

Mein Gesicht, meine Haare ... sogar mein Oberkörper war dank der noch nicht ganz eingezogenen Bodylotion weiß. Und vor der Tür konnte ich Richie lachen hören.

Dieser ... *Na warte!*

Kochend vor Wut schlang ich mir das große Frotteetuch um den Körper, mit dem ich mich vorhin abgetrocknet hatte, und lief nach draußen.

»Du ...!«, begann ich, den Zeigefinger auf ihn gerichtet, doch als Richie mich sah, lachte er noch lauter.

Izzy tapste um mich herum und schaute mich mit irritiertem Blick an, während sie hin und wieder kläffte.

»Ich würde sagen, jetzt sind wir quitt«, japste er schließlich um Atem ringend.

»Quitt? O nein, mein Lieber, quitt sind wir noch lange nicht.« Aufgebracht stampfte ich auf, weil ich nicht wusste, wohin mit meiner überschüssigen Energie und meiner Wut auf ihn. »Du schuldest mir übrigens einen neuen Föhn!«

Richie wischte sich Lachtränen aus den Augenwinkeln. »Fuck, ey, wenn ich nicht wüsste, dass du mich dafür killen würdest, würde ich dich fragen, ob ich ein Foto von dir machen darf.« Er formte mit seinen Daumen und Zeigefingern einen imaginären Bilderrahmen und hielt ihn mit etwas Abstand auf mich gerichtet. »Sehr genial! Und ja, keine Sorge, das Ding ersetze ich dir natürlich. Aber sorry, diese Gelegenheit *konnte* ich einfach nicht verstreichen lassen, als du draußen schwimmen warst.«

Dass er immer noch lachte, dabei jedoch einen viel zu herzlichen Gesichtsausdruck hatte, sorgte dafür, dass ein Teil meines Ärgers verpuffte.

»Was ist das überhaupt für Zeugs?«, wollte ich wissen und hoffte, damit verschleiern zu können, dass ich seinen Streich grundsätzlich und nüchtern betrachtet verdammt gut fand.

»Mehl. Sorry, ich hoffe, es lässt sich gut auswaschen.« Ohne zu zögern, hob Richie seine Hand und strich mit dem Daumen sanft über meine Stirn, ehe er eine meiner Haarsträhnen zwischen zwei Fingern rieb. Und ich stand da, komplett elektrisiert, weil mich seine Berührung dermaßen aus der Bahn warf. Weil sie in mir nachprickelte, obwohl sie das nicht sollte. Nicht durfte ...

»Bestimmt ...« Ich räusperte mich und wich minimal vor ihm zurück. »Also, ich geh dann mal ... wieder duschen.«

»Ich würde ja anbieten, dir beim Auswaschen zu helfen, aber ich fürchte, dass dir das nicht gefällt.«

Ein süßes Prickeln stieg in mir auf, das ich gerade so unter Kontrolle halten konnte. Stattdessen schnalzte ich übertrieben lässig mit der Zunge und zwinkerte ihm zu. »Bingo!« Und weil ich die Vorstellung, er könnte mir in die Dusche folgen, viel zu verstörend fand – verstörend gut! –, drehte ich mich um und eilte zurück ins Zimmer, Izzy an meiner Seite.

Zur Sicherheit verriegelte ich die Schlafzimmertür – hätte ich vermutlich von Anfang an tun sollen – und im Anschluss die des Badezimmers hinter mir, an die ich mich schließlich mit rasendem Herzen lehnte und erst einmal tief durchatmen musste.

9 – Richie

Schmunzelnd stand ich neben Hayden in der Küche und schnitt eine Süßkartoffel in Würfel – diesmal in nicht ganz so kleine wie sonst. Der Blumenkohl war bereits im Backofen und verbreitete seinen Duft. Währenddessen schob Hayden etwas Zwiebel mit Gewürzen in einer Pfanne mit Kokosöl hin und her und der aromatische Duft verteilte sich im Raum.

Immer noch hatte ich das Bild vor Augen, wie sie, völlig mit Mehl bestäubt und wütend wie ein kleiner Drache, vor mir gestanden hatte. Vermutlich plante sie bereits den nächsten Gegenschlag, und verflucht, ich konnte ihn kaum erwarten … Das hier mit uns, was auch immer es war, gefiel mir viel zu gut und war eine erfrischende Abwechslung zum stressigen Bandleben. Ich sollte definitiv öfter Urlaub machen.

Natürlich war ich auf der Hut und beobachtete jede ihrer Bewegungen besonders genau, was mir umso mehr Spaß bereitete. Wenn ich ehrlich war, wusste ich nicht, wann ich mich zuletzt mit einer Frau außerhalb des Bettes dermaßen amüsiert hatte.

Zudem war ich mir sicher, dass sie diese Anziehung zwischen uns ebenfalls fühlte – obwohl sie sich dagegen zu wehren schien. Was aber auch nur logisch war, immerhin wollte sie mich von hier vertreiben. Und ich war ein Fremder für sie, dem sie mit einem ganzen Reisekoffer voller Vorurteile begegnete. Da wäre es kontraproduktiv, wenn sie sich eingestand, dass sie es ebenfalls fühlte. Was auch immer es war.

Ein Grund mehr, an ihr dranzubleiben. Ich liebte Herausforderungen, und Hayden Butler war meine neue Challenge.

»Okay, also ... du willst, dass wir uns besser kennenlernen. Dann erzähl mal, wie ist das Leben als Rockstar so?« Sie klang bemüht genervt mit einer Prise Langeweile, was ich ihr nicht abkaufte. Vermutlich gierte sie danach, mehr über mich zu erfahren – wenn auch nicht zwingend darüber, wie der Alltag als erfolgreicher Musiker aussah. Denn das konnte sie wie jeder andere online zur Genüge selbst herausfinden.

»Ich lebe meinen Traum«, antwortete ich schulterzuckend. »Seit ich denken kann, wollte und will ich auf der Bühne stehen und Musik machen. Mein Dad war wirklich lange Zeit dagegen, wir sind da mehrfach aneinandergeraten, weil ich seiner Meinung nach besser als Anwalt einen gut bezahlten Job hätte annehmen sollen. Aber das wäre *sein Traum* gewesen und nicht meiner. Das Studium habe ich nur mit Ach und Krach bestanden und dafür jede freie Minute der Musik gewidmet.«

»Und wie denkt dein Dad heute darüber?« Sie gab den gehackten Knoblauch, etwas Ingwer und weitere Gewürze in die Pfanne, und mir lief schon jetzt das Wasser im Mund zusammen.

»Na ja, es hat wirklich lange gedauert, bis er mir verziehen hat, dass ich den Plattenvertrag unterschrieben habe. Als er allerdings gemerkt hat, dass wir nicht mehr nur die kleine Schulband von früher sind, sondern mit unserer Musik inzwischen ein weit größeres Publikum erreichen, hat er unsere Entwicklung schweigend weiterverfolgt. Sogar, als ich verkündet habe, dass wir eine Europatournee machen, war er noch skeptisch, aber spätestens seit wir es mit *Broken* auf Platz eins geschafft haben, freut er sich mit uns.« Ich lächelte bei der Erinnerung, wie stolz er am Telefon gewesen war, als ich ihm davon erzählt hatte. »Wie ist das mit dir? Hast du dein Unternehmen gleich nach der Highschool gegründet?« Ich legte das Messer neben die Spüle und griff nach dem Sieb mit dem gewaschenen Reis, den ich in das kochende Salzwasser gab.

Dass Hayden mir dabei zusah und die Stirn runzelte, blieb mir nicht verborgen.

»Sorry, war das zu früh?« Ich zeigte auf den Topf.

»Nein, perfektes Timing.« Sie lächelte mir doch glatt zu – offen und ehrlich. Scheiße, das gefiel mir. Sehr. »Und ... ähm ... ja, also nicht direkt. Ich habe nach der Schule als Kellnerin gejobbt, weil ich noch nicht so recht wusste, was ich mit meinem Leben anfangen wollte. Auf der Arbeit hatte ich immer wieder Gäste, die nach veganen Gerichten gefragt haben. Jetzt war das kein besonders gehobenes Restaurant oder so. Eher ein Diner mit einem sturen alten Inhaber, der nach wie vor weder gewillt ist, mit seiner Karte groß auf Lebensmittelunverträglichkeiten einzugehen, noch, mit der Zeit zu gehen und gute vegane Speisen anzubieten. Egal, wie viel ich ihm dazu gezeigt und was ich an Aufklärungsarbeit geleistet habe, er wollte es einfach nicht hören. In seinen Augen sind Gerichte ohne tierische Produkte zu teuer, eklig oder schmecken langweilig – oder gleich alles zusammen. Er fürchtete, auf den Lebensmitteln sitzen zu bleiben, weil zu wenig Leute danach fragen würden.«

»Also das, was ich bisher von dir gegessen habe, war unübertroffen gut.«

»Danke.« Ihre Wangen färbten sich rosa, und sie griff nach dem Brett mit den Süßkartoffelwürfeln, die sie gemeinsam mit den gewaschenen Kichererbsen und gewürfelten Tomaten in die Pfanne gab.

Ich öffnete die Dose mit der Kokosmilch, die sie hineinkippte und im Anschluss alles verrührte.

»So, jetzt noch die Temperatur reduzieren, dann kann es gemütlich dahinköcheln. Lediglich auf den Reis müssen wir achten und den Blumenkohl aus dem Backrohr nehmen, sobald er gute Röstaromen entwickelt hat, aber ansonsten sind wir fast fertig. Die Spinatblätter kommen ganz zum Schluss dazu und werden nur untergehoben, bis sie in sich zusammenfallen.«

»Dann hast du dir überlegt, mit veganen Tiefkühlgerichten im Handel Leuten eine fleischlose Ernährung schmackhaft machen zu wollen?«

»Hast du uns gegoogelt?«, fragte sie und öffnete die Spülmaschine, in die ich das Schneidbrett und das Messer räumte.

»Ja«, gab ich sofort zu. »Ich finde es gut, dass es vegane Fertiggerichte gibt. Auch dass ihr darauf achtet, woher die Zutaten kommen und wie sie verarbeitet werden, ist großartig. Oder dass die Verpackung komplett ohne Plastik auskommt. Dass ihr auf Sonnenblumenöl, Palmöl, Zucker und Zuckerersatzprodukte verzichtet ... Das alles sind Dinge, die nicht selbstverständlich sind. Und kann es sein, dass ihr ein ähnliches Gericht wie dieses im Sortiment habt?«

Sichtlich beeindruckt verzog Hayden das Gesicht und nickte. »Ich sehe, du hast deine Hausaufgaben gemacht. Genau, eine annähernd gleiche Variante ist tatsächlich im Sortiment von *WholeVegan* zu finden. Aber um auf deine vorherige Frage einzugehen: Nein, meine ursprüngliche Idee war es, eine Art vegane Kochschule zu eröffnen.«

Jetzt wandte ich mich ihr zu und staunte nicht schlecht. »Und wieso hast du es nicht getan?«

Hayden seufzte tief. Sie räumte die letzten Schüsseln in die Spülmaschine, während ich den Reis umrührte. »Na ja, ich habe meinem besten Freund von der Idee erzählt. Davis stand zu dem Zeitpunkt kurz vor seinem Collegeabschluss und meinte, ich würde noch mehr Leute mit meiner Vision erreichen, wenn sie die fertigen Gerichte tiefgefroren im Handel kaufen könnten. Er hat weitaus mehr Erfahrung und Wissen auf dem Gebiet, immerhin kommt er aus einer Unternehmerfamilie und hat zudem Business Management studiert. Und irgendwie ... gefiel mir die Idee.« Schnell biss sie sich auf die Unterlippe, und es wirkte fast so, als hätte sie mir damit zu viel verraten.

Nun war meine Neugier erst recht geweckt, und ich wollte unbedingt mehr über sie erfahren. Hayden Butler war weit vielschichtiger als zunächst vermutet.

»Jetzt ist das aber nicht mehr so?«, schlussfolgerte ich laut, vor allem deshalb, weil sie in der Vergangenheitsform gesprochen hatte.

Unschlüssig zuckte sie mit den Schultern und wischte mit einem feuchten Tuch die Arbeitsfläche sauber. »Darauf habe ich ehrlich gesagt keine Antwort. Wegen dieser Frage bin ich unter anderem hier – weil ich herausfinden will, ob ich noch meinen Traum verfolge oder ob ...«

»... du den Traum deines besten Freundes lebst und deinen eigenen aus den Augen verloren hast«, beendete ich für sie den Satz. Immerhin war es mir selbst eine Weile so gegangen, als ich versucht hatte, Dads Wunsch zu erfüllen, Anwalt zu werden.

Es war ins Blaue hinein geraten, denn ich durfte nicht von mir auf andere schließen, aber Hayden schaute mich für einen Augenblick überrascht an, dann nickte sie. »Ja, genau!«

Mir lag eine Unmenge an Fragen auf der Zunge – zum Beispiel, wieso sie dann nichts daran änderte. Was sie davon abhielt, noch einmal neu zu starten oder mit diesem Davis darüber zu reden.

Aber ich war mir sicher, sie hatte auf keine von ihnen eine Antwort oder wollte zumindest nicht mit mir darüber reden, da sie keine Anstalten machte, näher darauf einzugehen, weshalb ich auf ein anderes Thema überlenkte.

»Trinkst du Wein?«

Irritiert blinzelte sie. »Äh ... ja?«

»Gut, dann schaue ich mal, was das Weinregal so hergibt.«

Haydens Augen weiteten sich. »Dürfen wir uns daran bedienen?«

»Ja, wusstest du das nicht? Das stand auf der Website, und ich habe mich bei Mr Sutton erkundigt, wie das Ganze funktioniert. Wir müssen bloß die leeren Weinflaschen in den dafür vorgesehenen Korb legen und bekommen im Anschluss eine Rechnung. Die Preisliste liegt in der Schublade mit dem Korkenzieher.«

Hayden überlegte einen Augenblick, bevor sie gezielt eine davon aufzog. »Tatsächlich, die ist mir gar nicht aufgefallen«, sagte sie und pfiff anschließend durch die Zähne. »Okay, vielleicht trinke ich doch keinen Wein ... Ich gebe garantiert keine dreihundert Dollar oder mehr für eine Flasche aus!«

Ich lief zu ihr und warf einen Blick auf die Liste. Gut, die Preise waren hoch, aber nicht unbezahlbar. Zumindest nicht für mich, mal davon abgesehen, dass ich gerade Urlaub machte. Und hey, man lebte nur einmal, oder? Entschlossen nahm ich ihr die Preisliste aus der Hand. »Ich schon. Und weil du mich nicht eine ganze Flasche allein trinken lassen kannst, musst du mir dabei helfen.« Frech zwinkerte ich ihr zu.

Natürlich verstand sie, was ich vorhatte, und rollte mit den Augen.

»Also, welcher darf es sein?«, fragte ich, weil ich nur einen wählen würde, den sie auch trank.

»Wenn, dann ein kalifornischer.«

»Selbstverständlich. CO_2-sparend und so.«

Haydens Mundwinkel zuckten, was sie zu verbergen versuchte, indem sie einen Blick in den Reistopf warf.

Ich nutzte den Moment, um mir die Flaschen genauer anzusehen, und stellte fest, dass auf einigen Etiketten *vegan* stand. Interessant! Eine davon wählte ich aus, entkorkte sie und schenkte den Wein in zwei Gläser, die Hayden für uns auf die Arbeitsfläche gestellt hatte.

»Was, wenn er nicht gut ist? Dann hast du gerade eine Menge Geld aus dem Fenster geworfen.«

Schulterzuckend griff ich nach meinem Glas mit der tiefroten Flüssigkeit. »Bestimmt kennst du auch vegane Gerichte, in denen Rotwein vorkommt.«

Der Cabernet Sauvignon roch fruchtig und intensiv und zeichnete einen sanften Schlierenfilm an die Glaswand.

Hayden beobachtete mich neugierig, also nippte ich daran.

Frucht und Säure explodierten auf meiner Zunge, und eine gewaltige beerige Note mit leichtem Lakritzgeschmack breitete sich in meinem Mund aus.

Ein tiefes Stöhnen drang aus mir hervor.

»Nicht gut?«, fragte Hayden besorgt.

Langsam schüttelte ich den Kopf. »Sorry, aber ... ich fürchte, ich muss die Flasche doch allein trinken.«

Es dauerte einen Augenblick, bis sie verstand und schmunzelnd die Augen verdrehte. Sie roch an ihrem Glas, bevor sie ebenfalls probierte. »Oh!«, war das Einzige, was sie herausbrachte.

»Ich glaube, ich muss mich schlaumachen, ob ich den Wein auch in London bekomme.« Erneut trank ich davon und lehnte mich schließlich mit vor der Brust verschränkten Armen und dem Weinglas in der Hand an die Arbeitsfläche. »Wie bist du aufgewachsen?« Neugierig sah ich Hayden an.

»Ah, die Fragestunde geht weiter.« Kurz verzog sie ihr Gesicht zu einer Grimasse, ehe sie meine Haltung spiegelte und sich mir gegenüber an den Kühlschrank lehnte. »Meine Eltern leben auf einer kleinen Farm, die sie allerdings nur noch für den Eigenbedarf bewirtschaften. Als Jackson und ich Kinder waren, haben sie Mais angebaut und verkauft. Aber das Business ist hart, und irgendwann waren die beiden es leid, sich um die Felder zu kümmern und nebenbei zu jobben, um uns über Wasser zu halten.«

Ich runzelte die Stirn. »Rentiert sich der Anbau von Mais nicht mehr?«

»Kommt auf die Menge an, die man liefern kann. Und darauf, ob man den richtigen Reifegrad bei der Ernte erwischt. Und auf eine Vielzahl anderer Dinge, wie die Maschinen, die du für die Felder brauchst und die gewartet oder gemietet werden müssen. Jedenfalls hat sich der Kosten-Nutzen-Faktor für meine Eltern nicht länger gelohnt. Mom und Dad sind mit ihren Jobs als Verkäuferin in einem Farmladen und als Masseur in einem Spa-Hotel weitaus zufriedener und ausgeglichener als früher.«

»Also hattest du eine schöne Kindheit?«

Ein Lächeln hob ihre Mundwinkel. »Das kann man so sagen, ja.«

»Und wie bist du zum Kochen gekommen?«, bohrte ich weiter nach, weil mich einfach alles an ihr interessierte.

»Keine Ahnung, das hat mir schon immer gefallen. Wenn Mom in der Küche gearbeitet hat, war ich dabei und habe geholfen.«

»Und deine Familie ernährt sich auch vegan?«, fragte ich und trank einen Schluck Wein, während Hayden den fertigen Reis vom Herd nahm.

»Mom ist Vegetarierin, Jackson Veganer. Nur Dad konnte ich leider nicht davon überzeugen. Allerdings kocht Mom ausschließlich vegan, wenn Jackson oder ich zu Besuch sind. Als wir noch zu Hause gelebt haben, gab es veganes Essen und für Dad ein Stück Steak dazu.« Sie lachte. »Gott, als Kind war das jedes Mal echt schlimm für mich.«

»Das Fleisch zu sehen?«

»Das auch. Und der Geruch. Die Vorstellung, wie das Tier gelebt haben muss, dass es nur auf der Welt war, um zu sterben, weil Menschen es essen wollen.« Sie seufzte.

»Als Erwachsene stehe ich da natürlich drüber, jeder kann und soll essen, was er mag. Das ändert jedoch nichts daran, dass ich mich nach wie vor zwingen muss, nicht zu sehr darüber nachzudenken. Aber genug von mir, erzähl mir von dir. Wie war deine Kindheit?«

Und in dem Moment wurde mir klar, dass ich einen großen Fehler begangen hatte. Denn ich hatte geglaubt, Hayden über ihre Jahre als Kind ausfragen zu können, ohne über meine eigenen sprechen zu müssen ...

10 – Hayden

Keine Ahnung, woran es lag, aber schlagartig hatte sich die Stimmung verändert. Richie, der erst noch sein fast schalkhaftes Schmunzeln im Gesicht gehabt hatte, war ernst geworden und blickte in sein Weinglas, als ob dort eine Antwort auf meine so simple Frage verborgen läge.

Okay, vielleicht war sie nicht so simpel für ihn – ich konnte nicht davon ausgehen, dass jeder eine so schöne Kindheit gehabt hatte wie ich.

Peinlich berührt ruderte ich zurück. »Du musst mir nichts erzählen, das war ... sorry«, stammelte ich, weil ich das Gefühl hatte, uns wieder aus dieser Situation hinausmanövrieren zu müssen.

Richie räusperte sich. »Nein, schon gut. Ich bin in York mit vier Geschwistern aufgewachsen. Ein Bruder, drei Schwestern. Und die Musik hat mich ... gerettet. Meine Kindheit war nicht so rosig wie deine. Ich musste schnell lernen, erwachsen zu werden. Mein Dad hat gemeinsam mit uns Kindern unsere Mum verlassen, als ich dreizehn war. Und ich musste schon früh lernen, für mich und andere Verantwortung zu übernehmen.« Geräuschvoll holte er

Luft. »Ich glaube, unser Essen ist gleich fertig.« Mit diesen Worten stellte er sein Weinglas ab und warf die Spinatblätter in das große Sieb, um sie abzuspülen.

Ich warf einen Blick in das Backrohr und holte mit einem Topflappen ausgestattet das Backblech heraus, das ich auf einem Untersetzer abstellte.

Eine Menge Fragen brannten mir auf der Zunge, aber vermutlich war jetzt nicht der richtige Zeitpunkt, um nachzuhaken. Vielleicht würde er sich später von selbst öffnen und mehr erzählen. Vielleicht auch nicht. Als öffentliche Person musste er sicher vorsichtig sein, mit wem er was teilte. »Ja, ich decke schon mal den Tisch. Den Spinat einfach in die Pfanne kippen und unterrühren, du kannst nichts falsch machen.«

Wenig später saßen wir am Esstisch. Die halb leere Weinflasche stand zwischen uns, und wir hatten über TV-Serien zu diskutieren begonnen. Dabei hatten wir festgestellt, dass wir beide *Suits* und *Heartstopper* liebten. Richie hatte mir *Sex Education* empfohlen, und ich war ganz ins Schwärmen über *O. C., California* gekommen. »Die Serie war einer der Gründe, warum ich nach Kalifornien gezogen bin.«

»Und Davis ist da einfach mitgekommen?«, fragte er, bevor er sich eine voll beladene Gabel in den Mund schob.

»Er war bereits hier, er hat in Berkeley studiert. Ihm war es also ganz recht, dass ich das Unternehmen hier gründen wollte.«

Richie nickte schweigend. »Und dieser Davis war immer nur ein guter Freund … oder lief da mal was zwischen euch?«

Sofort riss ich meine Augen weit auf und verschluckte mich beinahe. »Gott bewahre, nein! Er ist mehr wie ein großer Bruder für mich. Wir haben in der Nachbarschaft gewohnt. Bevor ich zur Schule gegangen bin, habe ich ihn nie wirklich wahrgenommen, er ist drei Jahre älter als ich, und wir hatten davor keinerlei Berührungspunkte. Als ich das erste Mal aus dem Schulbus steigen wollte, hat mich ein Kind von hinten geschubst, und ich bin auf die Straße gefallen. Dabei hab ich mir Knie und Hände blutig geschlagen und bitterlich geweint. Davis war sofort da und hat sich um mich gekümmert. Hat den Jungen, der mir den Stoß verpasst hat, total aufgebracht zurechtgewiesen. Dann hat er den gröbsten Schmutz mit einem Taschentuch abgewischt und sein Notfallpflaster auf die größte Wunde geklebt. Anschließend hat er mich nach Hause begleitet. Und ab diesem Moment habe ich zu ihm aufgesehen und ihn vergöttert. Wir waren unzertrennlich, als Freunde.«

Richie schnaubte amüsiert.

»Nein, wirklich! Er war mein Held, auch wenn meine Mom die Hände über dem Kopf zusammengeschlagen und erst mal die Wunden ordentlich desinfiziert hat. Aber von dem Tag an war Davis immer für mich da.«

Richie hob eine Augenbraue.

»Was?«

»Nichts ...« Seine Mundwinkel zuckten.

»Sag schon!«

Geräuschvoll holte er Luft.

»Okay, also ... ich kenne Davis natürlich nicht, aber ich sage dir mal, was ich darüber denke – als Mann. Und alle meine männlichen Freunde würden dir das bestätigen.« Er machte eine bedeutungsschwangere Pause. »Davis steht auf dich.«

Nun prustete ich los. »Auf gar keinen Fall.«

»Ist er hetero?«

»Ja, aber ...«

»Dann steht er auf dich.«

Ich rollte mit den Augen. »Nur weil er für mich da ist und Zeit mit mir verbringt? Wir sind befreundet, seit wir Kinder waren!«

Richie nippte amüsiert an seinem Wein und lehnte sich in seinem Stuhl zurück. »Du musst es ja nicht glauben. Ich kann dir nur aus meiner Sicht sagen, dass kein Heterokerl so lange der beste Freund einer heißen Frau wie dir ist, ohne bei ihr landen zu wollen.«

Mein Mund klappte auf und wieder zu, und ich wusste nicht, was mich sprachloser machte: seine Behauptung, Davis sei scharf auf mich, oder dass Richie Scott mich *heiß* fand …

»Ich meine, ich habe das selbst auch schon gemacht.«

»Was?«

»Na ja, ich war mal mit einem Mädchen, Celeste, *befreundet.«* Das letzte Wort setzte er in Gänsefüßchen. »Wir haben uns gut verstanden und ich wollte mehr, sie war jedoch vergeben. Damit hätte das Thema für mich erledigt sein können, aber sie hat mich zu sehr fasziniert, als dass ich aufgegeben hätte. Okay, vielleicht war ich auch stur und minimal in sie verschossen. Jedenfalls war ich als bester Freund an ihrer Seite und habe abgewartet. Die Beziehung zu dem Typen war nach knapp drei Monaten vorbei. Er hat sie sitzen lassen, und ich war für sie da. Habe ihre Hand gehalten, als sie Liebeskummer hatte, ihr zugehört, hab ihr Schokolade besorgt und Schnulzenfilme mit ihr geschaut, bis es ihr besser ging. Und hab sie viel in die Arme genommen, um sie zu trösten.«

Erneut wollte ich etwas sagen, doch ich brachte kein Wort über die Lippen, was Richie sichtlich amüsierte. Er zwinkerte mir zu. »Habe ich damit etwa ins Schwarze getroffen?«

»Nein, hast du nicht!«, sagte ich eine Spur zu schnell. Denn ja, in gewisser Weise erkannte ich Parallelen zu Davis. Dennoch war es mit ihm anders. Sicher hatte er mir zugehört, wenn ich mal Kummer verspürt hatte, mich nach einer Trennung mit Eiscreme versorgt, und er hatte mich das ein oder andere Mal umarmt und mir tröstend den Rücken gestreichelt. Trotzdem waren da nie irgendwelche Gefühle zwischen uns gewesen, die über Freundschaft hinausgingen. Allerdings würde ich mit Richie jetzt nicht darüber diskutieren.

»Okay, die Zeit ist um«, erklärte ich, was diesmal Richie sprachlos machte. Er zog beide Augenbrauen hoch.

»Was ... Wie meinst du das?«, brachte er schließlich verdutzt hervor.

»Unsere Stunde. Die, die vereinbart war, in der wir uns besser kennenlernen sollten. Weil du gewonnen hast. Du erinnerst dich? Das Chili im Frühstück?« Nun konnte ich mir ein breites Grinsen nicht verkneifen.

Richie hob seinen Arm, um einen Blick auf seine Smartwatch zu werfen. »Eine Stunde beim Dinner.«

»Sorry, so genau hast du das nicht definiert. Immerhin haben wir uns auch bereits während des Kochens unterhalten. Ich bin jetzt jedenfalls weg.«

»Wie *weg?«* Er sah mir zu, als ich meinen Teller und das Besteck in den Geschirrspüler räumte und das Weinglas mit Wasser ausschwenkte, ehe ich es auf die Arbeitsfläche stellte, um es später per Hand zu abzuwaschen.

»Izzy braucht noch etwas Auslauf, und sie hat mir vorhin geflüstert, dass sie an den Strand will. Also ... wir sehen uns.« Mit diesen Worten drehte ich ihm den Rücken zu, stieß einen leisen Pfiff aus, der meiner kleinen Hundedame signalisierte, mir zu folgen, und steuerte die Haustür an, neben der ihre Leine an einem Haken hing. Richies Blick in meinem Rücken spürte ich bis hierher, doch ich drehte mich nicht noch einmal nach ihm um.

Kaum dass ich die Tür hinter uns zugezogen hatte, raste mein Herz wie irre. Denn genau genommen war der Strand lediglich ein Vorwand gewesen, um Abstand zu Richie zu bekommen und mir Gedanken über das zu machen, was er gesagt hatte. Die Sonne würde bald untergehen und alles in Nacht hüllen, aber ich brauchte etwas Distanz zu ihm. Das alles hatte mich zu sehr verwirrt und durcheinandergebracht.

Nicht in erster Linie wegen dem, was er bezüglich Davis erwähnt oder über seine eigene Pseudofreundschaft zu dieser Celeste erzählt hatte, sondern eher, weil er selbst mich heiß fand. Denn das wollte ich nicht. Also … nicht dass ich mich nicht geschmeichelt fühlte, aber jegliche Ablenkung von meiner eigentlichen Mission hier war ein Fehler. Schlimm genug, dass er mich jedes Mal völlig aus dem Konzept brachte, wenn er aus dem Pool stieg. Dazu seine wirklich süße Art *und* dass er mir erneut freiwillig beim Kochen assistiert hatte. Was er zugegebenermaßen richtig gut machte. Er war definitiv kein Anfänger am Herd, was ihm – leider – weitere Pluspunkte bei mir einbrachte.

Schnaubend verließ ich das Grundstück durch das große Einfahrtstor und steuerte den Strand an. Izzy trabte vergnügt neben mir her, vermutlich, weil sie ahnte, wo wir hinwollten.

Innerhalb weniger Minuten passierten wir das Beach-Restaurant, von dem aus sich der Pier ins Meer erstreckte, und ich ging mit Izzy die Stufen hinunter. Kaum dass ich sie im erlaubten Bereich von der Leine ließ, sauste sie auf die Wellen zu, die sanft ans Ufer spülten. Sie tauchte ein, bellte, sprang und tobte herum, als wäre sie noch ein Welpe, was mich lächeln ließ. Sie war damals so niedlich gewesen. Wehmütig ließ ich meinen Blick schweifen.

Etwas entfernt bauten Kinder eine Sandburg mit Wassergraben, der sich mit jeder neuen Welle füllte. Ein paar Leute schlenderten durch den feuchten Sand, und ein junges Pärchen saß knutschend unter dem Pier.

Ich bückte mich und hob ein Stöckchen auf, das das Meer angespült hatte, um es für Izobel zu werfen. Begeistert jagte sie dem Ast hinterher, während ich überlegte, wie ich Richie gegenübertreten sollte, sobald ich zurück war. Und verdammt, ich wusste es nicht.

Mein Handy vibrierte, und die Nachricht, die ich darauf erkannte, brachte mein Herz erneut zum Rasen und verstärkte den schweren Knoten in meinem Magen, der sich nach dem Dinner gebildet hatte.

Davis: Wie geht es dir? Erholst du dich gut? Weißt du schon, wie es für dich weitergeht?

Unmöglich konnte ich ihm jetzt darauf antworten, weshalb ich die Nachricht ignorierte und mein Telefon wieder in der Gesäßtasche verstaute. Ich ertappte mich dabei, wie ich mir vertraute Situationen mit Davis in Erinnerung rief – als er meine Begleitung für den Abschlussball gewesen war oder als mich mein erster Freund nach einem halben Jahr abserviert hatte und ich dachte, der Liebeskummer würde mich umbringen. Aber nach wie vor konnte ich nicht sagen, dass Richie mit seiner Behauptung recht hatte. Dennoch hatten die Bilder meiner Vergangenheit etwas von ihrer Unschuld verloren.

Klar stand ich Davis näher als den meisten anderen Menschen in meinem Leben. Zum einen kannten wir uns lange, und wir hatten bereits eine Menge gemeinsam durchgemacht. Zum anderen hatte ich nicht den Eindruck, als würde er darauf warten, dass ich mich in ihn verliebte – immerhin war er in den letzten Jahren in mehr als nur einer Beziehung gewesen. Selbst wenn ich einen Partner gehabt hatte, war mir kein seltsames Verhalten an ihm aufgefallen. Er hatte nie eifersüchtig reagiert oder mir einen Kerl ausgeredet. Wobei ... doch, über Griffin, meinen letzten Freund, hatte Davis sich hin und wieder abfällig geäußert. Zum Teil berechtigt, zum Teil ... Na ja, ich hatte es darauf geschoben, dass Davis allgemein nicht gut auf Griffin zu sprechen gewesen war, nachdem er ihn kennengelernt hatte. Nicht jeder konnte schließlich mit jedem.

In seinen Augen war Griffin ein Proll, dem Vermögen und Status wichtig waren, der jedoch mit beidem nicht hatte dienen können. Und Davis und ich hatten mit *WholeVegan* in den letzten drei Jahren verdammt gut verdient. Das Unternehmen hatte sich als Selbstläufer entpuppt, und, ja, vermutlich hätte ich mit einer Kochschule oder Ähnlichem nie das erreicht, worauf ich jetzt zurückblicken konnte.

Davis war davon überzeugt, Griffin hätte sich für mich nicht interessiert, wären wir mit der Firma nicht so erfolgreich gewesen.

Nun war ich mir nicht mehr sicher, ob Davis es wirklich so gut gemeint und sich als Freund um mich gesorgt hatte, wie ich bisher gedacht hatte. Womöglich hatte er mir nicht nur den Gedanken an meine Kochschule ausreden wollen – mit dem gemeinsamen Unternehmen war er mir immerhin viel nähergekommen –, sondern auch Griffin? Um selbst eine Chance bei mir zu haben …?

Mein Kopf rauchte, als ich etwas später zurück in die Villa kam. Vor der Haustür trocknete ich Izobel mit einem kleinen Frotteetuch ab und hoffte, so viel Sand wie möglich von ihr rubbeln zu können. Als ich sie im Anschluss hineinließ und ihr frisches Wasser bereitstellen wollte, stellte ich fest, dass Richie das bereits übernommen hatte.

Wie lieb von ihm!

Gerade als ich mein Schlafzimmer ansteuern wollte, um mir ein Buch zu holen, in dem ich am Pool weiterlesen wollte, spitzte ich die Ohren. Waren das …?

Neugierig schlich ich näher an Richies Zimmer heran, und tatsächlich! Ich hörte ihn auf seinem Bass spielen und singen. Und mein Gott, *wie gut* war er bitte? Seine Stimme war rau und tief und dazu der Sound des Instruments, das irgendwie schön satt und zugleich weich klang, falls das überhaupt Sinn ergab. Es hatte etwas Verruchtes, Rockiges an sich, und ich war völlig verzaubert von dem, was ich hörte. Am liebsten hätte ich seine Tür geöffnet, um ihn nicht dumpf durch das Holz hören zu müssen, sondern klar und deutlich. Zu gern würde ich ihm dabei zuschauen, wie er spielte. Vorzugsweise auf seinem Bett auf dem Bauch liegend und …

Moment, woher kam auf einmal *dieser* Gedanke?

Schnell schüttelte ich den Kopf und brachte schleunigst Abstand zwischen diese Tür und mich.

Nicht, dass ich mich gerade in dieser Fantasie nackt gesehen hätte, aber allein die Vorstellung, ich würde auf Richies Bett wollen, verdeutlichte mir, dass ich ein gewaltiges Problem hatte. Und zwar, dass ich ihn wirklich endlich loswerden musste, bevor ich mich selbst vergaß und noch etwas tat, das ich später bereuen würde …

Mein Blick fiel auf Richies Laufschuhe, die neben der Haustür standen. Er hatte sich heute, als wir alles fürs Kochen vorbereitet hatten, erkundigt, wo man am besten zum Strand runterging und wie weit er am Meer entlangjoggen konnte – und welche Richtung ich da empfehlen würde. Und er hatte gemeint, er wolle morgen früh bei Sonnenaufgang laufen gehen … Eine Idee reifte in mir, und mein Fokus lag auf dem nächsten Prank.

Nur kurz überlegte ich, ob ich das wirklich bringen konnte – bis ich mit breitem Grinsen entschlossen eine Entscheidung fällte.

11 – Richie

Entspannt dehnte und streckte ich mich in alle möglichen Richtungen. War voller Vorfreude, weil ich mir endlich meinen lang gehegten Traum erfüllen und am Strand joggen konnte. Bisher war mir das aus so vielen Gründen verwehrt geblieben. Zum einen aufgrund der schwierigen Situation zu Hause, zum anderen, weil York nun mal nicht am Meer lag. Natürlich hatte ich mit Dad und meinen Geschwistern Ausflüge dorthin gemacht, aber als Kind und Teenager hatte ich wirklich andere Dinge im Kopf gehabt, als zu joggen. Allen voran war es mein E-Bass gewesen, und viel zu schnell wurden Familienurlaube Ausnahmefälle. Wenn, dann war ich mit Theo, Lex und Spencer weggefahren – und da hatte Musik immer an erster Stelle gestanden. Egal ob aktiv oder passiv.

Meine Trainingsklamotten hatte ich bereits angezogen, fehlten nur die Laufschuhe, die seit meiner Ankunft neben der Haustür auf ihren Einsatz warteten. Ich schlüpfte in den ersten hinein und … fühlte eine seltsame Masse, die sich durch den Socken zwischen die Zehen drückte.

Was zur Hölle …?

Kurz dachte ich an Izzy – hatte sie etwa ihr großes Geschäft in meinem Schuh verrichtet? Aber als ich mit gerümpfter Nase meinen Fuß aus dem Laufschuh zog und mir der Geruch von frischer Minze entgegenschlug, prustete ich los. Ein Blick auf den Socken und in den zweiten Schuh bestätigte den Verdacht: Zahnpasta.

Hayden kam aus ihrem Zimmer, die Fäuste in ihre Seiten gestemmt. »Wieso lachst du immer? Du solltest verärgert sein und das nicht lustig finden ...«

Sie trug eine hellblaue, sehr kurze Hose, und für einen Moment war ich von ihren nackten Beinen abgelenkt. Mit dem farblich passenden Tanktop dazu bildete ihr Outfit wohl ihren Pyjama. Die langen blonden Haare waren zerzaust, und ich war mir sicher, sie hatte sich einen Wecker gestellt, um das hier nicht zu verpassen.

»Tut mir leid, aber das ist nun mal witzig!«

Sie schnaubte und stampfte auf, ehe sie sich umdrehte und in ihrem Zimmer verschwand.

Schnell streifte ich beide Socken ab und wischte mit dem sauberen die Zahncreme behelfsmäßig von meinem Fuß, bevor ich sie zu den Schuhen warf und Hayden hinterhereilte. Ich klopfte an ihre Tür. »Darf ich reinkommen?«

»Hmpf«, war alles, was ich verstand.

»Okay, ich werte das mal als ein Ja«, entschied ich und drehte am Türknauf.

Sie lag im Bett, setzte sich jedoch schnell auf und raffte die Decke höher. »Du kannst hier nicht einfach reinplatzen!«, schalt sie mich.

Izobel hob neugierig den Kopf und machte einen Laut, der an ein leises Kläffen erinnerte, aber mehr, als würde sie fragen, wer sie in ihrem Schlaf störte. Als sie mich erkannte, kam sie schwanzwedelnd auf mich zugetapst. Sofort ging ich in die Hocke, um die Kleine zu streicheln und zu kraulen.

»Verräterin«, brummte Hayden, die nach wie vor wütend in meine Richtung starrte, als ich zu ihr aufsah.

»Sie erkennt bloß, dass ich einer der Guten bin.«

Hayden schnaubte abermals und schlang die Arme um ihre angezogenen Knie, über die sie die Decke gerafft hatte.

»Darf ich mich setzen?« Ich zeigte auf die Bettkante. Ungern wollte ich neben dem Bett stehen, während sie saß und zu mir hochschauen musste.

Würde sie verneinen, würde ich den Sessel zu ihr tragen, der an der Fensterfront stand, durch die ich Sicht auf den blassblau-rosa gefärbten Himmel hatte. Da das Möbelstück jedoch ziemlich schwer aussah, war ich froh, als sie zögerlich nickte.

Noch bevor ich mich neben ihr niederließ, rückte sie ein Stück von mir weg, doch darauf ging ich nicht ein.

Ich holte tief Luft. »Ich bin mit vier Geschwistern aufgewachsen, wie du inzwischen weißt. Brandon ist mit vierundzwanzig Jahren gerade mal elf Monate jünger als ich, Shelley, Ashlynn und Tamara sind einundzwanzig, achtzehn und sechzehn Jahre alt. Kannst dir vorstellen, wie es da oft zu Hause rundging – zum Teil hat sich das bis heute nicht geändert. Wenn wir aufeinandertreffen, ist es immer laut und lustig. Unsere Kindheit war gelinde gesagt scheiße, obwohl Dad versucht hat, alles in seiner Macht Stehende zu unternehmen, um uns ein guter Vater zu sein. Ich will nicht wissen, *wie oft* er an seine Grenzen gekommen ist, und natürlich haben wir Kinder das auch gespürt.«

Hayden schaute mich irgendwie neugierig an, und vielleicht war es an der Zeit, ihr ein bisschen mehr über mich zu erzählen. Zumindest so viel, dass sie verstand, warum sie mich mit diesen lächerlichen Pranks nicht verärgern konnte.

»Als Ältester war ich für die anderen verantwortlich. Dad hat das zwar nie explizit ausgesprochen, doch ich hatte mich schnell selbst in diese Rolle eingefügt. Tamara war gerade mal vier Jahre alt, als Dad sich von unserer Mum getrennt hat. Somit hab ich mich als dreizehnjähriger Bruder, so gut es ging, um meine Geschwister gekümmert, wenn Dad arbeiten war. Brandon und Shelley haben ebenfalls mit angepackt, aber Ashlynn war mit sechs Jahren zu klein, um im Haushalt zu helfen. Um in diesem Chaos nicht kaputtzugehen oder durchzudrehen, haben wir uns ständig lustige Streiche gespielt. Sie haben uns zum Lachen gebracht und uns daran erinnert, dass es nicht viel brauchte, um Spaß zu haben und den ganzen Mist, mit dem wir uns sonst herumschlagen mussten, für den Moment zu vergessen.«

Ich stützte mich auf die Matratze, um Hayden noch näher zu kommen. »Deine Pranks sind also ein Ausflug zu den schönen Seiten meiner Kindheit, danke dafür.«

Verlegen biss sie sich auf die Unterlippe, bevor sie den Blick senkte und die Decke zwischen den Fingern knibbelte. »Tut mir leid, dass du das durchmachen musstest. Das war bestimmt keine leichte Zeit. Kinder sollten nicht so früh erwachsen werden müssen.«

Mein Herz wurde schwer, weil sie damit einen wunden Punkt traf. »Vielleicht steckt deshalb noch so viel Kind in mir.« Ich versuchte mich an einem Lächeln und stand auf.

»Wo gehst du hin?«, wollte sie wissen, und wenn mich nicht alles irrte, klang Unsicherheit in ihrer Stimme mit.

»Meine Schuhe waschen. Und danach mache ich uns Frühstück. Zwar kann ich kein geniales Omelett kochen wie du, aber leckeres Porridge mit Früchten schaffe selbst ich. Hast du Lust?«

Hayden atmete tief durch. »Ja, jetzt bin ich sowieso wach.«

»Hey, dafür bin nicht ich verantwortlich«, erinnerte ich sie mit einem Zwinkern.

Sie schmunzelte. »Da hast du recht. Ich komme gleich nach, ich muss nur kurz ins Bad.«

»Kein Ding, ich zieh mir ebenfalls was anderes an. Ich würde sagen, wir treffen uns später in der Küche. Und dann sagst du mir, wo ich einen neuen Föhn für dich herbekomme, der dir zusagt. Oder du gibst mir deine Nummer und schickst mir den Link, damit ich ihn hierher bestellen kann.« Auf keinen Fall wollte ich ihn ihr schuldig bleiben.

Nach dem Frühstück hatte ich den Föhn für Hayden bestellt. Laut Versandinformation sollte er bereits morgen hier ankommen, was mein schlechtes Gewissen zumindest ein wenig beruhigte. Im Anschluss wollte Hayden einkaufen fahren, aber da sie Lebensmittel besorgen musste, hatte ich darauf bestanden, mitzukommen. »Komm schon, du willst doch sicher, dass ich mehr über vegane Ernährung erfahre. Da eignet sich ein Ausflug in den Supermarkt bestimmt am besten. Ich hab nämlich keine Ahnung, was man alles braucht und womit man tierische Produkte ersetzen kann.«

Nach dieser Entgegnung blieben Hayden die Argumente aus, und sie willigte ein, gemeinsam zu fahren. Ich hatte angeboten, meinen Mietwagen zu nehmen, und Hayden hatte nach kurzem Zögern zugestimmt. Vermutlich hatte sie die Aussicht, in einem Cabrio mitzufahren, überzeugt, auch wenn es ein Sportwagen war und der CO_2-Ausstoß wahrscheinlich nicht ganz ihren Vorstellungen entsprach.

Wir kauften für eine vegane Lasagne ein, und nachdem ich beim Frühstück angeboten hatte, für uns zu grillen, landeten auch eine Menge Zutaten dafür im Einkaufswagen. Hayden sagte etwas von Tofu-Saté-Spießen und Süßkartoffelfalafel, dazu wollte sie einen Thai-Nudelsalat mit Erdnussdressing machen. Sie hatte mir, schon bevor wir losgefahren waren, die Rezepte im Internet gezeigt, und ich war echt überrascht gewesen, wie lecker alles aussah und wie viel Protein in jedem einzelnen dieser Gerichte steckte. Sollten sie auch noch schmecken, könnte ich mir echt vorstellen, mich in Zukunft weitestgehend fleischlos zu ernähren – oder es zumindest schrittweise in meinen Lebensstil zu integrieren. Denn das, was ich bisher gegessen hatte, war so viel besser gewesen als alles, was ich die meiste Zeit zu mir nahm. Kein Proteinshake der Welt konnte mit den

Speisen mithalten, die Hayden und ich für uns gekocht hatten. Und Spaß machte das Kochen mit ihr sowieso.

Fuck, ich war mir sicher, dass es mir fehlen würde, mit ihr gemeinsam in der Küche zu arbeiten, wenn ich wieder zu Hause war ...

Zurück in der Villa, begrüßte uns Izzy begeistert und wedelte mit dem Schwanz. Hayden gab ihr ein Leckerli, und nachdem wir den Einkauf ausgeräumt hatten, verabschiedete sie sich, um eine kurze Runde mit ihr zu drehen.

Kaum dass sie außer Haus war, flitzte ich zu ihrem Zimmer und musste breit grinsen, als ich feststellte, dass ich mich nicht geirrt hatte: Hayden hatte vergessen, ihre Tür abzuschließen. Ich trat ein und bereitete alles für die Revanche für meine Laufschuhe vor. Anschließend blieb mir nur noch, es mir am Pool gemütlich zu machen und ihre Reaktion auf meinen Prank abzuwarten.

In mir war alles voller unbändiger Vorfreude. Gleichzeitig genoss ich es, als Hayden zurück war und ihr Poolhandtuch auf der Liege neben mir ausbreitete. Diesmal hielt sie nicht mehr so viel Abstand wie beim letzten Mal, was ich eindeutig als Erfolg verbuchte.

Heute hatte sie keinen Notizblock dabei. Entweder durchdachte sie alles nur im Kopf, oder sie wollte sich gerade nicht mit der Arbeit beschäftigen. Etwas, das ich echt verstehen konnte.

Schon die wenigen Tage Abstand von der Band und meinem Leben als Musiker taten unglaublich gut. Auch wenn ich gestern Abend den Fender zur Hand hatte nehmen und singen müssen. Es war und blieb meine Leidenschaft. Zudem juckte es mich in den Fingern, die Jungs anzurufen und mich zu erkundigen, wie es ihnen ging, doch bisher hatte ich den Eindruck gehabt, dass wir alle diese kleine Pause genossen. Obwohl es sich seltsam anfühlte, da wir die letzten Jahre gefühlt *jeden* Tag auf irgendeine Weise in Kontakt gewesen waren.

Nur Tessa hatte ich gestern ein Selfie von mir am Pool geschickt – aber auch nur, weil ich wusste, dass sie sich freute, von mir zu hören. Und weil ich Lex' Freundin echt mochte. Dass die zwei nach all dem Chaos, das sie auf Tour hatten durchmachen müssen, nun endlich zusammen waren, machte mich wirklich happy für die beiden. Und ja, vielleicht war meine Nachricht an Tessa der Versuch, herauszufinden, ob mit den Turteltäubchen noch alles im Lot war. Nur zur Sicherheit.

Mit dem Foto von Lex und ihr, das sie bei seinen Eltern aufgenommen und mir als Antwort geschickt hatte, wusste ich jedoch, dass ich mir diesbezüglich keine Sorgen machen musste.

Während der Zeit am Pool juckte es mich gewaltig in den Fingern, mit Hayden über dieses und jenes zu plaudern, was mir durch den Kopf ging. Eventuell hatte sie ja Lust, mal die Clubs in der Umgebung unsicher zu machen. Oder eine der Bars aufzusuchen, in denen Livemusik gespielt wurde, wie ich es auf den Plakaten und Werbetafeln gelesen hatte. Vielleicht auch einfach nur gemeinsam mit mir die Gegend zu erkunden. Allerdings sollte ich da vermutlich warten, bis sie etwas aufgetaut war und bestenfalls der Vorschlag von ihr kam. Denn obwohl es gerade halbwegs harmonisch zwischen uns lief, wollte ich mein Glück nicht überstrapazieren. Schon gar nicht nach meiner Aktion vorhin, bei der ich noch immer auf ihre Reaktion wartete. Ich würde die Richie-Dosis einfach nach und nach behutsam steigern, bis sie irgendwann nicht mehr ohne mich sein konnte.

Dafür tat ich mein Bestes, sie jedes Mal, wenn ich im Pool war, in ein belangloses Gespräch zu verwickeln, nur um mich kurz darauf direkt vor ihr aus dem Wasser zu stemmen. Weil ich wusste, wie sehr ihr gefiel, was sie dabei sah. Und nicht sah, hehe! Immerhin blieb mir nicht verborgen, wie sie jedes Mal schwer schluckte und ihre Wangen rot anliefen.

Zu Mittag aßen wir einen kleinen Obstsnack und bereiteten alles für unseren Grillabend vor, sodass ich später nur die Gerichte draufpacken musste, sobald wir Hunger hatten.

Als Hayden sich im Anschluss wieder in den Garten verzog, um mit Izzy zu spielen und mit ihr ein paar Kunststücke zu üben, hielt ich es nicht länger aus. Ich setzte mich auf eines der Sofas im Wohnzimmer und öffnete den Gruppenchat mit den Jungs. Aktivierte die Selfiekamera und drehte mich so, dass man einen Teil der Einrichtung und gleichzeitig den Pool im Blick hatte. Dann schoss ich ein Foto und lud es in den Chat hoch.

Richie: Schöne Grüße aus dem Paradies.

Es dauerte keine zwei Sekunden, bis Theo eine Antwort tippte. Es folgte ein Foto, das ihn zeigte, wie er an eine Steinmauer gelehnt saß. Die Sonne schien ihm golden ins Gesicht, das er zu einem seligen Grinsen verzogen hatte, und spiegelte sich nicht nur in seinen dunkelblonden Haaren, sondern auch in den bronzefarbenen Steinen hinter ihm. Vor ihm war so etwas wie eine Tischkante zu erkennen, aber ganz sicher war ich mir nicht.

Theo: Hey, das ist mein Text!

Spencer: Wo bist du, @Theo?

Statt zu antworten, schickte er eine weitere Aufnahme in den Chat. Und wow, damit hatte ich nicht gerechnet. Ich erkannte den Holztisch wieder, also musste er das Foto von seinem aktuellen Platz aus gemacht oder es zumindest direkt danach aufgenommen haben. Denn hinter dem Tisch erstreckte sich vor der untergehenden Sonne ein gewaltiges Meer aus sattem Violett.

Lex sandte den verblüfft dreinsehenden Smiley, dann:

Lex: Alter Schwede, was ist das denn? Lavendel?

Theo: Jap. Un-fucking-fassbar, oder? Und Leute, hier riecht es so unglaublich gut. Schade, dass ich euch nicht auch davon etwas schicken kann. Heute werde ich schlafen wie ein Baby.

Ich schickte drei Tränen lachende Smileys – und freute mich gleichzeitig, gerade trotz Zeitverschiebung mit ihnen schreiben zu können.

Richie: Okay, um deine Entspannung muss ich mir also keine Sorgen machen. Wie sieht es beim Rest aus?

Spencer fing an zu tippen, doch auf einmal kündigte sich ein Videotelefonat von Lex an. Breit grinsend wischte ich über den Annahmebutton.

»Hey, Mann, ich wusste, du vermisst mich«, sagte ich.

Im selben Moment ploppten neben und unter mir zwei weitere Fenster auf, und Theo und Spencer schlossen sich dem Telefonat ebenfalls an.

»Scheiße, bin ich froh, euch zu sehen.« Theo wischte sich über die Augen, und, ja, er saß immer noch an diese Mauer gelehnt.

Zustimmend brummte ich. »Ich erst! Zuerst wollte ich mich gar nicht melden, weil ich dachte, ihr hättet bestimmt die Schnauze voll von mir.«

Spencer gluckste. »Genau dasselbe hatte ich auch befürchtet.«

»Es tut zwar gut, den Kopf freizubekommen und etwas Abstand zu haben«, begann Lex und legte eine Pause ein, indem er geräuschvoll Luft in seine Lungen sog, »aber ein Tag ohne euch ist wie ein Tag ohne Musik.«

»Alter, wenn du weiter so weichspülst, muss ich mir noch ein Tränchen wegwischen«, erwiderte Theo lachend, woraufhin ich ihm im Stillen zustimmte.

»Wie geht es Tessa?«, erkundigte sich Theo, woraufhin sie neben Lex im Bild auftauchte und winkte.

Sie schlang einen Arm um die Schultern ihres Freundes und grinste bis über beide Ohren. »Hi, Jungs! Danke, mir geht es großartig.«

Dass die zwei so glücklich wirkten, beruhigte mich ungemein. Nichts anderes hatten sie verdient.

»Und wie geht es dir, Spence?«, erkundigte sich Lex bei unserem Drummer.

Er war der Ruhigste von uns, und demnach wunderte es mich nicht, dass er nicht von sich aus zu erzählen begann.

»Auch gut. Mum versorgt mich mit den besten irischen Gerichten. Das ist meine Definition vom Paradies.«

Im Hintergrund hörte ich jemanden lachen, bis auf einmal Mrs O'Sullivan im Bild auftauchte und ihrem Sohn einen dicken Schmatzer auf die Schläfe drückte.

»Kommt mich unbedingt besuchen, wenn ihr in der Nähe seid, Jungs.« Spencer hatte die Kamera gedreht, sodass wir seine Mum besser sehen konnten. Ihre Wangen waren gerötet, und ihre Locken wie immer etwas zerzaust, aber ich mochte diese Frau wirklich gern.

»Danke, Mrs O'Sullivan, darauf kommen wir auf jeden Fall zurück«, sagte ich.

»Vermisst ihr das Bandleben schon?«, wollte Lex schließlich wissen.

»Ich hab gestern ein wenig gespielt«, erklärte ich, was die anderen amüsierte.

»Worauf gespielt?«, fragte Theo frech grinsend. »Auf der Blonden im Garten?«

Was zur Hölle?

»Woher …?« Schnell wechselte ich zum Chat zurück und scrollte zum Foto – und tatsächlich, ich hatte unbeabsichtigt einen Teil von Hayden mitfotografiert.

Natürlich prusteten die anderen los, weil ich nicht einmal überspielt hatte, dass sie mich ertappt hatten.

»Wer ist sie?«, wollte Lex schließlich wissen.

»Das ist … ähm … Hayden. Aber es ist nicht, wie ihr denkt.« In wenigen Worten erzählte ich ihnen von der Doppelbuchung, was sie jedoch nicht davon abhielt, bescheuerte Kommentare zu schieben.

Theo kriegte sich gar nicht mehr ein vor Lachen. »Richie, du bist echt der Knüller! Da buchst du extra eine etwas abgelegene Villa, und selbst hier fallen dir die Frauen förmlich in den Schoß.«

Auch Lex wischte sich Lachtränen aus den Augenwinkeln. »Richie, wie er leibt und lebt – vögelt alles, was nicht bei drei auf dem Baum ist. Sogar im angeblich einsamen Urlaub, und will uns noch weismachen, es sei nicht so, wie es aussieht.«

Ich rollte mit den Augen und wollte etwas erwidern, doch aus dem Augenwinkel sah ich eine Bewegung. Und, Scheiße, Hayden stand fassungslos auf der Terrasse zum Durchgang ins Wohnzimmer. Ihr Blick verriet, dass sie genug von dem Mist gehört hatte, den die Jungs verzapft hatten.

»Fuck!«, stieß ich aus und warf Theo, Lex und Spencer einfach aus der Leitung. »Hayden, warte!«

Doch das tat sie nicht. Sie eilte in Richtung der Garagen, Izzy an ihrer Seite.

»Komm schon, lass mich erklären!«, flehte ich hinter ihr, aber sie ignorierte mich. »Die drei sind Idioten, sie haben sich bloß über die Situation lustig gemacht, es ist nicht …«

»Sieh mir in die Augen und sag mir, dass du nicht mit unzähligen Frauen geschlafen und deinen Status als Musiker dementsprechend ausgenutzt hast.«

Mein Mund klappte auf … und wieder zu, weil ich sie nicht anlügen wollte. Und auch, weil mich der Zorn in ihren Worten tatsächlich überraschte.

Inzwischen hatten wir die Garagen erreicht, und sie öffnete die hintere Tür ihres Wagens. Abschätzig schaute sie mich an, bevor sie Izobel in ihren weißen SUV auf die Rückbank lud und dort mit einer speziellen Vorrichtung anleinte. »Und sag mir, dass du mich nicht ins Bett kriegen willst«, verlangte sie, von mir zu wissen, während das Garagentor beinahe lautlos aufglitt.

Erneut holte ich Luft, doch auch hier wäre ein Nein gelogen gewesen. Weil ich wirklich gern mit ihr im Bett landen würde, wenn sie es zuließe.

Hayden schnaubte, schüttelte fassungslos den Kopf und stieg in den Wagen. Dann fuhr sie einfach los, und alles, was ich tun konnte, war, ihr hinterherzuschauen und zu begreifen zu versuchen, was eben passiert war.

12 – Hayden

»Alles okay, Mädchen? Du siehst aus, als hättest du einen verdammt miesen Tag hinter dir.« Die ältere Dame, die mir schon den zweiten alkoholfreien Cocktail servierte, schaute mich mitleidig an.

Ich nickte, konnte mir jedoch ein schweres Seufzen nicht verkneifen.

»Die Letzte, die in meinem Strandcafé gelandet ist und so aussah, hatte ihren Job verloren.« Mit dem Daumen deutete sie hinter sich. »Caroline ist eine meiner besten Kellnerinnen hier, und ich bin froh, dass sie damals hergekommen ist. Zwar brauche ich gerade niemanden im Service, in der Küche hätte ich jedoch eine Stelle frei, falls du Interesse hast.«

Mühsam zwang ich meine Lippen zu einem Lächeln. »Das ist wirklich lieb, aber nein danke, ich bin nicht arbeitslos. Ich bin bloß enttäuscht.« In erster Linie, weil mich das Gespräch von Richie, das ich unabsichtlich mit angehört hatte, dermaßen überraschte und verletzte. Aber vor allem von mir selbst, weil ich reagiert hatte wie eine eifersüchtige Freundin. Und dazu hatte ich kein Recht – ja, ich wusste nicht einmal, wo diese Worte hergekommen waren.

Ich hatte echt nicht lauschen wollen. Doch als ich meinen Namen gehört hatte, war ich nähergekommen. Und dann hatte ich nicht mehr gehen können, weil ich zu neugierig gewesen war, was Richie seinen Freunden über mich erzählte.

Genau genommen konnte mir völlig gleichgültig sein, was er in seiner Freizeit tat oder getan hatte. Ja, ich wusste noch nicht einmal, ob es mir nicht sogar egal war, dass er mit mir schlafen wollte. Auch wenn es mir schmeichelte. Ein wenig zumindest. Und mich überraschte. Bisher hatte er mich nie angefasst oder mir sonst einen Grund gegeben, mich in seiner Gegenwart unwohl zu fühlen. Und auch seine Ansage vorhin hatte kein unangenehmes Gefühl in mir ausgelöst – im Gegenteil.

Denn: Ich wollte es ebenfalls – was mich an dieser ganzen Sache am meisten ärgerte. Immerhin hatte ich sein blödes Verhalten, wie er es beim Videotelefonat mit seinen Bandkollegen an den Tag gelegt hatte, schon immer für absolut bescheuert gehalten. Typisch Rockstar eben, wie er im Buche stand. Zumindest in der Hinsicht hatte ich mich leider nicht getäuscht. Weshalb also war ein sehnendes Kribbeln durch meinen Körper gefegt, als Richie nicht geleugnet hatte, dass er mich ins Bett kriegen wollte? Und warum musste ich nun ständig an ihn denken, wie er sich direkt vor mir langsam aus dem Pool stemmte?

»Dann hoffe ich, dass die Mocktails das Gefühl der Enttäuschung zumindest ein wenig abschwächen können«, riss mich die Stimme der netten Frau aus meinen Gedanken.

Räuspernd bedankte ich mich. »Das tun sie auf jeden Fall. Sie sind wirklich lecker.«

Sie nickte mir wohlwollend zu, bevor sie sich den anderen Gästen widmete und mich wieder meinem Gefühlschaos überließ.

Richie war heiß, und vermutlich würde ich ihn nie wiedersehen, sobald mein Urlaub vorbei war. Außer vielleicht auf dem Screen.

Ja, das vorhin hatte mich echt geärgert. Und nein, ich hatte nicht vor, die nächste Kerbe in seinem Bettpfosten zu sein.

Allerdings war ich hier, um einen neuen Weg einzuschlagen, mich selbst zu finden und zu entspannen. Was wäre also dabei, meinem Verlangen nachzugeben und mich auf ein prickelndes Abenteuer mit Richie einzulassen? Mit meinem Brainstorming kam ich so oder so nicht weiter, weil alles in mir blockierte, sobald ich an die Arbeit dachte. Vielleicht würde sich das ändern, wenn ich mir das Hirn aus dem Kopf vögeln ließ?

Denn mal ehrlich, mein letztes Mal war viel zu lange her. In den vergangenen Jahren hatte sich bei mir alles um den Aufbau des Unternehmens gedreht, ich hatte Unmengen an Zeit in die Arbeit investiert und mich und meine Bedürfnisse einfach hintangestellt. Vielleicht war das die Art meines Körpers, mir zu zeigen, dass damit endlich Schluss sein musste?

Ganz nüchtern betrachtet war Richie ein absoluter Traumkerl. Er sah gut aus, war freundlich, höflich – von vorhin einmal abgesehen! –, hilfsbereit und immer zu Scherzen aufgelegt. Mit ihm konnte man lachen, und er war ein guter Zuhörer. Und ein hervorragender Küchenassistent.

Außerdem war er ein großartiger Musiker – und das wusste ich nicht nur nach allem, was ich auf Google über ihn gefunden hatte. Immerhin hatte ich ihn schon spielen und singen hören – auch wenn die Zimmertür geschlossen gewesen war. Und hey, wir alle wussten, was man sich über Gitarristen und Bassisten und deren Fingerfertigkeiten erzählte …

Bei dem Gedanken daran musste ich kichern, woraufhin ich mit hochgezogener Braue einen Blick auf den Mocktail warf und mich fragte, ob die gute Frau nicht doch etwas Zunder untergemischt hatte.

Vorsichtig sog ich an dem Strohhalm, bis die fruchtige Mischung aus Orangensaft, Grenadine und Limettensaft unter dem Decknamen eines alkoholfreien Tequila Sunrise meinen Mund flutete. Okay, nein, mir wurden keine Spirituosen untergejubelt. Dennoch ertappte ich mich dabei, mir kurz vorzustellen, wie es wäre, die Mauern fallen zu lassen und mich auf einen Flirt mit Richie einzulassen.

Verdammt, die Bilder, die dabei in meinem Kopf auftauchten, waren viel zu heiß, um mir darüber in der Öffentlichkeit Gedanken zu machen.

»Was meinst du, Izobel? Soll ich es wagen?« Ich beugte mich zu der Kleinen hinab, die hechelnd im Schatten unter meinem Stuhl, auf den vom Inhalt ihres Wassernapfs total nassen Fliesen lag, und kraulte sie zwischen den Ohren.

Aufmerksam drehte sie ihr Köpfchen von einer Seite zur anderen, ehe sie es wieder auf ihren Pfoten ablegte.

»Du magst Richie auch, hab ich recht?«

Dass ich *auch* gesagt hatte, war Beweis genug für mich, die Mauern endlich niederzureißen. Es war schließlich nur ein netter Urlaubsflirt und nichts auf Dauer. In gut zwei Wochen war ich wieder weg und Richie Geschichte.

Doch dass Izzy aufstand und aufgeregt mit dem Schwanz wedelte, kaum dass ich seinen Namen gesagt hatte – was genauso ein Zufall sein konnte –, war für mich ein weiterer Grund, es zu wagen.

Womöglich hatten Richie und ich in den kommenden Tagen einfach eine schöne Zeit, in der wir viel lachten und uns gut verstanden. Gemeinsam kochten, vielleicht auch etwas zusammen unternahmen und er mir hin und wieder auf seinem Bass vorspielte.

Oder aber wir hatten guten bis unglaublich heißen Sex, und ich würde noch in einem halben Jahr an diesen Urlaubsflirt zurückdenken und davon zehren.

So oder so war ich mir sicher, dass sich dadurch der Knoten in meinem Kopf lösen und ich endlich neue Zukunftsperspektiven sehen würde, was meine Arbeit betraf.

Okay, vermutlich klang das nur in meinen eigenen Gedanken logisch, doch ich wusste, dass ich bisher nicht erfolgreich war mit meinen Versuchen, eine Lösung für mich zu finden.

Also musste ich neue Wege einschlagen.

Mit einem leicht nervösen Gefühl im Magen zahlte ich meine beiden Getränke und gab der Frau ein ordentliches Trinkgeld. Sie verabschiedete sich von mir mit den Worten, sie bald wieder zu besuchen, und dass sie mir alles Gute wünschte.

Als ich bei der Villa ankam, hatte sich meine Aufregung zu einem heftigen Flattern im Magen gesteigert. Ich parkte in der Garage und hob Izzy aus dem Auto. Dann ging ich durch die Tür ins Wohnzimmer. Richie war nicht hier.

Um meine Nerven zu beruhigen, füllte ich Izzys Wassernapf neu und steuerte mit ihm in der Hand erst einmal mein Schlafzimmer an, wo ich ihn ihr auf ein Handtuch stellte.

Durch die großen Fenster sah ich, dass Richie im Whirlpool saß, den Rücken mir zugewandt.

Kurz zögerte ich, bevor ich ins Ankleidezimmer eilte, meinen Bikini anzog und schließlich, Izobel zur Sicherheit eingesperrt, nach draußen ging.

Mein Herz polterte heftig, als ich knapp hinter Richie stehen blieb, unschlüssig, ob ich direkt das Gespräch mit ihm suchen oder erst eine Runde im Pool schwimmen sollte, um meine erhitzten Gedanken zu kühlen. Doch die Entscheidung wurde mir abgenommen, als er sich aufrichtete und aus dem Jacuzzi steigen wollte – und sein Blick dabei auf mich fiel.

Meiner hingegen heftete sich auf seine Badeshorts, die sich wie immer wie eine zweite Haut an ihn schmiegten ...

»Oh, hi!« Sein Gesichtsausdruck wechselte von überrascht zu verunsichert, mit einem zögerlichen Lächeln auf den Lippen.

»Hey. Sorry, ich wollte dich nicht erschrecken, ich …« Tief sog ich Luft in meine Lungen und zwang mich dazu, ihm in die Augen zu schauen. »… wollte ursprünglich sagen, dass ich in den Pool gehe, aber die Wahrheit ist, dass ich mir nicht sicher bin, ob ich nicht … also …«

Fragend legte er den Kopf leicht schräg.

»Können wir reden?«

»Hier, oder soll ich raus?« Er zeigte auf den Jacuzzi, und verdammt, als ich nach unten sah, blieb mein Blick abermals an seiner Badeshorts hängen. Und ich ertappte mich dabei, zu lange hinzustarren und meine Zähne in die Unterlippe zu pressen, um ein verhaltenes Stöhnen zu unterdrücken. Dass mir dennoch Hitze in die Wangen stieg, konnte ich jedoch nicht verhindern.

Räuspernd reckte ich das Kinn, doch natürlich hatte er bemerkt, wohin ich geschielt hatte.

»Vermutlich wäre es schlauer, wenn wir uns anziehen und ins Wohnzimmer setzen, aber da wir beide hier sind, um Urlaub zu machen und die Zeit im Pool und Whirlpool zu genießen …«

Sein Grinsen wurde breiter.

»Ach, weißt du, was? Reden wir hier«, sagte ich und zeigte auf den Jacuzzi.

Richie ließ sich wieder sinken, und ich legte mein Handtuch auf die nächstgelegene Liege und kletterte über den Rand, darauf bedacht, den größtmöglichen Abstand zu ihm zu wahren. Jedoch nicht, weil ich nicht in seine Nähe wollte, sondern einzig, weil ich mir selbst und meinem Körper gerade nicht traute. Denn wenn ich ihm zu nahe kam, wusste ich nicht, ob ich der Versuchung widerstehen und die Finger bei mir behalten konnte. Damit würde ich jedoch vermutlich ein gewaltiges Schneeballsystem auslösen, das mich schneller als beabsichtigt herausfinden ließ, wie sich sein Körper anfühlte …

Das angenehm temperierte Wasser blubberte um mich herum, und ich musste mir ein Seufzen verkneifen, als ich die Düsen an meinem Rücken spürte.

Richies Stirn war in Falten gelegt und er sah mir in die Augen, als er zu sprechen begann: »Hör zu, das mit dem Telefonat tut mir wirklich leid. In deiner Abwesenheit habe ich noch einmal mit den Jungs geredet und ihnen erklärt, dass du das alles mitbekommen hast. Dass ich das echt schade finde, da du nun ein so schlechtes Bild von ihnen hast. Ja, du hast recht, dass ich in der Vergangenheit zu keiner Frau Nein gesagt habe, wenn sie mit mir ins Bett wollte – und dass es davon in den letzten Jahren eine ganze Menge gab. Aber ich bin auch kein Arschloch, Hayden. Alle wussten, dass es eine einmalige Sache war. Ich habe immer verhütet und keiner von ihnen etwas versprochen, was ich nicht hätte halten können. Und dass ich angedeutet habe, ich wolle mit dir schlafen, ist nichts, was ich bereue. Weil es die Wahrheit ist. Ich meine, sieh dich doch mal an. Du bist unglaublich heiß, ehrgeizig und witzig noch dazu.«

Du meine Güte, war ich aufgewühlt und nervös und ... kribbelig.

»Danke für das Kompliment und deine Ehrlichkeit«, erwiderte ich und spürte, wie mir erneut Hitze in die Wangen stieg. »Und dafür, dass es dir leidtut, wie das Telefonat verlaufen ist. Ich muss mich entschuldigen, dass ich gelauscht habe. Im Grunde hätte ich gehen sollen, aber ... ich konnte nicht.«

Nun grinste er mich breit an. »Weil du wissen wolltest, was ich meinen Freunden über dich erzähle, wenn ich glaube, dass du nicht zuhörst?«

Konnte es noch peinlicher werden? »Eventuell«, gab ich mit piepsiger Stimme zu.

Richie schien das zu gefallen, denn er beugte sich näher, und ich konnte nicht anders, ich musste auf seine vollen Lippen schauen. Was sofort Bilder in mir hervorrief, die dort gerade nicht sein sollten. Nämlich, wie er auch den letzten Abstand zwischen uns überwand und mich küsste, streichelte und ...

Verlegen wandte ich den Blick ab und versuchte, das Kribbeln in mir zu beruhigen.

»Also, was ich sagen wollte, ist, dass es mir leidtut, dass ich gelauscht habe und anschließend abgehauen bin. Allerdings musste ich mir erst einmal Gedanken über alles machen und ...«

»Und entscheiden, ob du mich noch mehr hasst?«, riet er, schmunzelte dabei aber.

»Ich hasse dich doch nicht«, sagte ich schneller, als mir lieb war. Wäre ich schlau gewesen, hätte ich mir eine bessere Antwort überlegt. Eine, die mir jedoch nicht einfallen wollte, weil Richie nun noch ein Stück an mich heranrückte. Und weil er dabei seine Arme zu beiden Seiten hin ausgebreitet hatte, war er mir inzwischen so nahe, dass er mit dem Zeigefinger meine Schulter berühren konnte. Was er auch mit einem frechen »Sondern?« auf den Lippen tat.

Und herrje, ich war nicht gefasst auf das Beben, das er dadurch in mir auslöste.

»I-ich ... Du bist nett«, begann ich, woraufhin er zischend Luft einsog, als hätte ich ihn damit hart getroffen.

»Du weißt, was *nett* bedeutet, oder? Zumindest bei uns ...«

»Okay, vielleicht bist du ... also ... eventuell könnte ich dich mögen.«

»Endlich!«, stieß Richie aus und sank gleich darauf tiefer, bis er mit dem Kopf unter Wasser verschwand.

Ein amüsierter und zugleich überraschter Laut drang aus mir hervor.

Als er wieder auftauchte, schüttelte er sich so heftig, dass kleine Tropfen auf mich nieselten und mich zum Lachen brachten. Er war einfach unverbesserlich.

»Fuck, ey, mach das noch mal«, raunte er und rückte näher an mich heran.

»Was?«, fragte ich atemlos, und als hätte Richie gemerkt, dass mich die Situation mit ihm überforderte, brachte er sofort wieder Abstand zwischen uns.

»Nichts, schon gut.« Verlegen fuhr er sich über seine Haare. »Okay, Themenwechsel. Erzähl, was hast du gemacht, während du weg warst?«

»Ich ... ähm ... war mit Izzy in einem Strandcafé und habe zwei Mocktails getrunken.«

»Uh, du bist also eine der ganz harten Sorte«, meinte er zwinkernd, woraufhin ich doch tatsächlich kichern musste.

Und Richie atmete zufrieden durch und grinste breiter. »Waren sie lecker?«

Ich nickte. »Sehr.«

»Preis-Leistung stimmte auch?«

»Jap. Und Parkplätze in unmittelbarer Nähe, hundefreundlich, mit gemütlichen Stühlen und ausreichend Schattenplätzen vor einem sauberen Strandabschnitt. Ich hab echt schon Schlimmeres erlebt.«

»Klingt, als sollten wir mal zusammen dorthin.«

»Wir?« Überrascht schaute ich ihn an.

»Ja, also natürlich nur, wenn du mir den Geheimtipp zeigen willst. Keine Sorge, ich werde ihn niemandem verraten.«

»Klar, können wir machen«, sagte ich und spürte, wie sich mein Herz dabei fast überschlug. War das ein Date?

»Sehr gut. Da fällt mir ein ... das mit dem Grillen heute Abend steht noch, oder?«

Dass so viel Verunsicherung in seiner Stimme lag, fand ich irgendwie süß. »Ja, natürlich. Sorry für die Verspätung! Also ... Freunde? Waffenstillstand?«

»Freunde?«, fragte er, und verflixt, ich war echt süchtig nach seinem süßen Grinsen.

»Ja, Freunde«, wiederholte ich bestätigend und streckte ihm die Hand hin, in die er einschlug. Dass er dabei mit dem Daumen sanft über meinen Handrücken rieb, gefiel mir mehr, als es sollte. Bis mir einfiel, dass ich heute am Strand beschlossen hatte, mich nicht länger gegen diese

Anziehung zu wehren, weshalb ich die Hand nicht sofort zurückzog. Und Richie schien es zu bemerken, denn er sah mich aus großen Augen an, in denen ich ein Funkeln erkennen konnte.

»Ich ... ähm ... gehe mal besser«, sagte ich dennoch und deutete über meine Schulter zum Haus.

Richie ließ mich los und rutschte zurück auf seinen vorherigen Platz. »Ich will gleich noch eine Runde schwimmen, danach können wir jederzeit zu Abend essen, wenn du möchtest.«

»Sicher«, antwortete ich atemlos und kletterte aus dem Jacuzzi, wobei ich das Gefühl hatte, Richies Blick auf mir zu spüren. Doch ich schaffte es nicht, mich umzudrehen, um zu überprüfen, ob ich damit recht hatte. Erst als ich fast die Terrassentür erreicht hatte, sah ich über meine Schulter zu Richie, der nach wie vor im Whirlpool saß.

Wollte er doch nicht schwimmen gehen? Seltsam. Ich zuckte die Schultern.

Aber dann erinnerte ich mich an das Kribbeln, das ich vorhin gespürt hatte. Wie die Luft zwischen uns geflirrt hatte und was das alles noch immer in mir auslöste. Denn das Zittern meiner Hände und die weichen Knie konnte ich nicht ignorieren. Ob es ihm ähnlich ging? Dass ich ihn vermutlich nicht kaltließ, trieb erneut meinen Herzschlag an.

Amüsiert und beschwingt rieb ich mich trocken, danach peilte ich mein Schlafzimmer an, in dem mich eine freudig schwanzwedelnde Izzy begrüßte.

»Hast du das mitbekommen? Sieht so aus, als würde dein Frauchen die verbleibende Zeit hier doch noch genießen können.«

Die Kleine schmiegte ihr Köpfchen in meine Hand. Ich sagte ihr, was für ein braver Hund sie sei, ehe ich ins Badezimmer ging, um zu duschen. Nicht nur, um den Schweiß und das Chlor von meinem Körper zu waschen, sondern auch, weil ich für später einen kühlen Kopf brauchte. Richie hatte etwas an sich, das mich tief in meinem Inneren berührte und seine Wirkung auf mich definitiv nicht verfehlte. Im Gegenteil, ich hatte das Gefühl, dass allein die kurze Berührung eben, seine Blicke und seine sanfte Stimme ein Inferno in mir ausgelöst hatten.

Seufzend stellte ich mich unter die Dusche und reckte das Gesicht dem lauwarmen Wasserstrahl entgegen. Ich strich mir über die nassen Haare und versuchte, mir vorzustellen, wie gleich das gemeinsame Abendessen verlaufen würde. Ob wir uns dabei näherkamen, ob ich seinem Charme überhaupt länger widerstehen konnte oder ob ich mich voll und ganz auf den Flirt mit ihm einlassen würde. Und allem, was danach folgte ...

Dass bei dem Gedanken daran mein Puls sofort wieder in die Höhe ging und Aufregung durch mich rauschte, wunderte mich nicht mehr.

Das Duschgel drückte ich über meiner freien Hand zusammen – und stieß einen spitzen Schrei aus, während ich die Tube fallen ließ und fassungslos auf die rote Masse starrte, die in den Abfluss gespült wurde.

Gleichzeitig ertönte von irgendwo draußen ein herzliches Lachen ...

13 – Richie

Der Nachteil an meinen Pranks war, dass ich sie nie live miterleben konnte. Dabei wäre es echt noch mal mehr Spaß gewesen, mit eigenen Augen zu sehen, wie der Föhn ihr das Mehl ins Gesicht geblasen hatte. Oder jetzt, als sie Ketchup statt Duschgel in der Hand hielt.

Okay, der Gedanke an Hayden *nackt* unter der Dusche war nicht unbedingt der, den ich gerade brauchte. Noch dazu, da sie in dem Moment ihre Schlafzimmertür aufriss.

Reflexartig hielt ich mir das Handtuch vor den Schritt und wappnete mich gegen einen erneuten Wutausbruch von ihr, doch sämtliche Gedanken verebbten in meinem Kopf, als sie sich, in ein Frotteetuch gewickelt, vor mir aufbaute. Und fuck, allein das Wissen, dass sie darunter nichts trug, brachte mich ins Schwitzen. Wurde Zeit, dass ich auch endlich unter die Dusche kam – unter meine, wohlgemerkt, obwohl ich natürlich nichts gegen ihre hätte. Ihr Abgang vorhin aus dem Jacuzzi war nicht von dieser Welt gewesen.

»Was zur Hölle war das?«, fragte sie aufgebracht, lachte jedoch dabei.

»Ich weiß nicht, was du meinst«, erwiderte ich scheinheilig.

Ihr Blick fiel auf das Handtuch vor meinen Badeshorts, ehe sie mir erneut ins Gesicht sah. »Doch, das weißt du genau. Also, Richie Scott, wieso hast du es schamlos ausgenutzt, dass ich heute Morgen vergessen habe, meine Zimmertür abzuschließen? Warum befindet sich Ketchup in meiner Tube, und wohin ist das Duschgel verschwunden?«

»Hast du es probiert?«, fragte ich und sah sie geschockt an. Immerhin war ich mir nicht sicher, ob ich alle Duschgelreste weggespült hatte.

»Klar, ich hab das ganze Ding ausgetrunken.« Sie rollte mit den Augen, und ich musste über ihren Scherz lachen. »Nein, Richie, aber ich bin nicht dumm. Es sieht aus wie Ketchup, riecht wie Ketchup, somit wird es Ketchup sein. Also noch einmal: Wo ist mein Duschgel, das wir heute gekauft haben?«

»In der Schublade unter dem Waschtisch in deinem Badezimmer.«

Ihr Mund klappte auf, dann drehte sie sich um und rauschte davon. Und da sie ihre Schlafzimmertür hinter sich offen stehen ließ, ging ich ihr langsam hinterher. Zwar hatte sie mich nicht dazu aufgefordert, allerdings fühlte ich mich verpflichtet, das Rätsel gänzlich aufzuklären.

Sie zog die Schublade auf, holte das Duschgel heraus und drehte sich zu mir um. »Die ist neu. Heißt das …« Ihre Augen weiteten sich. »… du hast die leere Verpackung aus dem Müll gefischt?«

Amüsiert zuckte ich mit den Schultern. »Ich musste sie sowieso ausspülen, da hab ich sie natürlich auch außen gewaschen.«

»Und das Ketchup?«

»Ich hab beim Einräumen gesehen, dass eines im Küchenschrank steht. Fast voll, also ging ich davon aus, dass es nicht fehlen wird.«

Sie schnaubte. »Normalerweise müsste ich dir jetzt einen Vortrag über Lebensmittelverschwendung halten, aber ...« Sie neigte den Kopf zur Seite. »Ich dachte, wir hätten uns auf Waffenstillstand geeinigt. Du hast mir sogar die Hand drauf gegeben.«

Nun war ich es, der sich ein Grinsen nicht verkneifen konnte.

»Lediglich auf die Freundschaft. Das Duschgel stand zu dem Zeitpunkt bereits an seinem Platz. Unmöglich hätte ich auf den Prank verzichten können, immerhin musst du zugeben, dass er verflixt gut war.«

Hayden hielt ihr Frotteetuch mit einer Hand an die Brust gepresst, stemmte die andere in die Seite und schüttelte fassungslos den Kopf. »Du bist echt ...«

»Gut aussehend, charmant, liebenswert, ein absoluter Traumtyp. Danke, ich weiß. Und noch dazu witzig. Beste Kombi.«

Hayden lachte. *»Unglaublich frech* wollte ich sagen. Jetzt kann ich noch das Wort *eingebildet* hinterherschieben.«

Sie ließ ihren Blick an meinem Körper hinabgleiten, bevor sie mir wieder in die Augen sah. Und verflucht, zu gern würde ich ihre Gedanken lesen können. Als sie schließlich auf mich zukam, musste ich schlucken.

Was hatte sie vor? Hatte ich mit dem Ketchup das Eis zwischen uns endgültig gebrochen? Hoffnung machte sich in mir breit, mehr noch, als sie eine Hand an meine Brust legte. Doch statt mir die Chance zu bieten, sie an mich zu ziehen, drängte sie mich rückwärts aus dem Badezimmer. Kaum dass sie mich durch den Türrahmen geschoben hatte, schloss sie die Tür vor meiner Nase und verriegelte sie von innen. »Du findest sicher allein aus dem Schlafzimmer. Und Richie ... kleiner Tipp: Wenn's in der Hose eng wird, soll eiskalt duschen helfen. Allein.« Ihre Stimme drang dumpf zu mir durch, und ich konnte hören, dass sie dabei grinsen musste.

Vorsichtig richtete ich meine Shorts. Gott, diese Frau

war der Wahnsinn! Scharf und schlagfertig noch dazu, und ich wusste jetzt schon, dass ich ihr hoffnungslos verfallen war.

»Erzähl, wie ist es, mit Musik seinen Lebensunterhalt zu verdienen?«, wollte Hayden wissen, während ich die Spieße auf dem Grill wendete. Sie lehnte an der Betonsäule neben mir, und ich hatte das Gefühl, dass Hayden sich verändert hatte. Keine Ahnung, ob es an unserer Aussprache nach dem kleinen Streit lag, aber es war, als hätte sie einen Teil ihres Grolls gegen mich abgelegt. Ich fand das schön. Und dass sie sich nun nach meiner Tätigkeit als Musiker erkundigte, gefiel mir noch mehr.

»Es ist mein Lebenstraum. Und gleichzeitig anders, als ich gedacht hätte. Es ist wirklich harte Arbeit. Klar liebe ich es, Musik zu machen. Das ganze Drumherum ist allerdings echt anstrengend. Nicht falsch verstehen, ich würde immer wieder diesen Weg einschlagen und will mich über nichts beschweren. Zumal ich sagen muss, dass unsere Karriere vermutlich kein Beispiel ist, wie es normalerweise verläuft. Wir hatten unfassbar viel Glück, haben alles, was man richtig machen kann, richtig gemacht – zur rechten Zeit am richtigen Ort, du weißt schon.« Ich legte die Zange auf der Alufläche neben dem Grill ab und wandte mich Hayden ganz zu.

»Inwiefern anstrengend? Mit der Tournee?«, fragte sie und reichte mir mein Weinglas. Sie hatte heute im Supermarkt eine Flasche gekauft, vermutlich, weil sie mich diesmal auf Rotwein einladen und sich den im Haus nicht leisten wollte.

»Jein. Natürlich ist es kräftezehrend, über Wochen hinweg auf engstem Raum mit zum Teil fremden Leuten zusammenzuleben und von einer Stadt zur anderen zu tingeln. Aber unser Alltag besteht ja nicht nur aus dem Touren und Auf-der-Bühne-Stehen. Hinzu kommen die Fotosessions, Interviews, Auftritte in TV-Shows oder im

Radio ... Dann die Besprechungen mit dem Label und dem Management.« Ich seufzte.

»Wenn ich zurück in London bin, erwartet mich gleich mal ein Hearing mit neuen Anwärtern für die Stelle unseres Managers.«

»Oh, wieso das?« Hayden nippte an ihrem Glas und ließ mich dabei nicht aus den Augen. Sie wirkte ehrlich interessiert, was sich unglaublich gut anfühlte. Die meisten sahen nur unseren Erfolg und die großartigen Dinge an unserem Job, aber nicht, wie es uns als Personen dahinter ging.

»Wir haben unseren alten Manager während der letzten Tour entlassen, weil es zu einer Meinungsverschiedenheit beziehungsweise einem Interessenkonflikt gekommen ist – grob gesagt.« Mehr war bisher auch nicht an die Presse weitergegeben worden, also hielt ich mich Hayden gegenüber ebenfalls zurück. Freunde hin oder her, aber dafür kannte ich sie zu wenig, um ihr mehr anzuvertrauen. Zumal es dabei ja nicht nur um mich ging ...

»Oh, okay. Und anschließend geht es ins Studio?«

»Erst mal ans Songwriting. Lex, unser Leadsänger, ist hier der kreative Kopf, aber natürlich sind wir anderen ebenfalls mit von der Partie, sobald er verwertbares Material vorzuweisen hat. Wir bringen unsere Ideen ein und feilen gemeinsam am Song, bis wir zufrieden sind.« Dass in Zukunft vielleicht sogar Tessa mitwirken würde, erwähnte ich nicht. Keine Ahnung, ob das alles schon in trockenen Tüchern war und ob und wie das nach außen kommuniziert werden durfte. »Wenn wir dem Label das neue Material vorgestellt haben und die Leute dort es für gut befinden, geht es ins Studio. Und nebenbei wird natürlich weiterhin fleißig die PR-Trommel gerührt. Die Fans sollen uns ja nicht vergessen, bis wir unser zweites Album am Start haben.«

»Und wieso E-Bass?«

Nun hob ich eine Augenbraue. »Weil ... gibt es einen geileren Sound als den eines Basses?«

»Nein, da hast du vermutlich recht.« Als Hayden auch noch auflachte und den Kopf schüttelte, konnte ich förmlich spüren, wie sie einen Teil meines Herzens stahl.

Verflucht, woher kam das denn? Was war an Hayden so anders als an all den anderen?

Räuspernd vertrieb ich die Gedanken und konzentrierte mich wieder auf unser Gespräch. »Wenn du willst, spiele ich dir später was vor.«

»Gerne, das wäre ... schön.«

Fuck, ey, und ihre Augen strahlten dabei, als könnte sie es kaum erwarten ...

Das Essen schmeckte wie erwartet unglaublich lecker. »Ich denke, du hast es geschafft«, sagte ich, nachdem ich den letzten Bissen meines Tofu-Saté-Spießes hinuntergeschluckt hatte. »Ich brauche offiziell kein Fleisch mehr.«

Hayden runzelte die Stirn, als würde sie mir nicht glauben. »Du möchtest nicht wissen, wie oft ich das bereits gehört habe.«

»Wollen wir wetten?«

Erneut sprach ihr Blick Bände. »Wie soll das gehen? Willst du mir in Zukunft ein Foto von jeder Mahlzeit schicken?«

»Wäre eine Idee.«

Schmunzelnd rollte sie mit den Augen. »Nein, es ist ja im Grunde deine Sache, was du tust. Wenn dir veganes Essen schmeckt, du dich inspiriert fühlst, es hin und wieder zu probieren, und du davon satt wirst, habe ich meinen Teil getan. Was du dann daraus machst, bleibt dir überlassen.« Sie schob eine Süßkartoffelfalafel durch das Erdnussdressing, mit dem sie auf ihrem Teller gekleckert hatte.

»Ich kann dir auf jeden Fall sagen, dass ich positiv überrascht bin, wie vielseitig und gut veganes Essen schmecken kann. Und wie viel Protein ich auf so einfache Art zu mir nehme.« Ich zwinkerte ihr zu. »Vielleicht schaffe ich es nicht hundertprozentig, mich ohne tierische Produkte zu ernähren. Zum einen sehe ich dahinter vermutlich eine andere Motivation als du, und zum anderen wird es nicht immer machbar sein, etwas Veganes aufzutreiben. Auf Tour zum Beispiel, oder wenn wir gerade im Studio arbeiten. Aber ich werde es definitiv versuchen und dir berichten.« Okay, das in erster Linie deshalb, weil ich auf diese Weise einen triftigen Grund hätte, mich regelmäßig bei Hayden zu melden, sobald ich abgereist war.

Sie erwiderte nichts darauf, lächelte aber. Und das allein genügte, um mich glücklich zu machen.

»Weißt du, was? Du entspannst jetzt gemütlich, während ich alles abräume. Immerhin hast trotzdem stets du die meiste Arbeit mit dem Kochen, während ich bloß assistieren kann.«

»Aber du hast heute gegrillt«, hielt sie dagegen und schenkte uns beiden Wein nach.

»Allerdings habe ich dein Duschgel durch Ketchup ausgetauscht. Und weil ich dich damit nicht nur geprankt, sondern auch unnötig Lebensmittel vergeudet habe, muss ich mein schlechtes Gewissen beruhigen. Also lass mich das jetzt erledigen, und du setzt dich in der Zwischenzeit mit dem Rotwein an den Pool. Du könntest die Gartenfackeln aus der Garage holen und anzünden, und wenn ich fertig bin, machen wir es uns beide gemütlich. Du weißt schon, ein wenig in die Sterne schauen, tiefsinnige Gespräche führen und noch mehr Wein trinken. Was Erwachsene halt so tun.« Ich wackelte vielsagend mit den Augenbrauen. Vielleicht hatte ich ja Glück, und sie sprang auf meinen Flirt an.

Tatsächlich wiegte sie sich kurz von einem Bein auf das andere, als würde sie überlegen, bis sie schließlich nickte. »Okay, klingt gut.« Daraufhin klemmte sie sich die offene Weinflasche unter einen Arm und trug beide Weingläser Richtung Pool.

Mit aller Kraft versuchte ich, mein breites Grinsen zu verbergen, scheiterte jedoch garantiert grandios daran.

Beschwingt stapelte ich die Teller übereinander und trug sie in die Küche, um sie in die Spülmaschine zu räumen. Anschließend holte ich die Salatschüssel und wischte den Tisch ab, während Hayden die Fackeln anzündete und mir zuwinkte.

Euphorisch erwiderte ich die Geste und konnte es kaum erwarten, mehr Zeit mit ihr zu verbringen. »Ich komme gleich, ich brauche noch ein paar Minuten!«, rief ich ihr zu.

»Kein Stress, lass dir ruhig Zeit. Ich bin da.«

Fuck, am liebsten hätte ich mich sofort zu ihr gesetzt, aber ich wollte meine Vorfreude nicht zu offensichtlich zeigen, weshalb ich meine Ungeduld zügelte und extra langsam machte. Die Reste des Salates füllte ich in eine kleinere Schüssel um und stellte sie in den Kühlschrank. Kaum dass ich in der Küche fertig war, ging ich in mein Schlafzimmer und holte meinen Fender und den Mini-Verstärker.

Verflixt, wieso war ich mit einem Mal nervös? Warum war es mir wichtig, dass Hayden gefiel, was ich ihr vorspielen wollte? Ich wusste, was ich konnte, hatte es schriftlich in Form eines Plattenvertrags und hatte es in den letzten Jahren live erleben dürfen. Ich hatte völlig selbstsicher vor Tausenden Leuten gespielt und nie infrage gestellt, ob das Publikum mochte, was ich ihnen bot. Bei Hayden jedoch war es etwas anderes ... Sie war anders als all die anderen. Und das machte mir eine Scheißangst. Vor allem auch, weil ich gleich einen Teil von mir preisgeben würde, den sie noch nicht kannte. Wenn ich mit den anderen in der Band Musik machte, waren wir eine Einheit. Jetzt aber würde nur sie es hören. Pur und rein. Und wenn ich jammte und etwas spielte, das gerade aus mir herauskam, machte mich das nur zusätzlich verletzlich, weil ich ihr etwas von meinem Inneren offenbarte, das sonst niemand zu sehen bekam.

In meiner Brust pulsierte ein harter Beat, als ich in den Garten ging.

Inzwischen hatte Hayden es sich auf einer der Liegen gemütlich und ruhte mit geschlossenen Augen.

Noch hatte sie mich nicht bemerkt, und ich war mir unsicher, ob ich mich räuspern, etwas sagen oder ein Stück weggehen und auf andere Weise geräuschvoll auf mich aufmerksam machen sollte. In dem Moment, als ich mich auf die Liege neben ihrer setzen wollte, blinzelte sie in meine Richtung und nahm mir die Entscheidung ab.

Ruckartig setzte sie sich auf. »Nicht!«, rief sie panisch in genau der Sekunde, in der mein Hintern das untere Ende der Liege berührte – und dieses nachgab. Mit einem Rums krachte sie mit mir zusammen und kippte um, genau wie ich.

Ich verlor das Gleichgewicht. Wusste, was kommen würde, und zwar in genau dem Moment, als es geschah, und hatte keine Ahnung, wie ich verhindern sollte, mit dem Instrument und dem Verstärker in den Pool zu fallen.

Instinktiv streckte ich den Arm, mit dem ich meinen Bass hielt, in die Luft und hoffte, dass der verzweifelte Versuch, ihn zu retten, genügen würde – als das Chlorwasser über mir zusammenschlug.

14 – Hayden

Vor Schock war ich wie gelähmt.

Im ersten Moment hatte ich es nicht erwarten können, dass Richie zu mir kam – aus zweierlei Gründen! –, im nächsten kippte er mitsamt seinem E-Bass in den Pool. Und ich musste mit ansehen, wie er untertauchte und krampfhaft versuchte, das Instrument an der Oberfläche zu halten.

Scham durchflutete mich, und ich spürte, wie mir Tränen in die Augen stiegen, als ich an den Rand eilte und den Mini-Bass-Verstärker, der nicht viel größer als meine Handfläche war, aus dem Wasser zog und auf die nächste Liege legte. Das Kabel hatte sich beim Sturz gelöst, und ich wollte verhindern, dass er wie ein Stein auf den Grund des Pools sank.

»Fuck!«, brüllte Richie, und ich zuckte zusammen. Streckte ihm die Hände entgegen und wusste nicht, ob ich ihm den Bass, von dem Wassertropfen perlten, abnehmen oder ihm heraushelfen wollte.

Doch er ignorierte mich und bewegte sich halb schwimmend, halb im Wasser laufend auf die breite Treppe zu, die aus dem Becken führte.

»Fuck!«, stieß er erneut aus und boxte in die Luft, kaum dass er triefend nass auf den Steinfliesen ankam.

Meine Sicht wurde noch mehr verschleiert, als ich, eine Hand auf den Mund gepresst, auf ihn zukam. »Es tut mir so leid ...«, begann ich leise zu sprechen, kaum dass ich sie wieder gesenkt hatte, und der Blick, den Richie mir daraufhin zuwarf, traf mich heftig. Er war dermaßen voller Unglauben und Verachtung, dass ich wünschte, ich hätte nie, niemals diese Liege mit dem kaputten Bein in der Garage gefunden.

»Echt jetzt? Es tut dir *leid?* Warst nicht du diejenige, die etwas von Waffenstillstand gefaselt hat?« Seine Worte waren so scharf, dass ich unfähig war, etwas darauf zu erwidern. »Bring mir ein Handtuch!«, herrschte er mich schließlich an. »Und dann will ich wissen, wie du auf die verfickte Idee kommst, *das* sei ein lustiger Prank.«

Noch immer saß mir der Schock tief in den Knochen. Ich konnte mich kaum regen.

»Los jetzt!«, brüllte Richie, und endlich kam die Information bei meinen Beinen an.

So schnell ich konnte, rannte ich ins Haus, vorbei an Izobel, die im Hundebett mümmelte, das ich vor dem Abendessen neben der Couch platziert hatte, und irritiert hochschreckte. Aufgewühlt sprang sie auf und lief mir bellend hinterher, doch ich hatte gerade keinen Kopf und keine Nerven, sie zu beruhigen und zurück in ihr Bettchen zu verweisen. Im Badezimmer angekommen, riss ich zwei Handtücher aus dem Schrank, mit denen ich in den Garten rannte, wo Richie inzwischen seinen Bass im Terrassenlicht inspizierte.

»Ist er ... ich meine ... denkst du ...?«

Wortlos riss er mir die Frotteetücher aus der Hand und legte eines auf den Tisch, auf das er seinen E-Bass bettete wie ein zerbrechliches Etwas. Anschließend begann er, mit dem zweiten den Korpus und den Hals abzutrocknen.

Meine Beine zitterten, und ich spürte jeden Herzschlag

im Hals, während ich ihm zuschaute, wie er sein Instrument zumindest oberflächlich trockenlegte. Doch ich war nicht dumm, sogar ich wusste, dass da eine Menge Elektronik drin war, die definitiv nicht nass werden sollte.

»Wenn ein Handy ins Wasser fällt, soll man es in Reis einlegen. Vielleicht funktioniert das hier genauso?«

Richie schnaubte und drehte sein Heiligtum behutsam um. »Fass ihn ja nicht an, hörst du?«, zischte er, dann lief er ins Haus und verschwand in seinem Zimmer, nur um kurz darauf mit einer kleinen Box zurückzukommen, in der ein Inbusschlüssel und einige Schraubenzieher waren. Einen davon nahm er heraus und begann damit, die Platte auf der Rückseite aufzuschrauben.

Als er hineinsah, stieß er erneut ein paar Flüche aus und tupfte mit dem Zipfel des Handtuches hinein, doch ich wollte nicht einmal mehr genau hinsehen.

Mir war schlecht und schwindelig, und ich überlegte, was ein neuer E-Bass kosten konnte. Garantiert würde ich ihn ihm ersetzen oder die Reparatur bezahlen – falls man da überhaupt etwas retten konnte.

»Okay, machen wir das mit dem Reis«, drang Richies Stimme zu mir durch.

»Was?«

»Fahr in den nächsten Supermarkt und kaufe alles an Reis, was du finden kannst. Wir füllen die Badewanne. Los!«, brüllte er erneut, als ich mich nicht sofort bewegte.

Ich nickte und eilte völlig verpeilt auf die Garagentür zu, bis mir einfiel, dass ich meine Handtasche mit der Geldbörse und dem Autoschlüssel brauchte. Also drehte ich um, stand erst planlos mitten im Raum, während Izzy mich immer noch verwirrt und aufgedreht anschaute. Die Handtasche entdeckte ich auf einem der Hocker in der Küche.

»Du bleibst hier«, sagte ich streng zu Izobel, die mich abwartend musterte, doch sie schien wohl zu verstehen, denn als ich die Garage erreichte, war sie nicht mehr bei mir.

Zitternd startete ich den Wagen und fuhr los, sobald sich

das Tor geöffnet hatte. Mit vermutlich viel zu hoher Geschwindigkeit rauschte ich durch die Straßen Malibus und hatte Glück, dass ich nicht aufgehalten wurde. Im Supermarkt räumte ich alle Großpackungen Langkorn- und Basmatireis in den Einkaufswagen und erntete an der Kasse einen seltsamen Blick, den ich ignorierte.

Keine Ahnung, was mich bei Richie erwarten würde. Vor meinem inneren Auge sah ich ihn vor mir, wie er mich völlig entgeistert und voller Enttäuschung angeschaut hatte. Mir war klar, dass ich es mir dermaßen mit ihm verscherzt hatte, dass ich froh sein konnte, wenn er nicht in der Zwischenzeit all meine Sachen vor die Tür gestellt hatte ... Gott, ich hatte mich in meinem Leben noch nie so schlecht und schuldig gefühlt.

Dabei hatte ich nur das Fußteil seiner Liege unter ihm zusammenklappen sehen wollen und nicht, dass er in den Pool fiel – schon gar nicht mitsamt seinem Instrument, das ihm vermutlich alles bedeutete.

Als ich in der Villa ankam, schwirrte mir der Kopf.

Richie war nicht mehr auf der Terrasse. Auch sonst konnte ich ihn nirgendwo entdecken. Selbst Izobel war nicht zu sehen, und ich bekam es mit der Angst zu tun. »Richie?!«, rief ich vorsichtig.

»Im Badezimmer«, vernahm ich dumpf seine Stimme aus der Richtung seines Schlafzimmers, und sofort eilte ich zu ihm, während sich die Einkaufstüten mit dem Reis tief in meine Handflächen schnitten.

Hitze durchströmte mich, als ich sein Badezimmer betrat und mich eine aufgeregte Izzy begrüßte.

Doch erneut musste ich sie ignorieren, denn Richie telefonierte gerade.

»... mache ich. Klar, danke, Mann.« Er bedachte mich mit einem Blick, der nicht mehr ganz so tödlich war wie der zuvor. Schließlich legte er auf und verstaute das Telefon in der Gesäßtasche.

»Wer war das?«, fragte ich vorsichtig und hoffte, dass

ihm jemand etwas hatte sagen können, was er noch tun konnte, um den Bass zu retten.

»Geht dich zwar nichts an, aber es war Theo. Mein Bandkollege«, fügte er an, weil ich vermutlich verwirrt geblinzelt hatte. Gleichzeitig nahm er mir die Einkaufstüten aus den Händen und riss einfach die erste Reispackung über der Badewanne auf.

Erst jetzt sah ich, dass er das Instrument hineingelegt hatte und der Reis darauf rieselte. Sofort stellte ich die restlichen Tüten ab und öffnete ebenfalls eine Packung. Nach und nach kippten wir sie alle in die Wanne, und es waren tatsächlich genug, um den E-Bass vollständig zu bedecken.

Zwar blutete mein Herz, weil wir den ganzen Reis im Anschluss wegwerfen würden, aber wenn wir das Instrument dadurch retten konnten, war es die Sache wert.

Zumindest konnte ich nun ein klein wenig aufatmen. Allerdings nur so lange, bis Richie sich mir zuwandte. Nach wie vor wirkte er grimmig, und ich hatte keine Ahnung, wozu er fähig war oder was er vorhatte. Schleichend, fast drohend kam er auf mich zu. »Hayden Butler, ich will jetzt wissen, was zur Hölle du dir dabei gedacht hast?!«, zischte er.

Verunsichert wich ich zurück, auf den Ausgang zu, bis ich merkte, dass ich die Richtung falsch eingeschätzt hatte, weil ich an den Waschtisch stieß. Doch bevor ich mich daran hätte vorbeischieben können, hatte Richie mich eingekeilt, indem er seine Hände zu beiden Seiten von mir abstützte. Seine Klamotten klebten nass an ihm, und obwohl er sich wohl behelfsmäßig abgetrocknet hatte, spürte ich in langsamen Abständen Wassertropfen auf meine nackten Beine perlen.

Er berührte mich nicht, doch mein Körper flirrte. Ob vor Angst oder aufgrund der unerwarteten Nähe zu ihm, wusste ich nicht.

»Ich habe nicht damit gerechnet, dass du mit dem Bass in den Garten kommst. Als ich die Fackeln geholt habe, hab ich zufällig die Liege in der Garage entdeckt. Hab mich erst gewundert, warum sie dort im hinteren Eck steht, bis ich bemerkt habe, dass die Beine gebrochen sind. Und dann dachte ich, das wäre eine witzige Retourkutsche für deinen Ketchup-Prank. Wenn ich allerdings gewusst hätte, dass du mit dem Bass an den Pool kommst ...« Meine Augen füllten sich erneut mit Tränen. »Ich wollte dich davon abhalten, dich zu setzen, du erinnerst dich?«

Kurz wich er meinem Blick aus, als würde er die Situation noch einmal Revue passieren lassen.

»Du wolltest also, dass die Liege unter mir zusammenbricht und ich in den Pool falle, wo ich mich unter Umständen hätte verletzen können?«, schlussfolgerte er laut.

Schockiert presste ich die Hand auf den Mund. »Mist, hast du dich verletzt? Tut mir leid, das habe ich dich gar nicht gefragt.« Noch nie war mir etwas so peinlich gewesen, denn er hatte recht, ich hatte wirklich nicht daran gedacht, dass er sich hätte wehtun können.

»Nein, mir geht's gut«, brummte er mit zusammengeschobenen Augenbrauen.

Erleichtert atmete ich auf, bevor ich seine ursprüngliche Frage beantwortete.

»Also das mit dem Pool hatte ich so nicht im Blick. Ich dachte bloß, es wäre witzig, wenn das Fußteil unter dir nachgibt und du auf deinen Allerwertesten rutschst. Hilft es, wenn ich sage, dass der echt nice ist?« Ich versuchte mich an einem versöhnlichen Lächeln.

Richie ging nicht darauf ein, sondern starrte mich nur weiter böse nieder, weshalb ich verlegen weitersprach.

»Ich konnte ja nicht wissen, dass du dich genau dorthin setzt. Ich bin davon ausgegangen, dass du in der Mitte Platz nimmst, da wäre nichts passiert bis auf einen kleinen Schrecken ...«

Keine Ahnung, ob er mir glaubte, doch sein Gesichtsausdruck wurde endlich weicher.

»Wirklich, Richie, hätte ich gewusst, dass du mit dem

Bass rauskommst und mir etwas vorspielen willst, hätte ich die Liegen gar nicht getauscht.«

Er runzelte die Stirn. »Wo ist die andere?«

»Hinter den Büschen«, gestand ich.

Er schnaubte, und fast klang es wie ein verstecktes Lachen. Doch ich war mir nicht sicher, ob er sich wirklich beruhigte oder es nur die Ruhe vor dem Sturm war.

»Denkst du, er wird wieder?«, fragte ich flüsternd und wies zu seinem Bass.

Schwerfällig seufzte Richie und wandte sich kurz zur Badewanne um. »Ich weiß es nicht. Bis morgen soll er mal im Reis bleiben. Gleich in der Früh fahre ich in ein Musikgeschäft und lasse einen Fachmann einen Blick drauf werfen. Theo meinte, die Chancen stünden fünfzig zu fünfzig. Dadurch, dass er nicht lange nass war, könnte ich Glück haben, aber wir sind beide keine Experten. Sollte die Elektronik kaputt sein, wird man sie hoffentlich austauschen können.«

»Ich übernehme sämtliche Kosten«, sagte ich schnell, auch wenn ich keine Ahnung hatte, was morgen bei dem Gespräch mit dem Fachmann rauskam. Aber es war das Mindeste, ihm das als Entschädigung anzubieten. Was wusste ich schon, womit ich bei einer Reparatur rechnen musste, geschweige denn, was ein E-Bass kostete. Womöglich würde ein neuer fällig werden. Aber hey, ich würde auch ein neues Instrument bezahlen, immerhin musste ich hier eine Schuld begleichen ...

Endlich brachte Richie etwas Abstand zwischen uns, aber nur, um sich völlig fertig mit beiden Händen über die Haare zu fahren. »Scheiße, Hayden, ich weiß echt nicht, was ich von dem Ganzen halten soll ... Vermutlich brauche ich einfach Zeit, um nachzudenken.«

Ein fetter Kloß saß mir im Hals, und ich nickte.

»Allein«, fügte er an, als ich nicht sofort ging.

Und dieses Wort tat erneut verdammt weh. Weil ich für sein Leid verantwortlich war und nicht wusste, wie ich es lindern konnte. Geschweige denn, dass ich es ungeschehen machen konnte.

Mit hängendem Kopf schlich ich aus dem Bade- und anschließend aus dem Schlafzimmer und schloss die Tür hinter mir, um Richie Raum zu geben.

Kaum dass ich das Wohnzimmer erreicht hatte, purzelten die Tränen, die ich die ganze Zeit über krampfhaft zurückgehalten hatte, über meine Wangen.

Izobel erwartete mich und tapste mir langsam entgegen.

Ich kniete mich vor sie und streichelte ihr über das Fell. Ihren kleinen warmen Körper zu spüren, tat gut, noch mehr, als sie sich an mich schmiegte. Ein Schluchzen drang über meine Lippen, und ich presste mir schnell die Hand auf den Mund.

»Komm mit«, flüsterte ich mit zitternder Stimme, und Izzy folgte mir in mein Schlafzimmer, wo ich die Tür hinter uns schloss. Kraftlos ließ ich mich aufs Bett sinken und schlang die Decke um mich. »Hopp!«, forderte ich Izzy auf heraufzuhüpfen, musste ihr allerdings helfen, weil sie zu klein war.

Normalerweise durfte sie nicht ins Bett, heute aber brauchte ich sie zum Kuscheln und als Seelentrösterin. Stumm weinte ich mit dem Rücken zur Tür, die Arme um meine süße Hündin geschlungen, und quälte mich mit dem Blick zum Pool, wo das Unglück begonnen hatte. Immer wieder sah ich vor meinem inneren Auge, wie Richie mitsamt der Liege umkippte und ins Wasser fiel. Wie in einer Endlosschleife.

Ein leises Klopfen riss mich aus den quälenden Gedanken. »Ja?« Schnell wischte ich mit der Hand über meine Wangen, doch da ging schon die Tür auf, und Licht drang vom Flur in das dunkle Schlafzimmer.

»Kann ich reinkommen?« Richie klang müde, und durch das Gegenlicht konnte ich lediglich seine Umrisse erkennen, als ich mich ihm zuwandte.

Räuspernd machte ich die Nachttischlampe an. »Sicher.«

»Du hast geweint«, stellte er fest, nachdem er vor dem Bett stehen geblieben war.

Verlegen wandte ich den Kopf ab und wischte mir erneut mit den Handballen über die Wangen.

»Darf ich mich setzen?«

Mein Herz schlug schneller – auch, weil ich von seinem Groll, den er vorhin noch gehabt hatte, nichts mehr hörte. Zurück war der Richie, wie ich ihn kannte, mit seiner sanften, tiefen Stimme.

»Wenn du nicht mehr nass bist«, sagte ich und konnte nicht verhindern, dass ein Lächeln an meinen Mundwinkeln zupfte.

»Ich hab mich umgezogen«, erwiderte er, was ich natürlich bereits gesehen hatte, aber den Kommentar hatte ich mir einfach nicht verkneifen können.

Die Matratze gab nach, als er sich darauf niederließ. Erneut seufzte er schwer. »Ich bin hier, um dir zu sagen, dass ich nicht böse auf dich bin. Denke ich zumindest. Du hast mich gewarnt, ich weiß, und nachdem ich darüber nachgedacht habe, glaube ich auch nicht, dass du böswillig mein Instrument zerstören wolltest. Dass es den Waffenstillstand nicht gibt, daran bin ich selbst schuld und …«

»Es tut mir wirklich, wirklich leid, Richie«, unterbrach ich ihn, weil er mir das einfach glauben musste.

Ein paar Sekunden lang schaute er mich an, dann nickte er. »Ich weiß.«

»Sind wir wieder Freunde?«, fragte ich leise, während Izobel sich zwischen uns drängte und ihr Köpfchen an seinem Oberschenkel rieb, bis er sie mit einem süßen Schmunzeln auf den Lippen streichelte.

»Freunde. Und Waffenstillstand.«

»Freunde und Waffenstillstand«, wiederholte ich und streckte ihm die Hand entgegen, um unseren Deal zu besiegeln.

Er schlug ein. Hielt meine Hand, ließ sie nicht los, während er mir tief in die Augen sah.

Mein Puls stieg an, und mir war klar, dass sich hier gerade etwas veränderte. Wärme flutete meinen Körper, kroch mir in den Kopf, und bestimmt glühten meine Wangen bereits. Hoffentlich sah er es in dem schwachen Licht der Nachttischlampe nicht ...

Wie beim letzten Mal rieb er mit dem Daumen über meinen Handrücken und sandte damit ein Kribbeln meinen ganzen Arm hinauf. Doch diesmal konnte ich nicht die Flucht ergreifen. Ich wollte es auch nicht.

Geräuschvoll atmete Richie aus, dann zog er mich an sich.

Izzy verzog sich ans Fußende, und ehe ich verstand, was passierte, hatte er seine Arme um mich gelegt.

Überrumpelt von der plötzlichen Nähe versteifte ich mich.

»Scheiße, sorry«, murmelte er und löste sich von mir, doch bevor er zu viel Abstand zwischen uns hätte bringen können, zog ich ihn wieder an mich.

»Hayden«, raunte er, sein Gesicht an meiner Wange.

Langsam rückte ich ein Stück ab, gerade so weit, um ihm in die Augen sehen zu können.

Mist, so hatte ich das zwar nicht im Sinn gehabt. Doch jetzt, wo ich seinen leicht herben Duft vermischt mit dem Geruch von Chlor und Sonne einatmete und seine Lippen vor meinen sah, warf ich die letzten Zweifel über Bord. Alles, wonach ich mich sehnte, war, Richie zu trösten und ihn wieder zum Lachen zu bringen. Erneut dieses Strahlen in seinen Augen zu sehen, das mich in den vergangenen Tagen mehr und mehr dazu gebracht hatte, ihn zu mögen. Mehr als das.

»Küss mich«, hauchte ich und schloss mit rasendem Herzen die Lider. Verharrte abwartend und machte mich innerlich auf einen Korb gefasst, weil er meinem Wunsch viel zu lange nicht nachkam. Doch dann berührten seine Lippen endlich die meinen. Zart und vorsichtig und warm, und als ich mich mit einem Seufzen an ihn drängte und den

Mund für ihn öffnete, tauchte seine Zunge in ihn ein. Rieb an meiner und hob meine Welt aus den Angeln. Ich kippte und fiel und landete weich und sanft in den Kissen hinter mir, Richie über mir. Und irgendwie hatte ich das Gefühl, dass dieser Abend vielleicht doch nicht so schlimm enden würde, wie es bis eben noch den Anschein gehabt hatte.

15 – Richie

Fuck, keine Ahnung, ob ich nicht gerade den größten Mist baute, den ich je gerissen hatte. Denn nach allem, was passiert war, war es garantiert keine gute Idee, Hayden zu küssen. Schon gar nicht auf ihrem Bett.

Nicht, dass ich mir etwas Besseres vorstellen könnte, aber …

Schwer atmend löste ich mich von ihr, sah auf sie hinab. Ihre Wimpern waren immer noch feucht von den Tränen, die sie geweint hatte, und ihre Wangen und Lippen von unserem Kuss gerötet. »Hayden, ich will wirklich ungern aufhören, aber ich denke, unter den aktuellen Umständen ist es keine gute Idee, wenn wir weitermachen.« Frustriert lehnte ich die Stirn an ihre und drückte ein letztes Mal meinen Mund auf ihre Nasenspitze, ehe ich mich hochdrückte und von ihr abließ.

»Was …? Aber … Ich verstehe nicht …«

Schwere breitete sich in mir aus, als ich den Blick hob, um in ihr hübsches Gesicht zu schauen. Verdammt, warum musste sie mich so ansehen? Ich musste all meine Kraft zusammennehmen, um nicht abermals schwach zu werden.

»Ich will nicht, dass du denkst, es tun zu müssen, weil du ein schlechtes Gewissen hast wegen dem, was passiert ist, und weil du weißt, dass ich gern mit dir ins Bett gehen würde. Morgen wirst du es bereuen, und das möchte ich auf gar keinen Fall.«

Sichtlich verunsichert und aufgebracht ließ sie den Blick zwischen meinen Augen hin und her huschen. »Was, wenn ich dir schon beim Abendessen sagen wollte, dass ich mit dir schlafen will?«, fragte sie leise.

Ungläubig blinzelte ich. »Das ... meinst du nicht ernst, oder?«

Dass sie daraufhin verhalten lachte, verunsicherte mich noch mehr. »Doch. Ich hatte ehrlicherweise gehofft, dass wir uns im Garten im Licht der Fackeln näherkommen und ... na ja ...«

»Bevor oder nachdem ich in den Pool gefallen bin?« Diese Spitze musste einfach sein. Vor allem, weil ihr Blick danach so unglaublich süß war ... und sexy.

Stöhnend drückte sie beide Hände aufs Gesicht. »Bevor ich die Liege gefunden habe.«

»Ah ja.« Amüsiert musterte ich Hayden und versuchte gleichzeitig zu realisieren, dass sie das offenbar wirklich ernst meinte. »Warte ... Wolltest du Mr Sutton eine Liveshow bieten?«

Nun klappte ihr Mund auf. »Was? Gott, nein, ich ... also ich hätte nie im Garten ...«

»Ich glaube immer noch nicht, dass unser Vermieter da irgendwas sieht, aber zur Sicherheit sollten wir lieber im Haus bleiben. Das heißt, falls wir ...«

»Wenn«, fiel Hayden mir entschlossen ins Wort und brachte mich damit vollends aus dem Konzept.

»Okay, du meinst das wirklich ernst.«

Hayden sah mir tief in die Augen, und statt mir zu antworten, zog sie mich wieder an sich.

Verzweifelt stöhnte ich auf, spielte aber nicht länger den Heiligen. Wenn sie mich wollte, war ich der Letzte, der sie davon abhalten würde, von mir zu kriegen, wonach es sie verlangte.

Ein sehnsuchtsvolles Seufzen drang über ihre Lippen in meinen Mund, als ich sie erneut küsste, und, verdammt, sie schmeckte viel zu gut. Irgendwie süß und salzig zugleich, was vermutlich an den geweinten Tränen lag. Dazu der Kokosnussduft ihres Duschgels, von dem ich, als ich heute die Duschgeltube ausgewaschen hatte, schon nicht genug bekommen konnte.

Dass sie wirklich meinte, was sie sagte, zeigte mir die Art, wie sie ihre Beine um meine Hüften schlang, um mich noch enger an sich zu ziehen. Mit ihren Händen tauchte sie unter mein T-Shirt, rieb mit den Fingernägeln über meine Haut und trieb mich damit in den Wahnsinn.

Heftig keuchend drängte ich mein Becken an sie, bis Izzy neben uns leise winselte.

Als wir zu ihr sahen, tänzelte sie am Rand des Bettes hin und her, und Hayden stöhnte auf. »Sie will runter. Lass mich ihr kurz helfen«, bat sie mich und drückte mich gleichzeitig sanft von sich.

Ich verkniff mir ein frustriertes Seufzen und rückte etwas von ihr ab. Während ich Hayden dabei zusah, wie sie ihre Hündin auf den Boden hob und schnell ihr Bettchen aus dem Wohnzimmer holte, um es neben dem Nachttisch abzustellen, ließ ich mich zurück in die Kissen sinken. Die Stimmung war gekillt und ich unschlüssig, ob ich bleiben oder gehen sollte.

Auch Hayden wirkte nicht mehr so sicher, was sie wollte, als sie sich auf der Matratze niederließ.

Als es seltsam wurde, setzte ich mich auf. »Vermutlich ist es besser, wenn ich ...«, begann ich meinen Rückzug, doch Hayden fiel mir ins Wort.

»Bleib bei mir. Wir müssen nicht ... also, du weißt schon. Wenn du nicht willst oder du es für falsch hältst, weil du denkst, ich würde es nur tun, um dich zu besänftigen oder mein schlechtes Gewissen zu beruhigen – was definitiv nicht der Fall ist.« Sie seufzte, dann lächelte sie. »Aber bitte bleib heute Nacht bei mir. Ich glaube, wir können beide etwas Trost brauchen.«

»Trost?« Was auch immer sie darunter verstand, wenn sie keinen Sex wollte. Also ich hatte zwar eine grobe Vorstellung davon, war mir jedoch nicht sicher.

»Ja, du weißt schon. Kuscheln, nicht allein sein ...«

Okay, dann hatte ich richtig geraten. Allerdings: Keine Ahnung, wann ich einfach nur so mit einer Frau das Bett geteilt hatte. Ob ich es schaffte, meine Finger bei mir zu behalten ...?

»Ich bleibe gern, aber ich kann nicht garantieren, dass meine Hände nicht doch auf Wanderschaft gehen«, sagte ich ehrlich und sah sie mit vorgeschobener Unterlippe unschuldig an.

Hayden schmunzelte. »Das ist für mich okay.«

Überrascht schaute ich sie an. »Echt jetzt? Kuscheln mit Freifahrtschein für Fummeln? Hayden, du gefällst mir immer besser.«

»Wieso klingt es bei dir gleich wieder so versaut?«, fragte sie und zog sich gleichzeitig das T-Shirt über den Kopf, was dafür sorgte, dass sämtliche Gehirnregionen, die für mein Sprachzentrum zuständig waren, ausgeknockt wurden.

Und, nein, ich fing mich nicht so schnell wieder, obwohl sie ihr Schlafshirt anzog und den BH darunter irgendwie hervorzauberte. Denn nicht nur, dass ich ihre Nippel durch den dünnen Stoff erahnen konnte, sie zog sich auch noch die Jeans-Hotpants aus und schlüpfte in das Pendant aus Baumwolle, das sie als Pyjama trug.

»Übrigens, nur fürs Protokoll, sollten wir doch einmal ... du weißt schon. Ich bin sauber. Also ... ich lasse mich regelmäßig testen und habe seit meiner letzten Beziehung ausschließlich mit Gummi verhütet.«

»Ich bin ebenfalls gesund«, erwiderte sie mit einem intensiven Blick, der mich erneut zum Schwitzen brachte.

»Willst du dich nicht auch ausziehen?«, fragte sie zwinkernd und setzte sich mit einem frechen Gesichtsausdruck auf die Bettkante.

»Ganz? Oder nur das T-Shirt? Weil normalerweise schlafe ich nackt.« Herausfordernd wackelte ich mit den Augenbrauen.

Mir fiel auf, wie sie schwer schluckte, es jedoch überspielte, indem sie nachdenklich den Kopf neigte. »Wie du dich am wohlsten fühlst.«

Fuck! Jetzt spielte sie mit mir und genoss es offensichtlich auch noch, wie mir ihr breites Grinsen verriet.

Schlagartig wurde es wieder enger in der Hose.

»Also ich kann mich schon komplett ausziehen, wenn du das willst«, konterte ich, was ihr nun endgültig die Sprache verschlug. »Oder ich lasse die Boxershorts an.«

Räuspernd schüttelte sie den Kopf. »Nein, schon gut, ich glaube, Boxershorts sind eine gute Idee.«

Dass sie mir dabei zusah, wie ich mein T-Shirt auszog und daraufhin die Knöpfe der Hose öffnete, jagte Hitze durch mich hindurch.

Schließlich schlug sie die Decke zurück, unter der sie es sich bequem gemacht hatte.

Scheiße, *jetzt* wäre noch ein guter Zeitpunkt, das Hirn einzuschalten, vernünftig zu sein und zu gehen. Doch meine Vernunft hatte sich längst verabschiedet, weshalb ich Haydens Einladung annahm und mich zu ihr legte.

Ich hatte keine Ahnung, wohin uns das alles führen würde, aber wenn sie Trost brauchte, würde ich ihr diesen auf keinen Fall verwehren. Also breitete ich meine Arme aus und wartete mit viel zu hohem Puls, was als Nächstes passierte.

Sie löschte das Licht, und es dauerte einen Moment, bis ich im Dunkeln ihre Silhouette ausmachen konnte. Doch dann rückte sie schon näher, und ich spürte ihren Körper an meinem. Ihre Wärme, die sich in mir in Hitze verwandelte und erneut einen Kurzschluss in meinem Denkzentrum verursachte. Ihr Duft strömte in meine Nase, intensiver als zuvor, und ich wusste, ich war verloren. Nie wieder würde etwas für mich so gut riechen wie sie. Ich hatte keine Ahnung, wie ich mich in dieser Nacht zusammenreißen und die Finger von ihr lassen sollte.

»Halt mich fest«, bat sie leise, fast flehend, als würde ich das nicht bereits tun. Also zog ich sie enger an mich und streichelte sanft ihren Rücken, während ihr Atem an meine Brust prallte und ich den Ständer des Jahrhunderts bekam. Vermutlich würde ich morgen mit schmerzhaft blauen Eiern aus ihrem Bett kriechen, aber wenn das bedeutete, für Hayden da sein und ihr etwas von ihrem schlechten Gewissen nehmen zu können, war es das wert.

»Was würde ein neuer Bass kosten?«, fragte sie irgendwann leise in die Dunkelheit hinein.

Ich brauchte einen Moment, um meine Gedanken zu ordnen und ihr eine Antwort zu geben. »Also dieser hat knappe zweitausendeinhundert Pfund gekostet.«

»Wie viel ist das in US-Dollar?«, wollte sie wissen und klang dabei ... verunsichert?

Verdammt, jetzt wurde mir klar, weshalb sie gefragt hatte. Ich war so ein Idiot!

»Das sind ... Also keine Ahnung, ich weiß gerade den Umrechnungskurs nicht«, log ich dermaßen schlecht, dass ich mir dafür eine hätte reinhauen können.

Hayden stieß mir sanft gegen die Brust. »Komm schon, sag es mir. Sonst hole ich mein Handy und rechne es selbst um.«

Geräuschvoll holte ich Luft. »Vermutlich um die zweitausendsechshundert Dollar«, murmelte ich leise. »Aber du wirst mir den nicht nachkaufen, sollte er irreparabel beschädigt sein. Es ist ja auch zum Teil meine Schuld. Ich hätte ihn erst gar nicht mit zum Pool nehmen sollen – das war dumm von mir –, und du hast mich außerdem gewarnt, bevor ich mich gesetzt habe. Schon vergessen?«

»Richie«, sagte sie und klang dabei so flehend, dass mein

Schwanz zuckte, der wohl nicht verstanden hatte, dass wir hier gerade nicht das taten, was er sich erhoffte. Dass ihr Unterton nicht bedeutete, dass ich es ihr besorgen sollte ...

»Nein, Hayden. Ich will auch nicht, dass du dir darüber jetzt den Kopf zerbrichst. Schlaf! Morgen fahre ich in ein Musikgeschäft, und dann wissen wir mehr.«

»Ich komme mit«, sagte sie entschlossen, und mir fiel kein Grund ein, weshalb ich sie davon hätte abhalten sollen.

Als ich ein ergebenes »Okay« an ihrer Stirn murmelte, entspannte sie sich endlich ein wenig. Dann schob sie eine Hand, die sie zuvor noch zwischen uns gehabt hatte, an meinen Rücken und strich ihn sanft auf und ab.

»Wie viele Bässe hast du zu Hause?«

»Mit dem hier sind es acht. Aber dieser ist mir mit Abstand am liebsten. Der Klang ist ...« Ich pfiff durch die Zähne. »... einfach unvergleichlich. Und er liegt auch am besten in den Händen, finde ich.«

»Wenn er kaputt ist, werde ich ihn dir ersetzen«, sagte sie erneut, diesmal mit noch mehr Entschlossenheit.

»Hayden, das kommt überhaupt nicht ...«

Jegliche weiteren Worte erstarben auf meinen Lippen, weil sie just in diesem Moment ihre auf sie drückte. Erst vermutlich nur, um mich zum Schweigen zu bringen, doch dann verringerte sie den Druck und glitt sanft mit ihrem Mund über meinen, den ich für sie öffnete.

Auf keinen Fall würde ich einen Schritt weitergehen. Sie hatte mich eingeladen, um sie zu trösten. Um uns gegenseitig Trost zu spenden, aber nicht, um diese unsichtbare Grenze zwischen uns zu überschreiten. Und verdammt, so schwer es mir auch fiel, ich würde garantiert nicht nachgeben ...

16 – Hayden

Richies Wärme an meinem Körper zu spüren, tat unglaublich gut. Es war tröstlich und heilend zugleich und hatte mir bewusst gemacht, was ich brauchte – einen Menschen in meinem Leben, der mich hielt, mich tröstete und für mich da war. Jemanden, mit dem ich lachen konnte und der mir Zuneigung schenkte, ohne zu fordern. Ich spürte, wie sehr er mich wollte, und dennoch drängte er mich zu nichts.

Schon als er sich ausgezogen hatte, war mir nicht entgangen, dass ihn die Situation ebenfalls anmachte. Und jetzt, wo ich eng an ihn gekuschelt in meinem Bett lag, spürte ich, dass sich daran nichts geändert hatte. Im Gegenteil …

Sanft streichelte ich seinen Rücken und streifte dabei flüchtig mit den Lippen sein Kinn. Sog seinen Duft in mich auf und fühlte mich so geborgen in seinen Armen, dass ich all meine Sorgen vergaß.

»Du spielst ein gefährliches Spiel, Hayden Butler«, raunte Richie mir zu, als ich mich dem Rand seiner Boxershorts näherte.

»Wieso denkst du das?« Provozierend schob ich einen Finger unter den Saum, was Richie prompt aufstöhnen ließ.

»Genau deshalb. Macht es dir Spaß, mich zu quälen?«

»Ist es denn eine schlimme Qual? Oder eine süße?«, konterte ich und konnte die Belustigung in der Stimme nicht zurückhalten.

»Oh, Baby ...« Er seufzte und strich sanft mit seinen Lippen über meine. »Ich fürchte, dass ich jede Art von Qual auf mich nehmen würde, solange es dir dabei gut geht.«

»Ja?«, brachte ich heiser hervor und neckte ihn, indem ich mit den Fingernägeln kleine Kreise auf seinen Rücken zeichnete.

Richie brummte zustimmend. »Weißt du, was ich glaube?«

»Hm?«

»Dass du es darauf anlegst. Du bist ein Mädchen, das gern mit dem Feuer spielt.«

»Würde ich mich denn verbrennen, wenn ich das mache?« Langsam glitt ich mit der Hand über seine Rippen nach vorne, bis ich seine harten Bauchmuskeln erreichte.

Zischend sog er Luft in seine Lungen. »Ich werde heute *nicht* mit dir schlafen, Hayden. Nicht, weil ich es nicht will.« Er stieß ein verzweifeltes Lachen aus. »Gottverdammt, ich würde nichts lieber tun, als dich hier und jetzt zu nehmen. Aber ich bin ein Mann mit Prinzipien, und ich halte mein Wort.«

»Du hast allerdings auch gesagt, du könntest nicht garantieren, deine Finger bei dir zu behalten.«

»Hayden«, brach es gequält aus ihm hervor.

»Ich erlaube dir, mich zu berühren, wenn du es möchtest«, sagte ich, während mein Herz wie irre raste.

Daraufhin stieß Richie ein tiefes Knurren aus, bevor er sich über mich schob und meinen Mund erneut eroberte. Und ehrlich, ihn zu fühlen, zu schmecken und von ihm geküsst zu werden, war schon ein Abenteuer für sich. Ich liebte es, wie geschickt er seine Zunge einzusetzen wusste und wie sehr es mich erregte. Wie er an meiner Unterlippe knabberte, nur um sich dann von meinem Mund zu lösen und seine Neckereien an meinem Kinn und Hals fortzuführen. Und egal, an welcher Stelle er mich anfasste, mein Körper antwortete mit einem Inferno.

Ein leises Stöhnen drang aus mir hervor, während ich mich unter ihm wand. Ich genoss es, wie er mit der Zunge über mein Brustbein rieb, bevor er meine Brustwarzen nacheinander durch den Stoff des Schlafshirts mit dem Mund umschloss und mich sanft seine Zähne spüren ließ.

Verzweifelt bäumte ich mich auf, drängte mich ihm entgegen.

Richie stöhnte kehlig, dann stützte er sich zu beiden Seiten meines Kopfes ab, und ich spürte seinen Blick auf mir.

»Du bist so schön, Baby«, murmelte er atemlos. »Und verflucht heiß.«

Obwohl es finster war und er maximal meine Umrisse im Licht des Mondes erkennen konnte, das schwach durch die Fenster hereinfiel, glaubte ich ihm. Ich hatte es in seinen Blicken erkannt, wann immer er mich beobachtet hatte – beim gemeinsamen Kochen oder am Pool.

Erneut landeten seine Lippen auf meinen. Er knetete meine Brüste und neckte die Brustwarzen erst mit seinen Fingern, dann mit der Zunge durch den Stoff, bis ich glaubte, allein davon gleich zu kommen.

Auch ich wollte ihn spüren, ihn schmecken und zur Verzweiflung bringen. Drängte mein Becken dichter gegen seines, bis er sich schwer atmend von mir schob und Abstand zwischen uns brachte, vermutlich, um uns beide etwas zu zügeln. Gemächlich rieb ich über seine breiten Schultern und küsste sein Schlüsselbein. Neckte seine Brustwarzen nun meinerseits mit der Zunge und biss sanft in seinen Hals, bis er abermals kehlig stöhnte.

Unsere Berührungen wurden mit der Zeit träge, und ich dachte schon, er wäre so müde, dass er jeden Moment einschlief. Doch dann ließ er seine Finger langsam wandern, über meine Rippen bis zum Saum meines Slips. Er berührte sanft meine Hüfte, kniff mir in den Hintern und drängte mich gegen ihn, bis er mein Bein packte und es um sich schlang. Mich auf diese Weise für ihn öffnete und an meinem Po entlang knapp an meiner Mitte vorbei zum Oberschenkel strich, um mich zu reizen und mein Verlangen nach oben zu peitschen.

Mein Atem beschleunigte sich, während sich das Feuer in mir ausbreitete und ich mich so dringend nach seiner Berührung an genau dieser pochenden Stelle sehnte.

Der Wunsch, es ihm zu sagen, wurde drängender, aber ich fürchtete, er könnte ganz von mir ablassen, sollte ich es aussprechen. Also biss ich mir auf die Unterlippe, hielt die Worte zurück und genoss seine Hände auf mir, als ich meine Erkundungstour auf seinem Körper fortführte.

»Wir sollten schlafen«, flüsterte Richie, während er die Rundung meiner Brüste nachzeichnete und das Beben in mir weiter anstieg, als er mit der Hand wieder tiefer und tiefer glitt. An meinem Bauchnabel vorbei, bis er den Saum meiner Hotpants erreichte und kurz einen Finger unter das Stückchen Stoff schob.

»Gute Idee«, erwiderte ich bebend und beschloss, seine Berührungen zu spiegeln – neugierig, wie er darauf reagieren würde.

Das Stöhnen, das er daraufhin ausstieß, fuhr mir direkt in die Eierstöcke, und ich konnte das Keuchen, das aus mir herausbrach, nicht zurückhalten.

»Sieht nicht nach Schlafen aus, was wir hier tun.«

»Nein, aber nach Kuscheln«, erwiderte ich leise.

»Dann will ich das ab sofort immer mit dir machen.« Ich konnte das Schmunzeln in seiner Stimme hören.

»Mhm«, summte ich und schmiegte mich wieder enger an ihn.

Die Spannung in mir flaute ein wenig ab, und Richie wirkte ebenfalls, als würde er zur Ruhe kommen. Sein Atem wurde langsamer, allerdings war ich mir sicher, dass er nicht am Einnicken war. Dafür drückte sich seine Erektion immer noch zu hart gegen meinen Schritt – was nicht dafür sorgte, dass ich ans Schlafen denken konnte.

Izzy nieste und tapste aus ihrem Bettchen in Richtung Teppich, auf dem sie es sich ab und zu in der Nacht gemütlich machte, dann war es wieder still.

Ein sanftes Beben ging durch Richies Körper, als hätte er leise in sich hineingelacht. »Was hat sie vor?«

»Einfach nur den Platz wechseln«, gab ich flüsternd zurück.

»Okay ... könnte ich auch mal machen«, erwiderte er und schob sich wieder über mich, zwischen meine Beine.

Kichernd legte ich meine Hände an seine Seiten. »Ich dachte, du willst schlafen?«

Richie stöhnte auf und sackte tiefer. Ich spürte sein Gewicht auf mir, seinen harten Schwanz an mir und das Feuer in mir. »Fuck, du hast recht. Aber das ist gar nicht so einfach mit dir neben mir.«

Er wollte sich wieder von mir rollen, doch ich hielt ihn zurück und schlang meine Beine um ihn.

»Hayden!« Dieses eine Wort steckte so voller Qualen und gleichzeitig voller Sehnsüchte und unterdrückter Leidenschaft, dass ich kurz entschlossen einfach seinen Kopf an meinen zog und ihn küsste.

Seine Zunge rieb über meine, neckte sie, tauchte ein in meinen Mund, und als er auch noch sein Becken an meinem bewegte, war ich kurz davor, ihn flehend zu bitten, mich doch endlich zu nehmen und uns beide zu erlösen.

Aber bevor ich dazu kommen konnte, löste er sich von mir und legte seine Stirn an meine. »Nicht heute«, sagte er mit Nachdruck, was mich verzweifelt aufstöhnen ließ.

Als Richie wieder Anstalten machte, sich von mir zu rollen, hielt ich ihn nicht zurück.

»Na komm, dreh dich um und lass mich dich halten.«

Die Enttäuschung in mir wog schwer, doch ich wollte ihn nicht zu etwas überreden, wozu er offenbar nicht bereit war. Also wandte ich mich in seinen Armen um, bis ich mit dem Rücken an seiner Brust lag und er mich eng an sich zog.

Erneut spürte ich seine Erektion, die sich unverändert hart an mich drängte. Seinen Arm hatte Richie um meine Taille geschlungen, und seine Hand war bloß einen Fingerbreit von meiner Brust entfernt. Die Wärme, die von ihr ausging, konnte ich an der Unterseite spüren, und alles in mir sehnte sich danach, dass er mich noch einmal berührte. Aber er tat es nicht.

Stattdessen fühlte ich seinen Atem im Nacken, der mich dort sanft streichelte.

Unbewusst entblößte ich meinen Hals, vielleicht in der Hoffnung, mehr davon zu spüren. Richie antwortete mit einem verhaltenen Seufzen, dann streckte er seinen Daumen aus und rieb über meinen Busen.

Instinktiv reagierte ich darauf, indem ich den Hintern an ihn drückte, woraufhin Richie tief knurrte.

»Fuck, ey, das ist echt ... hart.«

Ein Kichern brach aus mir heraus. »Das spüre ich.«

Nun musste er ebenfalls lachen, und als wir uns etwas beruhigt hatten, glitt er mit der Hand tiefer. »Kuscheln mit Freifahrtschein für Fummeln, sagtest du?«

Augenblicklich stieg mein Puls erneut an. »Machen wir das nicht schon die ganze Zeit?«

»Also da, wo ich herkomme, sieht Fummeln anders aus.« Seine Stimme war tief und rau, und eine süße Gänsehaut breitete sich auf meinen Armen aus.

»Dann zeig es mir.«

Erneut stöhnte er verzweifelt, bis er die Hand unter die Hotpants schob und über meinen Slip legte. Dort, wo alles pochte und pulsierte, wo ich seine Berührung drängend herbeigesehnt hatte.

Ein überraschter Laut drang aus mir hervor.

»Ist das okay?«, fragte er verunsichert.

»Mehr als das«, erwiderte ich leise und legte meine

Hand über seine, um die Worte zu unterstreichen und etwas Druck auszuüben.

Endlich begann er, mich durch den Stoff zu massieren – gemächlich und quälend langsam –, und ich wollte nicht länger warten. Ich schob meine Hand an meinen Rücken, bis ich seinen Bauch berührte. Dann wanderte ich tiefer und legte sie über die harte Ausbuchtung seiner Boxershorts. Drückte seine Erektion, ehe ich daran auf und ab glitt.

»Verflucht, das fühlt sich zu gut an.«

»Mhm«, machte ich, »aber noch besser wäre es ohne den Stoff zwischen uns.«

Richie stieß einen heftigen Fluch aus, dann spürte ich seine Lippen auf meiner Wirbelsäule, dort, wo das Tattoo im Nacken anfing.

»Sorry, ich will dich zu nichts ...«, sagte ich, bevor er seine Hand in meinen Slip gleiten ließ und mir die restlichen Worte im Hals stecken blieben.

»Ich habe gesagt, dass ich heute nicht mit dir schlafe«, murmelte er mir ins Ohr, »aber du hast mir die Erlaubnis fürs Fummeln gegeben, und ich kann unmöglich länger so tun, als wäre ich ein Heiliger, denn das wäre gelogen. Genau jetzt ist also deine letzte Chance, mich zu stoppen, Hayden. Wenn du das nicht tust, werde ich dich gleich zum Höhepunkt bringen.«

Mein Gott, endlich, lag mir auf den Lippen, ich brachte es jedoch nicht hervor, da Richie quälend langsam über meine empfindliche Mitte rieb. Stattdessen keuchte ich auf.

Das schien Antwort genug für ihn zu sein, denn er drehte mich wieder auf den Rücken, küsste mich und zog mir gleichzeitig den Slip über die Hüften. Ich strampelte ihn von den Beinen und öffnete diese weiter für ihn, während ich genüsslich die Augen schloss und seine Berührungen willkommen hieß. Zur selben Zeit schob ich eine Hand in seine Boxershorts und umschloss seinen Schaft.

»Oh, Baby ...«, raunte er in mein Ohr, dann half er mir, auch seine Unterwäsche ein Stück nach unten zu schieben.

Und während er meine sensibelste Stelle neckte und immer wieder zwei Finger in mich schob, massierte ich ihn gemächlich und liebte es, wie er mir mit seinem Becken entgegenkam und in meine Hand stieß.

Langsam steigerten wir unser Tempo, und ich genoss es, wie Richie mich berührte, wie er genau zu wissen schien, wie ich es am liebsten mochte. Was ich brauchte. Welche Stellen er wie drücken und reiben musste, um die Spannung in mir zu steigern und das Feuer in mir anzuheizen. So sehr, bis ich merkte, dass es nicht mehr lange dauern würde, bis ich durch seine Finger kam.

Auch ich rieb ihn schneller, drückte fester zu. Kam ihm entgegen, bis er in meinen Mund keuchte und ich seinen Atem trank.

Als er sich über mich beugte und eine meiner Brustwarzen durch den Stoff mit den Lippen umschloss, ohne Tempo rauszunehmen, erfasste mich die so schmerzlich ersehnte Welle. Ich explodierte an seiner Hand, bog den Rücken durch und stöhnte auf. Drückte seinen Schaft fest, während ich langsamer wurde, weil mich der Höhepunkt so gewaltig mit sich riss.

Hitze fegte durch mich hindurch, und als Richies Bewegungen träge wurden und ich sein zufriedenes Grinsen an meinen Lippen spürte, steigerte ich mein Tempo wieder. Ich rieb ihn hart und drängte mich gegen ihn, bis sein Atem stoßweise kam.

»Hayden!«, stieß er kehlig aus, während er sich in warmen Wellen auf seinen Bauch ergoss. Und verflixt, es war unglaublich schön, zu hören, wie er diesen Höhepunkt genoss.

Ein zufriedenes Seufzen drang über meine Lippen, als ich Tempo rausnahm und schließlich innehielt.

Ich musste Richie küssen, wollte ihn schmecken, brauchte seinen Halt. Und er schien zu verstehen, denn er tat genau, wonach ich mich sehnte. Schlang seinen Arm um mich und hielt mich fest.

Gott, es war einfach so gut, so perfekt.

Seine Nähe, die Hitze seines Körpers an meinem zu spüren, war unbeschreiblich.

Nur Izobels leises Schnarchen war zu hören, als Richie amüsiert einen Arm über sein Gesicht legte. »Wir haben nicht miteinander geschlafen«, erklärte er, und ich war mir nicht sicher, ob er das tat, um sich selbst oder mich darauf hinzuweisen.

»Nein, aber es war unglaublich schön mit dir.«

Er schmiegte sein Gesicht an meines. »Das fand ich auch. Allerdings fürchte ich, dass ich noch einmal aufstehen muss.«

»Oder ich gebe dir Taschentücher, und wir duschen morgen früh gemeinsam«, schlug ich vor.

Kurz zögerte Richie, bis er brummend zustimmte. Und als wir wenig später erneut in Löffelchenstellung lagen – beide angezogen wie zuvor –, war ich endlich so müde und entspannt, dass ich schnell in einen tiefen Schlaf glitt.

17 – Richie

Sanft kitzelte mich am nächsten Morgen das Licht der aufgehenden Sonne. Zwar hätte ich ein paar Stunden zusätzlichen Schlaf vertragen, doch Hayden neben mir und der Ausblick auf den Garten und das Meer dahinter waren es definitiv wert.

Dass ich neben ihr eingeschlafen war, hatte ich nicht auf dem Plan gehabt, genoss es jedoch umso mehr, mit ihr in meinen Armen aufzuwachen. Kurz überlegte ich, aufzustehen und uns Frühstück zu machen, entschied mich allerdings dagegen, weil ich lieber liegen bleiben und Haydens süße Gesichtszüge mustern wollte.

Irgendwie schweiften meine Gedanken ab, und ich musste an Kenzie und Brandon denken – etwas, das ich mir grundsätzlich verbot. Ein dumpfes, schmerzhaftes Gefühl breitete sich in mir aus bei der Erinnerung, dass es mit meiner Ex-Freundin auch einmal auf diese Weise angefangen hatte. So unbeschwert, so ... schön. Bis sich alles geändert hatte.

Ich drehte mich auf den Rücken, starrte die Decke an und atmete geräuschvoll aus ...

»Hey.« Hayden schaute mich schlaftrunken an und lächelte, doch ich schaffte es nicht, es zu erwidern. »Alles okay?« Besorgt richtete sie sich auf.

Seufzend wischte ich mir mit der Hand über das Gesicht. »Klar, ich ... musste nur gerade an meinen Bruder denken.«

»Deinen Bruder? Ist was mit ihm passiert?«

Ein freudloses Lachen brach aus mir hervor. »Nein, wir ... haben seit Jahren keinen Kontakt mehr.«

»Oh.« Hayden legte sich wieder zu mir und schlang ihren Arm um mich. »Möchtest du darüber reden?«

Schwer atmete ich aus. Eigentlich redete ich nie über Brandon und das, was passiert war, wenn es nicht sein musste. Aber Hayden hatte es nicht verdient, dass ich sie anlog oder diesen Part meines Lebens vor ihr geheim hielt. »Ich war neunzehn, als ich Kenzie kennenlernte. Sie war siebzehn, und ... mich hatte es voll erwischt. Ich schwöre, ich war so verknallt in sie, dass ich mich bereits mein ganzes restliches Leben an ihrer Seite sah.« Hayden lächelte mich an, was mir Mut machte, also redete ich weiter. »Wir waren ungefähr ein Dreivierteljahr zusammen, als ich merkte, dass sich irgendwas veränderte. Kurz darauf fand ich heraus, dass zwischen ihr und Brandon etwas lief.«

Hayden stieß einen erschrockenen Laut aus. »O nein, das tut mir so leid, Richie.« Sie drückte sich fest an mich und küsste mich auf die Schulter.

»Als ich ihn darauf angesprochen habe, meinte er, Kenzie hätte sich an ihn herangemacht. Als ob er sich nicht hätte wehren oder einfach Nein sagen können.« Unter der Decke ballte ich meine Hände zu Fäusten, weil mich dieser Verrat nach wie vor hart traf, was im kompletten Gegensatz zu Haydens tröstendem Streicheln stand. »Jedenfalls hab ich sofort mit ihr Schluss gemacht und den Kontakt zu Brandon so weit wie möglich reduziert.«

»Sind die beiden noch ...?«, setzte Hayden zögerlich zu einer Frage an, doch ich schüttelte den Kopf.

»Nein, sie waren gut dreieinhalb Jahre zusammen, bis es schließlich zwischen ihnen nicht mehr so lief. Das war gerade die Zeit, als wir mit den *Mighty Bastards* bekannter wurden. Sie hat tatsächlich gedacht, sie könnte noch einmal angekrochen kommen und ich würde sie zurücknehmen.« Ich schnaubte auf.

Hayden schaute mich aus großen Augen an. »Hast du aber nicht, oder?«

»Scheiße, nein. Zu Brandon habe ich ebenfalls nach wie vor kaum Kontakt. Ich grüße ihn, doch das war's. Es gibt sonst nichts, was ich mit ihm bereden wollen würde. Er hat mich dermaßen enttäuscht und verletzt ... Er wusste, wie sehr ich Kenzie geliebt habe.«

Mitfühlend verzog Hayden das Gesicht und drängte sich an mich. Dankbar nahm ich ihren Trost auf und drückte sie an meine Brust.

»Seitdem habe ich keine Frau mehr so nah an mich herangelassen«, erklärte ich leise. »Vermutlich aus Angst, sie noch einmal auf diese Weise zu verlieren.«

»Das ist absolut verständlich«, murmelte sie an meinem Hals.

»Ja?« Überrascht brachte ich etwas Abstand zwischen uns, um sie anschauen zu können.

»Aber natürlich. Du hast deinem Bruder vertraut und der Frau, die du über alles geliebt hast. Von beiden wurdest du enttäuscht und verletzt. So ein Verrat sitzt tief.«

Nachdenklich schaute ich sie an. »Du bist die Erste, mit der ich darüber rede.«

»Okay, dann ... danke für dein Vertrauen, Richie.« Erneut schmiegte sie sich an mich, doch mir wurde klar, dass es keine Kleinigkeit war, sie in diese Sache eingeweiht zu haben. Das zwischen Hayden und mir war ... kein unbedeutender Flirt. Jedenfalls nicht mehr, dabei kannten wir uns kaum. Ich mochte sie und vertraute ihr mehr als jeder anderen Frau vor ihr – von Kenzie bis zu ihrem Verrat mal abgesehen.

Diese Erkenntnis traf mich heftig. Unmöglich konnte ich Hayden das sagen, weshalb ich mich aufraffte. »Duschen?«, fragte ich so unbekümmert wie möglich und wackelte einladend mit den Augenbrauen.

Ihr Augenaufschlag wäre schon Grund genug, das Ganze sofort wieder abzublasen, da ich mich verdammt beherrschen musste, nicht erneut über sie herzufallen. Doch sie stand auf und streckte mir auffordernd ihre Hand entgegen. Also ließ ich mir von ihr aus dem Bett helfen und folgte ihr unter die Dusche.

Wenig später prasselte das warme Wasser auf uns herab, und es fiel mir verflucht schwer, sie nicht gegen die Fliesen zu drängen und für mich zum Stöhnen zu bringen.

Wie sehr ich auf sie abfuhr, blieb ihr natürlich nicht verborgen, und das kleine Biest reizte das Ganze noch aus, indem es mir erst den Rücken und anschließend die Brust einseifte. Und weil ich nun mal ein Mensch war, der nicht nur nehmen konnte, sondern auch geben musste, revanchierte ich mich bei ihr und konnte es nicht lassen, mich mit besonderer Hingabe ihren Brüsten zu widmen.

Die Stelle zwischen ihren Beinen ließ ich jedoch bewusst aus. Ich ahnte, dass es danach kein Halten mehr für mich geben würde, und schon gestern war es mir nur unter Anstrengung gelungen, mein Versprechen nicht zu brechen.

Hayden hatte sich offenbar weit besser unter Kontrolle als ich, denn sie machte keine Anstalten, mit mir schlafen zu wollen, und behielt ihre Finger fortan größtenteils bei sich.

Nach einigen Minuten trockneten wir uns breit grinsend ab, während Haydens Wangen so herrlich rosa gefärbt waren, dass ich beschloss, ihr ins Gesicht zu sehen, wenn ich sie das nächste Mal zum Kommen brachte. Das musste *der* Anblick überhaupt sein, und allein bei dem Gedanken zuckte es erneut in meinen Lenden.

Allerdings löste sich ihr fröhlicher Gesichtsausdruck

schneller in Luft auf, als mir lieb war, und ihre Augenbrauen schoben sich nachdenklich zusammen. Sie wickelte ihren Frotteestoff um den Oberkörper und verschwand in ihr Schlafzimmer.

Ratlos folgte ich ihr, mein Handtuch um die Hüften geschlungen. Als ich bei ihr ankam, hockte sie bereits neben Izobels Bettchen, in dem die kleine Hundedame friedlich schlummerte.

Neugierig beobachtete ich Hayden, bis ich es nicht länger aushielt. »Okay, was ist los? Irgendwas quält dich, hab ich recht?«

»Nein, ich ... musste nur gerade daran denken, dass ...« Sie schüttelte den Kopf und stand auf. »Vergiss es.« Sie wollte sich an mir vorbeischieben, vermutlich, um in ihr Ankleidezimmer zu verschwinden, doch ich hielt sie sanft zurück, indem ich eine Hand an ihre Wange legte und sie zwang, mich anzuschauen. »Hey, was ist los?«

»Nein, das wäre total unpassend, wenn ich es sagen würde.«

»Muss ich darauf hinweisen, dass ich mit vier jüngeren Geschwistern aufgewachsen bin? Ich bin verdammt gut darin, Geheimnisse aus jemandem herauszukitzeln. Im wahrsten Sinne des Wortes.« Verschmitzt grinste ich sie an, hob eine Hand und streckte sie herausfordernd nach ihr aus.

Haydens Mundwinkel zuckten, doch ich merkte, dass sie mich nicht ernst nahm. Also strich ich sanft ihren Oberschenkel hinauf, bis zu ihren Rippen, in die ich schließlich meine Finger bohrte.

Sie quietschte und lachte, wand sich unter mir, und es dauerte nicht lange, bis wir beide erneut auf dem Bett landeten.

Fuck, sofort war ich wieder hart. Ich umfasste ihre Handgelenke und fixierte sie neben ihrem Kopf, während ich mich abstützte und halb über ihr schwebte.

Schwer atmend schaute ich hinab in ihr hübsches Gesicht. »Sag es«, verlangte ich flüsternd.

Verlegen biss sie sich auf die Unterlippe. »Es ist lächerlich, es war bloß ein Gefühl, ich ... will nicht, dass du über mich urteilst.«

Seufzend ließ ich von ihr ab und legte mich neben sie. »Das würde ich nicht. Du kannst mir vertrauen.«

Hayden schloss kurz die Augen. »Also ich habe überlegt, dass du bestimmt bereits eine Menge Frauen hattest. Dass ich eben nur eine von vielen bin und sobald wir getrennte Wege gehen, wirst du mich vergessen haben, wohingegen ich ...« Sie verbarg ihr Gesicht im Kissen, und ich hörte sie etwas nuscheln, das in etwa wie »... sicher noch lange an dich denken muss!« klang.

Belustigt und gerührt zugleich schlang ich einen Arm um sie und zog sie an mich. »Glaub mir, Hayden Butler, dich werde ich garantiert für den Rest meines Lebens nicht vergessen.«

Stöhnend vergrub sie ihr Gesicht an meiner Brust. »Ja, du wirst für immer an mich denken, als diejenige, die deinen Bass geschrottet hat.«

Ein Lachen rumpelte durch mich hindurch, das ich nicht zurückhalten konnte. Schließlich drückte ich sie sanft von mir, um sie wieder anzusehen. »Das auch, aber ich kann dir garantieren, dass andere Dinge überwiegen. Wie du kochst und dass du mich vom Veganismus überzeugt hast ...«

»Das kaufe ich dir noch immer nicht ab, so schnell gewöhnt sich niemand um«, hielt sie dagegen.

»Oder wie du dich liebevoll um Izzy kümmerst. Wie grumpy du in den ersten Tagen warst, bis du endlich verstanden hast, dass man mit mir besser Spaß haben kann.«

Nun streckte sie mir total erwachsen die Zunge heraus.

»Außerdem haben wir noch genug Zeit, die wir gemeinsam verbringen und genießen sollten. Also blende diese bösen Gedanken aus, okay?« Eindringlich sah ich ihr in die Augen. »Ich will echt nicht, dass du dir dein hübsches Köpfchen über solche Dinge zerbrichst. Und du kannst mir glauben, dass ich dich nie vergessen werde, Hayden. Ich sage immer die Wahrheit. Hast du ja gestern gesehen, als ich dir bewiesen habe, dass ich nicht mit dir schlafen werde – und mir ist es verflucht schwergefallen, mein Wort nicht zu brechen.«

Haydens Blick wurde intensiver und brachte mein Herz zum Rasen. Aber ich liebte es, dass sie daraufhin nickte. Sie glaubte mir, und das bedeutete mir alles.

Bei unserem gemeinsamen Frühstück – diesmal gab es Toast mit Hummus, Avocado und Tomaten –, fand ich heraus, dass Hayden bisher nicht viel mit dem Begriff *Alternative Rock* anfangen konnte. Kaum dass ich ihr jedoch ein paar Bands nannte, die ebenfalls in dem Genre unterwegs waren, und wir deren Playlists auf Spotify durchgingen, waren doch einige dabei, die sie kannte, wie *Thirty Seconds to Mars* oder *Three Days Grace.*

Bis wir auf die der *Mighty Bastards* kamen. Dass ihr unsere Musik gefiel, merkte ich, da sie im Takt mitwippte. Und das bedeutete mir unglaublich viel.

Wir plauderten über London und Los Angeles, und ich konnte mich nicht daran erinnern, wann ich mich zuletzt so gut und gerne mit einer Frau unterhalten hatte.

Scheiße, ich konnte nicht verhindern, dass ich einen Funken Wehmut verspürte beim Gedanken daran, dass unsere Zeit hier begrenzt war.

Während ich nach dem Frühstück die Küche sauber machte, ließ Hayden Izobel kurz in den Garten und warf ein paar Bälle für sie. Zurück im Haus, gab sie Izzy ihr Fressen, woraufhin sich die Kleine wieder in ihr Bettchen legte. Schließlich machten Hayden und ich uns auf den Weg zum Musikladen in West Hollywood, den ich in der Zwischenzeit herausgesucht hatte.

Meinen Bass hatte ich vom Reis befreit im Koffer verstaut und sämtliche Teile, die ich demontiert hatte, trug ich in einer kleinen Stofftasche bei mir. Je näher wir unserem

Ziel kamen, desto nervöser wurde ich. Da halfen mir auch der strahlend blaue Himmel und die vielen Palmen auf dem Weg dorthin nicht darüber hinweg.

Hayden schien es zu merken, denn sie verschränkte ihre Hand mit meiner freien und rieb beruhigend mit dem Daumen über meinen Handrücken.

Als wir endlich den Sunset Boulevard erreichten, hielten wir Ausschau nach dem Fachgeschäft. Dass es hier bei Weitem nicht so glamourös aussah, wie ich erwartet hatte, war ziemlich ernüchternd. Dennoch sog ich alles in mich auf und genoss das Hollywood-Feeling. Wenig später erreichten wir auch schon den Shop, und ich fuhr in eine freie Parklücke an der Rückseite des Ladens.

Bevor ich ausstieg, atmete ich tief durch.

»Wird schon alles gut gehen«, sagte Hayden und klang dabei jedoch, als würde sie sich selbst Mut zusprechen müssen.

Ich nickte kurz und stieg aus. Mit dem Basskoffer in der Hand sollte ich mich sicher fühlen, konnte heute allerdings nichts das mulmige Gefühl im Magen abschütteln, das ich verspürte, seit wir losgefahren waren.

Mein Herz schlug schneller, kaum dass ich mit Hayden durch die Tür trat – diesmal vor freudiger Aufgeregtheit. Das hier war das Paradies für jeden Musiker. Überall an den Wänden hingen Musikinstrumente – von Akustik- über E-Gitarren, Bluegrass-Instrumente, E-Bässe, Blasinstrumente bis zu Geigen. Verstärker stapelten sich neben Pianos und ich war mir sicher, egal welches Zubehör man als Musiker brauchte, hier wurde man fündig.

»Hallo! Kann ich euch helfen?« Ein Typ mit dunklen Haaren und Ziegenbart, der Myles auf seinem Namensschild stehen hatte, kam auf uns zu und schaute auf den Koffer in meiner Hand.

»Ja, hi! Ich ... ähm ... hatte einen kleinen Unfall mit meinem E-Bass und hoffe, dass man ihn noch retten kann.«

»Schauen wir ihn uns mal an, kommt bitte mit.« Er deutete zu einem Verkaufstresen in der Ecke der ganzen E-Bässe, und ich hatte das Gefühl, mit ihm gleich an den Richtigen geraten zu sein.

Ich legte den Koffer auf den Ladentisch, öffnete die Schnallen und klappte den Deckel auf.

Myles stieß einen Pfiff durch die Zähne aus, als er den Fender sah. »Ein besonders schönes Stück. Was ist passiert?«

»Ich bin unfreiwillig damit im Pool gelandet. Zwar habe ich versucht, ihn vor dem Untertauchen zu bewahren, nur hat das allerdings nicht ganz geklappt.«

Myles nickte und nahm ihn aus dem Koffer, um ihn von allen Seiten zu betrachten.

»Okay, was hast du im Anschluss gemacht? Offenbar hast du schon ein paar der elektronischen Teile abmontiert ... und ihn in Reis eingelegt?«, fügte er mit fragendem Ton hinzu, weil ein Reiskorn aus der Klinkenbuchse gefallen war.

»Genau, und ich habe ihn geföhnt«, erklärte ich und zuckte unsicher mit den Schultern.

»Mit meinem Föhn?«, fragte Hayden mit hochgezogenen Augenbrauen.

»Nein, ich habe, als du den Reis gekauft hast, einen in meinem Badezimmer gefunden, der noch nicht beschädigt war.«

Diese Aussage bescherte mir einen seltsamen Blick von dem Verkäufer, doch ich ignorierte ihn.

»Gut, also, das Instrument wurde sofort getrocknet, weitestgehend zerlegt, geföhnt und in Reis gelegt – beste Voraussetzungen, dass wir es wieder hinbekommen«, meinte Myles zuversichtlich.

»Wirklich?« Hayden klang unglaublich erleichtert, und auch in mir machte sich Hoffnung breit.

»Ja, ich werde ihn hierbehalten, wenn das für euch in Ordnung geht, und alles durchchecken. Sollte die Elektronik nicht mehr einwandfrei funktionieren oder ich befürchten, dass sonst etwas beschädigt wurde, würde ich die Teile austauschen, falls das in eurem Interesse ist.«

»Absolut«, sagte ich schnell. »Wie lange würde das dauern? Und habt ihr alle Ersatzteile da, oder muss da was bestellt werden?«

Myles wackelte unschlüssig mit dem Kopf. »Bis morgen sollte ich damit fertig sein, das heißt, falls wir alles im Haus haben. Kann ich jetzt noch nicht genau sagen. Wenn nicht, hätten wir es morgen mit Expresslieferung hier, dann könntet ihr ihn euch spätestens übermorgen abholen, sofern das nicht zu spät ist.«

Erleichtert atmete ich aus. »Super, das klingt perfekt.«

»Soll ich mich melden, welche Teile ausgetauscht werden müssen, oder darf ich einfach machen?«

Ein kurzer Blick zu Hayden ließ mich zögern. »Nein, ein Anruf wäre gut, damit wir eine Übersicht über die Kosten erhalten.« Zwar würde ich die Reparatur sofort und ohne mit der Wimper zu zucken, bezahlen, befürchtete jedoch, dass Hayden für ihren Seelenfrieden die Reparaturkosten unbedingt selbst übernehmen wollte. Also tat ich ihr vorerst den Gefallen und würde mir noch etwas als Anerkennung überlegen.

Myles notierte sich meine Telefonnummer. Als ich ihm meinen Namen nannte, hielt er kurz inne und runzelte die Stirn. Dann zeigte er mit seinem Kugelschreiber auf mich. »Du bist nicht zufällig der Bassist der *Mighty Bastards*, oder?«

Hayden stieß einen undefinierbaren Quietscher aus, während mir Hitze in den Kopf stieg. »Ähm ... ja, doch, der bin ich.«

»Alter, wie genial! Darf ich ein Foto von dir machen, das du uns signierst und das ich an unsere *Wall of Fame* hänge?«

Dass mich zu Hause jemand auf die Band ansprach, kam hin und wieder vor, und ich hatte im Laufe der letzten Jahre gelernt, damit umzugehen. Dass die Leute auch außerhalb des Vereinigten Königreiches wussten, wer ich war, war auf der Europatournee eine besonders schöne Erfahrung gewesen. Dass mich hier – in West Hollywood – jemand erkannte und ein Foto mit Autogramm von mir wollte, flashte mich allerdings komplett. Immerhin war unsere Musik erst vor Kurzem in den Staaten angekommen und die *Mighty Bastards* waren hier noch weitestgehend unbekannt.

»Klar, Mann, es wäre mir eine Ehre. Vor allem, wenn du meinen Bass rettest.« Ich schlug mit ihm ein, und wenig später posierte ich gemeinsam mit Myles vor den E-Bässen, während Hayden ein Foto von uns machte und mich mit stolzgeschwellter Brust angrinste.

»Wow, du bist ja wirklich ein Star!«, flüsterte sie mir kurz darauf aufgeregt zu, was mich schmunzeln ließ.

»Ich mache nur, wofür mein Herz schlägt. Folge meiner Leidenschaft und so. Keine Ahnung, ob mich das zum Star macht«, sagte ich verlegen.

Wir warteten noch kurz, bis Myles das Foto ausgedruckt hatte, damit ich es für ihn signieren konnte, dann verabschiedeten wir uns von ihm und steuerten den Ausgang an.

»Vielleicht sollte ich wirklich auch ...« Hayden wurde mitten im Satz von einem Mann Mitte vierzig aufgehalten, der nach ihrer Hand griff. Er hatte lange, ungepflegt wirkende Haare und einen unregelmäßigen Bartwuchs. Über seinem T-Shirt trug er eine Jeansweste mit einigen Patches darauf und machte keinen besonders vertrauenserweckenden Eindruck, wie ich mit einem schnellen Blick feststellte.

»Lainey Powell?« Irritiert schüttelte er den Kopf. »Ah, sorry, ich hab dich verwechselt ...«

Der Kerl wandte sich ab, doch Hayden wirkte wie erstarrt.

»Wie hast du mich eben genannt?« Ihre Stimme klang dabei geschockt und eisig, und ich spürte sofort, dass hier etwas nicht stimmte.

18 – Hayden

Lainey Powell – ein Name, den ich viel zu lange nicht mehr gehört und der mich gerade dermaßen in Schockstarre versetzt hatte, dass ich keinen Schritt weitergehen konnte.

Dass Richie mich irritiert musterte, bemerkte ich nur am Rande. Stattdessen schaute ich den Mann an, der mich vorhin am Oberarm berührt und den Namen meiner leiblichen Mutter erwähnt hatte.

»Tut mir leid, Mädchen, ich dachte, du wärst jemand, den ich kenne, aber …« Der Typ lachte heiser. »… da hätten wir einen Zeitsprung zurück in die Vergangenheit hingelegt.« Er schüttelte den Kopf über sich selbst.

»Können Sie den Namen wiederholen?«, bat ich dennoch. Denn dass mir mein Gehör einen Streich spielte, war eine Sache. Dass dieser Mann auch noch eine Ähnlichkeit zu meiner leiblichen Mutter sah, war allerdings ein krasser Zufall. Oder eben keiner.

»Lainey Powell. Ich dachte, du seist sie, aber sie muss gut zwanzig Jahre älter sein als du. Wie alt bist du? Zwanzig?«

»Dreiundzwanzig«, brachte ich heiser heraus.

»Na ja, sorry jedenfalls«, sagte er und wollte sich erneut abwenden, doch diesmal war ich diejenige, die ihn am Oberarm zurückhielt.

»Nein, bitte ... Wo finde ich diese Lainey Powell? Lebt sie hier irgendwo in der Nähe?«

»Wer ist das?«, raunte mir Richie zu, der nun beschützend einen Arm um meine Taille legte, vermutlich, weil er spürte, dass es mir gerade echt richtig mies ging.

Da ich mich auf den Mann vor uns konzentrierte, ignorierte ich seine Frage.

»Wieso willst du das wissen?« Misstrauen lag in der Stimme des Kerls. Oder Neugier? So genau konnte ich es gerade nicht einschätzen.

»Wenn wir von derselben Lainey Powell reden, ist sie meine leibliche Mutter«, erklärte ich und spürte, wie mir schwindelig wurde. Zum Glück hielt Richie mich.

Myles war auf den Mann vor uns zugekommen und begrüßte ihn freundlich. »Kann ich Ihnen helfen?«

»Okay, vielleicht sollten wir das Gespräch mal auf die Straße verlegen«, hörte ich Richie neben mir sagen.

Zu meiner Überraschung stimmte der Kerl zu und folgte uns, als Richie mich an Arm und Taille packte und behutsam nach draußen führte. Vermutlich war ich blass wie eine Wasserleiche, aber das alles war gerade einfach zu viel für mich.

»Also, ich bin ihr schon länger nicht mehr begegnet«, erklärte der Mann, kaum dass wir vor dem Laden hielten. Dabei sah er sich um, als befürchtete er, jemand könnte uns belauschen ... »Zuletzt hab ich sie im Skid Row gesehen.«

Mein Magen verkrampfte sich. Das war eine der schlechtesten Gegenden von Los Angeles, von der man sich definitiv fernhalten sollte. Das wusste selbst ich. »Und wo genau? Haben Sie eine Adresse für mich? Irgendeinen Anhaltspunkt, wo ich nach ihr suchen könnte?«

»Puh, keine Ahnung, ey. Da gibt es einen Waschsalon,

vor dem habe ich sie ein paarmal herumlungern gesehen, also wird sie irgendwo in der Nähe wohnen, schätze ich. Aber wenn du mich fragst, Mädchen, gehörst du nicht in diese Gegend.« Er musterte mich von oben bis unten und warf dann Richie einen skeptischen Blick zu. »Haltet euch besser von dort fern.«

»Okay, danke«, antwortete ich heiser, und alles in mir bebte. Ich wollte mir gar nicht ausmalen, was mich dort erwarten würde.

Der Mann nickte uns zum Abschied zu und ging wieder in den Laden, während es mich fröstelte, obwohl die heiße Julisonne auf uns herabbrannte.

»Alles okay?«, erkundigte sich Richie bei mir, der mir über beide Oberarme rieb und mir damit den Halt gab, den ich brauchte.

»Ich ... weiß es nicht.«

Behutsam zog er mich in seine Arme und streichelte meinen Rücken. Eine Weile hielt er mich fest, ehe er mir ins Ohr raunte: »Lass uns erst einmal von hier verschwinden, okay?«

Ich nickte kurz und ließ mich von Richie zu seinem Auto auf dem Parkplatz führen. Von der Fahrt zurück zur Villa bekam ich kaum etwas mit, weil ich mit den Gedanken völlig abschweifte.

Über meine leibliche Mutter wusste ich nicht viel. Nur dass sie mich gleich nach der Geburt zur Adoption freigegeben hatte. Meine Eltern hatten sie vor der Entbindung einmal getroffen, doch abgesehen davon hatte sie keinen Kontakt gewünscht.

Mom und Dad hatten nie ein Geheimnis daraus gemacht, dass ich adoptiert war, und mir auch ein Foto gegeben, von dem Lainey wollte, dass ich es bekam. Von daher war mir bewusst, wie ähnlich ich ihr sah und dass es nicht verwunderlich war, dass mich der Typ eben mit ihr verwechselt hatte.

Sie war sechzehn gewesen, als sie mit mir schwanger

wurde, siebzehn, als sie mich zur Welt brachte. Viel mehr wusste ich nicht über sie. Doch nun war meine Neugier geweckt, und ich musste unbedingt meine Eltern anrufen, kaum dass wir zurück in der Villa waren.

»Wenn du mit mir reden willst, ich bin immer für dich da, das weißt du, oder?« Richie drückte meine Hand und riss mich damit aus meinen Gedanken.

»Danke, ich ... muss erst selbst das Chaos in meinem Kopf sortieren, aber danach gern.«

Er nickte, und wenig später lenkte er den Wagen in die Garage.

Als ich durch die Verbindungstür in den Wohnraum trat, kam mir eine schwanzwedelnde Izobel entgegen, die begeistert an mir hochsprang.

»Hey, Kleine! Warst du brav? Na komm, lass uns ein Stück spazieren gehen.«

»Soll ich mitkommen, oder willst du, dass ich hierbleibe? Ich könnte uns in der Zwischenzeit etwas zu essen machen«, schlug Richie vor. Seine Stirn war in Falten gelegt, und ich merkte, wie groß seine Sorge um mich war.

»Du kannst uns gerne begleiten. Ich möchte von unterwegs meine Eltern anrufen, dann könntest du währenddessen ein Auge auf Izzy haben.«

Knapp nickte er und legte der kleinen Terrierhündin das Halsband an, während ich mein Telefon aus dem Schlafzimmer holte, das ich dort zurückgelassen hatte. Weil ich Urlaub hatte und im Grunde keine Ablenkung von diesem Teil brauchte – obwohl ich Davis zugesichert hatte, einmal pro Tag meine dienstlichen E-Mails zu checken. Diese Arbeit erledigte ich lieber selbst, als dass ich sie ihm überließ. So wusste ich wenigstens, dass ich nichts Wichtiges verpasste.

Schweigend verließen wir die Villa. Ich zeigte Richie den Weg hoch zur großen Wiese, auf der ich Izobel von der Leine ließ, damit sie ein wenig laufen und mir ihren Spielball bringen konnte.

»Wusstest du, dass deine leibliche Mutter hier lebt?«

»Nein. Ich weiß ja nicht einmal, ob sie es wirklich ist. Andererseits spricht die Tatsache, dass der Typ mich mit ihr verwechselt hat, für sich.« Ich erwähnte das Foto von ihr, auf dem eine gewisse Ähnlichkeit zwischen uns vorhanden war und das ich zu Hause in Palm Springs hatte.

Richie brummte zustimmend. »Wann hast du sie zuletzt gesehen?«

»Noch gar nicht.« In wenigen Worten erzählte ich ihm, wie das damals bei meiner Geburt abgelaufen war.

Wir näherten uns der Wiese, und Izzy wurde immer aufgeregter. Kurz davor löste ich die Leine, und die Kleine schoss wie ein Pfeil voraus auf das vertrocknete Gras. Aus meiner Umhängetasche, die ich zum Spazierengehen immer bei mir hatte, holte ich den Quietscheball. Ich drückte ihn, um Izzy zu signalisieren, dass ich ihn werfen würde, und schmetterte ihn, so weit ich konnte, von mir.

»Du kannst gern jederzeit mit deinen Eltern telefonieren, in der Zwischenzeit spiele ich mit Izobel.«

Dankbar für Richies Angebot gab ich ihm die Leine und ein paar Hundekekse aus meiner Tasche sowie ein Tütchen, falls sie hier ihr Geschäft verrichten sollte. Anschließend machte ich einige Schritte von den beiden weg und wählte die Nummer meiner Mom.

»Hayden, wie geht es dir?« Ein Blick auf die Uhr verriet mir, dass sie gerade auf der Arbeit sein musste.

»Hey, Mom. Ganz okay so weit.«

»Was ist los?« Natürlich konnte ich ihr nichts vormachen, weshalb ich ihr ohne Umschweife von der seltsamen Begegnung vor dem Musikladen erzählte. »Kann es sein, dass er wirklich *sie* gemeint hat?«

Meine Mutter seufzte tief. »Wenn ich ehrlich bin: ja.«

Augenblicklich setzte mein Herz einen Schlag aus, doch ich unterbrach sie nicht, sondern ließ sie weitererzählen.

»Dein Vater und ich haben zumindest vermutet, dass sie in oder um Los Angeles zu Hause ist.«

»Was? Wieso habt ihr mir nie etwas gesagt? Ich dachte, sie würde nach wie vor in einem Trailerpark irgendwo in Wyoming leben?«

»Hayden, vielleicht wäre es besser, wir führen dieses Gespräch, wenn du mal wieder bei uns zu Besuch bist.«

Okay, nun wurde ich hellhörig. Denn bisher war es nie ein Problem gewesen, dass meine Eltern per Telefon oder Videocall mit mir über sensible Themen sprachen. »Mom? Ich will jetzt sofort alles wissen, was ihr mir verschweigt.«

Abermals seufzte sie schwer, dann murmelte sie etwas von wegen, sie würde nicht wollen, dass ich es auf diese Weise erfuhr, schien sich aber einen Ruck zu geben. »Kurz vor deinem einundzwanzigsten Geburtstag hat sie einen Brief geschickt. Der Poststempel darauf war der von Los Angeles.«

»Was?! Wieso erfahre ich erst jetzt davon? Was hat sie geschrieben? An mich oder an euch?« Mit einem Mal war mein Puls jenseits von Gut und Böse. Gleichzeitig schwappte Enttäuschung in mir hoch. Dass meine Eltern etwas vor mir verheimlichten, was mit meiner leiblichen Mutter zu tun hatte, tat weh, und ich schwankte kurz, weil ich das Gefühl hatte, es würde mir den Boden unter den Füßen wegziehen. Denn bisher war ich davon ausgegangen, dass wir ein gutes Verhältnis zueinander hatten und über alles reden konnten.

»Wir dachten erst, es wäre eine Rechnung oder Werbung oder sonst was, das dir jemand geschickt hat. Es stand kein Absender drauf, deshalb haben wir den Umschlag geöffnet, um dir Bescheid zu sagen, falls es was Wichtiges ist. Du hast zu dem Zeitpunkt ja bereits in Palm Springs gelebt. Dass sie dir schreiben könnte, darauf wären wir gar nicht gekommen. Sie muss unsere Adresse wohl online ausfindig gemacht haben – vielleicht über den Hof? Oder sie hat uns nach Hause verfolgt und so herausgefunden, wo wir wohnen, ich weiß es nicht …«

»Mom, was stand in dem Brief?«, wollte ich nun vehementer wissen.

»Hayden, ich …« Sie seufzte schwer. »Glaub mir, dass wir dir den Inhalt nicht zumuten wollten. Weder damals noch jetzt. Deshalb war uns auch nicht wohl dabei, als du erzählt hast, dass du deinen Urlaub in Malibu verbringst.« Moms Stimme war immer leiser geworden, bis sie am Ende schluchzte.

Und ich hielt es nicht länger aus. Die Spannung, das Wissen, dass mir meine Eltern etwas verschwiegen hatten, obwohl es ganz offensichtlich mich betraf. Und der damit verbundene Schmerz über den Vertrauensbruch. All das war zu viel.

»*Was* hat sie geschrieben?«, wiederholte ich, verletzt und maßlos enttäuscht.

Ein kurzer Blick zu Richie zeigte mir, dass er mit einem Ohr lauschte, und bestimmt wäre er sofort an meiner Seite, sollte ich ihn brauchen und ihm das Signal geben. Doch ich wandte ihm wieder den Rücken zu und wartete mit rasendem Herzen auf eine Antwort von meiner Mom.

»Du willst es wirklich wissen?«, fragte sie mit matter Stimme.

Es tat so weh, dass wir dieses Gespräch jetzt übers Telefon führten und ich nicht bei ihr sein konnte. Dass ich ihr nicht ins Gesicht sehen und darin lesen konnte. Und vor allem, dass sie gerade auf der Arbeit war und Dad nicht in ihrer Nähe sein konnte, um für sie da zu sein. Denn dass sie das Ganze – genau wie mich – völlig aufwühlte, stand außer Frage.

»Ja, bitte«, erwiderte ich mit fester Stimme, die darüber hinwegtäuschte, wie es in mir aussah.

Sie klang den Tränen nahe, als sie weitersprach: »Okay, ich habe den Brief jetzt natürlich nicht bei mir. Aber es steht drin, dass sie uns wohl immer wieder heimlich beobachtet hat, trotz des Kontaktverbots, das erwirkt worden war, als du vier Jahre alt warst. Und dass sie es bereut, dich zur Adoption freigegeben zu haben. Dass sie uns hasst und dass sie …« Mom stockte und schluchzte schwer. Mist, ich fühlte mich schlecht, dass ich sie dazu genötigt hatte, mir von dem Brief zu erzählen. »Besser ist, du liest den Brief selbst, ich will nichts falsch wiedergeben. Sobald ich heute Abend zu Hause bin, mache ich ein Foto davon und schicke es dir. Vermutlich hätte ich das längst tun sollen, aber ich wollte dich schützen.«

Aufgewühlt nickte ich, bevor ich mich räusperte und ein »Ja danke!« krächzte. Danach versuchte ich noch zu Small Talk zu wechseln, doch ich merkte, dass das Gespräch aufgesetzt und steif wirkte, weshalb ich mich kurz darauf verabschiedete und auflegte.

»Was ist passiert?«, wollte Richie wissen, als ich langsam wieder auf ihn und Izobel zuging.

Kraftlos schüttelte ich den Kopf. »Keine Ahnung, ich ... muss das noch verdauen. Anscheinend hat mir meine leibliche Mutter rund um meinen einundzwanzigsten Geburtstag einen Brief geschickt, der in Los Angeles aufgegeben wurde. Davon wusste ich nichts, und Mom wäre es wahrscheinlich lieber, wenn es weiterhin so geblieben wäre. Sie meint, Lainey würde die Adoption bereuen. Jedenfalls vermuten meine Eltern aufgrund des Poststempels, dass sie irgendwo hier in der Gegend zu Hause ist – was die Aussage von dem Typen beim Musikladen nur bestätigen würde.«

Richie musterte mich einen Augenblick stirnrunzelnd. »Du willst sie suchen, hab ich recht?«

Einen Moment zögerte ich, während ich Izobel wieder anleinte. Als ich mich aufrichtete, nickte ich. »Würdest du mich begleiten? Ich weiß nicht, ob ...«

»Auf jeden Fall. Skid Row ist keine Gegend, in der du allein unterwegs sein solltest.« Dass auch Richie wusste, welchen Ruf dieser Stadtteil hatte, wunderte mich nur kurz. Doch vermutlich hatte er sich vor seiner Reise über die Ecken schlaugemacht, die man besser mied. »Wann willst du fahren?«

Einen Moment überlegte ich. »Können wir das morgen machen? Ich glaube, ich brauche noch etwas, um mich darauf einzustellen.« Darauf, unter Umständen meiner leiblichen Mutter gegenüberzustehen, genauso wie auf die Möglichkeit, sie gar nicht zu finden. Oder dass die Lainey Powell in Skid Row nicht *meine* war, sondern einfach eine Frau, die zufällig denselben Namen hatte und mir nicht unähnlich sah. Sollte ja vorkommen.

»Klar, kein Problem. Wir fahren, wenn du bereit bist.«

Dass Richie so feinfühlig war und mir bei seinen Worten tröstend einen Arm um die Taille legte, tat unglaublich gut.

»Außerdem will ich erst noch wissen, was sie mir damals geschrieben hat«, erklärte ich. »Mom hat heftig gezögert, als ich darauf bestanden habe, umgehend zu erfahren, worum es in dem Schreiben ging, und mir nur ein paar Brocken hingeworfen.«

»Klingt nicht gut.«

»Ja, irgendwie macht es mir Angst. Keine Ahnung, was noch in dem Brief stehen könnte, dass meine Eltern ihn seit zwei Jahren vor mir geheim gehalten haben. Mal abgesehen davon tut es einfach weh, dass sie mir die Entscheidung abgenommen haben. Ich meine, sie haben kein Recht dazu, mir den Brief vorzuenthalten, auch wenn meiner leiblichen Mutter aufgrund einiger Konflikte mit dem Gesetz der Kontakt zu mir untersagt worden war. Aber ich war damals einundzwanzig und damit volljährig und kein Kind mehr. Ich hätte selbst entscheiden können, ob ich den Brief zumindest lesen will oder nicht.«

Ich hatte mit einer Antwort oder zumindest irgendeiner Reaktion von Richie gerechnet, doch diesmal schwieg er – was mich nur noch nervöser machte. Ein unangenehmes Gefühl stieg in meinem Magen auf, und es fühlte sich an, als würde ich nicht mehr genug Luft bekommen, weil dieser Brief über mir schwebte und sich wie eine unsichtbare Last auf mich drückte.

Zurück in der Villa, setzte ich mich mit Izzy auf die Couch, nachdem ich ihr eine Decke untergelegt hatte. Zwar hatte

Mr Sutton sich nicht dazu geäußert, ob es sich meine Hündin hier überall bequem machen durfte, aber zu Hause hatte sie ebenfalls einen Platz auf dem Sofa, weshalb ich es ihr hier nicht verbieten wollte. Und Mary hatte gemeint, sie würde es nicht stören.

Gerade heute brauchte ich Izzys warmes, etwas struppiges Fell und ihre süße Schnauze an meiner Hand. Zu sehr rauschten zig Gedanken durch meinen Kopf, was noch alles in diesem Brief stehen könnte. Vielleicht hatte meine leibliche Mutter mich ja endlich kennenlernen wollen? Oder sie dachte, ich hätte eine schönere Kindheit gehabt, wäre sie für mich da gewesen? Die Frage, die mich jedoch am meisten beschäftigte: Was bedeutete der Inhalt des Briefes für mich und mein Leben? Welche Auswirkungen würde er haben, wenn er offenbar so heftig war, dass meine Eltern ihn mir nicht zeigen wollten?

Als würde Izobel spüren, dass ich völlig durch den Wind war, leckte sie mir über den bloßen Oberschenkel.

»Möchtest du, dass ich dir Gesellschaft leiste, oder willst du lieber allein sein?« Richie stand hinter mir und legte seine Hände in meinen Nacken, knetete sanft meine verspannten Muskeln.

Schwer seufzte ich auf und schloss unter seiner Berührung die Augen. »Bleib«, verlangte ich flüsternd.

Eine Weile massierte er mich noch, was nicht nur meinen Schultern guttat, sondern auch meine innere Unruhe zumindest für den Moment verscheuchte. Dann kam er um die Couch herum und setzte sich zu mir. Den Arm legte er um mich und zog mich an sich, bis mein Ohr an seiner Brust lag und ich seinen beruhigenden Herzschlag hörte.

»Als ich noch ein Kind war, hat unser Dad uns manchmal Pancakes mit Eiscreme zum Frühstück gemacht. Eines Tages war mal unsere Nachbarin da, weil sie angeboten hatte, ein paar unserer Klamotten zu flicken und umzunähen – die hat fast der Schlag getroffen, als sie das gesehen hat. Du kannst dir nicht vorstellen, was für eine Standpauke sie unserem Vater zum Thema gesunde Ernährung gehalten hat.«

Stirnrunzelnd schaute ich ihn an. »Wie hat er reagiert?«

Richies Mundwinkel zuckten. »Er hat ihr ein paar Pancakes mit einem großen Berg Eiscreme auf einen Teller gegeben, ihn ihr in die Hand gedrückt und ihr angeboten, sich zu uns zu setzen. Anschließend hat er ihr noch die Wahl gelassen zwischen normalem Kaffee und Irish Coffee – rate, wofür sie sich entschieden hat.«

Wie süß war Richie, dass er versuchte, mich mit dieser Geschichte von meinen Grübeleien abzulenken? »Den mit Alkohol?«, sagte ich und stieg auf seine Story ein.

»Bingo! Ich glaube, auf den Schock brauchte sie den.« Nun lachte er offen, und ich liebte es, wie der Schalk in seinen Augen aufblitzte. »Falls du auch Schnaps willst, um die Nerven zu beruhigen, sag Bescheid. Ich fahre extra in einen Laden für dich.«

Zögernd schaute ich ihn an. Mir war klar, er hatte bloß einen Scherz gemacht, doch ich war mir sicher, dass er, würde ich ihn darum bitten, wirklich jederzeit losfahren und mir Hochprozentiges kaufen würde. »Aber es ist gerade mal zwei Uhr nachmittags«, hielt ich dagegen.

Amüsiert gluckste er. »Das stimmt. In Großbritannien ist es allerdings ...« Er warf einen Blick auf seine Smartwatch, auf der er zwei Uhrzeiten eingestellt hatte – die von hier und die von London. »... zehn Uhr abends. Die perfekte Zeit, sich ordentlich einen hinter die Binde zu kippen, falls du mich fragst.«

Als ich losprustete, hob Izobel erschrocken ihr Köpfchen. »Deine Argumentation gefällt mir. Aber wenn ich ehrlich bin, würde ich gerne einen klaren Kopf bewahren. Zumindest bis ich den Brief gelesen habe.« Ich hob mein Smartphone in die Höhe, das ich in der Hand hielt.

»Natürlich. Allerdings könnte ich mal eben googeln, wie man Pancakes ohne tierische Produkte macht. Und in den Supermarkt fahren und vegane Eiscreme kaufen.«

Gott, dieser Mann war großartig. »Das klingt zwar sehr verlockend, aber ... am liebsten wäre mir, wenn wir einfach hier sitzen bleiben könnten.«

Richie drückte mich sanft an sich und gab mir einen Kuss auf die Stirn. »Dann machen wir genau das. Falls du etwas daran ändern möchtest, sag Bescheid.«

»Danke«, murmelte ich an ihn gelehnt, was er mit einem beruhigenden Brummen quittierte, während er gleichzeitig gemächlich über Izzys Rücken streichelte.

Eine Weile hing ich noch den Gedanken nach, bis ich irgendwann an seiner Brust einschlief.

Das Vibrieren meines Telefons riss mich aus dem traumlosen Schlaf. Richie war ebenfalls unter mir eingeschlafen, doch als ich einen Blick auf das Display warf und sah, dass meine Mom mir ein Foto geschickt hatte, war ich augenblicklich hellwach. Mein Herz pochte so heftig, dass ich es in meinem Hals spürte, und schlagartig war mir übel vor Aufregung.

Schnell setzte ich mich auf und öffnete den Chat.

Mom: Dein Dad und ich haben lange darüber diskutiert, ob wir dir den Brief wirklich zeigen sollen. Aber du bist dreiundzwanzig, erwachsen, und er ist an dich adressiert. Vermutlich war es falsch, ihn dir vorzuenthalten. Vergiss jedenfalls nicht, dass wir dich beide aus ganzem Herzen lieben und dass du jederzeit mit uns darüber reden kannst, wenn dir danach ist. Ruf an, falls du verunsichert bist, hörst du?

»Hat sie es geschickt?«, fragte Richie neben mir und rieb sich über die Augen.

Ich nickte und tippte mit zitterndem Finger auf das Foto, um es vergrößert anzeigen zu lassen und in den Text hineinzuzoomen. Doch mit dem, was ich hier las, hätte ich auf keinen Fall gerechnet ...

19 – Richie

»Hä?« Hayden schaute mich verständnislos an, dann reichte sie mir ihr Telefon weiter. »Deswegen haben sie so ein Drama gemacht?«

Neugierig las ich den Text, der in krakeliger kleiner Schrift auf dem Zettel geschrieben stand.

Hallo, Hayden,
ich bin's, deine leibliche Mutter.
Gott, wie das klingt! So habe ich mich noch nie genannt, aber wie sagt man? Einmal ist immer das erste Mal. Wobei wir auch schon beim Thema wären. Denn vor gut zweiundzwanzig Jahren hatte ich mein erstes Mal. Victor Rogers – den Namen werde ich nie vergessen. Er ist übrigens dein biologischer Vater. Oder war es mal, er ist anscheinend gestorben. Hat man mir zumindest er zählt. Ich weiß es nicht genau, dieser Mistkerl wollte nach deiner Geburt weder mit mir noch mit dir etwas zu tun haben.
Jedenfalls hat er mir die Jungfräulichkeit genommen und dafür ein kleines Geschenk hinterlassen: dich. Meine

Eltern – deine Großeltern – sind streng, konservativ und katholisch. Schon Jahre davor habe ich begonnen, gegen sie zu rebellieren. Kannst dir ausmalen, dass eine schwangere Teenagertochter so ziemlich das Schlimmste ist, was sie sich vorstellen konnten. Also haben sie mich mehr oder weniger dazu gezwungen, dich zur Adoption freizugeben.

Jetzt hast du bald Geburtstag, bist einundzwanzig, und mir wird erneut bewusst, was ich alles verpasst habe. Wie sehr ich meine Eltern und in gewisser Weise auch deine neue Familie dafür hasse, dass sie dich mir gleich nach der Geburt weggenommen haben. Ich weiß, ich sollte deinen neuen Eltern dankbar sein. Ein Stück weit bin ich das sicher auch, immerhin haben sie dir ein Leben ermöglicht. Aber ich kann einfach nicht darüber hinwegsehen, dass ich keine Chance mit dir bekommen habe. Und vielleicht sind sie der falsche Empfänger dafür, aber der einzige, den ich habe. Allein dafür, dass sie Teil deines Lebens sein dürfen, verabscheue ich sie. Auch wenn du das vielleicht gerade nicht verstehen kannst.

Du ahnst nicht, wie oft ich dich mit deinen Adoptiveltern beobachtet habe – und wie oft ich mir gewünscht habe, dich einfach mitnehmen zu können. Und glaub mir, ich war mehrfach kurz davor. Habe mir ausgemalt, wie ich dich vor der Schule abpasse oder dich im Supermarkt in einem von deiner Adoptivmutter unbemerkten Moment an der Hand nehme. Ich hätte dich mit zu mir geholt, wo du hingehörst, und hätte dich großgezogen. Hätte dir ge zeigt, was mein Leben ist – wobei es rückblickend gese hen vermutlich besser ist, dass ich es nicht getan habe.

Jedenfalls sollst du wissen, dass ich dich nach wie vor über alles liebe und du im Herzen immer meine Tochter sein wirst.

In Liebe, deine Mom

PS: Ich heiße übrigens Lainey Powell, falls sie dir meinen Namen verschwiegen haben.

Stirnrunzelnd schaute ich Hayden an. »Na ja, vermutlich deshalb, weil hier drinsteht, dass sie mehrfach kurz davor war, dich zu entführen. Stell dir vor, was für ein Schock es für deine Eltern gewesen sein muss, das zu lesen.«

Hayden betrachtete den Text noch einmal nachdenklich. »Aber sie hat mich *geliebt.* Die ganzen Jahre über hat sie mich geliebt und hat sich immer wieder in meiner Nähe aufgehalten. Sie hat sich gewünscht, dass ich bei ihr aufwachse. Sie liebt mich noch immer. Das steht hier doch.«

Ich war echt verwundert, dass sie das Offensichtliche nicht bemerkte. »Sie hat euch gestalkt, hat euch heimlich beobachtet, Hayden. Sie wollte dich deinen rechtmäßigen Eltern entreißen ...«

»Aber sie ist meine leibliche Mutter. Sie muss Höllenqualen durchlitten haben, als man mich ihr gegen ihren Willen weggenommen hat.«

Da ihr nun Tränen in den Augen schimmerten, verkniff ich mir einen weiteren Kommentar. Ihr würde sicher selbst noch aufgehen, dass ihre leibliche Mutter eine Gefahr dargestellt hatte – wenn sie so war, wie im Brief angedeutet.

»Ich verstehe schon, dass sich Mom und Dad Sorgen gemacht haben. Aber es ist nichts passiert. Sie hat nur darüber nachgedacht, mich zu sich zu holen, hat es allerdings nie getan. Das ist doch ein Unterschied. Und ihre Gefühle sind wohl berechtigt. Irgendwie ist es doch nachvollziehbar, oder? Ich meine, ich bin unter ihrem Herzen entstanden, sie hat mich in sich wachsen gespürt und musste mich dann zu irgendwelchen fremden Leuten geben. Für eine liebende Mutter muss das ...« Geräuschvoll stieß sie Luft aus den Lungen. »... echt heftig sein.«

»Dennoch muss sie der Adoption auch zugestimmt haben.«

»Bei solchen Eltern? Das klingt nicht, als hätten sie sich

auf eine Diskussion zu dem Thema eingelassen. Und sie war damals selbst noch fast ein Kind.«

Das alles war zu heikel, um mit Hayden über Sinn oder Unsinn zu diskutieren. Mir war klar, dass sie die Sache durch eine rosarote Brille sah, weil sie endlich mehr über ihre leibliche Mutter erfuhr und sie diese ihr bisheriges Leben in gewisser Weise vermisst hatte. Dennoch beunruhigte mich der Inhalt dieses Briefes, und diese Lainey hinterließ kein gutes Gefühl in mir.

»Weißt du, was? Lass uns gleich fahren und sie suchen.« Haydens Augen leuchteten, und sosehr ich ihren Wunsch verstand, ihre leibliche Mutter zu treffen und kennenzulernen, so groß waren meine Zweifel, ob das tatsächlich eine gute Idee war.

»Mich geht die ganze Sache zwar nichts an, aber ich denke, du solltest dich erst bei deinen Eltern melden. Bestimmt machen sie sich Sorgen und wollen wissen, wie es dir geht, nachdem du den Brief gelesen hast.«

Hayden sah mich an, und ich konnte die Zweifel in ihrem Blick erkennen. »Richie, ich weiß nicht ... Ich bin unglaublich enttäuscht von den beiden. Dass sie mir dieses Schreiben vorenthalten haben, verletzt mich so sehr. Keine Ahnung, wie ich jetzt mit ihnen darüber reden soll.«

Sanft legte ich eine Hand an ihre Wange. »Dann lass die Nachricht sacken und melde dich morgen bei den beiden. Heute würde ich dennoch hierbleiben. Sicher, deine Eltern haben einen Fehler gemacht. Es war nicht richtig, dir den Brief erst jetzt zu zeigen. Aber sie haben dich großgezogen und all die Jahre über mit Liebe überschüttet, oder? Gib euch also diese eine Nacht, bevor du später vielleicht bereuen könntest, vorschnell und im Schmerz etwas gesagt zu haben, was sie verletzt und sich nicht zurücknehmen lässt. Sprich dafür mit mir über alles, was dich beschäftigt. Schimpfe über deine Eltern, wenn es dir danach besser geht!« Ich zwinkerte ihr zu. »Oder ich halte dich einfach fest, und wir unterhalten uns. Über diese Sache oder über etwas ganz anderes. Ich kann dich auch ablenken. Allerdings denke ich nicht, dass wir uns in den Abendstunden auf nach Skid Row machen sollten ...«

Keine Ahnung, welcher Teil meiner kleinen Rede überzeugend genug war, doch nachdem sie mich erst unschlüssig gemustert hatte, stimmte sie mir zögernd zu.

Ich konnte sie dazu überreden, mit mir Abendessen zu kochen – heute gab es Zoodles, also Zucchininudeln mit Tomatensoße. Das Rezept hatte ich im Internet entdeckt, und Hayden war sofort einverstanden gewesen.

Während ich die Zucchini mit einem Spiralschneider in dünne Streifen schnitt, hackte Hayden Zwiebel und Knoblauch, um beides gemeinsam mit den zerteilten Cocktailtomaten in der Pfanne anzuschwitzen. Gleichzeitig unterhielten wir uns über den Brief, zu dem Hayden nach wie vor die Meinung vertrat, dass sie ihrer leiblichen Mutter für ihre Worte nicht böse war. »Klar, es muss für meine Eltern ein Schock gewesen sein, nach all den Jahren zu erfahren, dass Lainey mit dem Gedanken gespielt hat, mich zu sich zu holen. Ich erinnere mich dumpf, dass sie mir mal gesagt haben, dass es ein Kontaktverbot wegen diverser Verstöße gegen das Gesetz gab, um mich zu schützen. Allerdings kann ich mich nicht daran erinnern, ob es zeitlich befristet war oder so.« Nachdenklich machte sie eine kurze Pause, bevor sie fortfuhr: »Ich frage mich, ob Laineys Gedankengang, mich bei sich zu haben, nicht eine völlig natürliche Reaktion ist. Sie hat mich geliebt, sie hat mich gewollt. Mein ganzes Leben lang bin ich mit dem Wissen aufgewachsen, dass mich meine leibliche Mutter zur Adoption freigegeben hat, weil sie mich nicht wollte, nicht geliebt hat, weil ich ein Störfaktor für sie gewesen war. Hast du eine Vorstellung davon, wie es sich anfühlt, in diesem Glauben aufzuwachsen? Das nun zu lesen, ändert alles für mich, weißt du?« Sie rührte in der Pfanne um, in der das Gemüse zusammen mit dem Tomatenmark zischend brutzelte, und streute ein paar Rosmarinnadeln darüber. »Und ich überlege, ob meine Eltern mir noch in anderen Dingen ebenfalls etwas vorenthalten oder mir Unwahrheiten erzählt haben.«

»Denkst du wirklich, sie hätten dich absichtlich über den Adoptionsgrund belogen? Oder dir Dinge verschwiegen, um dich vorsätzlich zu verletzen? Vielleicht wussten sie es selbst nicht besser und haben angenommen, Lainey würde dich nicht wollen. Womöglich wurde ihnen das auch von Laineys Eltern, deinen Großeltern, so gesagt.«

Hayden stieß einen nachdenklichen Laut aus und goss etwas Rotwein in die Pfanne, aus der sofort der herbe Geruch von Trauben und Alkohol aufstieg. »Das ändert nichts daran, dass sie mir diesen Brief nicht zeigen wollten, und ich nun hinterfrage, was sie mir sonst noch alles verheimlicht haben, verstehst du? Mein Vertrauen in sie ist dahin. Sie waren mein sicherer Hafen ... und jetzt? Ich weiß es nicht.«

Ich nickte kurz. »Das kann ich nachvollziehen, auch wenn ich mir nicht einmal ansatzweise vorstellen kann, wie weh es tun muss. Es tut mir wirklich leid, dass du diese Erfahrung machen musst.« Ich selbst wusste nur zu gut, wie es war, wenn man von den Eltern oder einem Elternteil enttäuscht wurde. Auch wenn ihre Geschichte natürlich eine ganz andere war, immerhin ging es hier um ihre Wurzeln, das traf einen noch mal tiefer.

Um sie zu trösten, breitete ich meine Arme auseinander und umschlang Hayden, kaum dass sie sich an meine Brust schmiegte. Ich wusste nicht, was ich sonst für sie tun konnte, außer sie zu halten. Ihr süßer Duft stieg mir in die Nase, und ich drückte ihr einen sanften Kuss auf die Stirn. Schließlich löste sie sich wieder von mir, und ich gab die Zucchininudeln in die leise blubbernde Soße.

Während des Essens lenkte ich unser Gespräch auf den Schrank mit den Gesellschaftsspielen, den ich im Wohnzimmer entdeckt hatte, sowie auf den Billardtisch, der in dem Raum mit der Bar neben dem Heimkino stand. Ich fragte Hayden, ob sie Lust habe, später mit mir zu spielen. Ihr Mund klappte auf, und ich fürchtete bereits, einen Korb von ihr zu bekommen, als sie von ihrem klingelnden Smartphone davon abgehalten wurde.

»Das ist Davis«, murmelte sie. »Mist, ich hab vergessen, ihm auf seine Nachricht zu antworten.« Sie drückte die Taste an der Seite ihres Telefons, sodass der Anruf stumm geschaltet wurde.

»Du kannst gerne rangehen, wenn du möchtest«, bot ich ihr an, doch sie schüttelte kurz den Kopf.

»Erst will ich fertig essen.«

Keine Ahnung, ob das der wirkliche Grund war oder ob sie nicht neben mir mit ihm telefonieren wollte. Doch ich würde sie nicht darauf ansprechen. Ihr stand jegliche Privatsphäre zu, die sie forderte.

Das restliche Essen verlief weitestgehend schweigend. Den vorgeschlagenen Spieleabend und den Billardtisch brachte ich zumindest für diesen Abend nicht noch einmal ins Gespräch. Da ich das Gefühl hatte, dass Hayden es gerade brauchte, sich in ihren Gedanken zu verlieren, beobachtete ich sie stattdessen, wie sie nachdenklich die Zucchininudeln mit Tomatensoße auf ihre Gabel lud und kaute.

»Lass das«, meinte sie schließlich, doch ich merkte, dass ihre Mundwinkel nach oben zuckten. Sie schleckte Soßenreste vom Besteck, und als sie mir dabei tief in die Augen sah ... Fuck, damit rief sie Bilder in mir wach, die für den Esstisch eher unpassend waren. Wobei ...

Schmunzelnd stand sie auf und nahm ihren leeren Teller in die Hand. »Ich rufe Davis zurück«, sagte sie und hielt gleichzeitig ihr Telefon in die Höhe.

»Klar, mach nur. Ich räume in der Zwischenzeit die Küche auf.«

»Oh, du musst nicht ...«, widersprach sie, doch ich zog sie an mich und küsste sie sanft am Hals, womit ich ihre Worte stoppte.

»Nein, ich muss nicht, aber ich möchte. Du hast zu tun, also lass dich nicht davon abhalten, okay?«

Haydens Gesichtsausdruck wurde weich, dann bedankte sie sich bei mir mit einem Kuss und ging ins angrenzende Wohnzimmer. Sie setzte sich auf die Couch und hielt sich gleich darauf ihr Handy ans Ohr. Dass sie sich nicht in ihr Schlafzimmer zurückzog, um völlig ungestört mit ihrem Geschäftspartner telefonieren zu können, wunderte mich, und ich rechnete es ihr als hohen Vertrauensbeweis an.

»Hi, Davis! Gott, es tut mir so leid, dass ich mich nicht bei dir gemeldet habe, aber in den letzten Tagen ging es hier ziemlich drunter und drüber.« Kurz linste sie in meine Richtung.

Weil ich nicht den Eindruck erwecken wollte, als würde ich extra mit der Arbeit warten, um zu lauschen, nahm ich die Bratpfanne und kippte die übrig gebliebenen Zoodles in eine kleine Schüssel. Vielleicht würde später wer von uns die Reste essen wollen. Anschließend wusch ich die Pfanne und trocknete sie ab. Dass ich dabei um einiges leiser war – völlig automatisch und wirklich unbeabsichtigt –, sorgte dafür, dass ich Wortfetzen von Haydens Gespräch mitbekam.

»Nein, ich werde ihn nicht vor die Tür setzen, gottverdammt, Davis. Und ich bin dir auch keine Rechenschaft schuldig ... Nein, er hält mich nicht davon ab, eine Entscheidung zu treffen. Das schaffe ich schon allein ... Wie ich das meine?« Wieder schaute sie zu mir, während ich unsere Teller abspülte. »Anscheinend ist meine leibliche Mutter ganz in der Nähe.«

Weil ich Hayden nicht länger das Gefühl geben wollte, sie doch zu belauschen, peilte ich mein Zimmer an und schloss die Tür hinter mir. Ich zog mein Telefon aus der Gesäßtasche, verwarf jedoch meinen ersten Gedanken, jemanden von zu Hause anzurufen, als ich einen Blick auf die Uhr warf. Während es hier bei uns früher Abend war, standen die Uhren in Großbritannien auf halb drei in der

Nacht. Und weil ich gerade nicht einmal ein Instrument bei mir hatte, beschloss ich, mich aufs Bett zu legen und mich mit dem Handy abzulenken. Kurz überlegte ich, die Band zu googeln, ließ es jedoch bleiben. In der Vergangenheit hatte ich gelernt, dass es besser war, nicht alles zu lesen, was man über uns schrieb.

Also öffnete ich ein stupides Game, als just in dem Moment eine Nachricht von Tessa einging.

Tessa: Hey! Na, wie geht es? Lass mich raten, du sitzt mit deiner Urlaubsbekanntschaft bei einem Glas Wein im Garten eurer traumhaften Villa und wartest darauf, dass die Sonne untergeht.

Ich wollte gerade antworten, als die nächste Nachricht einging.

Tessa: Okay, falls es wirklich so ist, störe ich nicht länger. Wenn nicht, melde dich, ich muss dir was erzählen.

Schmunzelnd tippte ich auf ihren Namen in meinen Kontakten, und noch während des ersten Klingelns ging sie ran.

»Richie!« Sie klang überschwänglich und voller Freude.

»Hey, Tessa, was ist los? Wieso schläfst du nicht?«

»Ich kann nicht. Dafür bin ich viel zu überdreht.«

»Was ist passiert?«

Geräuschvoll holte sie Luft. »Ich habe heute unterschrieben.«

Diesem Statement folgte ein aufgeregtes Quietschen.

»Den Vertrag mit *Symbol Records?«* Nun konnte ich meine Begeisterung nicht länger verbergen und musste aufstehen. Ich freute mich unendlich für sie.

»Ja! Ich werde ab sofort gemeinsam mit Lex als Songwriterin für euch arbeiten.« Erneut drang ein aufgeregter Laut von ihr zu mir durch, und ich sprang kurz in die Luft.

»Keine Ahnung, ob ich das kann, aber weil ihr alle so großes Vertrauen in mich habt …«

»Tessa, du bist eine Göttin auf dem Papier«, erklärte ich so überzeugt und voller Enthusiasmus, dass sie für einen Augenblick schwieg und ich nicht sicher war, ob sie das Ganze falsch verstanden hatte.

»Oh, Richie, du Charmeur«, brachte sie schließlich heraus, und ich merkte, dass ihre Stimme zitterte.

»Hey, du weißt, ich meine das ernst. Und ich freue mich sehr, dass du unterschrieben hast und ab sofort ein Teil unseres Teams bist.«

»Danke«, hauchte sie hörbar gerührt.

»Wo ist Lex? Sag nicht, der schläft.«

Tessa gähnte und schob eine Entschuldigung hinterher. »Doch. Heute war ein langer und anstrengender Tag, aber ich war zu aufgewühlt. Jetzt, wo ich es dir allerdings erzählt habe, kann ich, glaube ich, auch endlich schlafen.«

Ich schmunzelte. »Dann mach das. Herzlichen Glückwunsch noch einmal, Tessa! Ich freue mich schon darauf, deine Texte zu sehen und einzuarbeiten.«

Erneut gähnte sie. »Danke, Richie. Ich hab dich lieb und hoffe, du genießt deinen Urlaub. Wenn es mal nicht so spät ist, musst du mir unbedingt mehr von dieser Hayden erzählen.«

»Das mache ich. Schlaf gut!«

»Gute Nacht!« Das letzte Wort ging in einem weiteren Gähnen unter, und ich hatte damit zu kämpfen, mich nicht von ihr anstecken zu lassen.

Mit einem Lächeln auf den Lippen legte ich auf und beschloss, mal vorsichtig zurück in den Wohnbereich zu linsen.

Als ich die Tür öffnete, war es still, was allerdings nichts hieß. Vielleicht hörte Hayden diesem Davis nur zu und … keine Ahnung. Im Wohnzimmer angekommen, sah ich jedoch, dass sie sich das Telefon nicht mehr ans Ohr hielt. Stattdessen lief sie sichtlich aufgebracht auf und ab.

»Alles okay?«, fragte ich besorgt.

Hayden schüttelte den Kopf und ließ sich auf die Couch sacken. Und als ich näherkam, erkannte ich, dass Tränen in ihren Augen standen.

Instinktiv ballte ich die Hände zu Fäusten.

Fuck, was zur Hölle hatte dieser Kerl zu ihr gesagt?

20 – Hayden

Ich konnte nicht fassen, was Davis eben alles von sich gegeben hatte.

Am liebsten hätte ich mich in mein Schlafzimmer zurückgezogen – Richie wollte ich nicht erneut mit meinem ganzen Mist belasten. Doch er war schneller zurück als erwartet, und die Sorge auf seinem Gesicht zu sehen, hüllte sich wie eine flauschige Decke um mein geschundenes Herz.

»Willst du darüber reden?« Richie hielt direkt vor mir und schaute mich mit gerunzelter Stirn an.

Langsam schüttelte ich den Kopf.

Wie immer reagierte er großartig. Kommentarlos akzeptierte er mein Nein und zog mich stumm an seine Brust. Er hielt mich fest und streichelte tröstend meinen Rücken, bis ich das Gefühl hatte, das Gewicht auf meinen Schultern hätte an Schwere verloren.

»Ich glaube, ich will nicht mehr mit Davis zusammenarbeiten«, überlegte ich laut und war von mir selbst überrascht, weil es sich so klar und richtig anfühlte.

»Okay«, antwortete Richie, ohne nachzubohren. Dennoch hatte ich den Eindruck, er würde mir zuhören, sollte ich noch mehr darüber sagen wollen.

Liebevoll küsste er mich auf die Schläfe und fuhr mit seinen Streicheleinheiten fort, während die Gedanken in meinem Kopf immer deutlicher wurden.

»Das Gespräch mit Davis war gerade sehr ... Es hat mir die Augen geöffnet.«

»Inwiefern?«

Seufzend löste ich mich von Richie und zog ihn auf die Couch, wo ich mich so nah wie möglich zu ihm setzte. »Ich habe ihm von dem Brief erzählt«, begann ich leise, den Blick auf einen Punkt in der Ferne gerichtet.

Richie streichelte meinen Oberschenkel, während er den anderen Arm um meine Schultern gelegt hatte, und ich liebte es, dass er ständig Körperkontakt suchte, jetzt, wo wir uns nähergekommen waren.

»Er meinte, ich sei verrückt, wenn ich meine leibliche Mutter sehen wolle«, fuhr ich fort. »Weil sie eine Irre ist und dass sich daran auch dadurch nichts ändert, dass mit meiner Volljährigkeit das Kontaktverbot aufgehoben worden ist. Dass ich gefälligst froh und dankbar sein soll, bei meinen Eltern aufgewachsen zu sein. Dann hat er noch gesagt, dass wenigstens ich jetzt so weit sein sollte, das Richtige zu tun.«

Kurz stoppte er seine Streicheleinheit und schaute mich grübelnd an, bevor er sie wieder aufnahm. »Und wie denkst du darüber?«

Erneut wallte Wut in mir hoch. »Dass er nicht das Recht hat, so mit mir zu reden! Oder über Lainey. Klar, ich bin sauer, dass meine Eltern mir den Brief verheimlicht haben, aber es ist immer noch meine Sache, wie ich mit dem Ganzen umgehe. Und auf gar keinen Fall lasse ich mir von Davis sagen, was ich zu tun habe.«

Richie brummte, und ich war mir nicht sicher, ob es ein zustimmender Laut war oder lediglich die Aufforderung weiterzusprechen.

»Jedenfalls ist mir während des Gesprächs bewusst geworden, dass Davis das immer macht. Dass er mir sagt, was ich zu tun habe, und … bisher habe ich das auch getan.« Dieses Eingeständnis schmerzte, da mir das bis eben nie aufgefallen war. »Er legt mir ständig seine Wünsche in den Mund. ›Du solltest dies und jenes machen‹ oder ›An deiner Stelle würde ich …‹.« Ich seufzte. »Du weißt schon, so in der Art. Und ich habe zu Davis aufgesehen. All die Jahre. Er ist immerhin der mit dem Studium und der Unternehmerfamilie, während ich nur mit der Idee zu ihm gekommen bin. Ich dachte, er würde wissen, wovon er spricht, er hätte Erfahrung, würde Wissen mitbringen, das mir fehlt.«

»Und deshalb hast du das getan, was er für richtig gehalten hat«, schlussfolgerte Richie nüchtern.

Überrascht sah ich ihn an und nickte. »Ja. Gott, ich schäme mich so dafür, dass mir das erst jetzt klar wird.« Schnell versteckte ich mein Gesicht an Richies Brust.

Er drückte mir einen Kuss auf den Scheitel. »Das ist kein Grund, dich zu schämen, Hayden. Du hast ihm blind vertraut, und er hat das eventuell ausgenutzt. Keine Ahnung, ich kenne den Kerl nicht und so, wie ich das sehe, seid ihr mit eurem Unternehmen ja ziemlich erfolgreich.«

»Ja, das schon«, gab ich kleinlaut zu. »Trotzdem ist es nicht, was *ich* machen wollte, verstehst du? Klar, ich habe Davis mit ins Boot geholt, aber meine Intention war es gewesen, *meine* Idee gemeinsam umzusetzen. Davon ist jedoch gar nichts geschehen – von der Tatsache mal abgesehen, dass es nach wie vor um vegane Produkte geht.«

»Es ist immer noch dein Leben, und du kannst es so für dich verändern, dass du damit glücklich bist.«

Richies Worte hallten eine Weile in mir nach, und ich stellte fest, dass sie mir unglaublich guttaten und die Last auf meinen Schultern leichter machten.

Zustimmend summte ich und verlor mich wieder in Gedanken. Ich wiederholte das Telefonat mit Davis in meinem Kopf und ärgerte mich gleichzeitig, dass ich die ganzen Jahre über so blind gewesen war, nicht zu merken, wie sehr er mich manipuliert hatte. Wie sehr er mich in die Richtung gelenkt hatte, in der *er* mich haben wollte – ohne mir seine Gründe zu erläutern. »Vielleicht war ja jede seiner Entscheidungen berechtigt. Aber ich finde dennoch, dass es nicht okay von ihm ist, alles, was ich mache, als schlecht darzustellen und nur seine Meinung als die einzig wahre anzusehen«, stellte ich fest. »Klar, ich hätte als Unternehmerin stärker für mich und meine Visionen eintreten müssen, aber ich war vermutlich geblendet von dem Vertrauen, das ich in ihn hatte.«

»Du kannst immer noch deinen eigenen Weg gehen.«

»Sicher. Aber dafür muss ich erst einmal herausfinden, wie der aussieht. Ich fürchte, ich habe in den letzten Jahren ein wenig den Fokus verloren. Aber deswegen bin ich ja auch hier. Nur fällt es mir nicht leicht, wieder auf Kurs zu kommen.«

»Das ist ja kein Problem nur für heute, du hast alle Zeit der Welt, ihn wiederzufinden.«

Ich beugte mich ein Stück zurück, um Richie in die Augen schauen zu können. »Wieso bist du so unfassbar weise?«

Er grinste breit und zuckte mit den Schultern. »Muss an der Lebenserfahrung liegen.«

Irrte ich mich, oder lag da ein Schatten in seinem Blick?

Noch bevor ich ihn richtig greifen konnte, war er allerdings schon wieder verschwunden, und als Richie sich über mich beugte und mich zärtlich küsste, war ich sowieso abgelenkt.

Ein süßer Schwindel erfasste mich, und wäre Izobel nicht winselnd vor der Tür hin und her getrappelt, hätte ich mich nicht so schnell von Richies Liebkosungen ablenken lassen.

»Sollen wir eine kleine Runde drehen?«, schlug Richie vor.

Zögernd stimmte ich zu.

Noch war es draußen hell, und etwas Bewegung tat uns nach der Aufregung sicher gut.

Also schlenderten wir wenig später ein Stück die Straße entlang, und Izzy nutzte die Gelegenheit, um an Büschen und Sträuchern am Wegesrand zu schnüffeln. Währenddessen erhaschten Richie und ich ab und an einen Blick aufs Meer – durch die Bäume hindurch. Hier war es wirklich unglaublich schön.

»Ich hab vorhin mit einer Freundin telefoniert«, begann Richie zu erzählen. »Tessa ist mit Lex zusammen, und sie hat mir von ihrer heutigen Vertragsunterzeichnung bei *Symbol Records* erzählt. Und ich freue mich sehr für sie – und für uns.«

Ich hielt an, weil Izzy ein Häufchen machen musste, und sah anschließend fragend zu Richie auf. »Ist sie auch Musikerin?«

»Nein, sie ist Poetin. Der Text unseres erfolgreichsten Hits stammt von ihr, und nun hat sie zugestimmt, in Zukunft mit Lex an neuem Material für uns zu arbeiten.«

»Wirkst du auch mit? An den Songs meine ich.«

»Erst wenn das Grundgerüst steht, bringe ich gemeinsam mit dem Rest von uns Ideen mit ein. Aber das Songwriting überlasse ich lieber den Profis.« Nun lächelte er verlegen.

»Willst *du* nicht, oder hat dir jemand gesagt, dass du das bleiben lassen sollst?«, fragte ich und spielte auf meine Erkenntnis im Gespräch mit Davis an.

Schnaubend lachte er. »Keine Sorge, ich habe es mal versucht, dann jedoch selbst festgestellt, dass ich in dieser Hinsicht nicht begabt bin.«

»Okay. Ich hoffe, dass sich Myles vom Musikladen morgen meldet und du deinen Bass wieder abholen kannst«, wechselte ich das Thema. »Funktionstüchtig und so gut wie neu, wohlgemerkt.«

»Ja, das wäre wünschenswert. Aber solange ich nichts Gegenteiliges erfahre, gehe ich mal vom Besten aus.«

»Dein Optimismus ist bewundernswert. Ich wünschte, ich hätte den auch«, sagte ich und zog eine Hundekottüte aus dem kleinen Spender, der an der Leine baumelte.

Richie nahm mir Izzy ab, während ich mich bückte. »Den kannst du haben. Alles eine Frage der Einstellung.«

»Wie meinst du das?« Mit angehaltener Luft verknotete ich die Tüte. »Boah, so ein kleiner Hund, und stinken kann er wie ein großer.« Naserümpfend setzte ich mich in Bewegung, und Richie folgte mir, einen amüsierten Laut ausstoßend.

Als ich ihm die Leine abnehmen wollte, winkte er ab und beantwortete stattdessen meine Frage. »Ich könnte mir jetzt ausmalen, dass der Fender irreparabel beschädigt wurde. Dass ich mir einen neuen kaufen müsste …«

»Oder ich dir«, fiel ich ihm ins Wort, da ich das definitiv tun würde, sollte der Fall eintreten, doch Richie ignorierte meinen Einwand und redete einfach weiter.

»Dann wäre ich allerdings gefrustet, weil ich mit dem Bass auch emotionale Momente verbinde. Wie zum Beispiel unser erstes Album, das wir in einem professionellen Studio aufgenommen haben. Oder unser erstes Konzert der Europatournee im Wembley-Stadion in London. Solche Erinnerungen sind unbezahlbar, und jedes Mal, wenn ich ihn ansehe, muss ich daran denken, wie weit wir es schon geschafft haben.«

Bei diesen Worten begriff ich, dass es nicht einfach nur ein Musikinstrument war, das ich da geschrottet hatte. Verdammt, einmal mehr wallten die Schuldgefühle in mir hoch, und alles in mir zog sich zusammen. Zu groß war der Wunsch, meine Entscheidung an jenem Abend rückgängig zu machen.

Als Richie meinen Gesichtsausdruck sah, redete er schnell weiter. »Das bedeutet jetzt nicht, dass ich nicht mit einem optisch gleichen Bass all die schönen Erinnerungen verliere, Hayden. Aber worauf ich hinauswollte: Müsste ich ständig daran denken, er könnte kaputt sein, würde es mir die Laune verderben. Ich wäre grummelig und keine gute Gesellschaft, mal davon abgesehen, dass ich mir selbst keinen Gefallen tue, wenn ich mich in meinem Urlaub, in dem ich entspannen will, mit solch negativen Gedanken quäle. Und um das jetzt auf dich umzulegen und zurück zu deiner ursprünglichen Frage zu kommen: Du kannst die ganze Zeit darüber nachdenken, was wäre, wenn der Fender kaputt ist. Oder du denkst daran, dass er in guten Händen ist. Malst dir aus, dass wir Glück haben und dass ich ihn morgen wieder mitnehmen kann. Dass nur eine kleine Summe für die Reparatur anfällt und ich dir, sobald ich ihn zurückhabe, was vorspielen kann.«

»Und was ist, wenn ich mich darauf einstelle, dass alles gut läuft, und schließlich kommt es doch anders? Ist der Aufprall in der Realität nicht doppelt so hart?«

»Natürlich darfst du nicht aus den Augen verlieren, dass es auch mal nicht wie erwartet kommen kann. Dann bist du zwar darauf vorbereitet, kannst aber die Zeit bis dahin genießen.«

Nachdenklich ließ ich Richies Worte auf mich wirken und dachte gleichzeitig über das Telefonat mit Davis nach. Darüber, was ich von meinem Leben wollte und ob ich es mir nicht, ohne es vorgehabt zu haben, durch meine Ängste und Unsicherheiten leicht gemacht und mich zu sehr auf ihn verlassen hatte. Immerhin hätte ich auch auf meine eigenen Wünsche hören und meine Ziele konsequenter verfolgen können. Vielleicht sogar müssen. Womöglich war ich nur deshalb in dieser Sackgasse gelandet, weil ich zu wenig Optimismus besaß, um zu visualisieren, dass mit meinen Plänen einer veganen Kochschule ebenfalls alles hätte gut gehen können … »Du hast recht, Richie. Es wird Zeit für mich, meinen Möglichkeiten mutiger und positiver entgegenzusehen.«

Diese Nacht lag ich lange wach. Richie hatte zwar vorgeschlagen, bei mir zu schlafen, doch ich wollte ihn nicht mit meinem ewigen Im-Bett-Umherwälzen wach halten, weshalb ich abgelehnt hatte.

Natürlich hatte er erneut total verständlich reagiert und mir angeboten, zu ihm zu kommen, sollte ich es mir anders überlegen.

Doch die Gedanken an meine Eltern und an Lainey hatten mich zu sehr vom Schlafen abgehalten, genau wie das Telefonat mit Davis und die Ungewissheit, was mit Richies Bass passiert war. Zwar hatte ich wirklich versucht, dem Ganzen positiv entgegenzusehen, aber das wollte mir einfach nicht gelingen. Zumindest nicht auf Anhieb, so was brauchte vermutlich etwas Zeit. Dafür waren die Gründe, die mich wach hielten, zu aufwühlend und hatten eine zu große Auswirkung auf meine Zukunft.

Als ich schließlich in einen unruhigen Schlaf fiel, war es weit nach drei Uhr morgens.

Zum Frühstück brachte ich keinen Bissen hinunter. Richie merkte, dass mich noch immer etwas beschäftigte, und ließ mir meinen Freiraum, als ich mit Izzy spazieren ging, um zumindest wieder ein bisschen einen klaren Kopf zu bekommen.

Als ich im Anschluss zurück in die Villa kam, telefonierte er gerade.

»Super, danke, wir kommen im Laufe des Tages vorbei … Bis dann!« Er legte auf, sprang in die Luft und kam strahlend und mit ausgebreiteten Armen auf mich zu.

»Der Musikladen?«, fragte ich hoffnungsvoll und ließ mich von Richies Freude anstecken.

»Ja, sie konnten ihn reparieren. Siehst du? Das ist das Gesetz der Anziehung – mit einer positiven Einstellung widerfährt einem Positives.«

Ich schmiegte mich an seine Brust und spürte die Erleichterung in mir. Nicht nur, weil ich ihm nun keinen neuen E-Bass kaufen musste. Sondern vor allem, da die emotionale Bedeutung des Instruments für Richie nicht verloren gegangen, sondern höchstens um eine zusätzliche erweitert worden war.

»Ich würde sagen, wir fahren los und machen uns auf die Suche nach dieser Lainey Powell, von der dieser Typ gestern gesprochen hat. Und im Anschluss holen wir den Fender ab.«

»Wirklich?«

»Jep. Außer du hast es dir anders überlegt, dann fahren wir einfach direkt zum Laden.«

Seine Worte trieben meinen Herzschlag in schwindelerregende Höhen. »Nein, ich … will sie immer noch sehen.«

Richie nickte, und wenig später saßen wir tatsächlich in meinem Wagen auf dem Weg nach Skid Row.

Wir hatten beide beschlossen, dass es völliger Unsinn war, Richies Mietauto zu nehmen. Sollte etwas mit dem Ford Mustang passieren, wäre es nur mit unnötigem Ärger für Richie verbunden. Dennoch hatte ich sein Angebot, das Fahren zu übernehmen, angenommen. Ich war einfach zu aufgewühlt und froh, mich nicht auf den Verkehr konzentrieren zu müssen.

Im Internet hatte ich natürlich schon den Waschsalon herausgesucht, den dieser Typ angesprochen hatte, und die Adresse ins Navi eingegeben.

Meine Anspannung stieg ins Unermessliche. Während der Fahrt ruhig zu sitzen, war mir vermutlich noch nie so schwergefallen wie jetzt. Vor Aufregung wippte ich mit einem Bein, und ich schüttelte immer wieder die schweißnassen Hände, um Energie abzubauen. Außerdem war mir übel, weshalb ich das Fenster für etwas Frischluft einen Spalt öffnete.

Auch Richie war zum Ende hin immer schweigsamer geworden. Je näher wir unserem Ziel kamen, desto mehr vermüllte Planen als behelfsmäßige Unterschlupfe und Zelte säumten die Gehwege. Zwar gab es diese Obdachlosenlager in beinahe jedem Viertel der Stadt, allerdings wurde mir erst jetzt bewusst, dass Lainey womöglich ebenfalls so hausen könnte.

Richie hielt vor dem Waschsalon, und mit einem Mal zögerte ich, dort drinnen nach Lainey Powell zu fragen. Die Angst vor dem Ungewissen hemmte mich, und gleichzeitig war ich meiner leiblichen Mutter noch nie zuvor so nahe gewesen.

Mir Halt gebend verschränkte Richie seine Finger mit meinen und wartete meine Reaktion ab. Weder drängte er mich auszusteigen, noch setzte er mich sonst wie unter Druck. Er machte auch keine Anstalten, wieder zu fahren. Er gab mir die Zeit, die ich brauchte, um die Gedanken zu sortieren und mich auf das vorzubereiten, was mich erwarten könnte.

»Komm bitte mit«, sagte ich leise, dann löste ich unsere Verbindung und stieg aus. Als ich mich umdrehte, verriegelte er bereits den Wagen und kam auf mich zu.

Wie die gesamte Gegend hier sah der Waschsalon von außen schäbig aus. Putz bröckelte neben der Tür ab, und die Fensterscheiben sowie die Glastür waren verschmiert und wirkten, als hätte noch nie jemand Wert daraufgelegt, sie sauber zu machen.

Als wir eintraten, schlugen uns feuchte Luft und ein intensiver Geruch von Waschmitteln, vermischt mit dem leichten Mief nasser, vergessener Wäsche in die Nase. Eine Frau lehnte auf einem Stuhl, und ich war mir nicht sicher, ob sie schlief oder nur einen harten Tag hatte und deshalb die Augen geschlossen hielt. Ein Kerl mit strähnigen Haaren musterte uns von oben bis unten, und ein anderer mit ranziger Baseballcap murmelte etwas, wobei sein fast zahnloses Gebiss zum Vorschein kam.

Hinter uns hörte ich erneut die Tür. Als ich mich umdrehte, sah ich, wie eine junge Mutter den Waschsalon betrat, ihr Baby mit einem Tragetuch an ihre Brust gebunden, einen Kinderwagen mit einem großen Wäschesack vor sich herschiebend.

Eine rot-weiße Katze rieb sich maunzend an meinem Bein und lenkte meine Aufmerksamkeit auf eine alte Frau, die das Tier dafür rügte.

Sah ganz so aus, als wäre sie die Betreiberin des Ladens oder zumindest eine, die hier öfter war, weshalb ich auf sie zuging.

»Guten Tag, ich bin auf der Suche nach Lainey Powell. Sie ist ungefähr vierzig Jahre alt und ... hat eine ziemliche Ähnlichkeit mit mir. Können Sie mir sagen, wo ich sie finde?«

Die Frau rümpfte die Nase und sah von mir zu Richie und wieder zurück. Dann beugte sie sich zur Seite, vermutlich, um einen Blick auf unser Auto zu erhaschen, mit dem wir direkt vor der Tür geparkt hatten. »Nee, ich weiß gar nichts.«

Mit diesen Worten wandte sie uns den Rücken zu und verschwand zwischen den Trocknern und Waschmaschinen.

»Nein, warten Sie!« Panik erfasste mich, und ich hatte das Gefühl, der kleine Funken Hoffnung, mehr über meine leibliche Mutter zu erfahren, würde gerade wieder erlöschen, als hätte mir die Frau mit ihren Worten einen eisernen Riegel vorgeschoben, der mich von der Wahrheit fernhalten sollte.

»Sie ist meine Mutter, und ... ich habe sie viel zu lange nicht gesehen. Bitte helfen Sie mir, wenn Sie etwas wissen.« Zwar war das eine sehr weit ausgelegte Wahrheit, denn genau genommen hatte ich sie zuletzt bei der Geburt gesehen. Aber das würde ich hier jetzt nicht auf den Tisch bringen.

Unschlüssig schaute mich die Frau an. »Ihr seid keine Bullen?«

Diese Frage brachte mein Herz zum Rasen. Verdammt, was hatte Lainey getan? »Nein, sind wir nicht. Ich bin ihre Tochter und habe erst gestern erfahren, dass sie irgendwo hier in der Nähe lebt. Oder gelebt hat ...«

Die Frau wandte sich erneut ab, und all meine Hoffnung wurde im Keim erstickt.

Ich starrte ihr hinterher und wollte schon gehen, als sie sagte: »Fragt besser mal im Friseursalon gegenüber nach.«

21 – Richie

Mitzubekommen, wie sich Hayden an jeden Strohhalm klammerte, sorgte dafür, dass sich mein Herz schmerzhaft zusammenzog. Hatte ich gestern noch von Optimismus und einer gesunden positiven Einstellung gepredigt, beschlich mich langsam das Gefühl, Hayden unaufhaltsam auf eine gewaltige Enttäuschung zuschlittern zu sehen und nichts dagegen unternehmen zu können.

War es ein Fehler gewesen, ihr nicht deutlicher zu machen, wie falsch und gefährlich so manche Aussage im Brief ihrer Mutter war? Allerdings hatte ich den Eindruck gehabt, sie sei völlig geblendet von der Aussicht, sie endlich kennenzulernen. Dazu die neue Erkenntnis, dass sie ihr nicht egal war, dass sie von ihr gewollt gewesen, ja geliebt worden war.

Dennoch würde ich Hayden gerade deshalb nicht blindlings in diese Sache hineinstolpern lassen. Diese Gegend war einfach gefährlich und kein Ort, an dem sie sich allein aufhalten sollte ... Also folgte ich ihr aus dem Waschsalon über die Straße zum Friseur.

Dort stank es nach Bleichmittel, Farbe und Haarspray,

und alles wirkte ranzig, genau wie im Laden auf der anderen Straßenseite.

Hayden sah sich hoffnungsvoll um. Sie machte große Augen und reckte den Kopf. Vielleicht dachte sie, Lainey würde hier arbeiten, doch keiner der anwesenden Mitarbeitenden passte auch nur ansatzweise in das Profil der Frau, die wir suchten. Aber davon ließ Hayden sich nicht aufhalten. Prompt ging sie auf jemanden zu.

»Entschuldigen Sie, ich suche ...«, setzte sie zu einer Frage an, wurde jedoch gleich von der Friseurin mit den wild hochgesteckten blauschwarzen Haaren unterbrochen.

»Warte dort drüben, Schätzchen, ich arbeite gerade. Jeder kommt dran, aber immer der Reihe nach.«

Ich schaute zu einer Art Wartebereich mit mehreren Stühlen, in dem eine griesgrämig wirkende Frau von einer Zeitschrift aufsah und ein massiger Kerl seine Arme vor der Brust verschränkte und uns aus zusammengekniffenen Augen anstierte. Zu seinen Füßen spielte ein kleiner Junge mit einem Holzzug.

»O nein, ich bin nicht hier, weil ich eine neue Frisur möchte, ich suche meine Mutter. Lainey Powell, circa vierzig Jahre, sieht mir sehr ähnlich«, ratterte Hayden schnell herunter, bevor sie erneut unterbrochen werden konnte.

Die Friseurin hielt inne und musterte Hayden von der Seite. »Stacey, hier sucht wer nach Lainey Powell!«, rief sie und wandte sich sofort wieder der Arbeit zu.

Das klang zumindest nicht, als würden sie nicht wissen, wer gemeint war. Und das schien Hayden ebenfalls so aufzufassen, denn sie griff nach meiner Hand und drückte sie.

Noch war ich nicht sicher, ob diese Neuigkeit Grund zur Freude war oder ob ich Hayden schultern und sie von hier wegbringen sollte.

Aus einem Hinterzimmer kam eine Frau auf uns zu, bei der mir sofort der dicke blaue Kajalstrich an den unteren Augenlidern auffiel. Ihre Haut war faltig und ihre grauvioletten Haare mit einem Tuch gebändigt, einzelne Strähnen stahlen sich aber hervor. »Wer will das wissen?«, fragte sie und sah uns skeptisch an.

»Hi, ich bin Hayden, Laineys Tochter.«

»Lainey hat keine Kinder«, erwiderte die Fremde scharf und wandte sich ab.

»Ich wurde von ihr bei meiner Geburt zur Adoption freigegeben«, sagte Hayden schnell und griff nach dem Arm der Frau, was besagte Stacey nun doch zum Stoppen brachte.

Als ich einen Blick über die Schulter zu den zwei Leuten im Wartebereich warf, registrierte ich, dass die Frau die Zeitschrift zugeschlagen und auf dem Schoß abgelegt hatte und der Mann sich in unsere Richtung beugte. Mir gefiel gar nicht, dass die beiden das Ganze mit äußerster Neugier verfolgten. Hayden jedoch bemerkte nichts davon, denn sie machte mit einem hoffnungsvollen Leuchten in den Augen einen Schritt auf Stacey zu. »Bitte, ich habe sie viel zu lange nicht gesehen, und ... ich weiß echt nicht, wo ich sonst mit der Suche anfangen soll. Sie sind meine einzige Hoffnung.«

Keine Ahnung, welche Keywords die Friseurin zum Erweichen brachten, aber aus ihrem Gesicht wich die Härte, und sie machte einen Schritt auf Hayden zu und raunte ihr etwas ins Ohr.

»Danke Ihnen vielmals!« Hayden drückte Staceys Hand, dann wandte sie sich mir zu und zog mich hinter sich aus dem Laden, nachdem sie eine Verabschiedung gerufen hatte.

»Was hat sie gesagt?«, fragte ich, kaum dass wir auf der Straße standen.

»Dass eine Lainey Powell hier im Haus wohnt. Der Eingang ist links neben dem Ladeneingang.« Haydens Augen waren weit aufgerissen, und sie plapperte so schnell, dass ich erstaunt war, dass sie sich nicht an ihren eigenen Worten verschluckte.

Bestimmt war sie erleichtert, dass ihre Mutter nicht in einem dieser Zeltlager hauste, die wir auf der Fahrt hierher gesehen hatten. Deshalb wollte ich ihr auch jetzt nicht die Freude nehmen. »Okay, dann ... statten wir ihr mal einen Besuch ab.« Ich lächelte, obwohl ich das Gefühl hatte, dass Hayden jeden Moment enttäuscht werden könnte. Aber ich würde die ganze Zeit an ihrer Seite sein.

Dass ich mit mir haderte, entging ihr. Oder sie ignorierte es, was im Endeffekt auf dasselbe rauskam.

Vor der Tür angekommen, wollte ich schon fragen, wie wir weiter vorgehen sollten, doch Hayden drückte diese kurz entschlossen auf. »Einfach reingehen, Tür Nummer achtzehn, hat Stacey gesagt.«

Stirnrunzelnd folgte ich Hayden. Das schmuddelige Bild von draußen setzte sich hier drinnen fort. Die Wände im Flur waren voller Flecken, wir hörten ein Baby in einer der Wohnungen schreien, und es stank nach Zwiebeln, Urin und irgendetwas anderem. Angewidert rümpfte ich die Nase und versuchte, hauptsächlich durch den Mund zu atmen.

Ich folgte Hayden die Treppe hinauf, bis wir schließlich vor der Tür mit der Nummer achtzehn hielten.

Sie atmete geräuschvoll aus und wischte ihre Handflächen an ihren Jeansshorts ab, dann klopfte sie zaghaft.

Niemand öffnete.

Nervös – und verunsichert? – sah sie mich an, wartete. Doch es tat sich weiterhin nichts. Irgendwo über uns wurde eine Tür zugeschlagen, und wir hörten Gemurmel, das gleich darauf wieder verstummte.

Erneut pochte Hayden gegen das Holz der Tür. Diesmal fester.

»Sie ist wohl nicht da«, flüsterte sie enttäuscht, als ein Schaben wie von einem Türspion zu hören war. Dann wurde die Wohnungstür einen kleinen Spalt geöffnet.

»Ja?« Die Stimme der Frau klang kratzig, in erster Linie allerdings misstrauisch.

»Lainey Powell?«, fragte Hayden leise.

Als hätte sie verstanden, wer Hayden war, riss Lainey die Tür auf und starrte sie ungläubig an.

Die Frau hatte tatsächlich entfernt Ähnlichkeit mit Hayden. Die beiden hatten die gleiche Augen- und Haarfarbe, ja, waren sogar ungefähr gleich groß. Allerdings sahen Laineys Haare im Gegensatz zu Haydens matt aus. Ihr Gesicht war eingefallen, die Haut fahl, und sie hatte tiefe Augenringe.

Ein unangenehmes Gefühl machte sich in meinem Magen breit, und alles in mir drängte danach zu verschwinden. Ich hatte eine grobe Ahnung, was mit Lainey los war, klammerte mich aber um Haydens willen daran, mich zu täuschen. Vielleicht war Lainey einfach nur arm, überarbeitet.

»Du bist …«, setzte Hayden an. »Bist du …?«

Lainey lachte kurz laut auf. »Scheiße, ja, ich bin deine … Mutter. Hätte nicht gedacht, dass du mal hier aufkreuzt, Hayden.« Nervös sah sie in den Flur und deutete dann mit dem Kopf auf mich. »Und wer ist der da?«

»Das ist Richie. Er ist … mein Freund«, sagte sie schnell und haute mich damit völlig aus den Socken.

Vielleicht hatte sie durch das, was zwischen uns gelaufen war, diese Schlüsse gezogen, oder sie wollte Lainey einfach keinen Grund geben, mich wegzuschicken. Um ihre Worte zu unterstreichen, verwob Hayden ihre Finger mit meinen – und ich würde den Teufel tun, mich dagegen zu wehren.

»Kommt rein.« Lainey bedeutete uns mit einer Hand, die Wohnung zu betreten. Ein letztes Mal sah sie an uns vorbei hinaus in den Flur, als würde sie erwarten, dass hier gleich jemand auftauchte, den sie nicht hier haben wollte, bevor sie die Tür hinter uns schloss.

Verdammt, am liebsten hätte ich Hayden sofort wieder von hier weggebracht.

Bilder aus einer längst verdrängten Zeit kamen in mir hoch, und mit einem Mal nahm ich die stickige Luft mit dezenter blumiger, fast schon süßlicher Note und dem leichten Geruch von Tankstelle noch intensiver wahr.

Erinnerungsfetzen aus meiner Kindheit wirbelten im Kopf herum, die jedoch zu schnell verschwanden, als dass ich sie hätte fassen können. Ein gewaltiges Gefühl von Hilflosigkeit und Wut stieg in mir auf, und ich versuchte, es zu bändigen. Ganz wollte es mir jedoch nicht gelingen, und die Enge in meiner Brust zwang mich zum Schweigen.

»Wie hast du mich gefunden?«, wollte Lainey wissen, und ich lauschte nur am Rande, wie Hayden ihr davon erzählte, angefangen vom Musikgeschäft über den Waschsalon bis zum Friseurladen.

Stattdessen sah ich mich in dem Apartment um, das einfach ein simples Zimmer mit Couch plus Tisch davor, Fernseher, Herd, Spüle und Kühlschrank war. Ob sich hinter der Tür ein kleines Bad oder bloß ein Schrankraum verbarg, konnte ich lediglich raten. Vermutlich aber befand sich die Nasszelle im Flur.

Die Wände waren kahl – bis auf einen vergilbten Kunstdruck mit einer Obstschüssel. Auf einer Kommode standen allerdings Fotos, die mein Interesse weckten.

Da Lainey und Hayden in ihr Gespräch vertieft waren, ging ich langsam – und hoffentlich unbemerkt – darauf zu.

Eines der Bilder zeigte eine junge Frau, und es sah aus, als wären die Personen links und rechts von ihr abgeschnitten. Es lag schief im Rahmen und zu beiden Seiten konnte ich die Hände und Unterarme der Menschen erkennen, die sie wohl nicht mehr darauf sehen wollte. Am meisten faszinierte mich jedoch, dass die Frau auf dem Bild verblüffende Ähnlichkeit mit Hayden hatte. Mit dem Unterschied, dass sie es nicht war …

Ich drehte mich zu den beiden um und versuchte, Lainey mit ihrer jüngeren Version auf dem Foto in Verbindung zu bringen, während ein Schauder durch mich hindurchfegte. Weitere Bilder aus meiner Kindheit kamen hoch, die ich viel zu lange Zeit in die Tiefen meines Gedächtnisses verbannt hatte.

Aufgewühlt fuhr ich mir mit einer Hand über die Haare

und hatte das Gefühl, dass es hier drinnen mit einem Mal noch stickiger geworden war.

Erneut drehte ich mich zu den Fotos um und nahm die daneben in Augenschein. Da wurde mir plötzlich klar, wer darauf zu sehen war. Ein kleines blondes Mädchen, das auf einem Spielplatz spielte. Auf einem anderen kam es gerade aus einer Schule, die Schultasche auf dem Rücken.

Gänsehaut stellte sich auf meinen Armen auf, und ich wusste, wir sollten schleunigst abhauen. Weil ich Hayden klarmachen musste, dass es *nicht* gut war, hier zu sein. Diese Frau – ja, sie mochte Hayden vermisst haben – war vor allem eines: eine Gefahr.

Hektisch sah ich mich weiter um, entdeckte das dreckige Geschirr, das sich in der Spüle stapelte. Bis mein Blick an einem Gegenstand hängen blieb, der all die viel zu schnell auftauchenden Erinnerungsbrocken endlich in ein Standbild verwandelte und meine schlimmsten Vermutungen bestätigte.

»Hayden«, brachte ich heiser hervor, doch sie reagierte nicht sofort. Zu sehr war sie ins Erzählen vertieft. »Hayden!« Nun war meine Stimme drängender, schärfer. Und das half.

Irritiert schaute sie mich an, während Lainey mich aus zusammengekniffenen Augen anstarrte.

»Ey, Mann, was ist los mit dir? Siehst du nicht, dass wir uns hier gerade unterhalten?« Angriffslustig baute sie sich vor mir auf, was den Drang in mir steigerte, von hier abhauen zu wollen. Nicht, weil ich es nicht mit ihr aufnehmen würde, sondern weil mir inzwischen bewusst war, was mit ihr, mit allem hier – unter anderem – nicht stimmte.

»Wir sollten gehen«, erklärte ich mit bestimmtem Ton an Hayden gerichtet.

»Was? Wieso ... nein?! Wir haben gar nicht richtig Zeit gehabt, uns zu unterhalten«, sagte sie und schaute mich verwundert an.

»Das könnt ihr ein anderes Mal machen, jetzt, wo du weißt, wo sie lebt, aber wir haben noch was vor. Du weißt schon …« Ich tippte auf meine Smartwatch.

Hayden zog die Stirn in Falten. »Okay, ich dachte, du hättest keine fixe Zeit vereinbart, wann wir dort sein müssen.«

»Doch«, log ich. »Und wir sind beinahe zu spät dran.«

»Was soll der Scheiß? Ist der immer so unfreundlich?«, blaffte Lainey in meine Richtung.

Von ihrem Verhalten überrumpelt, wandte sich Hayden beschwichtigend an Lainey. »Ich kann ja wiederkommen. Vielleicht morgen?«, schlug sie versöhnlich vor.

»Morgen …« Die Frau brummte. »Fuck, ey, was für ein Bullshit! Da hab ich dich gerade gefunden, und dann wirst du mir abermals weggenommen. Ist dir eigentlich klar, was für eine Arschaktion das ist?« Je mehr sie fluchte, umso lauter wurde sie. Drohend kam sie auf mich zu und tippte mir gegen die Brust. »Aber weißt du, was? Ich lasse mir mein Kind nicht erneut aus den Händen reißen!«

»Lainey, ich komme wieder«, sagte Hayden aufgewühlt, doch sie hörte sie gar nicht. »Mom, du verlierst mich nicht, okay?« Erst als sie sie *Mom* genannt hatte, beruhigte sich Lainey, die ein paar Flüche hinterhergeschoben hatte, ein klein wenig. »Beim nächsten Mal unterhalten wir uns weiter. Ich verspreche es. Aber ich habe ganz vergessen, dass wir noch einen Termin haben und den nicht verfallen lassen dürfen.«

»Du kommst zurück?«, fragte Lainey, als würde sie Haydens Worte anzweifeln. Als hätte sie nicht verstanden, was sie eben gesagt hatte.

»Ja, versprochen. Schon morgen, wenn du willst.«

»Morgen …«, wiederholte sie geistesabwesend. »Nein, da muss ich arbeiten.«

»Übermorgen vielleicht? Vormittags, nachmittags, abends … Ganz wie du möchtest.«

Am liebsten hätte ich Hayden an den Armen gepackt

und geschüttelt. Sie gefragt, ob sie noch bei Trost war, wirklich wieder herkommen zu wollen. Stattdessen drückte ich meine Zunge gegen den Gaumen, um mich daran zu hindern.

»Warte, morgen geht doch. Ich fange erst um drei mit der Arbeit im Diner an, also …«

»Gut, dann …«

Die restlichen Worte hörte ich nicht mehr. Zu deutlich war das Rauschen in meinen Ohren, zu heftig die Übelkeit, die mich packte. Zu groß der Wunsch, endlich von hier abzuhauen. Mit einem Mal bekam ich keine Luft mehr. Hilflos fasste ich mir an den Hals.

Ich lief aus der Wohnung und bekam hinter mir nur noch mit, wie sich Hayden von Lainey verabschiedete und sich für mein Verhalten entschuldigte, als ich bereits die Treppe hinabeilte.

Kaum dass ich auf die Straße getreten war, atmete ich tief durch, doch die Schatten der Vergangenheit ließen sich nicht abschütteln. Zu tief hatten sie ihre Klauen in meine Haut gegraben und Erinnerungen ans Tageslicht befördert, die ich viel zu gut darunter vergraben geglaubt hatte … Erinnerungen, die mich in die Knie zwingen wollten.

Gerade noch konnte ich mich an einem Mast abstützen, bevor ich endgültig zusammengebrochen wäre.

22 – *Hayden*

Keine Ahnung, was mit Richie los war. Er hatte sich echt seltsam und ablehnend verhalten. Sicher, Lainey war vielleicht nicht unseren Lebensstandard gewohnt. In ihrer spartanisch eingerichteten Wohnung müffelte es, und es war mehr als offensichtlich, dass das Leben sie gezeichnet hatte. Doch wenn ich daran dachte, wie ihre Eltern sie behandelt hatten, wie man mich ihr offenbar gegen ihren Willen weggenommen und dann auch noch ein Kontaktverbot erwirkt hatte, war mir klar, dass das seine Spuren hinterlassen musste. Sichtbare und unsichtbare.

Meine leibliche Mutter zu sehen, hatte mich aufgewühlt. Einerseits war es schön und unwirklich und die Erfüllung eines lang gehegten Traums, ihr gegenüberzustehen. Die Ähnlichkeit zwischen uns, den Klang ihrer Stimme zu hören ... Mir lagen noch so viele Fragen auf der Zunge, die jetzt leider auf ein anderes Mal warten mussten. Andererseits brannte es noch immer in meiner Brust, erfahren zu haben, dass sie es so schwer in ihrem Leben hatte, dass sie in dermaßen üblen Umständen hauste.

Dass Richie also unsere Unterhaltung auf diese Weise

unterbrochen und die Abholung des Basses als Vorwand genommen hatte, um nach so kurzer Zeit unser Wiedersehen abzubrechen, nervte mich. Ich meine, ich hatte ihn nicht so oberflächlich eingeschätzt.

Als ich ihn endlich an der Straße einholte, musste ich sofort meinem Ärger Luft machen und ihn zur Rede stellen. Ansonsten würde ich platzen. Das hier war verdammt wichtig für mich gewesen, das wusste er doch. »Was sollte das eben? Spinnst du? War das eine erneute Retourkutsche, weil ich am Anfang unseres Kennenlernens nicht gerade freundlich zu dir war? Wenn ja, dann danke für …« Sämtliche weitere Worte blieben mir im Hals stecken, kaum dass ich ihm ins Gesicht geschaut hatte. Er sah aus, als hätte er einen Geist gesehen. Schweiß stand ihm auf der Stirn, seine braune Haut wirkte fast schon gräulich, und seine Brust hob und senkte sich in schnellem Rhythmus. »Alles okay?«, fragte ich vorsichtig und streckte meine Hand in seine Richtung.

Heftig schüttelte er den Kopf. Es war offensichtlich, dass ihm Worte auf der Zunge lagen, er sie jedoch nicht hervorbringen konnte.

Womöglich war ihm übel geworden, oder sein Kreislauf stand kurz davor, sich zu verabschieden. Beides wünschte ich ihm nicht – und mir genauso wenig. Schon gar nicht hier, in dieser Gegend. Also hakte ich mich kurz entschlossen bei ihm unter und führte ihn zurück auf die andere Straßenseite, zu meinem Auto. Ich nahm ihm den Autoschlüssel ab und bugsierte ihn auf den Beifahrersitz. Anschließend setzte ich mich ans Steuer, gab die Adresse vom Musikladen ins Navi ein und fuhr los.

Die Fahrt verlief schweigend, und als wir wenig später auf dem Parkplatz hinter dem Geschäft hielten und ich den Motor abstellte, wandte ich mich ihm zu. »Geht es dir wieder besser? Brauchst du etwas Wasser?« Vorsichtig tastete ich nach seiner Hand, zog sie jedoch zurück, als er mit seiner vor meiner Berührung zurückzuckte.

Gottverdammt, was war da oben mit Richie passiert?

Er räusperte sich. »Nicht wirklich. Aber lass uns den Fender abholen und dann fahren ...«

»Erzählst du mir, was los war?«

Nach einer gefühlten Ewigkeit nickte er, ohne mich anzuschauen. »Später.« Daraufhin stieg er aus, und ich folgte ihm mit einem unguten Gefühl in der Magengegend.

Im Laden fanden wir gleich Myles, der uns freundlich begrüßte. Vor ihm ließ sich Richie nichts anmerken. Die zwei führten Small Talk, und wenig später brachte er uns den reparierten E-Bass.

»Siehst du? Alles wieder in Ordnung, du musst das gute Stück nicht schrotten. Es klingt sensationell, ich habe vorhin kurz angespielt. Willst du probieren, bevor ich dir erkläre, was ich gemacht und getauscht habe?«

Richie nickte, und binnen Sekunden hatte er ihn an einen Verstärker angeschlossen, während ich ihm gebannt zusah, wie er darauf zu spielen begann. Wie seine Finger über die Saiten huschten und eine Melodie erzeugten, die mir weiche Knie und ein rasendes Herz bescherte. Er hielt seine Augen dabei geschlossen, und mir kam es so vor, als würde er jeden Ton, den er spielte, fühlen und in sich aufsaugen. Fast so, als wären sie das Heilmittel, das er gerade brauchte.

Ich wünschte mir, ihn ab sofort öfter spielen zu sehen und zu hören; spürte seine Leidenschaft für die Musik bis in mein Herz. Harte Akkorde reihten sich an weiche, kraftvoll und energiegeladen, und innerhalb von Sekunden breitete sich eine Gänsehaut auf mir aus.

Nach einigen Minuten – oder war es eine halbe Stunde gewesen? Ich hatte das Zeitgefühl völlig verloren – ließ er den letzten Ton verklingen und sah mich an. Gequält und trotzdem irgendwie dankbar.

Mein schlechtes Gewissen kam wieder hoch, weil ich mich dafür verantwortlich fühlte. Unter anderem, da ich seinem Bass und somit Richie das angetan hatte, und ... tja, ich wusste immer noch nicht, was ihn bei Lainey so aus der Bahn geworfen hatte. Aber eines stand fest: Es wäre nicht passiert, hätte ich ihn nicht dorthin mitgenommen.

Ich folgte Richie zurück zu Myles und bezahlte, wie angekündigt, die Reparaturkosten, obwohl ich merkte, dass Richie mir gern zuvorgekommen wäre. Da half der neue Mini-Bassverstärker, den er kaufte, nicht drüber hinweg, dass diese Geldsache zwischen uns stand. Aber für den Moment war mir das egal.

Auch auf der Fahrt zurück zur Villa redeten wir kaum miteinander. Die seltsame Anspannung hing greifbar in der Luft, und ich war froh, mich auf den Verkehr konzentrieren zu müssen.

Erst in der Garage atmete ich unmerklich durch, nachdem ich geparkt hatte und ausgestiegen war.

Richie holte seinen Bass aus dem Kofferraum und folgte mir ins Haus, wo wir nicht nur von einer begeisterten Izzy begrüßt wurden, sondern auch von Mary.

»Oh, stimmt, heute ist ja Dienstag. Sorry, ich hoffe, Izobel hat dich nicht von der Arbeit abgehalten.« Ich bückte mich, um die Kleine zu streicheln und willkommen zu heißen.

»Sie wollte mich nur kurz vor dem Wischmopp retten, indem sie ihn angegriffen hat«, meinte die rundliche Frau und strich sich eine schwarze Haarsträhne hinter ihr Ohr. »Also hab ich sie wie beim letzten Mal in dein Schlafzimmer gesperrt, bis ich hier mit allem fertig war und der Boden trocken war. Danach hab ich ihr einen kleinen Hundekeks aus deiner Tasche gegeben, ich hoffe, das war in Ordnung?«

»Natürlich.«

»Und du bist …?«, wandte sie sich an Richie, der nach wie vor leicht gedankenverloren neben mir stand.

»Sorry. Richie Scott. Ich bin für die kommenden zweieinhalb Wochen hier, es gab eine Überschneidung bei der Buchung und … Nun ja, Hayden und ich arrangieren uns in der Zeit, in der wir gemeinsam da sind.«

»Ach, das ist ja blöd. Mit Mr Sutton habt ihr schon gesprochen?« Mary sah von Richie zu mir und zurück.

»Ja, er hat sich entschuldigt, aber … Na ja, es ist nicht schlimm, auf diese Weise haben wir ein wenig Gesellschaft«, sagte ich und lächelte Richie zu, der mich jedoch nicht ansah. »Apropos Mr Sutton …« Ich verringerte den Abstand zu Mary. »Weißt du zufällig, was es mit den Überwachungskameras im Garten auf sich hat? Sieht er sich die Aufnahmen regelmäßig an oder …«

Alarmiert schaute Mary uns an. »Wieso? Hat sich jemand unbefugterweise auf dem Grundstück aufgehalten?«

»Nein, ich war nur … nackt baden und jetzt fürchte ich, dass Mr Sutton …«

Marys erleichtertes Lachen ließ mich anhalten. »Da kannst du beruhigt sein. Er hat damals von einigen Sicherheitsfirmen Angebote bekommen, die ihm aber alle zu teuer waren. Daraufhin hat er beschlossen, sich selbst um die Überwachung zu kümmern. Also hat er Videokameras gekauft und montiert. Allerdings hat er es nie geschafft, das System zum Laufen zu bringen. Deshalb bin ich angewiesen, jegliche Veränderung, die mir auffällt, umgehend zu melden. Die Kameras hat er dennoch gelassen – als Abschreckung, vermute ich.«

Erleichtert atmete ich aus. »Gott, ich dachte schon, ich hätte ihm unwissentlich eine Show geliefert.«

Mary tätschelte fürsorglich meinen Arm. »Mach dir keine Sorgen, ich kann dir versprechen, er hat nichts gesehen. Du hättest ihn damals erleben sollen, wie sehr er sich über das alles aufgeregt hat. Das war sicher nicht gespielt.«

»Danke«, flüsterte ich ihr zu, und sie schenkte mir einen mütterlichen Blick. Räuspernd drückte sie den Rücken durch. »Nun ja, ich bin hier gleich fertig. Fehlt nur der Pool, dann bin ich schon wieder weg.« Mit diesen Worten drehte sie sich um, stoppte jedoch noch einmal. »Oh, da fällt mir ein … Möchte ich wissen, wieso die Mülltonne fast bis oben hin mit getrocknetem Reis gefüllt ist?«

Ein Lachen drängte in mir hoch.

»Nein, willst du nicht«, antwortete Richie an meiner Stelle, und dass dabei seine Mundwinkel zuckten, stimmte mich optimistisch, dass er diese Anspannung bald hinter sich lassen konnte.

Während Mary die Fliesen rund um den Pool reinigte, saß ich auf der Terrasse im Schatten, Izzy auf meinem Schoß, die ich gedankenverloren zwischen den Ohren kraulte. Richie hatte sich auf sein Zimmer zurückgezogen und war seitdem nicht mehr herausgekommen.

Als sich Mary wenig später von mir verabschiedete, atmete ich erleichtert auf. Kaum dass die Tür hinter ihr ins Schloss gefallen war, hob ich meine kleine Hundedame zurück auf den Boden und peilte mit rasendem Herzen Richies Tür an. Kurz lauschte ich, doch dahinter war nichts zu hören, also klopfte ich an.

»Richie? Bist du da? Können wir reden?«

Fast wollte ich wieder gehen, weil keine Reaktion von ihm kam, da ging die Tür auf, und er schaute mich an. Erneut lag da dieser Ausdruck in seinen Augen, der mir Angst bereitete. Doch als er mir wortlos die Tür weiter öffnete, trat ich ein.

Er sackte auf sein Bett, die Beine überkreuzt und mit dem Rücken an das Kopfteil angelehnt. Und weil er keine Anstalten machte, etwas zu sagen, ließ ich mich langsam auf das Fußteil nieder.

»Hör zu, Hayden, bisher habe ich mich zurückgehalten, denn im Grunde geht es mich nichts an, aber … du solltest nicht mehr zu Lainey fahren«, begann er in dem Moment, als ich meinen Mund öffnete, um ein Gespräch anzufangen.

Seine Worte waren wie ein Schlag ins Gesicht und sorgten dafür, dass Verärgerung in mir hochstieg. Das, was ich mir vorhin bereits gedacht hatte, bestätigte er damit. »Ach, und wieso nicht? Weil sie arm ist? Weil ihre Wohnung ein

Loch ist und sie offenbar ihr Leben nicht wie wir im Griff hat?« Okay, vielleicht hatte ich mit einem etwas zu aggressiven Ton geantwortet, doch ich konnte mich nicht zügeln. »Sorry, aber ich verstehe einfach nicht, warum mich jeder von meiner leiblichen Mutter fernhalten will. Erst meine Eltern, dann Davis und jetzt auch noch du! Gerade du, wo ich dachte, du könntest nachempfinden, wie viel es mir bedeutet, sie endlich zu treffen. Zu erfahren, dass sie mich damals nicht von sich gestoßen hat, weil sie mich nicht wollte, sondern dass sie mich nicht halten konnte. Weil erst ihre eigenen Eltern alles darangesetzt haben, dass sie mich nicht behalten durfte, und anschließend meine eigenen noch ein Kontaktverbot erwirkt hatten. Dass sie mich doch liebt und die ganzen Jahre über versucht hat, in meiner Nähe zu sein, um mich zumindest aufwachsen zu sehen. Dass sie mich am liebsten zurückhaben wollte und sich nichts sehnlicher gewünscht hat, als für mich da und mir eine Mutter sein zu können.«

Tränen brannten mir in den Augen, und ich stand auf, weil ich nicht mehr still sitzen konnte. »Keine Ahnung, ob du nur ansatzweise nachvollziehen kannst, was es für mich bedeutet, sie zu sehen und zu besuchen, Richie. All die Zweifel, die ich mein ganzes Leben lang stumm mit mir herumgetragen habe, haben sich innerhalb der letzten vierundzwanzig Stunden in Luft aufgelöst, verstehst du? Und dann kommt ihr alle daher und wollt mir verbieten, sie wiederzusehen! Als wäre das euer Recht, aber das ist es nicht.«

Meinen Frust aus mir herauszulassen, tat gut.

Richie hingegen hatte mich schweigend angeschaut und zugelassen, wie ich mir den ganzen Mist von der Seele geredet und meinem Ärger Luft gemacht hatte.

Egal, was er sagen würde, ich fühlte, dass ich im Recht war, und für meine Meinung einzutreten, war richtig und befreiend.

»Sie ist drogensüchtig, Hayden. Und eine Stalkerin. Das

in Kombination ist absolut gefährlich. *Deshalb* wäre es besser, dich von ihr fernzuhalten.«

Ich riss die Augen auf. Das meinte er doch nicht ernst, oder? Ein ungläubiges, fast schon hysterisches Lachen drängte aus mir heraus. »Echt jetzt? Weil sie in einer versifften Gegend wohnt, weil sie fertig aussieht? Was bringt dich zu dieser Unterstellung? War es ihr unruhiger Blick in den Flur, bevor sie uns in ihr Apartment eingeladen hat, oder weil sie sich immer wieder nervös gekratzt hat?«

Ausdruckslos schaute er mich an. »Nein, Hayden. Weil es bei ihr nach einer blumig-süßlichen Mischung mit leichter Benzolnote gerochen hat – und weil die dazugehörige Crackpfeife neben der Spüle lag. Scheint dir aber entgangen zu sein.«

Seine Antwort versetzte mir abermals einen Schlag ins Gesicht. Ein eiskalter Schauder lief mir über den Rücken und setzte sich als übler Klumpen in meinem Magen fest.

»Das ... sagst du jetzt nur, weil du nicht willst, dass ich noch einmal hinfahre.« Aufgebracht verschränkte ich die Arme vor der Brust, zum Teil aber auch, um meine Unsicherheit zu verbergen. Was, wenn Richie mit allem recht hatte?

»Nein. Ich sage es, weil es die Wahrheit ist, Hayden.« Nun stand Richie auf und kam auf mich zu. Blieb direkt vor mir stehen und sah mir so eindringlich in die Augen, dass ich mit mir zu kämpfen hatte, seinem Blick standzuhalten. »Wie gesagt, das Ganze geht mich nichts an. Es ist deine Sache, ob du mit ihr in Kontakt bleibst. Aber ich weiß, wie Drogensüchtige ticken. Und wenn du damit bisher keine Berührungspunkte hattest, ist es umso gefährlicher für dich.«

Das verächtliche Schnauben, das aus mir herausdrang, konnte ich nicht zurückhalten. Allerdings war ich auch machtlos gegen mein heftiges Herzrasen. »Ach ja, woher willst du das denn wissen?«

Richie schwieg, presste seine Lippen aufeinander, was

nur noch mehr Bestätigung für mich war, dass er mir Lainey ausreden wollte.

»Okay, angenommen, es stimmt, was du sagst, und du hast dich nicht geirrt. Dann hast du dennoch eine Sache vergessen: Sie ist meine leibliche Mutter. Sie liebt mich, und wir haben uns eine Menge zu erzählen. Hast du gesehen, wie ihre Augen geleuchtet haben, als ich ihr erklärt habe, was ich beruflich mache und warum ich gerade in L. A. bin? Sie ist stolz auf mich!«

Nun war es Richie, der schnaubte und den Kopf schüttelte. »Genau aus *diesem* Grund solltest du besser gut überlegen, ob du das wirklich willst, Hayden.«

»Weil sie sich für mich interessiert?« Aufgewühlt warf ich die Arme in die Luft und ließ sie wieder sinken. Er verstand es einfach nicht, oder?

»Drogensüchtige interessieren sich nicht für andere Menschen. *Alles,* was sie sagen und tun, machen sie, um an Geld oder weitere Drogen zu kommen.«

Enttäuscht wandte ich mich von ihm ab. »Ich kann einfach nicht verstehen, wieso du mir meine Freude nehmen willst, endlich mehr über meine Wurzeln herauszufinden.«

Gerade als ich gehen wollte, spürte ich Richies Hand an meinem Unterarm. »Hayden ...«

Er sagte meinen Namen sanft und voller Gefühl, sodass ich nicht anders konnte, als mich ihm zuzuwenden und zu hören, was er mir noch zu sagen hatte.

»Ich verstehe dich. So sehr, glaub mir. Ich war gerade mal dreizehn, als mein Vater meine vier Geschwister und mich in einer Nacht-und-Nebel-Aktion mitsamt unserem wichtigsten Hab und Gut in seinen Wagen gepackt und uns von unserer Mutter weggebracht hat. Er hat sie verlassen, hat uns unsere Mum weggenommen. Und glaub mir, für einen Teenager war das eine ziemlich heftige Erfahrung, von da an eine Menge Verantwortung für seine jüngeren Geschwister übertragen bekommen zu haben. Klar, ich habe meinen Dad dafür gehasst und ihn angeschrien.

Mehrfach. Aber ich wusste auch, dass er nur das Beste für uns Kinder gewollt hat. Er hat das Risiko in Kauf genommen, dass wir ohne unsere Mutter aufwachsen. Dass wir ihm nie verzeihen würden. Dass wir auf uns gestellt waren und dass er die Mutterrolle nie würde ersetzen können. Dass wir ihn dafür hassten und dass ihm viele schwer Jahre bevorstanden und immer noch stehen. Aber er hat das alles auch in dem Wissen getan, uns Kinder von unserer drogenabhängigen Mutter fernzuhalten und uns ein beschütztes, ja friedliches Leben bieten zu können.«

23 – *Richie*

Diese Wahrheit auszusprechen, verlangte mir alles ab. Meine Stimme bebte vor Schmerz, und ich merkte, wie ich am ganzen Körper zitterte. Dass Hayden mich dabei ansah wie ein Reh im Scheinwerferlicht, machte die Sache nicht besser.

Normalerweise sprach ich nie darüber. Nicht mit Menschen, die ich erst so kurz kannte. Es Hayden zu sagen, war aber wichtig, das spürte ich. Nicht nur, da sie endlich begreifen musste, warum der Umgang mit Lainey nicht gut für sie war, sondern auch, weil Hayden sowieso ... besonders war. Sie ging mir ans Herz, ein wenig wie Tessa – und doch anders. Tiefer, beständiger ... Ich fühlte mich zu Hayden hingezogen, und ich hatte, verflucht noch mal, Angst um sie.

»Scheiße, Richie, das tut mir leid«, sagte sie nach dem ersten Schock. »Was ist jetzt mit deiner Mutter? Hast du noch Kontakt zu ihr?«

Langsam schüttelte ich den Kopf. »Nein, inzwischen nicht mehr. Und glaub mir, es ist besser so.« Müde seufzte ich. So lange hatte ich gegen Windmühlen gekämpft und es jetzt wieder tun zu müssen, auch wenn es mich nicht direkt betraf, laugte es mich aus. »Verstehst du jetzt, dass ich *wirklich* nicht möchte, dass du mit dieser Welt in Berührung kommst? Mein Dad hat uns von ihr weggebracht, weil sie uns ruiniert hätte. Uns Kinder, aber auch uns als Familie. Ihre Ehe war sowieso schon kaputt. Unser Dad wollte mit allen Mitteln verhindern, dass wir ebenfalls abrutschen. Dass wir in Kontakt mit ihrem Koks und Crack kamen und mit den ganzen Pillen, die sie einwarf, um auf ein halbwegs normales Level zu gelangen. Dazu kam, dass sie irgendwann anfing, Leute zu uns nach Hause einzuladen, um zum Teil bis mitten in der Nacht mit ihnen zu feiern. Dass Dad am darauffolgenden Tag zur Arbeit musste und wir fit für den Unterricht sein sollten, war ihr egal, genauso wie die Tatsache, dass sie nicht nur Dad beklaut hat, sondern auch uns Kinder. Geld für die Schule, meine Uhr, Handys ... Am Ende hat sie alles zu Kohle gemacht, was sie in die Finger bekommen hat.« Ich seufzte tief. »Es hat eine Weile gedauert, bis ich verstanden habe, dass auch ich sie nicht ändern konnte. Dass ich sie in heimlichen Treffen nicht dazu überreden konnte, mit dem ganzen Mist aufzuhören. Sie hat gelogen, hat mir die Dinge erzählt, die ich hören wollte, nur um mich wieder und wieder zu enttäuschen. Bis mein Vertrauen endgültig zerstört war und mir klar geworden ist, dass sie ernsthaft krank ist. Und dass ich sie nicht überreden kann, sich helfen zu lassen, sondern dass sie selbst so weit sein muss, diesen Schritt zu gehen. Was sie nicht geschafft hat. Denke ich zumindest, ich habe schon seit einigen Jahren keinen Kontakt mehr zu ihr.« Darüber zu sprechen, erschöpfte mich mehr als erwartet und ließ gleichzeitig eine Schwere in mir aufsteigen, die ich lange nicht verspürt hatte. Bebend ballte ich meine Hände zu Fäusten.

»Wie ist sie ... also ... Hat es einen Auslöser gegeben, dass sie zu Drogen gegriffen hat?« All die Wut und der Ärger waren aus Haydens Gesicht gewichen. In ihren Augen lag Mitgefühl, und vielleicht war das der Grund, dass ich mich kraftlos aufs Bett sinken ließ und sie mit mir zog.

»Brandon, Shelley, Ashlynn und ich waren Wunschkinder. Meine Eltern hatten immer schon von vier Kindern geträumt und mit der Geburt von Ashlynn war für sie unsere Familie komplett. Mein Dad ließ eine Vasektomie vornehmen, und damit war das Thema erledigt. Bis Mum plötzlich ein weiteres Mal schwanger war.«

Hayden riss ihre Augen auf. »Hat sie ihn …?«

Energisch schüttelte ich den Kopf. »Sie ist nicht fremdgegangen. Aber bevor die beiden das rausgefunden haben, gab es nächtelang Streit zwischen ihnen. Es war schlimm, und ich dachte wirklich, sie würden sich trennen. Habe es manchmal sogar gehofft, weil ich die Situation, wie sie war, nicht mehr ausgehalten habe. Dad jedoch ist geblieben, und als Tamara schließlich zur Welt kam, bestand er auf einem Vaterschaftstest – der positiv war.«

»Also wurde deine Mom trotz Vasektomie schwanger.« Hayden sah mich mit großen Augen an.

Ich nickte. »Genau. Aber mit dem Beweis schwarz auf weiß kam leider nicht wieder alles in Ordnung. Keine Ahnung, ob es am Misstrauen meines Dads lag oder daran, dass ihre Familienplanung mit vier Kindern hätte abgeschlossen sein sollen. Vielleicht gab es auch andere Gründe dafür – jedenfalls verfiel Mum, der es schon vorher nicht gut gegangen war, nach der Geburt in eine Wochenbettdepression. Sie bekam Medikamente, aber irgendwie wurden es immer mehr, die sie nehmen musste, um sich besser zu fühlen. Keine Ahnung, wie lang es dauerte, bis sie härtere Sachen brauchte. Ich war zu klein, um alles zu checken, und mein Dad redet bis heute nicht gern über die Zeit. Ich erinnere mich allerdings noch daran, wie ich sie beim Koksen erwischt habe. Und als sie mit Crack anfing, hat es kein halbes Jahr gedauert, bis Dad sie mit uns verlassen hat. Damals war Tamara vier.«

Müde lehnte ich mich zurück und schloss die Augen.

Diese Erinnerungen an die Oberfläche zu holen, hatte mich eine Menge Kraft gekostet, und das erdrückende Gefühl tat den Rest.

»Oh, Richie …« Dass Hayden sich nun an mich schmiegte, tat gut. Ich ließ die Nähe zu, hieß sie willkommen und sog ihren herrlich beruhigenden Duft in mich auf.

»Das alles ist auch der Grund, weshalb es bei den *Mighty Bastards* eine Null-Toleranz-Grenze gibt, was Drogen betrifft. Die Jungs kennen meine Geschichte. Nur einmal habe ich Theo beim Kiffen erwischt. Da bin ich dermaßen ausgerastet, dass ich meine Hand ins Feuer legen würde, dass keiner von ihnen je wieder irgendwelche betäubenden oder aufputschenden Substanzen zu sich nehmen würde.«

Noch heute sah ich sein geschockt-beschämtes Gesicht vor mir. Konnte seine entschuldigenden Worte hören, dass er auf keinen Fall erneut etwas tun wollte, das unsere Freundschaft oder gar die Band gefährdete. Oder seine eigene Gesundheit.

»Danke, dass du mir das alles erzählt hast.« Hayden strich mir sanft über die Brust, in der es nach wie vor viel zu heftig pochte.

»Darf ich dir noch was sagen, Hayden? Ganz ohne dich damit angreifen oder etwas schlechtreden zu wollen?«

Es dauerte ein paar Sekunden, bis sie nickte.

»Danke. Ich möchte, dass du weißt, dass ich es ehrlich gesagt sehr grenzwertig finde, was Lainey in dem Brief geschrieben hat. Mir ist klar, dass du die guten Seiten daran siehst. Dass du dich darüber freust, weil du mehr von ihr und über sie erfahren hast. Aber das, was drinsteht, ist wirklich heftig, und ich denke, dass dir das Ausmaß des Ganzen noch nicht so richtig bewusst geworden ist. Sie spricht davon, ernsthaft an Kindesentführung gedacht zu haben, Hayden.« Kurz machte ich eine Pause, um die Worte bei ihr sacken zu lassen. »Das ist auch der Grund, nehme ich an, weshalb deine Eltern dir den Brief bisher nicht zeigen wollten. Weil sie Lainey für gefährlich und nicht zurechnungsfähig halten und sie Angst um dich hatten und wahrscheinlich noch haben. Und wenn ich ehrlich bin, geht es mir genauso. Vor allem nach heute. Hast du dich in der Wohnung umgesehen? Sind dir die Fotos von dir als kleinem Kind aufgefallen? Sie muss dir wirklich gefolgt sein und sie hat dich fotografiert. Wirklich, Hayden, diese Frau ist krank – und das in mehrfacher Hinsicht.«

Sie richtete sich auf und sah mich an, öffnete den Mund – vermutlich, um mir zu widersprechen –, aber ich redete einfach weiter. Weil es so viel gab, was sie von mir hören *musste.*

»Ich sage das nicht, um dich zu ärgern, zu provozieren oder gar, um dich von ihr fernzuhalten. Wie gesagt, mich geht das alles nichts an, und du bist erwachsen und fähig, deine eigenen Entscheidungen zu treffen. Dennoch will ich, dass du auf der Hut bist. Ich möchte nicht, dass sie dich verletzt – körperlich wie emotional – und du enttäuscht wirst. Oder dass sie dich um Kohle bittet – bei Gott, Hayden, gib ihr kein Geld. Du weißt nicht, ob sie es wirklich für Miete und Lebensmittel ausgibt oder ob sie sich damit nicht ihr nächstes Hoch besorgt – etwas, das sehr viel wahrscheinlicher ist und du sicher nicht möchtest.«

Unschlüssig nagte sie an ihrer Unterlippe. »Danke, dass du mir das gesagt hast. Ich werde mir deine Worte zu Herzen nehmen, muss aber erst einmal in Ruhe über alles nachdenken.«

Ich nickte kurz. »Das solltest du auf jeden Fall. Wenn du noch Fragen hast oder ich dir sonst irgendwie helfen kann, sag Bescheid. Ich bin für dich da. Immer, okay?«

»Okay«, flüsterte sie, und ich war mir nicht sicher, ob sie nicht gleich in Tränen ausbrechen würde.

Wie sie da so vor mir saß, wirkte sie unglaublich verletzlich. Vielleicht war sie auch wütend, oder ihr war die Sache unangenehm. Doch bevor ich dem Ganzen auf den Grund hätte gehen können, stand sie auf und peilte die Tür an.

»Hayden …!«, stieß ich aus, stand auf und griff nach ihrem Arm.

»Ich brauche gerade etwas Zeit für mich«, sagte sie und entzog mir langsam ihre Hand. »Nicht böse gemeint, aber … das ist alles verdammt viel für mich.«

Fuck, ich konnte mir denken, wie es ihr jetzt ging. Also schwieg ich und ließ sie gehen, während ich mit schlechtem Gewissen und der Erinnerung an meine Vergangenheit, vermischt mit dem heute Erlebten, zurückblieb.

Eine Weile versank ich in einer Zeit, die ich vor Ewigkeiten hinter mir gelassen hatte. Die ich viele Jahre verdrängt hatte, die mich allerdings heute einholte, wo ich am wenigsten damit gerechnet hatte. Und das mit einer Wucht, die kaum zu ertragen war.

Normalerweise würde ich jetzt, um mich abzulenken, auf den Putz hauen, feiern und bedeutungslosen Sex haben. Aber für das eine brauchte ich meine Kumpels, für das andere eine Frau – und Hayden auszunutzen, um meinen Mist zu vergessen, wäre das Letzte, das mir in den Sinn käme. Also beschloss ich, das zu tun, was ich bereits als Teenager in solchen Situationen getan hatte, wenn mich die Realität zu ersticken drohte: Ich machte Musik.

Bedächtig holte ich meinen Fender aus seinem Case. Fuhr mit einer Hand den weißen Lack und seine Form nach und rief mir in Erinnerung, was ich mit ihm alles erlebt hatte. Schließlich schloss ich den neuen Mini-Verstärker an und wollte gerade zu spielen anfangen, als mein Telefon vibrierte.

Normalerweise ließ ich mich nicht davon abhalten, Musik zu machen. Schon gar nicht in Augenblicken wie diesem. Doch ein Blick auf das Display verriet mir, dass es Lex war. Bei ihm ging ich immer ran. Ausnahmslos. Weil er ebenfalls verdammt viel Mist hatte durchmachen müssen – wenn auch anderen als ich – und ich ihm das Versprechen gegeben hatte, jederzeit für ihn da zu sein, sollte er wen zum Reden brauchen.

Ein Blick auf die Uhr verriet mir, dass es bei ihm kurz vor Mitternacht sein musste.

»Hey, Lex, wie geht's?« Wie es in mir aussah, überspielte ich, obwohl ich unsicher war, ob er meine kleine Farce wirklich schluckte.

Doch als ich sein »Hi, Richie« hörte, begriff ich, dass er ebenfalls gerade völlig durch den Wind war.

»Was ist los?« Alarmiert legte ich den Bass neben mir auf dem Bett ab und stand auf, um im Zimmer auf und ab zu laufen und überschüssige Energie abzubauen.

»Wann warst du zuletzt online?«

»Äh …« Ich überlegte, war mir aber nicht sicher, wie lange es her war, dass ich das letzte Mal Social Media geöffnet gehabt hatte, geschweige denn, dass ich irgendwelche News gelesen hätte.

»Die Presse hat von Tessa und mir Wind bekommen«, erklärte er aufgewühlt, als ich nicht sofort antwortete.

»Shit! Und jetzt?«

»Keine Ahnung. Im Grunde war es nur eine Frage der Zeit, aber wir wurden gesehen, als ich Tessa zur Vertragsunterzeichnung begleitet habe. Beziehungsweise danach.«

»Heißt was genau?«, wollte ich wissen, während ich ihn auf Lautsprecher stellte, um mir selbst ein Bild von dem ganzen Ausmaß zu machen.

»Es gibt jetzt Fotos von Tessa und mir, wie wir uns küssen. Und wie wir Händchen haltend durch London spazieren.«

Tatsächlich hatte ich sofort die Aufnahmen vor mir, von denen Lex sprach. Wie sie zu ihm hochsah und er zärtlich seine Hand an ihre Wange gelegt hatte. Der innige Blick, den sie sich schenkten, der Kuss … Das alles ließ keine Zweifel aufkommen, dass sie bis über beide Ohren verliebt waren.

Schwerfällig seufzte ich auf. »Das habt ihr ja gut hinbekommen.«

»Hey, sorry, aber du weißt, ich bin verrückt nach ihr und

kann die Finger nicht von ihr lassen. Nicht nach allem, was wir durchgemacht haben.«

Okay, gegen diese Argumentation war ich machtlos.

»Abgesehen davon hab ich eine Mütze und eine Sonnenbrille getragen. Woher sollte ich denn wissen, dass ich trotzdem erkannt werde?«

Das stimmte zwar, aber Paparazzi ließen sich von so einer kleinen optischen Veränderung nicht täuschen. Die waren Profis auf dem Gebiet, und gerade jetzt, wo wir mit dem Erfolg der *Mighty Bastards* in aller Munde waren, waren wir mehr in den Fokus der Leute gerückt. Gefühlt ganz Europa interessierte sich für uns, wir wurden von einem Interview zum nächsten gereicht, und ich hatte keine Ahnung, wie viele Fototermine wir in den letzten Wochen und Monaten absolviert hatten.

Geräuschvoll atmete ich aus. »Und was macht ihr jetzt?«

Nachdem wir gerade keinen Manager hatten, hingen wir in beratungstechnischer Linie ziemlich in der Luft. Nicholas hätte bestimmt gewusst, wie wir uns in so einem Fall am besten verhielten, aber da würde eher der Indische Ozean zufrieren, als dass wir ihn noch einmal um Rat fragten.

»Tessa und ich hatten schon ein Gespräch mit Samantha Evans.« Samantha war die Inhaberin des Plattenlabels und eine großartige Powerfrau.

»Sie will, dass wir uns, wenn irgendwie möglich, fürs Erste aus der Öffentlichkeit zurückziehen sollten. Auf jeden Fall keine Zärtlichkeiten dort, wo uns jemand sehen könnte – was bedeutet, dass Tessa vorerst wieder zurück nach Liverpool zu ihren Eltern ist. Wir werden wohl den Status *Fernbeziehung* auf ein neues Level bringen, indem wir zwar Zeit miteinander verbringen *könnten,* es aber besser nicht tun *sollten,* weil inzwischen sogar mein Apartment von Paparazzi belagert wird.«

»Alter, nicht dein Ernst, oder?« Fassungslos fuhr ich mir mit einer Hand über die kurzen Haare. »Und bei Tessa?«

»Bisher ist alles ruhig, was aber vermutlich nur eine Frage der Zeit ist«, erklärte er.

Geräuschvoll stieß ich Luft aus meinen Lungen. »Wie geht es euch dabei?«

Kurz schwieg Lex. »Es ist unangenehm, noch kommen wir jedoch gut damit zurecht. Immerhin ist es nicht so, dass sie vor der Tür ein Zeltlager aufgeschlagen haben. Allerdings wartet schon immer zumindest einer mit seiner Scheißkamera draußen und nervt mit lästigen Fragen zu Tessa und mir, kaum dass ich einen Fuß vor die Tür gesetzt habe – wozu ich natürlich kein Wort sage.«

»Krass.«

»Samantha meinte, sobald ihr alle aus eurem wohlverdienten Urlaub zurück seid, stehen Gespräche mit von ihr ausgewählten Managern an. Das sind wohl ausschließlich Top-Leute, die gerade Kapazität für uns hätten. Dann erfahren wir auch, wie Tessa und ich mit der ganzen Sache am besten umgehen.«

»Und wieso hat euch das Samantha nicht sagen können?«, wollte ich wissen und lehnte mich an die Kommode, damit ich einen besseren Blick nach draußen auf den Pool hatte, in den gerade Hayden stieg, um zu schwimmen.

»Na ja, es gibt wohl verschiedene Möglichkeiten, das Ganze zu handhaben. Sie ist der Meinung, wir sollten das gemeinsam mit dem neuen Management ausdiskutieren, da jede Entscheidung natürlich auch ihre Konsequenzen hat und wir alle im Team damit umgehen müssen.«

Okay, klang einleuchtend.

»Aber erzähl, wie geht es dir? Merkst du in den Staaten was von unserem Erfolg, oder ist das der ideale Zufluchtsort, wenn uns der Trubel hier zu viel wird?«

In wenigen Worten berichtete ich von dem kurzen Teaser im Radio und davon, dass ich von Myles im Musikladen um ein Foto gebeten worden war.

»Also ist mit dem Fender wieder alles in Ordnung? Oder musst du dir einen neuen kaufen?«

Dazu konnte ich mir ein Schnauben nicht verkneifen. War ja klar, dass Theo nicht die Klappe hatte halten können. »Wir hatten Glück im Unglück, und er konnte repariert werden.«

»Und wie läuft es mit deinem Urlaubsflirt?« Nun konnte ich die Belustigung in Lex' Stimme hören.

»Hayden ist kein Urlaubsflirt«, sagte ich so entschlossen, dass ich mich selbst damit überraschte. Was genau sie für mich war, konnte und wollte ich allerdings gerade nicht analysieren.

Am meisten nervte mich, dass Lex daraufhin lachte. Fast, als ob er mir nicht glaubte. Dabei hatte ich nicht gelogen, konnte mich jedoch auch nicht mit der Wahrheit auseinandersetzen, was sie mir wirklich bedeutete ...

24 – Hayden

Das Schwimmen hatte gutgetan. Meine Bahnen im kühlen Nass zu ziehen und dabei all meine Muskeln zu spüren, hatte mich lebendig und wie *mich selbst* fühlen lassen. Vor allem jedoch hatte ich den Kopf abschalten können und zumindest für diese halbe Stunde nicht darüber grübeln müssen, was heute alles passiert war.

Doch jetzt, als ich am Rand des Pools saß und die Beine ins Wasser baumeln ließ, während die Sonne meinen Rücken trocknete, prallte die Realität mit einer Wucht auf mich nieder. So heftig, dass ich gerade nicht fähig war aufzustehen.

Lainey endlich gegenüberzustehen, war schön und irgendwie seltsam zugleich gewesen. Zu wissen, dass sie mich vor über dreiundzwanzig Jahren zur Welt gebracht hatte, sorgte für eine ungewöhnliche, fast greifbare Verbindung zwischen uns, die vermutlich nur diejenigen nachvollziehen konnten, die in einer ähnlichen Situation wie ich steckten.

Zu sehen, wo und wie sie lebte, hatte mich schockiert und zugleich den Wunsch in mir geweckt, für sie da zu sein und ihr da herauszuhelfen. Doch als Richie gemeint hatte, sie würde Drogen nehmen, war ich misstrauisch geworden. Nicht nur Lainey gegenüber, sondern auch Richie.

Sicher, seine Geschichte hatte mich zutiefst berührt – das tat sie noch immer! –, und ich konnte mir vermutlich nicht einmal ansatzweise ausmalen, wie seine Kindheit ausgesehen haben musste. Doch zu hören, dass er dachte, Lainey wäre ebenfalls ein Junkie ... Keine Ahnung, wie ich damit umgehen sollte; ob er sich nicht aufgrund dieser einen Begegnung zu viel herausnahm ...

Andererseits hatte er nichts davon, mir etwas zu erzählen, was nicht stimmte. Unsere gemeinsame Zeit war in wenigen Tagen vorbei, und danach würde jeder in sein eigenes Leben zurückkehren. Er würde also keine Vor- oder Nachteile haben, sich in meines einzumischen – was ich weder von meinen Eltern noch von Davis behaupten konnte. Vielleicht hatte er also doch recht, und ich verschloss nur die Augen vor der Wahrheit?

Ich wollte gar nicht wissen, wie meine Familie und mein bester Freund reagierten, würde ich ihnen von heute erzählen. Oder davon, dass ich den Wunsch, für Lainey da zu sein, trotz allem nicht abschütteln konnte. Denn was wäre ich für eine Tochter, ja, was wäre ich für ein *Mensch,* wenn ich ihr nach allem, was ich gesehen und über sie erfahren hatte, die kalte Schulter zeigte und sie sich selbst überließ? Oder schlimmer noch, den Kontakt wieder vollständig kappte?

Ich hatte das Glück, eine großartige Kindheit und Jugend erlebt zu haben, mit Eltern, die mich liebten und unterstützten – egal, wobei. Als mal mit fünfzehn meine Tage ausgeblieben waren und ich mich verzweifelt an Mom gewandt hatte, weil ich keinen Rat wusste, hatte sie gemeint, sollte ich schwanger sein, würden wir die Situation schon irgendwie gemeinsam meistern. Zwar hatte ich zu dem Zeitpunkt noch gar keinen Sex gehabt, doch allein das Wissen, dass sie für mich da waren und mir geholfen hätten, dennoch die Schule abzuschließen, hatte mir viel bedeutet.

Ja, Laineys Brief klang schräg, und ebenfalls ja, sie war in ihrem Leben wohl ziemlich abgerutscht –, aber sie war trotzdem meine leibliche Mutter. Eine Frau, die offenbar bis heute nicht darüber hinweggekommen war, ihr Kind einem fremden Ehepaar überlassen zu haben und keinen Kontakt zu mir haben zu dürfen. Mit welcher Begründung auch immer.

Ich sah das gebrochene Herz in dieser Frau, die sich ihr Leben bestimmt anders ausgemalt hatte. Und ich sah die Mutter in ihr, für die ich mich in gewisser Weise verantwortlich fühlte, jetzt, wo ich erwachsen war und für sie da sein konnte ...

Aus dem Augenwinkel bekam ich mit, wie Richie in den Pool stieg und zu schwimmen begann. Sofort breitete sich Ruhe in mir aus und drängte die quälenden Gedanken zumindest für den Moment in den Hintergrund.

Ich liebte es, ihm zuzusehen. Schon von Anfang an hatte ich das Spiel seiner Muskeln genossen, wenn er körperlich aktiv war, und jetzt am Rand zu sitzen und ihm aus nächster Nähe zuzusehen, war faszinierend.

Nach ein paar Bahnen kam er schweigend auf mich zu. Sanft legte er seine Unterarme auf meinen Oberschenkeln ab. In seinem Gesicht konnte ich einen Teil des Gefühlschaos von vorhin erkennen, und der Wunsch, ihn in die Arme zu nehmen und zu trösten, überkam mich. Wortlos verschränkte ich die Hände in seinem Nacken und kam ihm entgegen, als er sich zu mir hochstemmte. Sanft trafen seine Lippen auf meine, und ihn zu schmecken, genügte, um all die vielen Gedanken gänzlich aus dem Kopf zu vertreiben.

Und ihm schien es ähnlich zu gehen. Sein Kuss war drängend und so, als würde er all seine Gefühle hineinlegen.

Nach ein paar Sekunden ließ er sich zurück in den Pool gleiten und zog mich mit sich. Das Wasser umschlang kühl meine erhitzte Haut, und Richie zu spüren, seine Arme um mich zu haben, fühlte sich zu gut an.

Ich keuchte ihm in den Mund, als seine Zunge nach meiner tastete, und wölbte mich ihm entgegen, kaum dass er mich in den Hintern gekniffen und mein Becken an seines gedrückt hatte.

Ein Schauder jagte durch mich hindurch, als ich spürte, wie sehr er mich wollte. Instinktiv schlang ich die Beine um ihn und rieb meine Mitte an ihm.

»Fuck, Hayden ... was machst du mit mir?« Mit geschlossenen Augen lehnte er heftig atmend seine Stirn an meine, und ich konnte nicht anders, ich musste eine Hand an die Stelle auf seiner Brust legen, hinter der sein Herz kräftig schlug.

»Die Frage ist, was *du* mit *mir* machst ... Weil ich bei dir immer alles vergessen kann. Bei dir fühle ich mich sicher, und die Dinge, die mir gerade noch die Luft zum Atmen genommen haben, lösen sich mit dir für den Moment einfach auf.«

Richie sah mir tief in die Augen. Sein Brustkorb hob und senkte sich schnell, dann küsste er mich wieder. Verzweifelt und voller Leidenschaft. Er drängte mich an den Rand des Pools, hielt mich mit einer Hand, während er die andere in meinen feuchten Haaren vergrub. »Ich will dich so sehr«, brachte er gepresst hervor – als hätte er versucht, die Worte zurückzuhalten, wäre daran aber offensichtlich gescheitert.

»Ich will dich auch«, flüsterte ich mit rasendem Herzen.

Nur einen Augenblick zögerte er, ehe er mich aus dem kühlen Nass trug, als würde ich nichts wiegen, und mit mir auf eine der weichen Poolliegen sank. Er stützte sich über mir ab, und wir machten da weiter, wo wir im Wasser aufgehört hatten. Sein Becken drängte er gegen meines, und ich keuchte verzweifelt auf, als ich seine Härte an meiner pochenden Mitte spürte.

Kurz stieg ein Protest in mir hoch, doch dann fiel mir

wieder ein, dass wir hier völlig allein und unbeobachtet waren – und ich gab mich seinen Zärtlichkeiten hin. Seiner Zunge und seinen Zähnen, die ich am Hals und schließlich tiefer spürte. Er umschloss eine meiner Brustwarzen, die sich zu harten Knospen zusammengezogen hatten, durch den nassen Stoff des Bikinioberteils, biss sanft hinein und jagte damit eine Hitzewelle durch mich hindurch.

Brennend vor Lust streichelte ich über seinen Rücken, rieb mit den Fingernägeln darüber, bis Richie genüssliche Laute ausstieß und erleichtert aufseufzte, während er mir mein Oberteil auszog und es einfach achtlos zur Seite warf.

Erneut widmete er sich meinen Brüsten, knetete und massierte sie, sog an den Spitzen, bevor er tiefer wanderte und gleichzeitig die seitlichen Bändchen meines Bikinihöschens löste.

Sobald die warme Luft des Sommers auf meine intimste Stelle traf, keuchte ich auf. Eine heiße Welle erfasste mich, während es in meinem Schoß sehnend pochte.

Als würde Richie spüren, wonach ich verlangte, wanderte er abermals tiefer und tiefer. Und kaum dass er mit seiner Zunge über mein sensibelstes Zentrum gerieben hatte, stöhnte ich laut auf. Gleichzeitig hoffte ich, er würde nicht aufhören. Und – o Gott! – das tat er nicht.

Er wusste, was er tun musste, um mich alles vergessen zu lassen. Mit seiner Zunge massierte er mich in perfektem Tempo mit dem richtigen Druck, und als er schließlich seine Finger einsetzte, konnte ich nur noch irgendwo Halt suchen, ehe ich heftig kam. Schwer atmend drehte sich die Welt um mich und Richie, und ich wünschte, dieser Moment würde nie enden. Ich wollte mehr von ihm, wollte *alles.*

»Bitte, schlaf mit mir«, flüsterte ich ihm ins Ohr, als er sich neben mich legte. »Ich will dich in mir, ich brauche dich so sehr.«

Richie stieß ein Stöhnen aus, und für einen Moment war ich mir nicht sicher, ob er mir einen Korb geben würde.

Doch dann stand er auf, hob mich hoch, trug mich ins Haus und auf direktem Weg in sein Zimmer.

Er legte mich sanft auf sein Bett und hakte seine Daumen in den Bund seiner Badeshorts ein, um sie auszuziehen.

Gebannt schaute ich auf seine Hände, doch er hielt inne. »Bist du dir sicher, dass du das möchtest? Auf keinen Fall solltest du dich aufgrund des heutigen Tages …«

»Ich bin ein großes Mädchen und weiß, was ich will, Richie«, unterbrach ich ihn. Gleichzeitig tastete ich nach dem Bund seiner Shorts. »Außer *du* magst nicht …«, fügte ich ein klein wenig unsicher hinzu.

In Windeseile landeten Richies Shorts auf dem Boden, was mich zum Kichern brachte.

»Ich hoffe, du lachst nicht über ihn«, murmelte er, bevor er sich zwischen meine Beine drängte.

»Glaub mir, das würde ich nie.« Mit diesen Worten umfasste ich ihn, begann ihn zu reiben, was Richie mit einem verzweifelten Stöhnen beantwortete.

Ich hatte das Bedürfnis, ihm mindestens so viel zurückzugeben, wie er eben mir geschenkt hatte, weshalb ich ihn sanft von mir und in die Kissen drückte. Ich konnte mich noch auf seinen Lippen schmecken, was mich zusätzlich anmachte.

Nach und nach knabberte ich an seinem Kiefer, am Hals und neckte schließlich seine Brustwarzen mit der Zunge, ehe ich meinen Weg nach unten fortsetzte.

Ich war verrückt danach, wie heftig sein Atem ging und wie er mir durch die Haare fuhr, während ich seinen Schwanz umfasste. Als ich über die Spitze leckte, musste ich ihm in die Augen sehen, und ich liebte seine Reaktion darauf. Wie verhangen sein Blick war und dass er schnell durch leicht geöffnete Lippen atmete. Dass ich Schweiß auf seiner Haut glitzern sah, und mit einem Mal wollte ich ihn zum Stöhnen bringen. Wollte ihn vor Lust und Verzweiflung meinen Namen stöhnen hören.

Ich nahm seine Härte in den Mund, ohne den Blick von ihm abzuwenden. Richie fluchte, warf den Kopf in den Nacken und sah mir sofort wieder zu, wie ich an ihm sog und ihn gleichzeitig mit der Hand massierte.

»Baby, mach langsam. Ich will nicht, dass der Spaß gleich vorbei ist.«

Nur ungern löste ich mich von ihm, aber er hatte recht. Also ließ ich von ihm ab und umkreiste mit der Zunge seinen Bauchnabel. »Hast du Kondome hier? Gott, bitte sag Ja!« Natürlich hatte ich keine eingepackt – immerhin war ich hierhergekommen, um in absoluter Einsamkeit über meiner Zukunft zu brüten. Das, was sich jedoch in den letzten Tagen ereignet hatte, hatte definitiv nicht auf meinem Plan gestanden.

»Habe ich. Bleib hier und lauf mir nicht davon.« Richie küsste mich, stand auf und verschwand rasch in seinem Badezimmer. Kurz darauf kam er mit einer ganzen Packung zurück.

»Woher weißt du, dass ich dich die nächsten Stunden nicht aus dem Bett lasse?«, fragte ich grinsend.

»Fuck, Hayden ...« Richie stieß ein verzweifeltes Keuchen aus, bevor er sich zu mir legte. »Du hast keine Ahnung, worauf du dich einlässt.«

»Du auch nicht«, konterte ich und freute mich, als er seine Augen weitete.

Ich nahm ihm die Packung aus der Hand, riss sie auf und rollte ihm eins über.

»Hätte mir jemand gesagt, dass mein Urlaub *so* aussieht, hätte ich es nicht geglaubt«, murmelte er, mehr zu sich selbst als zu mir.

»Halt die Klappe und fick mich endlich, Richie Scott.« Meine Stimme war sanft und flehend zugleich, ganz im Gegensatz zu meinen deutlichen Worten. Und als hätte er diese Ansage gebraucht, kehrte dieses mir nur zu gut bekannte Verlangen in seine Augen zurück. Er schob sich über mich, tauchte noch einmal zwischen meinen Beinen ab und reizte mich erneut mit der Zunge. Als ich schon dachte, jeden Moment auf den zweiten Höhepunkt zuzusteuern, war er wieder über und gleich darauf in mir. Erst mit der Spitze, als würde er warten, mir Zeit geben, mich an ihn zu gewöhnen. Doch als ich ihm mein Becken entgegendrängte, schob er sich ganz in mich.

Und … o mein Gott!

Ich stöhnte auf, weil es sich so gut anfühlte. Als er sich schließlich in mir zu bewegen begann, musste ich meine Beine um ihn schlingen. Auf keinen Fall wollte ich, dass er aufhörte.

Wieder und wieder drängte er sich in mich, ohne zu hetzen, und doch in einem Tempo, das meine Lust mit jedem Mal steigerte. Ich wand mich unter ihm, flehte ihn an, schneller zu werden, und keuchte erleichtert auf, als er sich mit mir drehte, bis ich auf ihm zu sitzen kam.

Mit den Händen stützte ich mich auf seiner Brust ab, während ich ihn ritt und die Reibung so sehr genoss. Die Macht über ihn, das Wissen, mit meinen Bewegungen die Kontrolle zu haben. Richie massierte mich zusätzlich mit dem Daumen, gleichzeitig knetete er meinen Busen mit der anderen Hand und beobachtete mich mit leicht geöffnetem Mund. Er keuchte, stöhnte und scheute sich nicht, mir seine Lust zu zeigen.

Doch auch ich sah keinen Grund, mich in irgendeiner Weise zurückzuhalten. Ich steigerte mein Tempo und kam kurz darauf so explosionsartig, dass ich froh war, von Richie gehalten zu werden.

Er packte mich am Hintern und half mir, noch schneller zu werden. Als ich am Ende meiner Kräfte war, bäumte er sich unter mir auf und stöhnte laut meinen Namen.

Heftig atmend sank ich auf seine Brust und schlang die Arme um ihn. Hielt ihn fest voller Dankbarkeit und weil mich meine Gefühle komplett überrollten. Weil dieser Mann perfekt war und mir bewusstwurde, dass ich ihn nicht für immer in meinem Leben haben konnte …

25 – Richie

Mit Hayden in meinen Armen wach zu werden, war das beste Gefühl, das ich je erlebt hatte. Ich zog sie an mich, vergrub mein Gesicht in ihren Haaren und sog ihren Duft tief in mich auf; konnte der Versuchung nicht widerstehen und musste ihren Hals küssen.

Vermutlich hatte ich sie damit geweckt, denn nur einen Augenblick später rekelte sie sich und kuschelte sich enger an mich. Wie ein Kätzchen schnurrte sie und schlang ein Bein um mich, was Erinnerungen an letzte Nacht in mir hervorrief.

Nachdem wir gestern am späten Nachmittag diesen unfassbar guten Sex gehabt hatten, hatten wir Izzy aus ihrem Schlafzimmer freigelassen. Hayden hatte sie dort eingesperrt, bevor sie zum Schwimmen in den Pool gegangen war.

Zwar wirkte die Hündin auf mich nicht beleidigt, aber Hayden war wohl von schlechtem Gewissen geplagt worden. Denn sie hatte die Kleine nicht nur mit Streicheleinheiten überschüttet, sondern außerdem im Garten mit ihr gespielt und ihr ein besonders großes Leckerli gegeben.

Im Anschluss hatten wir gekocht und gegessen, waren kurz darauf allerdings erneut im Bett gelandet – diesmal jedoch in ihrem. Weil Izobels Bettchen hier war und wir beide den Ausblick liebten. Mit der Packung Kondome in der Hand hatte es außer Frage gestanden, dass ich bei ihr übernachten würde.

»Daran könnte ich mich gewöhnen«, raunte sie an meinem Hals und schmiegte sich enger an mich – falls das überhaupt möglich war.

»Baby, da sagst du was.« Wehmut erfasste mich bei dem Gedanken, dass das mit Hayden und mir ein Ablaufdatum hatte. »Du musst mich unbedingt in London besuchen kommen«, platzte es schließlich aus mir heraus. Ich war von mir selbst überrumpelt, doch auch Hayden schaute mich mit großen Augen an. »Ich meine ... falls du mal in der Gegend bist.« Die Worte sollten die Gefühle, die unbeabsichtigt mit meiner Aussage herausgepurzelt waren, überspielen, aber so ganz schien mir das nicht gelungen zu sein.

Hayden jedenfalls schaute mich einen Augenblick verdutzt an, kurz darauf spürte ich ihre Lippen an meinem Hals.

Sofort regte sich mein Schwanz, und ich rollte mich auf sie, doch ein nervöses Fiepen stoppte mich in dem Vorhaben, eine Wiederholung von gestern Abend einzulegen. »Muss Izzy jetzt wirklich vor die Tür?« Ein verzweifeltes Stöhnen unterdrückend lehnte ich meine Stirn an Haydens.

»Ich fürchte ja.« Auch sie klang gequält, und nach einem letzten Kuss stemmte ich mich von ihr und sah ihr zu, wie sie im Ankleidezimmer verschwand und kurz darauf mit Slip und Tanktop bekleidet wieder herauskam.

»Wenn du so vor die Tür gehst, muss ich dir sicher nicht erklären, warum die Nachbarn ab sofort jeden Morgen auf der Lauer liegen werden, um dich erneut in diesem halb durchsichtigen, viel zu heißen Outfit zu sehen. Darf man das in den Staaten überhaupt? In Unterwäsche das Haus verlassen?« Ich wackelte mit den Augenbrauen, um meine kleine Eifersuchtsrede etwas abzuschwächen.

Hayden lachte, und es perlte durch mich hindurch. »Keine Sorge, ich gehe in den Garten. Du kannst mich ja begleiten.«

»Hm, ich könnte auch hier liegen bleiben und dich vom Bett aus beobachten. Andererseits, wenn ich mitkomme, könnte ich so lange deinen Hals küssen, bis du wieder schnurrst wie ein Kätzchen.«

Mit einem Lächeln auf den Lippen schaute sie mich an. »So was mache ich nicht.«

Nun grinste ich und stand auf. Auch ich zog mir meine Boxershorts an, die gestern Abend neben ihrem Bett gelandet waren, und mir entging Haydens lustverhangener Blick dabei nicht, als sie mich ungeniert musterte. Und verdammt, das gefiel mir. »Doch, ich kann es dir beweisen.«

Mit wenigen Schritten war ich bei ihr, zog sie an mich und neckte mit der Zunge ihren empfindlichen Hals. Sofort stieß sie dieses süße Geräusch aus, das dafür sorgte, dass sich meine Eier lustvoll zusammenzogen. »Siehst du?«, raunte ich, während sie sich an mich schmiegte und mit einer Hand über meine nackte Brust strich.

Izobels lautstarker Protest ließ uns beide verzweifelt aufstöhnen, und wir lösten uns schließlich voneinander.

Wir gingen hinaus in den Garten. Die Sonne stand noch tief und warf lange Schatten. Die Luft war klar und angenehm, aber schon bald würde es wieder brütend heiß werden.

»Fährst du heute zu ihr?«, sprach ich an, was ich am liebsten gar nicht auf den Tisch gebracht hätte. Doch ich wusste auch, dass es nichts brachte, diese Sache totzuschweigen.

»Ja, ich habe es ihr versprochen. Falls du mitkommst, würde ich mich natürlich freuen, ich kann allerdings voll und ganz verstehen, wenn du hierbleiben willst.«

In mir rebellierte alles, und ich würde nichts lieber tun,

als nie wieder dorthin zurückzukehren. Aber ich wusste, dass ich keine ruhige Minute hatte, wenn Hayden allein zu ihrer leiblichen Mutter fuhr. Also sagte ich zu.

»Du musst wirklich nicht, ich kann auch …«

»Nein, Hayden, ich komme mit.«

Schweigend sah sie mich an, dann nickte sie, was irgendwie verlegen wirkte. Verlegen süß. Und während sie das Kackhäufchen von Izzy eintütete, fragte ich mich, warum es für den Haufen an unliebsamen Problemen und Sorgen nicht ebenfalls eine so einfache Lösung gab, um sie loszuwerden. Also … natürlich metaphorisch gesprochen.

Dass Hayden erneut aufgewühlt war, als wir mit zwei Tüten voller Frühstück und drei Bechern Kaffee vor der Tür ihrer leiblichen Mutter standen, konnte ich ihr ansehen. Doch die Aufregung wich Enttäuschung und Entsetzen, als uns eine völlig zugedröhnte und nach Alkohol stinkende Lainey die Tür öffnete – ich konnte es deutlich in Haydens Augen sehen, die all ihren Glanz verloren hatten in dem Moment, in dem sie ihr »Hi!« ausgesprochen hatte.

Diesmal sah Lainey noch fertiger aus als gestern, was unter anderem an den blutunterlaufenen Augen lag. Außerdem war sie nicht allein.

»Wer ist das, Lainey?«, hörte ich eine tiefe, träge Männerstimme von drinnen fragen.

»Meine verfickte Tochter, die mir mein ganzes bisheriges Leben aus dem Weg gegangen ist und jetzt vor der Tür steht, um sich daran zu ergötzen, wie verdammt scheiße es ihrer Mutter geht!«, rief sie über ihre Schulter, ohne sich umzudrehen. »Na, was sagst du dazu, Hayden? Deine Mom ist dir ein tolles Vorbild, was?« Sie lachte und taumelte, während Hayden sich die freie Hand auf den Mund presste und gegen ihre Tränen ankämpfte.

Ich konnte nicht anders, als sie entsetzt anzusehen. Mein Herz brach für sie. »Jaaa, heul doch. Lauf nach Hause zu deiner *Familie.*« Sie spuckte ihr das Wort entgegen, als wäre es etwas Schreckliches. »Verpiss dich, ich will dich nie wiedersehen!«

Irgendwo ein Stockwerk über uns rief jemand »Halt die Klappe!«, ehe eine Tür geräuschvoll zugedonnert wurde.

»Ach, fickt euch doch alle«, murmelte Lainey und zeigte dann auf mich. »Und dass du dich überhaupt noch einmal hierher getraut hast ...« Ihr Blick war voller Abscheu.

»Warte!«, rief Hayden, als uns Lainey die Tür vor der Nase zuschlagen wollte. »Ich ... weiß, dass heute nicht dein bester Tag ist. Aber vielleicht ... passt es ein anderes Mal, und wir können uns in Ruhe unterhalten. Also ... vorausgesetzt, du willst. Dann kannst du mich hier erreichen.« Mit diesen Worten reichte sie ihr einen Zettel, auf den sie wohl ihre Telefonnummer geschrieben hatte.

Ich war verwundert, wie schnell sie den ersten Schock überwunden hatte. Dennoch zitterte sie an meiner Seite.

Am liebsten hätte ich ihr das kleine Stück Papier aus der Hand gerissen, bevor Lainey danach greifen konnte, doch für einen zugedröhnten Junkie war diese Frau überraschend schnell – ein Beweis dafür, dass sie ihre verletzenden Worte nicht ernst gemeint hatte. Oder zumindest in einem nüchterneren Zustand noch einmal darüber nachdenken wollte. Aber auch ein Beweis dafür, wie regelmäßig sie sich wegschoss ... ihr Körper war schon daran gewöhnt.

Dann fiel die Tür ins Schloss, und Hayden starrte ein paar Sekunden lang unbeweglich auf das schäbige dunkle Holz. Während ich Hayden anstarrte und keine Ahnung hatte, wie ich mich ihr gegenüber jetzt am besten verhielt.

Schweigend legte ich einen Arm um sie und führte sie langsam nach draußen. Ich half ihr beim Einsteigen in ihren Wagen und stellte die Tüten mit dem Frühstück im Fußraum der Rücksitze ab, anschließend setzte ich mich auf den Fahrersitz. Immer noch zitterte sie am ganzen Körper.

Wortlos zog ich sie an mich und hielt sie, während sie ein paar Minuten stumm an meiner Schulter weinte, bis sie sich von mir löste, die Tränen von den Wangen wischte und in ihrer Handtasche nach einem Taschentuch suchte. »Fahr los«, bat sie mich mit rauer Stimme – und nichts lieber tat ich. Bloß weg von hier.

Zurück in der Villa verzog sie sich in ihr Schlafzimmer, und da sie die Tür hinter sich schloss, ließ ich ihr ihren Freiraum.

Allerdings wollte ich für sie da sein, weshalb ich meinen Fender und den Mini-Verstärker nahm und mich damit auf die Terrasse setzte. Den Kaffee hatten wir auf dem Weg zurück getrunken, das Frühstück hatte ich in den Kühlschrank gestellt. Mir war der Appetit vergangen und Hayden offenbar auch. Dafür nahm ich einen Krug eiskaltes Wasser mit Eiswürfeln, frischen Beeren, einem Zweig Minze und einer Gurkenscheibe mit zwei Gläsern mit nach draußen und hoffte, dass Hayden bald aus ihrem Zimmer und zu mir kam, sobald ich spielte.

Ich startete mit einer kurzen Fingerübung, probierte anschließend ein paar der berühmtesten Basslines und lauschte gleichzeitig, ob ich Hayden damit hervorlocken konnte. Tatsächlich dauerte es nicht lange, bis sie sich mit angezogenen Beinen neben mich setzte.

Ein erstes Lächeln zupfte an ihren Lippen, als ich einen Refrain spielte, den sie kannte. Ich wusste es, weil sie es mir ganz zu Beginn verraten hatte. »Ist das … *Riot* von *Three Days Grace?*«

Nun musste ich ebenfalls schmunzeln. »Hundert Punkte!«

»Ich würde gern einen eurer Songs hören«, bat sie und schenkte uns beiden ein Wasser ein.

Wärme durchflutete mich bei ihren Worten und dem Wissen, dass es ihr etwas besser ging. Und, verdammt, wer war ich, ihr diesen Wunsch zu versagen? Also stimmte ich *Broken* an und sang den Refrain dazu. Als Nächstes spielte ich *Lost in Transition* und anschließend *Fallen Angel.* Jedes

Mal ließ ich sie meinen Gesangspart hören und liebte es, wie sie an meinen Fingern und Lippen hing.

Danach trank ich einen Schluck, bevor das Wasser so warm wurde, dass ich es in die Wiese schütten musste.

»Danke.« Hayden schaute mich über den Rand ihres Glases an, dann leerte sie es und schenkte uns beiden nach. »Für alles, Richie. Ich weiß, du wolltest heute nicht dorthin, und ich verstehe, dass das unglaublich schwer für dich ist.« Betreten schaute sie mich an. »Ich meine, wir kennen uns erst so wenige Tage und ... was du seitdem für mich getan hast ...« Sie stockte, schluckte und blinzelte eine Träne weg, bevor sie mich anlächelte. »Jedenfalls sollst du wissen, dass ich das nicht als selbstverständlich hinnehme. Davis ist ein guter Freund, mein bester, um genau zu sein. Oder war es, ich weiß es nicht. Aber ...« Sie senkte den Blick und redete nicht weiter.

Ich kannte diesen Typ zwar nicht, doch nach dem, was ich bisher über ihn erfahren hatte, hatte ich keine sonderlich hohe Meinung von ihm.

»Hey, ich bin immer für dich da. Selbst wenn du zurück in Palm Springs bist und ich wieder nach London fliege. Du hast meine Telefonnummer und kannst mich jederzeit anrufen.«

Ihre Mundwinkel zuckten nach oben. »Auch wenn es bei dir drei Uhr in der Früh ist?«

»Selbst dann.« Und ich meinte jedes verdammte Wort, wie ich es gesagt hatte.

26 – Hayden

Leises Brummen riss mich aus dem Schlaf. Neben mir im Bett regte sich jemand, und es dauerte einen Augenblick, bis ich mich zu orientieren wusste. Das erste Tageslicht fiel sanft von draußen durch die halbherzig zugezogenen Vorhänge herein, doch ich war zu müde, um aufzustehen und sie ganz zu schließen.

Die letzten Nächte hatte Richie bei mir übernachtet, und auch heute lag er neben mir. Wir waren immer erst weit nach Mitternacht eingeschlafen, nachdem wir großartigen Sex gehabt hatten. Gerade eben hatte er einen Arm um mich geschlungen, und ich liebte es, dass er selbst im Schlaf nicht die Finger von mir lassen konnte.

Seit dem zweiten Besuch bei Lainey hatte sich unser Verhältnis noch einmal verändert. Wir hatten zwar nicht darüber gesprochen, aber das zwischen uns war weit mehr als ein Urlaubsflirt. Wir küssten und berührten uns bei jeder Gelegenheit, und das Zusammenleben mit Richie hätte nicht schöner sein können. Er war da, wenn ich ihn brauchte, und gleichzeitig ließ er mir meinen Freiraum, um in Ruhe über mein kompliziertes Leben nachdenken zu können. Vor allem aber erdete er mich, und ich hatte das erste Mal seit Langem nicht das Gefühl, völlig orientierungslos herumzueiern. Obwohl ich nach wie vor nicht wusste, wie es in Zukunft mit mir und *WholeVegan* weitergehen sollte, hatte sich in den letzten Tagen zumindest herauskristallisiert, dass eine Veränderung für mich unabdingbar war. Genau wie ich mir dessen bewusst war, dass meine Abreise mit jedem Tag näher rückte. Allein der Gedanke daran, Richie nicht mehr bei mir zu wissen, drückte sich wie bleierne Schwere auf meine Brust.

Fast wäre ich wieder weggedöst, als Izzy erneut ein nervöses Brummen ausstieß, das in einem kleinen Kläffen endete. Und dann sah ich es auch …

»Richie!«, flüsterte ich voller Panik. Hart spürte ich den Herzschlag in meinem Hals und war mit einem Mal hellwach. Ich stieß ihn an der Schulter an. »Wach auf, da schleicht jemand um das Haus.«

Sofort richtete er sich auf, und ich merkte, wie er sämtliche Muskeln anspannte, jederzeit bereit, uns zu verteidigen.

Gebannt starrte ich auf einen Spalt in den Vorhängen, durch den ich die Person bemerkt hatte. Und nein, es war nicht Mary. Zum einen war heute Sonntag, zum anderen war die Gestalt groß und dünn gewesen.

»Scheiße, wer ist das?« Nun musste auch Richie den Einbrecher bemerkt haben, denn er stand auf, das Fenster fest im Blick, und zog sich seine Shorts an, die er gestern über die Lehne des Sessels gelegt hatte.

Keine Sekunde länger konnte ich liegen bleiben. Ich schlüpfte in wahllose Klamotten, während Izzys Knurren in ein beharrliches Bellen überging.

»Izzy, genug!«, sagte ich scharf, aber die Kleine war zu aufgebracht. Bestimmt spürte auch sie unsere Anspannung.

»Ich geh raus und schaue nach, wer das ist und was derjenige will.« Entschlossen lief Richie zu Tür.

»Warte!« Panik durchflutete mich, und ich fröstelte.

Rieb mir über die Arme. »Was, wenn er bewaffnet ist? Wir sollten die Polizei rufen.« Ich dachte an das nicht existente Überwachungssystem und fragte mich, ob derjenige da draußen das bewusst ignorierte oder ob ihm die installierten Kameras gar nicht erst aufgefallen waren.

»Ach was, wer sollte denn an einem Sonntagmorgen in eine Villa einbrechen, in der seit Tagen Leute ein und aus gehen und sogar ein Hund lebt? Vielleicht ist das einer der Nachbarn oder Mr Sutton. Weißt du, wie unser Vermieter aussieht?«

Ich schüttelte den Kopf und wollte noch einbringen, dass es dennoch gefährlich war, weil man nie wissen konnte, was für ein Verrückter da draußen war – besonders in dieser wohlhabenden Gegend, in der viele Ferienhäuser standen. Vielleicht dachte derjenige, er würde sich einfach auf gut Glück eine der Villen vornehmen und schauen, was er alles erbeuten konnte. Womöglich war er schon im Gästehaus gewesen, und weil dort gerade niemand lebte, hatte er sich weiter vorgearbeitet.

Doch Richie war bereits aus dem Schlafzimmer spaziert.

Aufgeregt lief Izobel zwischen uns hin und her, unentschlossen, ob sie Richie folgen oder bei mir bleiben sollte. Da ich Richie auf keinen Fall aus den Augen lassen wollte und sie unablässig bellte, schloss ich Izzy kurzerhand zu ihrer Sicherheit im Schlafzimmer ein und eilte ihm hinterher.

Richie war bereits an der Terrassentür angelangt und schob sie auf. Hektisch sah ich mich nach einer Waffe um und konnte gar nicht begreifen, wie er einfach so hinausspazieren konnte. Beherrschte er irgendwelche Kampftechniken, von denen ich nichts wusste? Aber selbst die halfen ihm nicht, sollte derjenige eine Knarre auf ihn richten ...

Mit rasendem Herzen folgte ich Richie, mit dem Wissen, dass ich mich ebenfalls in Gefahr brachte – und stockte. Denn ich kannte den Mann mit den dunkelbraunen Haaren und der großen, schmalen Statur, der mit abgeschirmter

Hand einen Blick in mein Schlafzimmer zu werfen versuchte. »Davis?« Verwunderung breitete sich in mir aus und vertrieb die Unruhe aus meinem Körper.

»Hayden.« Er wirbelte herum, und das verhaltene Lächeln, das er beim Klang meiner Stimme trug, gefror endgültig, als er Richie neben mir entdeckte. »Ist er das?«

»Das ist Richie, ja«, sagte ich und konnte nicht fassen, dass Davis hier war. Dass er wie ein Verbrecher um das Haus schlich und mit seinem Ton, aus dem nichts als Missbilligung sprach, nun auch noch *mir* ein schlechtes Gewissen zu machen versuchte. »Was willst du hier?«

Angespannt kam Davis näher, Richie fest im Blick. Mir fielen sofort Davis' gestraffte Schultern auf und sein gerecktes Kinn. Seine Haare hatte er wie immer nach oben gestylt, nur dass er heute noch strenger wirkte, was sicher auch an den zusammengeschobenen Augenbrauen lag und an den Kiefermuskeln, die ganz eindeutig arbeiteten.

»So sieht das also aus, wenn du sagst, du bräuchtest drei Wochen Auszeit, um deine Gedanken zu sortieren«, überging er einfach schnaubend meine Frage. »Während ich in der Zwischenzeit allein versuche, das Unternehmen am Laufen zu halten.«

Nervös ließ ich meinen Blick über seine Brust, die sich vor Aufregung heftig hob und senkte, bis zu seinen Unterarmen gleiten, an denen die Adern hervortraten. Gleichzeitig hatte er die Hände zu Fäusten geballt. Was war nur los mit ihm? Er würde doch nicht auf Richie losgehen, oder?

Mit einer beschwichtigenden Geste machte ich einen Schritt auf Davis zu und stellte mich damit vor Richie. »Ich habe dir gesagt, dass es eine Doppelbuchung gegeben hat.«

»Aber nicht, dass du dich von ihm ficken lässt.«

Bei Davis' harschen Worten zuckte ich zurück, während Richie drohend ein paar Schritte auf ihn zu machte.

»Vielleicht wäre es besser, wenn du jetzt gehst«, sagte er zu Davis, bestimmt und ruhig zugleich.

»Ich gehe nirgendwohin, solange ich nicht mit Hayden

gesprochen habe. Das ist sie mir schuldig.« Davis funkelte mich an, und ich konnte es nicht fassen. »Du lässt mich hängen, reagierst nicht oder erst mit großer Verspätung auf meine Nachrichten und Anrufe, und sogar bei deinen Eltern hast du dich seit Tagen nicht gemeldet. Was zur Hölle ist los mit dir, Hayden?«

Okay, nun kochte auch ich. »Ich habe *Urlaub.* Schon mal davon gehört? Dass ich nicht 24/7 mein Telefon in der Hand habe, um dir regelmäßig Bericht zu erstatten, ist ebenfalls Teil dessen. Und wer gibt dir das Recht, dich mit meinen Eltern über die Funkstille auszutauschen?« In mir brodelte es dermaßen heftig, dass ich nicht wusste, wohin mit meiner Wut auf Davis.

Dass er hin und wieder Grenzen übertrat und mir nicht nur einmal seine Meinung in den Mund gelegt hatte, war mir schon in den letzten Tagen immer deutlicher geworden. Aber das hier war noch mal eine ganz andere Nummer. Denn der Streit mit meinen Eltern ging ihn nun mal überhaupt nichts an und was ich in meinem Urlaub tat oder nicht, ebenfalls nicht.

»Okay, vielleicht solltet ihr das in Ruhe klären?«, schlug Richie vermittelnd vor, doch wie aus der Pistole geschossen, antwortete ich mit einem entschlossenen »Nein!«.

Auf keinen Fall würde ich mich jetzt mit Davis an einen Tisch setzen und über meine Zukunft im Unternehmen reden. Oder über Richie und mich oder über meine Eltern. Weil es Davis, verdammt noch mal, nichts anging. Schon gar nicht in meinem Urlaub, den ich mir extra genommen hatte, um den Kopf freizubekommen und mir in Ruhe Gedanken darüber zu machen. Und um Abstand von Davis und seinen aufdringlichen Vorschlägen zu bekommen, wie mir gerade bewusst wurde.

»Ich glaube eher, du solltest gehen, Davis«, sagte ich deshalb scharf. »Morgen in einer Woche bin ich zurück im Büro, dann können wir über alles reden.«

»Nein, das sehe ich anders. Wir reden *jetzt!«* Erneut sah

er zu Richie, und ich war mir nicht sicher, ob er mit *reden* auch wirklich von mündlicher Kommunikation sprach – so, wie er gerade wieder die Fäuste ballte.

Doch auch Richie straffte die Schultern, ließ seinen Nacken knackend kreisen, und ich fürchtete bereits, die beiden würden jeden Moment aufeinander losgehen.

»Okay, mir liegt hier im Moment echt zu viel Testosteron in der Luft. Richie, vielleicht wäre es doch besser, wenn du mal nach Izzy schaust.« Dieser machte jedoch keine Anstalten, uns jetzt allein zu lassen – worüber ich bei Davis' Anblick ehrlich gesagt sogar froh war –, also redete ich weiter. »Und Davis ... wie kommst du überhaupt auf die Idee, einfach hier aufzukreuzen und auf dem Grundstück herumzuschnüffeln? Hast du eine Ahnung, was du uns für einen Schrecken eingejagt hast? Ich war kurz davor, die Polizei zu rufen!«

»Ich habe dich *angerufen,* Hayden. Mehrfach. Und du hast nicht reagiert. Was denkst du also, was ich mir für Sorgen gemacht habe?« Eindringlich schaute er mich an. »Was wäre ich für ein beschissener Freund, wenn ich zu Hause geblieben wäre und es einfach hingenommen hätte, dass du dich nicht meldest. Vor allem, nachdem du angekündigt hast, mit einem Fremden unter einem Dach zu wohnen und noch dazu deine leibliche Mutter zu suchen. Deine Eltern sind völlig mit den Nerven am Ende, weil du sie sehen willst. Sie ist nicht gut für dich. Oder warum denkst du, gab es dieses Kontaktverbot? Das Beste wäre also, wenn du jetzt mit mir zurück nach Hause kommst und all das hier hinter dir lässt und schnellstmöglich vergisst.« Dass sein Blick dabei zu Richie schweifte, entging mir nicht.

Mein Mund klappte auf. »Das werde ich garantiert nicht! Was ich hier mache, geht dich nichts an, okay, Davis?« Tränen traten mir in die Augen. »Es ist mein Leben, und auch wenn wir Freunde sind, gibt es dir nicht das Recht, so mit mir zu reden.« Enttäuscht wandte ich mich von Davis ab und fand mich sofort in Richies Armen wieder, der mich tröstend an sich zog und mir meinen Rücken streichelte.

»Nimm deine dreckigen Pfoten von ihr!«, zischte Davis drohend hinter mir.

Nun war es endgültig vorbei mit meiner Selbstbeherrschung. Ich löste mich von Richie und wirbelte herum. »Verschwinde endlich, Davis! Ich will dich hier nicht haben, begreif das doch. Du hast nicht das Recht, dich in mein Leben einzumischen. Du erdrückst mich, verdammt! Mit deiner Meinung, die du mir immer aufdrängst, sodass ich sie annehmen muss, weil für meine eigene gar kein Raum mehr bleibt. Und damit, dass ich nicht einmal drei Wochen Urlaub genießen kann, in denen ich dir nicht regelmäßig Rechenschaft ablegen muss über meine Gedanken und meine Entscheidungen.«

»Weil diese mich ebenfalls betreffen! Du vergisst, wir führen gemeinsam ein Unternehmen, das auch in deiner Abwesenheit laufen muss«, warf er ein, doch ich redete einfach weiter.

»Hast du mir nicht zugehört? Du erdrückst mich, Davis! Du mischst dich in Dinge ein, die dich nichts angehen.«

»Das meinst du nicht so, du bist nur emotional verwirrt wegen der ganzen Sache mit deiner Mom. Was wäre ich außerdem für ein Freund, wenn du mir egal wärst?« Er schnaubte. »Das ginge gar nicht, weil du meine beste Freundin bist, Hayden!«, rief er nun aufgebracht zurück. »Du bist mir wichtig, und ich ... ich liebe dich, verdammt!«

Mein Herz setzte einen Schlag aus. Völlig perplex griff ich mir an die Brust und schaute ihn geschockt an. Das hatte er bestimmt nicht gesagt, oder?

»Ich habe mich in dich verliebt, Hayden«, sagte er nun leiser, sanfter. »Schon vor Jahren, aber du hast meine Gefühle nie erwidert. Hast mich immer noch als deinen Kumpel und Geschäftspartner gesehen und mich auf Abstand gehalten, während du mir nicht mehr aus dem Kopf gegangen bist, nein, gehen willst. Und jetzt bist du hier und fällst auf die Masche dieses … Briten rein …« Angewidert rümpfte er die Nase. »… anstatt zu erkennen, dass *wir beide* zusammengehören.« Er kam auf mich zu und streckte die Hand nach meiner aus. Dabei überschlugen sich alle Gedanken in mir, und ich hatte das Gefühl, jeden Moment Lachen zu müssen. Oder weinen. Oder beides gleichzeitig.

27 – Richie

Scheiße, ich wusste, ich sollte gerade nicht hier sein. Das ging mich nichts an, und doch stand ich da wie gelähmt und schaffte es nicht, ihnen Privatsphäre zu geben. Weil sich alles in mir sträubte, Hayden mit diesem Davis alleine zu lassen.

Nicht nur, da mir der Typ absolut unsympathisch war. Immerhin hatte ich eben genug von ihm mitbekommen, um mir diese Meinung bilden zu dürfen. Dieser Kerl hatte sich unbefugten Zutritt zum Grundstück verschafft, um Hayden nachzusteigen. Das sagte eine Menge über ihn aus.

Sein Liebesgeständnis hatte mich allerdings heftig in den Magen getroffen. Und obwohl Hayden bisher nicht gerade die besten Worte für ihn gefunden hatte, bedeutete es nicht automatisch, dass sie nicht ebenfalls auf diese Weise für ihn empfinden könnte. Immerhin kannten sich die beiden seit Jahren. Sie arbeiteten zusammen, teilten eine Menge Geheimnisse und Momente. Die beiden verband unglaublich viel. Von *WholeVegan* einmal abgesehen, kannten sie sich auch privat schon verdammt lange, hatten eine Menge gemeinsam erlebt. So was schweißte auf ganz andere Art zusammen. Was, wenn ihr bisher nur nicht bewusst gewesen war, welche Gefühle tief in ihr drin schlummerten? Und was, wenn ihr sein Geständnis die Augen geöffnet hatte und ihr dadurch klar wurde, dass sie doch mehr für ihn empfand als Freundschaft? Wenn durch sein Kämpfen um sie diese Empfindungen aufblühten und sie sich letztlich eingestand, dass sie die ganze Zeit über ignoriert hatte, was ihr Herz womöglich schon viel zu lange wusste?

Gott, mir wurde schlecht.

Davis war Haydens bester Freund, die sichere Konstante in ihrem Leben, wohingegen ich im Vergleich zu ihm nur ein flüchtiger Bekannter war. Eben doch bloß ein Urlaubsflirt, der nach unserer Abreise keine Bedeutung mehr hatte …

»Ich … lasse euch mal allein«, brachte ich gepresst hervor. »Gehe mit Izzy eine kleine Runde, okay?« Dabei sah ich Hayden tief in die Augen und hätte ich auch nur den Funken eines Anzeichens gesehen, dass sie mich an ihrer Seite haben wollte, wäre ich geblieben. Doch sie nickte nur kurz, und in ihrem Gesicht erkannte ich, dass Davis' Geständnis sie gewaltig aufgewühlt hatte. Aber eben auch, dass sie das alleine mit ihm ausmachen wollte.

Verdammt, alles wehrte sich in mir, ihnen den Rücken zu kehren und zu gehen. Aber so wie die Sache auf mich wirkte, brauchten die zwei jetzt definitiv Zeit, um in Ruhe zu reden. Also wandte ich mich schließlich von den beiden ab, jedoch nicht, ohne Davis einen letzten drohenden Blick zuzuwerfen, bevor ich zurück in die Villa ging. Ich nahm Izobels Leine vom Haken und marschierte damit ins Schlafzimmer.

Als ich mit der Hundedame den Raum verließ, versuchte sie, mit ihren kleinen Beinchen zu ihrem Frauchen zu gelangen, aber ich wusste, dass sie am Morgen immer rausmusste. Also lockte ich sie mit einem Hundekeks. Kaum dass sie diesen gefressen hatte, war sie überzeugt und ging ohne Widerstand mit mir.

Kurz bevor ich die Haustür hinter mir zuzog, warf ich einen letzten Blick zurück zu Hayden und Davis, die nach wie vor auf der Terrasse standen und sich leise unterhielten. Hayden sah immer noch aufgewühlt aus, aber ich konnte sie nicht ständig beschützen und an ihrer Seite sein. Das brauchte sie nicht. Sie würde das alleine schaffen. Und ich würde mich mit ihrer Entscheidung zufriedengeben müssen. Ob ich wollte oder nicht.

Fuck ey, wenn ich daran dachte, dass sie am Freitag abreiste und sich dann unsere Wege trennten …

Nein, das musste ich, solange es ging, weit von mir schieben. Sonst würde ich durchdrehen und mir selbst, allen voran jedoch Hayden den restlichen Urlaub versauen.

Ich peilte mit Izzy die Wiese an, auf der wir ihr immer ein paar Bälle für sie warfen und auf der sie herumtoben konnte. Sie erledigte ihr Geschäft, ich sammelte es ein – und nachdem ich sie mehrfach mit ihrem Spielzeug auf und ab gejagt hatte, nahm ich sie wieder an die Leine, als ein junger Vater mit seinen zwei Kindern an uns vorbeispazierte.

Mit einem Mal überkam mich eine heftige Welle von Heimweh. Ich sehnte mich nach meinem Dad und meinen Schwestern, nach gemütlichem Beisammensein zu Hause, wo wir an lauen Sommerabenden rund um die Feuerschale im Garten saßen und Bier oder Apple Cider tranken. Wo mir der Geschmack von S'mores auf der Zunge lag, die meine Schwestern und ich liebend gern an der offenen Feuerstelle machten.

Aus dieser Wehmut heraus kramte ich mein Telefon hervor und wählte Shelleys Nummer.

Ein Lachen drang an mein Ohr, als sie ranging, und ich hörte Lärm im Hintergrund. »Hey, Richie! Wie geht es dir?«

Sofort musste ich lächeln, weil sie sich über meinen Anruf freute, und Wärme breitete sich in mir aus.

»Macht mal leiser, Richie ist dran.«

»Hi, Richie!«, rief nun auch Ashlynn, etwas zeitversetzt danach Tamara.

»Wie ist es so in Malibu?«, wollte diese wissen.

»Wo seid ihr? Sollen wir per Video telefonieren?«

»Ja, mach!«, hörte ich Shelley sagen, und wenige Sekunden später sah ich meine drei Schwestern auf dem Display, die sich aneinanderdrängten und in die Kamera schauten.

»O mein Gott, sind das dort hinten Palmen?« Tamara quietschte vor Begeisterung, was mich zum Lachen brachte.

»Gut erkannt. Und da drüben könnt ihr das Meer sehen.« Ich drehte mich ein Stück, bis der dunkelblaue Streifen hinter mir im Display auftauchte.

»Ich bin kein bisschen neidisch. Nope.« Ashlynn schüttelte energisch den Kopf, während meine beiden anderen Schwestern gackerten wie die Hühner.

»Wo seid ihr gerade?«

»Wir sind auf der Wiese beim *Hogg's Pond*«, erklärte Ashlynn.

»Mit Picknick«, ergänzte Shelley und hielt eine Schüssel in die Höhe, die verdächtig nach ihrem Linsensalat mit Avocados und Thunfisch aussah.

»Euch geht's ja gut!« Okay, dieser Anruf trug nicht gerade dazu bei, mein Heimweh weniger werden zu lassen. Wie gerne wäre ich jetzt bei ihnen ... In meiner Brust wurde es eng, und ich räusperte mich kurz.

»Erzähl uns von deinem Urlaub«, drängte Tamara mit leuchtenden Augen. Also berichtete ich ihnen, was in den letzten Tagen seit meiner Anreise passiert war – natürlich ohne schlüpfrige Details. Immerhin waren das hier meine Schwestern.

»Hayden, ja?« Ashlynn hatte dieses Grinsen aufgesetzt, von dem ich wusste, dass sie die Fühler bereits ausgefahren hatte und etwas witterte. »Läuft da was?«

»Also gerade nur ihr Hund mit mir«, wich ich aus und drehte die Kamera so, dass Izzy ins Bild kam.

Damit hatte ich die drei sofort. Ich ging neben der Kleinen in die Hocke, um sie zu streicheln.

»Awww, ist der süß, wie heißt er denn?«

»Er ist eine *Sie.* Izobel und ich drehen gerade eine Runde, nicht wahr, meine Süße?« Prompt sprang sie an mir hoch und leckte mir liebevoll über das Kinn, was für eine erneute Begeisterungswelle bei meinen Schwestern sorgte.

»Und wo ist Hayden?«, wollte Shelley wissen.

»Sie ist in der Villa.«

Ashlynn kicherte und stieß Shelley in die Seite. »Wie er immer *Villa* betont.«

»Klar, unser Bruder ist jetzt ein Rockstar, da gehört das nun mal dazu«, erklärte Tamara trocken. »Gewöhnt euch also daran.«

Schmunzelnd schüttelte ich den Kopf.

»Habt ihr euch gestritten, oder warum bist du allein mit ihrem Hund unterwegs?«, bohrte nun Ashlynn nach.

»Nein, sie hat Besuch, und ich hab mich deshalb zurückgezogen.«

Diese Antwort schien die drei endlich zufriedenzustellen.

»Wie geht es Dad?«, wechselte ich daraufhin das Thema.

»Gut. Wir haben ihm gestern bei den Blumen im Garten geholfen. Und beim Rasenmähen. Er hat sich nämlich bei seinem Date am Freitag einen Muskel im Rücken gezerrt«, erklärte Ashlynn.

»Ja, beim Sex«, fügte Tamara naserümpfend hinzu.

»Was?« Nun musste ich laut auflachen. Izzy sah mich schon komisch an.

»Stimmt doch gar nicht«, meinte Ashlynn und sah unsere Teenagerschwester böse an.

»Er hat sich am Freitag mit dieser Dora getroffen, du erinnerst dich, mit der er vor einem Monat oder so schon mal essen war. Als er sie zur Tür begleiten wollte, ist sie wohl mit dem Fuß umgeknickt. Dad hat instinktiv nach ihrem Arm gegriffen, um sie zu stützen, und hat sich dabei was gezerrt«, berichtete Shelley, als hätte sie das bereits mehrfach erklärt. Und ich vermutete, dass es aufgrund der festgefahrenen Meinung unserer jüngsten Schwester nötig war, die erneut darauf beharrte, dass Dad und Dora sich beim Bettsport verletzt hatten.

»Er ist ja nicht mehr der Jüngste«, meinte Tamara mit ernstem Gesichtsausdruck, was mir ein amüsiertes Schnauben entlockte.

Eine Weile plauderten wir noch über Belangloses, dann verabschiedete ich mich von den dreien.

»Richie ... warte. Könnte übrigens sein, dass Brandon sich bei dir meldet.« Diese Aussage von Shelley ließ mich innehalten, ich hatte schon auflegen wollen.

»Wieso das?«, wollte ich alarmiert wissen.

»Weil er heiraten wird«, erklärte Tamara, die daraufhin von Ashlynn einen sanften Stoß in die Seite kassierte.

Sofort versteifte ich mich. »Ich wusste nicht mal, dass er wieder eine Freundin hat.«

Nachdem ich keinen Kontakt zu ihm hatte, bekam ich kaum was von ihm mit. Meine Familie hatte ich damals, als das mit Kenzie passiert war, gebeten, mir nichts mehr von ihm zu erzählen, weil mir dadurch ständig erneut das Herz rausgerissen wurde. Im Laufe der Jahre hatten das alle beibehalten.

Brandon und ich existierten nebeneinanderher, ohne dass wir viel voneinander wussten. Oder zumindest bei mir hatte sich daran nichts geändert.

»Ja, er ist mit Fiona zusammen. Du weißt schon, die Lehrerin.« Ashlynn sagte es so, als müsste spätestens jetzt bei mir der Groschen fallen. Tat er allerdings nicht.

»Sorry, ich hab nach wie vor den Brandon-Filter aktiviert. Sobald es um ihn geht, schalte ich ab«, erklärte ich und fühlte mich gleichzeitig scheiße, weil ich so ignorant war. Aber das, was er mir angetan hatte, saß einfach zu tief.

»Schon gut. Ich wollte nur, dass du es weißt.« Shelley schaute mich entschuldigend an.

Ich nickte kurz. »Danke.«

Als wir uns daraufhin wirklich verabschiedeten, fühlte sich mein Herz ungleich schwerer an als zuvor.

Inzwischen brannte die Sonne unbarmherzig auf mich herab. Ich hatte Durst, und Izzy hechelte ebenfalls, weshalb ich umdrehte und beschloss, dass es Zeit war, zurückzugehen. Sollten Davis und Hayden mit ihrer Aussprache noch nicht fertig sein, würde ich mich einfach auf mein Zimmer verziehen.

Als die Einfahrt der Villa in Sichtweite kam, erkannte ich Hayden und Davis, die davorstanden und diskutierten. Auch Izzy schien zu bemerken, wer dort vorne wartete, denn sie zog an der Leine und setzte alles daran, zu Hayden zu gelangen.

»Gleich kannst du zu deinem Frauchen, Süße, nur keine Hektik«, versuchte ich, Izzy genau wie mich zu beruhigen.

Ich steigerte mein Tempo, während ich mich darauf vorbereitete, diesem Davis zu verklickern, dass er ein anderes Mal mit Hayden weiterdiskutieren sollte. Ich hatte nämlich wirklich keinen Bock, dass uns dieser Kerl den Urlaub noch weiter vermieste – nach allem, was geschehen war. Doch ich kam gar nicht erst dazu, denn kaum, dass wir in ihre Nähe kamen und Hayden vermehrt den Blick an Davis vorbei auf Izobel und mich richtete, drehte er sich um.

»Du!«, sagte er und kam mit in drohender Geste erhobenem Zeigefinger auf mich zu.

»Davis, nicht!« Hayden hielt ihn am Arm zurück, doch er schüttelte sie ab und ignorierte sie komplett.

»Lass bloß die Finger von Hayden, haben wir uns verstanden?« Er blieb viel zu dicht vor mir stehen, baute sich vor mir auf, was lächerlich war. Immerhin war der Kerl einen halben Kopf kleiner, war deutlich schmaler und hatte bei Weitem nicht so viele Muskeln wie ich.

Nur am Rande spürte ich, wie Hayden mir Izzys Leine abnahm. »Ich kenne Typen wie dich, und glaub mir, du würdest gerade nicht mit ihr in dieser Villa wohnen, hätte ich es verhindern können.«

Nun brach ein trockenes Lachen aus mir heraus.

»›Typen wie mich‹, ja?« Auf den Rest ging ich gar nicht ein, weil es einfach absurd war, wie er sich aufführte.

»Lass mich raten: Du fickst sie und versprichst ihr die Welt, bevor du abreist und sie zwei Tage später vergessen hast. Und ich darf dann wieder die Scherben aufsammeln und sie aufbauen. Auf so eine Scheiße habe ich keine Lust mehr. Hayden ist weit mehr wert als das. Sie hat vielmehr einen wie mich verdient, der immer für sie da ist, Beständigkeit beweist und sie nicht im Stich lässt, wenn das nächste Groupie an die Tür klopft.«

In mir brodelte es, und ich ballte meine Fäuste. »Ich glaube, Hayden kann selbst entscheiden, mit wem sie sich einlässt. Und wenn sie Sex mit mir will, bin ich der Letzte, der ihn ihr verwehrt. Sie ist eine großartige Frau, selbstbewusst, beeindruckend, aber vor allem eins: eigenständig. Und ich bin hin und weg von ihr. Also ja, verdammt, natürlich genieße ich es, mit ihr zu schlafen.«

Für einen winzigen Augenblick linste ich zu ihr und sah, dass sich ihre Mundwinkel nach oben kräuselten. Erleichterung durchflutete mich, weil sie nach dieser Aussage nicht sauer auf mich war, doch bevor ich einen erneuten Konter austeilen konnte, traf mich Davis' Faust so heftig am Kinn, dass ich einen Schritt zurücktaumelte.

Hayden stieß einen erschrockenen Schrei aus, und Izobel bellte, um ihrem Frauchen solidarisch beizustehen.

Diesen Mist ließ ich nicht auf mir sitzen. Ich packte den Mistkerl am Kragen seines Shirts und drängte ihn zurück. »Du setzt dich jetzt in deine beschissene Karre und siehst zu, dass du von hier verschwindest. Bevor ich es mir anders überlege und die Polizei alarmiere. Dann bin ich gespannt, wie du denen erklärst, warum du ohne Befugnis rund um die Villa geschlichen bist und mich angegriffen hast.«

Davis schnaubte. »Dafür hast du keine Beweise.«

»Schon mal die Kameras rund um das Gebäude gesehen?« Ich setzte ein siegessicheres Grinsen auf und hoffte einfach, dass Hayden nicht erwähnt hatte, dass sie gar nicht in Betrieb waren.

Er schielte zum Tor, über dem eine Kamera hing, dann weiter zum Gästehaus, das ebenfalls damit ausgestattet war. Und seiner blassen Gesichtsfarbe nach zu urteilen hatte ich ihn bei den Eiern. Er riss sich von mir los und strich sich über sein T-Shirt.

»Das Ganze ist noch nicht vorbei«, sagte er in kämpferischem Ton, ehe er in seinen protzigen Mercedes stieg und mit quietschenden Reifen davonfuhr.

Nur langsam beruhigte sich mein Herzschlag, während ich mir über meinen schmerzenden Kiefer rieb. »Alles okay bei dir?«, fragte ich Hayden und sah sie besorgt an. Sollte ihr dieser Arsch auch nur ein Haar gekrümmt haben, würde ich höchstpersönlich nach Palm Springs fahren und ihn mir vorknöpfen.

»Ja, er war nicht ... Also er hat nicht ...«, begann sie und holte schließlich tief Luft. »Mir geht es gut. Aber was ist mit dir?«

»Alles halb so schlimm«, knurrte ich zwischen zusammengebissenen Zähnen. Zu viele unschöne Worte lagen mir auf der Zunge, doch ich biss mir darauf und führte Hayden ins Haus. Weil mir immer noch heiß war – und das lag nicht nur an der Hitze der Sonne und ausnahmsweise auch nicht an Hayden, sondern in erster Linie an der Wut, die in mir brodelte.

28 – Hayden

»Ich kann nicht fassen, wie er sich aufgeführt hat. Dass er überhaupt hergekommen ist, um mir nachzustellen. Ich meine ... was bildet er sich ein?«

Richie und ich saßen etwas später in einem Restaurant am Strand im Schatten eines Schirms und hatten die Füße im Sand vergraben. Auf meinem Teller lag ein veganer Burger, und Richie hatte sich mir mit seiner Bestellung ohne Zögern angeschlossen. Als ich angeboten hatte, er könne ruhig was mit Fleisch essen, schüttelte er entrüstet den Kopf und meinte nur, das komme überhaupt nicht infrage.

Allein da hatte er mein Herz erneut im Sturm erobert.

Mehr noch, weil er mich in dieses nachhaltige Restaurant eingeladen hatte, um mich die Konfrontation mit Davis vergessen zu lassen. Was mir gerade nur sehr schwer gelingen wollte ... »Tut mir leid, dass er dich dermaßen angegangen hat.« Es war nicht das erste Mal, dass ich mich für Davis' Verhalten bei Richie entschuldigte. Aber es fühlte sich nach wie vor nicht genug an, sondern eher so, als müsste ich noch viel mehr tun, um diese Sache wiedergutzumachen.

»Ich hätte ja ehrlich alles dafür gegeben, Izzys Kacktüte nicht weggeworfen zu haben. Die hätte ich ihm zu gerne ins Gesicht gedrückt«, sagte Richie trocken, was mich herzlich lachen ließ.

»Gott, stell dir mal vor ...« Ich wischte mir Lachtränen aus den Augenwinkeln.

Richie schmunzelte. »Ich hab dir schon mal gesagt, dass du dir keinen Kopf machen musst, Hayden. Vielleicht geht es ihm jetzt besser, nachdem er mir den Kinnhaken verpasst und dir seine Gefühle offenbart hat. Ich stehe da jedenfalls drüber. Vielleicht musste das einfach mal raus.« Er beugte sich zu mir, umfasste sanft mein Kinn und legte seine Lippen zärtlich auf meine, womit er mein Herz zum Rasen brachte.

Richie zu küssen und ihm näherzukommen, wenn wir in der Villa waren, war eine Sache. Aber hier, in der Öffentlichkeit, wo jeder uns sehen konnte und es das zwischen uns bedeutungsvoller machte, war noch einmal eine ganz andere Nummer. Eine, die ein herrliches Summen in mir zurückließ und mich glücklich machte.

Kurz blinzelte ich ihn an, ehe ich mich wieder dem Essen widmete und eine Kartoffelecke durch das Ketchup zog.

Ich hörte ihm zu, als er vom Telefonat mit seinen Schwestern erzählte, und hatte das Gefühl, er würde seine Familie sehr vermissen.

»Wie ist das für dich, wenn du jetzt in London lebst? Siehst du sie trotzdem regelmäßig?«

Mit gerunzelter Stirn lehnte er sich zurück, seine Coke in der Hand. »Wir telefonieren, und ich besuche sie, wann immer es mein Zeitplan zulässt. Ich vermisse sie. Allerdings glaube ich, dass es mir gutgetan hat, etwas Abstand zu ihnen zu bekommen.«

Ich sah ihm zu, wie er an seinem Glas nippte. »Wegen der Sache mit deinem Bruder?«, fragte ich vorsichtig.

Richie nickte. »Shelley hat mir erzählt, dass Brandon eine neue Freundin hat und bereits mit ihr verlobt ist«, sagte er leise und hielt den Blick auf seinen Teller gerichtet. »Und dass er sich deshalb bald bei mir melden wird.«

»Oh.« Ich hatte nur eine ungefähre Ahnung, was das mit ihm machte.

»Jep. Ehrlich gesagt weiß ich nicht, wie ich mich darauf vorbereiten soll. Ich meine … Tut man dann, als wäre nie etwas zwischen einem vorgefallen? Die Sache mit Kenzie ist zu lange her, als dass es noch schmerzt – der Verrat sitzt mir allerdings nach wie vor in den Knochen.« Er seufzte. »Klingt bescheuert, ich weiß.«

»Nein, das ist es nicht«, hielt ich schnell dagegen. »Er hat dein Vertrauen missbraucht, da ist es logisch, dass du so empfindest.«

Er schüttelte den Kopf. »Weißt du, selbst wenn er verlobt ist, werde ich die Angst nicht los, er könnte mir das ein weiteres Mal antun.« Als er mir bei diesen Worten in die Augen sah, hatte ich das Gefühl, er würde von *mir* sprechen – was verrückt war, da unsere gemeinsamen Tage gezählt waren. Richie und ich waren nicht zusammen, und … er empfand für mich nicht wie für seine Ex-Freundin damals. Oder?

Selbst wenn, änderte es nichts daran, dass bald ein ganzer Ozean zwischen uns lag und uns lediglich die Erinnerung an diese zwei Wochen blieb.

Schwer seufzend wandte ich den Blick ab.

»Hey …« Richie zog mich an der Armlehne meines Stuhls zu sich. »Was ist los?«

Nun war ich diejenige, die niedergeschlagen den Kopf schüttelte. »Nichts, ich … habe bloß daran gedacht, dass ich mich bald von dir verabschieden muss.« Ich versuchte mich an einem Lächeln, scheiterte allerdings kläglich daran.

»Mir gefällt das zugegebenermaßen auch nicht. Aber davon lassen wir uns heute nicht den Tag vermiesen.« Richie zwinkerte mir zu. »Okay, pass auf, ich will, dass wir uns was versprechen.« Er beugte sich näher zu mir, berührte mit seinen Lippen fast meine Wange. Sein Atem prickelte auf meiner Haut, und schlagartig spürte ich wieder diese unglaubliche Anziehungskraft zwischen uns. Sie war berauschend, Richie war es. »Wir genießen jede Minute, die wir haben, und lassen alle schlechten Gedanken außen vor. Abgemacht?«

Zögernd grub ich die Zähne in die Unterlippe. Ein *Aber* lag mir auf der Zunge, weil es so viele Themen gab, die eben nicht rosarot waren und die uns dennoch betrafen – beziehungsweise mich. Jedoch hatte ich Richie bereits zu sehr in meinen ganzen Mist mit hineingezogen, und ja, er hatte recht, wir sollten die Tage, die wir gemeinsam hatten, nicht weiter damit besudeln. Zumal ja auch er hier war, um Urlaub zu machen.

»Abgemacht«, erwiderte ich knapp und konnte das Grinsen, das sich unweigerlich auf meine Lippen schob, nicht zurückhalten. Weil mir klar wurde, dass uns noch einige schöne Stunden zu zweit bevorstanden und Richie mit mir jeden Augenblick auskosten wollte. Und das war ein unglaublich besonderes Geschenk. Genau wie das Strahlen in seinen Augen, nachdem ich in seinen Deal eingewilligt hatte. Und noch viel mehr der Kuss, den er sich anschließend von mir stahl ...

Den Nachmittag verbrachten wir daraufhin am Strand, und ich genoss die Zeit mit ihm mehr denn je. Keine Ahnung, ob es an unserem Versprechen lag, an der Sonne oder daran, dass ich das erste Mal seit Urlaubsbeginn richtig abschalten konnte.

Ich cremte Richie den Rücken ein, und danach tat er das auch bei mir. Rieb über meine von der Sonne erhitzte Haut und löste mehrere Male ein Beben in mir aus, als er mit den Fingerspitzen über meine Rippen strich und dabei fast meine Brüste berührte. Er neckte mich. Oder als er immer wieder unter das Bikinihöschen glitt, während er gewissenhaft Kreise auf meinen Pobacken zog.

Ich rächte mich, indem ich ihm schmutzige Dinge ins

Ohr flüsterte, die ich jetzt am liebsten mit ihm anstellen würde, befänden wir uns nicht in der Öffentlichkeit. Als Antwort drehte er sich lachend auf den Bauch, um zu verbergen, wie heiß ihn das alles machte. Natürlich war es mir dennoch nicht entgangen.

Als wir uns beide etwas beruhigt hatten, gingen wir zur Abkühlung ins Meer – Hand in Hand und ohne den Blick voneinander zu nehmen.

In meinem Bauch kribbelte es heftiger als jemals zuvor, und ich genoss jede Sekunde mit Richie. Wünschte, das hier würde ewig andauern.

Zurück in der Villa, ließen wir Izobel in den Garten, und ich sah Richie dabei zu, wie er mit ihr spielte und herumalberte. Für einen Augenblick erlaubte ich mir die Vision, wie es wäre, das für immer zu haben – Richie an meiner Seite, in Izzys und meinem Leben. Aber das Wissen, dass das unmöglich war, schmerzte zu sehr. Mein Leben war hier in Amerika und seins so weit weg in einem anderen Land. Und auf den Bühnen der Welt. Davon abgesehen hatte ich ihm versprochen, alles Negative aus unserer Bubble auszusperren. Also ging ich zu ihm, schlang die Arme um seine Mitte und genoss es, dass er mir sanft über den Rücken rieb.

»Lass uns den Sand und das Meerwasser von der Haut waschen«, raunte er mir ins Ohr, und sofort stieg Hitze in mir auf. In seiner Gegenwart brannte ich eigentlich immer. »Zusammen.« Dass er anschließend zart mit den Lippen meinen Nacken berührte, ließ mich nahezu verrückt werden.

Ich folgte ihm gemeinsam mit Izobel ins Haus und verriegelte die Terrassentür hinter uns – nach dem Vorfall heute Morgen hatte ich keine Lust, erneut einen ungebetenen Gast in unsere Wohlfühlzone zu lassen.

Richie steuerte direkt mein Badezimmer an und wartete dort mit einem auffordernden Grinsen auf mich. Mit dem

Zeigefinger lockte er mich zu sich. Er zog mich an seine Brust, eine Hand an meinem Hintern, die andere am Rücken, während er sich mit mir hin und her wiegte, als würden wir tanzen.

Langsam glitten seine Finger unter das Kleid und schoben es nach oben, bis ich im Bikini vor ihm stand. Den Stoff ließ er fallen, und ich nutzte die Gelegenheit, unter sein Shirt zu fassen und seine Bauchmuskeln zu streicheln.

Genussvoll sog er Luft zwischen seinen Zähnen ein und hob seine Arme, um mir zu helfen, ihn auszuziehen.

»Weißt du, wie schön du bist?«, raunte er mir ins Ohr und sorgte dafür, dass mir abermals Hitze in den Kopf stieg. »Du bist mit Abstand die hübscheste Frau, die ich je gesehen habe.«

Ein wenig zweifelte ich seine Worte an – immerhin war er viel herumgekommen und hatte sicher eine Menge Frauen kennengelernt –, aber für den Moment genoss ich einfach, was er gesagt hatte.

»Und du bist mit Abstand der attraktivste Mann, den ich kenne.«

Richie wackelte verheißungsvoll mit den Augenbrauen. »Dann passen wir ja gut zusammen.«

Wie genau er das meinte, konnte ich nicht fragen, da er sich in dem Moment umwandte, um das Wasser in der Dusche aufzudrehen.

Als er wieder zu mir sah, hatte ich meine Hände bereits am Rücken, um die Bänder meines Oberteils zu lösen. Dabei blickte ich ihm tief in die Augen und liebte es, wie er schluckte, kaum dass ich die Knoten gelöst hatte und das Teil zu Boden fiel.

»Scheiße, ich hoffe, du weißt, dass ich dieses Bild vermutlich ewig nicht vergessen werde.«

»Vielleicht sollten wir für noch mehr solcher Erinnerungen sorgen«, erwiderte ich und grub meine Zähne in die Unterlippe, als Richie zustimmend brummte und gleichzeitig die Daumen in den Saum seiner Badeshorts einhakte.

Er zog sie hinab und ... Heilige Scheiße! Michelangelo hätte vermutlich alles dafür getan, Richie in Stein zu verewigen.

Erregung flutete mich, als ich erst einen der Knoten meines Bikinihöschens, dann den anderen löste und das bisschen Stoff ebenfalls zu Boden fiel.

Wir betraten die geräumige Dusche, ließen uns von dem warmen Wasser berieseln, und ich konnte mich nicht länger zurückhalten, ich musste Richie küssen. Schnurrend drängte ich mich an ihn, wölbte mich ihm entgegen, weil ich wollte, dass er mich überall berührte.

Ich liebte die Geräusche, die er machte, wenn ich seinen prallen Schwanz umfasste und langsam daran auf und ab rieb. Hoffte, die Erinnerung daran genauso konservieren zu können wie all die anderen schönen Momente mit ihm.

Als er meine Brüste einseifte und mit den Fingern tiefer wanderte, seufzte ich an seiner Schulter. Und dennoch wollte ich mehr. Ich würde nie genug bekommen ... von ihm.

»Schlaf mit mir«, murmelte ich an seinen Lippen, neckte sie mit der Zungenspitze.

»Kondom«, seufzte Richie verzweifelt und lehnte seine Stirn gegen meine.

»Ich ... habe eine Spirale eingesetzt, hätte ich vorher mal sagen können, sorry«, erklärte ich und spürte augenblicklich, wie mein Herz kräftiger schlug.

Richies Augen weiteten sich, dann sah er mir tief in die meinen, ehe unsere Lippen erneut aufeinanderprallten. Wir waren wie der perfekte Sommersturm, küssten uns drängend, und ich hatte das Gefühl, Richie mit einem Mal noch näher zu sein. Das hier war anders ... intensiver.

Er hob mich hoch, und sobald er mich auf sich gleiten ließ, beschleunigte sich mein Atem, meine Stirn an seine gelehnt. Wir sahen einander an und verharrten einen Augenblick, dann begann Richie langsam in mich zu stoßen. Und Gott, dieses Gefühl war ...

»... so gut.« Richies Blick traf mich tief in meinem Inneren. In diesem Moment war es, als würde mein Brustkorb platzen, weil mein Herz so viel Raum für ihn in Anspruch nahm.

Ich hielt mich an ihm fest, kam ihm mit dem Becken entgegen und genoss es irrsinnig, ihn tief in mir zu spüren. Weil das hier so echt, so besonders war. Als hätte sich mit dem heutigen Tag etwas mit uns verändert.

Richie steigerte sein Tempo, korrigierte den Winkel ein klein wenig und traf mit einem Mal einen Punkt in mir, der dafür sorgte, dass sich meine Augen vor Ekstase nach hinten rollten. Mein Orgasmus baute sich schnell auf, und ich kam so heftig, dass ich froh war, von Richie gehalten zu werden.

Noch während ich um ihn pulsierte, kam auch er, und zu spüren, wie er sich warm in mir ergoss, und zu hören und zu sehen, wie er seinen Höhepunkt genoss, war unglaublich schön.

Heftig atmend ließ er mich zu Boden, den Blick ununterbrochen auf mich gerichtet.

Dann zog er mich an sich, und ich schlang die Arme um ihn. Drückte ihn an mich, hielt ihn fest, während das Wasser auf uns herabprasselte.

Nach dem Duschen reichte Richie mir eines der beiden Frotteetücher, die in Griffnähe lagen. Anschließend wandte er sich mir zu und schaute mich nachdenklich an.

»Hayden, ich ... muss dir was gestehen.« Die Art, wie er es sagte – so, als ob ihn etwas schwer beschäftigte –, machte mich nervös. Sofort wappnete ich mich für was auch immer gleichkommen würde. Zärtlich strich er mir eine nasse Strähne aus dem Gesicht und legte mir einen Zeigefinger unter das Kinn. Sah mir eindringlich in die Augen, und ich merkte, wie er nach Worten suchte, um zu sagen, was ihm auf dem Herzen lag.

»Ja?«, brachte ich nervös hervor, und meine Stimme zitterte. Mit einem Mal wurde mir kalt, weil ich befürchtete, dass das, was er loswerden wollte, eine nicht so gute Nachricht sein könnte.

Geräuschvoll holte er Luft. »Ich weiß, ich habe gesagt, wir sollen diese ganzen Gedanken beiseiteschieben und den Moment genießen. Vergessen, dass wir uns nur noch ein paar Tage haben, aber ... ich muss dir das einfach sagen.«

Mein Puls beschleunigte sich, und ich starrte gebannt auf seine Lippen.

»Ich bin verrückt nach dir, Hayden.« Er lachte leise und legte dabei den Kopf in den Nacken. »Nein, das trifft es vermutlich nicht einmal ansatzweise. Was ich damit sagen will, ist ... Ich möchte dich unbedingt wiedersehen, will mit dir in Kontakt bleiben und versuchen, dass das mit uns beiden auch über die Distanz funktioniert. Also vorausgesetzt, du könntest dir das ebenfalls vorstellen. Ich weiß, dass es hart werden wird – eine Fernbeziehung über zwei Kontinente hinweg wird sicher kein Zuckerschlecken. Der Gedanke daran, dich einfach ziehen zu lassen, wäre zwar ehrenhaft, aber so ziemlich das Dümmste, was ich mir in den letzten Jahren geleistet habe. Also ... was sagst du dazu?«

Was ich dazu sagte? Mein Kopf schwirrte, und ich spürte, wie Tränen langsam meine Sicht verschleierten. Vor allem jedoch bemerkte ich, wie Richies Gesichtsausdruck unsicherer wurde, je länger ich ihn mit einer Antwort warten ließ.

Weil mir aber nach wie vor die Worte fehlten, fiel ich ihm einfach um den Hals. »Das wäre ... großartig«, brachte ich schließlich hervor.

»Ja?« Immer noch spürte ich seine Anspannung.

»Ja!« Ich lachte und sah ihm tief in die Augen, bevor ich ihn küsste. Zärtlich und liebevoll und aufgeregt und voller Hoffnung und Zuversicht. Mit allem, was ich für ihn fühlte. »Mir fällt gerade ein Stein vom Herzen, weil ich dachte ... Also ich war mir nicht sicher, ob du das ebenfalls wollen würdest. Aber ... ich will nicht, dass wir danach einfach unserer Wege gehen, ohne uns beiden eine Chance gegeben zu haben.«

Richie stieß hörbar die Luft aus und wirkte genauso erleichtert, wie ich mich fühlte. Er hob mich hoch und drehte sich langsam mit mir im Kreis, während er mich erneut küsste. »Wir kriegen das hin«, meinte er voller Überzeugung.

Da wollte und konnte ich ihm nicht widersprechen. Lange hatte ich mich nicht mehr so beflügelt und glücklich gefühlt wie in diesem Moment.

Am nächsten Morgen erwachte ich mit einem Lächeln auf den Lippen, als Richie mir sanft über den Kopf strich. Dann verabschiedete er sich mit einem Kuss von mir, um am Strand joggen zu gehen. Schon am Abend hatte er angekündigt, gleich in der Früh loszuwollen.

Ich hörte noch, wie die Tür ins Schloss fiel, doch an Schlaf war nicht mehr zu denken. Dafür war ich zu aufgewühlt und glücklich.

Beschwingt stand ich auf, ging in die Küche, um mir einen Kaffee zu machen, und ließ anschließend Izzy in den Garten. Während ich ihr zuschaute, wie sie mit ihrem Spielseil kämpfte, machte ich es mir auf einer der Poolliegen gemütlich und schrieb eine Nachricht an Jackson.

Hayden: Schon wach?

Zwar war heute Montag, aber Jackson hatte noch Ferien, weshalb ich nicht ausschließen wollte, dass er im Land der Träume war. Allerdings dauerte es keine Minute, bis er mir mit einem *Jep* antwortete. Also wählte ich seine Nummer.

»Hey, Jacks, wie geht es dir?«

»Die Frage ist eher, wie es dir geht«, erwiderte er besorgt.

»Gut. Also ... großartig. Aber auch verwirrt und ... Ah! Gerade ist mein Leben ein einziges Chaos.« Ich lachte.

»Erzähl!«

»Wie viel Zeit hast du?«

»Für dich nehme ich sie mir, Hayden. Also, schieß los! Mom und Dad haben was von einem Brief und deiner leiblichen Mutter erzählt und dass du in ihrer Nähe bist. Hast du sie gesucht?«

Mein Herzschlag beschleunigte sich, als ich an die Begegnungen mit Lainey dachte. Doch das hinderte mich nicht daran, Jackson zu berichten, was sich in den letzten Tagen ereignet hatte.

»Heilige Scheiße!«, war sein erster Kommentar darauf. »Wie geht es dir damit? Warum meldest du dich erst jetzt? Du weißt doch, ich bin für dich da.«

Tief holte ich Luft. »Ich glaube, ich habe Zeit gebraucht, um das alles zu verarbeiten. Ich meine, zum einen freue ich mich, sie gefunden und mehr über sie erfahren zu haben. Allerdings ist es heftig, zu wissen, dass sie ein Junkie ist. Ich meine ... das ist keine Kleinigkeit. Du müsstest sehen, wie es bei ihr aussieht, wie sie lebt. Die ganze Gegend ist echt harter Tobak, und das Wissen, dass sie Crack raucht ... Als ich sie so zugedröhnt erlebt habe, hat sie mir Angst eingejagt«, gestand ich schließlich und musste schlucken, weil mich die Erinnerung immer noch ziemlich mitnahm.

»Okay, das heißt, du hast mit ihr abgeschlossen?«

Langsam schüttelte ich den Kopf, was Jackson natürlich nicht sehen konnte. »Sie ist nach wie vor meine leibliche Mutter. Sie vollkommen sich selbst zu überlassen, nach allem, was ich gesehen habe, schaffe ich nicht. Aber ich werde mich nur in neutraler Gegend mit ihr treffen. Und vielleicht ...« Ich räusperte mich. »Vielleicht kann ich ihr helfen, von dem Zeug wegzukommen. Ich hoffe, wir können einen echten Zugang zueinander finden.«

Jackson brummte etwas, das wie »Pass auf dich auf« klang.

»Keine Sorge, ich werde ihr kein Geld oder so geben. Ich ... kann sie allerdings nicht einfach wieder aus meinem

Leben ausklammern, verstehst du?« In meiner Brust wurde es eng, und ich atmete tief durch. Lauschte seinem Atem.

»Was denkt Richie darüber?«

Bei der Erwähnung seines Namens huschte ein Lächeln über meine Lippen.

Ich hob Izzy auf die Liege, wo sie sich sofort neben meinen Beinen im Schatten zusammenrollte. »Er ist ebenfalls nicht begeistert, aber ich bin mir sicher, dass ich einen Weg finden werde, mit Lainey in Kontakt zu bleiben. Ich will sie kennenlernen, möchte herausfinden, wie sie ist. Also, wenn sie nicht ...« *Zugedröhnt ist,* wollte ich sagen, verkniff es mir jedoch. Jackson wusste bestimmt, was ich meinte.

»Und was läuft mit Richie?«, lenkte er zum Glück auf ein anderes Thema.

Augenblicklich bekam ich wieder Herzrasen und dieses Flattern im Bauch, wie immer, wenn ich an ihn dachte.

»Sagen wir mal so ... Was weißt du alles über Fernbeziehungen und wie sehr würdest du mich supporten, wenn ich dir sage, dass Richie und ich versuchen wollen, unsere Beziehung trotz der gigantischen Entfernung am Laufen zu halten?«

Für einen Moment herrschte Schweigen in der Leitung, bis Jackson gluckste. »Warte mal ... ihr seid zusammen? So richtig und offiziell? Okay, ich brauche ein Update. Und zwar ein ausführliches!«

Schmunzelnd weihte ich meinen Bruder in alles ein, was sich in den letzten Tagen zwischen Richie und mir ereignet hatte – inklusive Davis' peinlichem Auftritt von gestern und der schlechten Laune, die er versprüht hatte und die ich erst mit dem Strandtag mit Richie gänzlich hatte vertreiben können.

Dass sich Jackson genauso über Davis aufregte wie ich und er sich gleichermaßen riesig für Richie und mich freute, tat unglaublich gut. Es bestätigte mich in meinen Entscheidungen. Auch dass er uns beide nicht verurteilte, weil wir es mit einer Fernbeziehung versuchen wollten, war ein schönes Gefühl.

»Ich gönne dir das Glück von ganzem Herzen, Schwesterchen, aber ... du solltest wirklich mit Mom telefonieren. Sie macht sich große Vorwürfe wegen des Streits und weil sie dir den Brief so lange vorenthalten hat. Auch Dad ist ziemlich fertig deswegen. Du hast dich seit einer knappen Woche nicht bei ihnen gemeldet.«

»Ja. Ich weiß. Das werde ich nachholen.« Tief holte ich Luft. »Kannst du den beiden ausrichten, dass ich nicht böse auf sie bin? Jedenfalls nicht mehr. Ich bin enttäuscht, aber ... das sage ich ihnen selbst. Ich benötige nur etwas Zeit, um mir über alles klar zu werden. Und vermutlich brauche ich Urlaub vom Urlaub, sobald ich zurück bin«, schloss ich und verdrehte die Augen.

Jackson machte einen amüsierten Laut. »Sicher, richte ich aus. Und du, genieße dein Liebesglück und die letzten Urlaubstage! Ich denke, es geht in Ordnung, dass du dich danach bei Mom und Dad meldest, wenn ich ihnen das sage.«

»Danke!« Ich schluckte gegen den Kloß in meinem Hals an und wünschte, ich könnte Jacks jetzt fest umarmen. »Hör zu, ich muss aufhören. Richie kommt eben vom Joggen nach Hause.«

»Ist gut. Dann noch viel Spaß, und ich hoffe, ich lerne ihn auch bald mal kennen.«

Schmunzelnd verabschiedete ich mich von meinem Bruder, bevor ich aufstand und ins Haus zu Richie ging.

Dieser stand schweißüberströmt im Wohnzimmer, sein Telefon ans Ohr gepresst.

»Okay, ich verstehe ... Alles klar ... Ja. Bis demnächst!« Richie legte auf und sah mich an, als hätte er einen Geist gesehen.

»Was ist passiert?«, fragte ich atemlos.

»Scheiße ... Absolute Oberscheiße!« Mit der freien Hand fuhr er sich durch die Haare, bevor er ein »Fuck!« ausstieß, das mich zu sehr an den Bassunfall im Pool erinnerte. Und mein Herz blieb stehen.

29 – Richie

Mir war klar, Hayden verdiente eine Antwort. Doch erst musste ich mich selbst von dem Ausmaß des Ganzen überzeugen. Also öffnete ich den Internetbrowser auf dem Handy und gab meinen Namen in die Suchleiste ein.

Bereits auf der ersten Seite wurde ich fündig, und als ich den Link antippte und sich die Website aufbaute, wurde mir übel.

»Was ist das?«, wollte Hayden wissen, die zu mir gekommen war und nun mit mir gemeinsam auf den Artikel schaute, der uns angezeigt wurde.

»*Das* sind die Schattenseiten meines neuen Bekanntheitsgrades«, murmelte ich, fassungslos, was ich auf meinem Handy sah.

Kopfschüttelnd scrollte ich durch den Beitrag, ehe ich zurück zum Anfang navigierte, wo das Aufmacherfoto zeigte, wie Hayden und ich uns gestern im Strandcafé geküsst hatten. Darunter stand in großen Lettern:

Zweiter »Mighty Bastard« im Liebesglück

Auf den weiteren Fotos waren wir zu sehen, wie wir am Strand lagen und ich Haydens Po eincremte, sowie eines, als wir gemeinsam im Meer schwammen und turtelten.

In meiner Brust tobte ein Presslufthammer, und die Luft schmeckte mit einem Mal säuerlich.

»Was … wieso?« Hayden schaute mich ungläubig an.

»Das am Telefon war eben Samantha Evans. Sie ist die Inhaberin unseres Plattenlabels, und sie ist so etwas wie die Vertretung, bis wir wieder einen Manager haben, der sich um diesen ganzen Mist kümmert. Jedenfalls ist erst vor Kurzem herausgekommen, dass Lex und Tessa zusammen sind, und dass man uns nun ebenfalls gesehen hat, sorgt für noch mehr Wirbel.«

»Was bedeutet das jetzt für dich? Für uns?«, fragte sie leise.

Ich konnte bloß mit den Schultern zucken. »Samantha hat uns nahegelegt, dass wir beide uns, genau wie Lex und Tessa, vorerst nicht zusammen in der Öffentlichkeit blicken lassen, um keine weiteren Gerüchte zu streuen.«

Hayden wurde blass. »Was bedeutet das? Schämst du dich für mich? Bin ich schlecht für dein Image?«

»Was?! Fuck, nein …!«

»Was dann? Willst du damit *mich* und mein Unternehmen schützen, weil ich mit einem Rockstar zusammen bin?«

Verwirrt schüttelte ich den Kopf. »Ja und nein, Hayden, du bist mir weder peinlich noch schlecht für mein Image – und ich denke, umgekehrt gilt das genauso. Es geht hier in erster Linie nur darum, den Ball flach zu halten und nicht zusätzlich für Spekulationen zu sorgen. Soll heißen: *Don't feed the trolls.* Oder eben die Presse.«

Sichtlich enttäuscht ließ Hayden den Kopf sinken. »Okay, ich verstehe. Also sollen wir in Zukunft getrennt das Haus verlassen?«

Knapp nickte ich. Dass ich das bisschen an Zeit, das uns noch blieb, nicht mit Hayden in der Öffentlichkeit verbringen konnte, war hart. Die Spaziergänge mit Izobel, das gemeinsame Einkaufen, ein weiterer Strand- oder Restaurantbesuch – das alles fiel erst mal flach. Härter jedoch war, jetzt den Schmerz in ihrem Blick zu erkennen, als ich ihr Kinn anhob und sie ansah. Ich hatte ihr wehgetan.

»Denkst du, die wissen, wo wir wohnen, und lauern uns hier auf?«, fragte Hayden mit einem Mal und riss die Augen auf.

Unschlüssig wiegte ich den Kopf. »Ich glaube nicht.« Hoffte ich zumindest. Allerdings wollte ich es nicht ganz ausschließen. Es war möglich, dass uns jemand gefolgt war. »Wir bleiben einfach hier und verlassen das Haus nur, wenn unbedingt nötig. Und falls dich jemand anspricht und dir Fragen stellt, geh auf keine einzige ein, okay? Niemals. Nicht, solange wir nicht wissen, wie wir weiter verfahren sollen.«

»Wann, sagtest du, bekommt ihr einen neuen Manager?«

»Am Montag nach meiner Rückkehr sind die Hearings. Und nachdem Lex und ich jetzt im Fokus der Presse stehen, wird die Entscheidung wahrscheinlich relativ schnell fallen. Also gehe ich davon aus, dass ich spätestens Ende der übernächsten Woche weiß, wie es weitergeht.«

»Denkst du, das Ganze ändert etwas an uns beiden? Damit meine ich, dass man dir rät ...« Hayden verstummte, doch ich hatte so eine Vermutung, was sie hatte sagen wollen.

»Dass ich mich von dir fernhalten soll?«

Sie nickte und Verzweiflung stand ihr ins Gesicht geschrieben.

»Das können sie schon meinen, aber darauf geb ich einen Scheiß. Wenn der neue Manager sagt, ich solle mich von dir trennen oder dich aufgeben, hat er die längste Zeit für uns gearbeitet. Ich will keinen, der aus Bequemlichkeit den einfachen Weg geht. Wir brauchen wen, der unsere Interessen vertritt und sich für uns einsetzt. Nicht nur als

Band, sondern vor allem als uns Menschen dahinter. Einen, der alles dafür tut, dass wir immer noch wir selbst sein können – unabhängig davon, was sich gerade verändert. Wenn wir nur für die Musik leben würden und uns dabei vergessen, kann es auf Dauer nicht funktionieren. Weil wir keine Maschinen sind, sondern Menschen. Und weil wir das Recht haben, unsere persönlichen Interessen zu verfolgen.«

Endlich wich die Sorgenfalte auf Haydens Stirn einem zögerlichen Lächeln. Und bei Gott, allein für diesen Anblick würde ich ihr in Zukunft all die schweren Gedanken wegküssen, die sie beschäftigen.

»Ich sollte dringend duschen«, erklärte ich lachend und zog die Nase kraus.

»Okay. Sehen wir uns später beim Pool? Ich bin die im heißen Bikini.«

»Oh, Baby, ich werde mich so was von beeilen ...« Nach einem letzten Kuss verschwand ich in mein Badezimmer.

Als Hayden mich mit meinem Fender auf den Pool zukommen sah, schnappte sie nach Luft und schwamm an den Rand, um sich dort zu halten. Doch noch bevor sie etwas sagen konnte, setzte ich mich bereits – und zwar mit ausreichend Abstand zum Wasser und diesmal, ohne ins kühle Nass zu fallen. Und begann zu spielen, Izobel im Schatten der Poolliege, während Hayden mir vom Wasser aus zuhörte.

Dass heute ein paar Wolken den Himmel bedeckten und es nicht so extrem heiß war, war eine Wohltat im Vergleich zu den letzten Tagen. Gedankenverloren spielte ich vor mich hin, als sie ihr Schwimmtraining wieder aufgenommen hatte.

Ich liebte es, ihr zuzusehen, wie sie durchs Wasser glitt. Wie ihre Muskeln arbeiteten und dass es aussah, als würde sich das Tattoo auf ihrer Wirbelsäule bewegen.

Als sie schließlich aus dem kühlen Nass stieg und sich

das Oberteil auszog, um am Poolrand oben ohne im warmen Sommerwind zu trocknen, passierte es mir – zum ersten Mal seit Ewigkeiten –, dass ich mich verspielte.

Schmunzelnd blickte sie in meine Richtung, während ich hart wurde.

Ich wollte den Bass bereits zur Seite legen und sie küssen und mehr, als sie mich mit gerunzelter Stirn anschaute. »Ich habe beschlossen, dass ich aus *WholeVegan* aussteigen werde.«

»Okay.« Abwartend sah ich sie an, weil ich mir sicher war, dass da noch mehr kommen würde.

»Ja, ich bin zu dem Schluss gekommen, dass es die beste Lösung ist. Für alle.«

»Weil er gestern hier war?«

»Auch. Also das war nur die Bestätigung für mich, dass ich Abstand zu ihm brauche. Sicher, er ist ... war ... mein bester Freund. Aber sein ganzes Verhalten geht gar nicht. Dass er mich mit meinen Entscheidungen in der Firma unter Druck setzt und dabei immer noch denkt, er könne mich lenken, indem er mich manipuliert. Dann sein Liebesgeständnis – ein Grund mehr für mich, Abstand zu suchen. Ich will ihm nicht unnötig wehtun, weil ich das, was er für mich empfindet, nicht erwidern kann.« Schwerfällig holte sie Luft. »Vor allem aber, dass er dir gegenüber handgreiflich geworden ist, hat mir die Augen geöffnet. Mit so einem Menschen will ich nicht mehr zusammenarbeiten.«

Nun konnte ich nicht länger auf der Liege sitzen bleiben. Ich legte den Fender beiseite, stand auf und setzte mich zu ihr an den Beckenrand. »Ich bin für dich da, wenn du reden willst. Oder sollte es schwierig werden. Das weißt du doch, oder?«

Seufzend schlang sie ihre Arme um mich. »Danke, Richie. Für alles. Du weißt nicht, wie sehr du mir hilfst, allein mit der Tatsache, dass du *du* bist.«

Mein Herz schwoll an bei ihren Worten. Ich schob die Beine ins Wasser und zog Hayden auf meinen Schoß.

Musste ihr nah sein. Küsste sie und liebte es, wie ihre Finger über meinen Hinterkopf kreisten. Wie sie ihre heiße Haut an meine drängte.

»Da gibt es noch etwas, von dem ich will, dass du es weißt.«

Hayden biss sich auf die Wangeninnenseite, fast so, als wäre sie sich nicht sicher, ob sie mir anvertrauen wollte, was ihr auf dem Herzen lag. Doch dann holte sie tief Luft und sagte: »Ich habe beschlossen, falls Lainey sich meldet – und das wird sie bestimmt –, werde ich für sie da sein. Sollte sie einen Entzug machen wollen, werde ich sie in allem unterstützen und ihr jegliche Hilfestellung geben, die sie braucht und die ich leisten kann.«

Vermutlich hatte Hayden keine Vorstellung davon, was sie damit in mir auslöste. Wie sehr es in mir rumorte und dass ich mich hart zusammenreißen musste, sie nicht sofort wieder von ihrer Idee abbringen zu wollen. Doch zum einen bedeutete es nicht, nur weil ich mit meiner eigenen Mutter schlechte Erfahrungen gemacht hatte, dass alle gleich waren. Vielleicht ließ sich Lainey ja wirklich helfen, war nicht so verlogen und selbstsüchtig und nahm Hayden nicht aus wie eine Weihnachtsgans. Zum anderen war Hayden eine erwachsene Frau und durch meine Vorgeschichte hoffentlich sensibilisiert genug, sich nicht von ihrer leiblichen Mutter blenden oder gar um den kleinen Finger wickeln zu lassen. Allerdings war sie gegen Davis' Manipulation ebenfalls nicht resistent gewesen ...

Aber nein, ich sollte ihr Vertrauen entgegenbringen und hinter ihr stehen. »Auch hier gilt: Ich bin für dich da. Falls du Fragen hast oder eine zweite Meinung brauchst ...«

»Ich weiß. Danke, Richie.« Erneut drückte sie sich an mich, strich mir zärtlich über das Gesicht, und als ihre Lippen schließlich sanft auf meinen landeten und sie meine Zunge neckte, schob ich die ganzen Sorgen zumindest vorerst beiseite. Weil wir hier nur noch wenige gemeinsame Tage hatten und die Zeit gefühlt viel zu schnell verging.

Und die wollte ich mir auf keinen Fall noch mehr vermiesen lassen …

Mein Herz fühlte sich so verflucht schwer an, als Haydens Abreisetag gekommen war. Gestern Abend hatten wir noch einmal gegrillt, und Hayden hatte mir die Links ihrer liebsten veganen Blogs geschickt, damit ich mit Rezepten versorgt war.

Während wir heute Morgen gemeinsam veganes Rührei zubereiteten, mussten wir wieder über ihren Chili-Streich lachen, und als ich wie beim ersten Mal nach dem Chilistreuer verlangte, prüfte ich doppelt, ob er wirklich gut verschlossen war.

Nachdem wir in den vergangenen Tagen kein verdächtiges Auto oder sonst jemanden mit Kamera vor unserer Villa gesehen hatten, hatten wir beschlossen, es zu wagen und einen letzten gemeinsamen Spaziergang zu unternehmen. Wir tobten mit Izobel auf der Wiese herum, und ich merkte, dass mir auch diese kleine Kuschelnase fehlen würde.

Zurück in der Villa, herrschte eine seltsam traurige Stimmung. Hayden schmiegte sich an mich, und wir saßen eine Weile schweigend auf der Terrasse, während wir uns aneinander festhielten und sanft streichelten. Aus diesen zarten Berührungen wurde irgendwann mehr, und ich trug Hayden in ihr Schlafzimmer, wo wir ein letztes Mal auf unbestimmte Zeit miteinander schliefen. Zärtlich und langsam und so, als wollten wir jeden Augenblick genießen, in uns aufsaugen und in unserem Gedächtnis für später konservieren.

Als ich ihr schließlich half, die Koffer in ihren Wagen zu laden, saß ein hartnäckiger Kloß in meinem Hals fest, der es mir schwer machte, geeignete Worte des Abschieds zu finden.

Also ging ich im Flur in die Hocke und klopfte mir auf die Oberschenkel, bis Izzy zu mir gelaufen kam und sich von mir streicheln ließ. »Pass mir gut auf dein Frauchen auf, hörst du?«, raunte ich ihr zu und kraulte sie zwischen den Ohren.

Engagiert schleckte sie mir über die Hand.

»Du wirst ihr auch fehlen.« Haydens Stimme klang genauso belegt wie meine.

Schwer seufzend rappelte ich mich wieder auf und schaute ihr zu, wie sie Izobel in den Wagen hob und für die Fahrt sicherte. Dann wandte sie sich zu mir um.

Tränen standen ihr in den Augen, die sie wegzublinzeln versuchte.

»Hey«, sagte ich und zog sie an meine Brust. »Wir telefonieren und bleiben in Kontakt. Du meldest dich, so oft es bei dir geht und wann immer du meine Stimme hören willst. Und wenn ich zurück in London bin, checke ich gleich mal unsere Termine mit der Band und schaue, wann ich dich besuchen kommen kann. Wir finden einen Weg, versprochen.«

Nickend holte sie tief Luft, als sie mich wieder ansah. »Das wird richtig hart werden. Keine Ahnung, wie ich die nächsten Tage und Wochen überstehen soll.«

Sanft wischte ich ihr eine Träne von der Wange, die sich gelöst hatte. »Wir schaffen das schon.«

Hayden brummte zustimmend. »Ich scheue nur irgendwie die Konfrontation mit Davis. Ich fürchte, dass er das Ganze nicht besonders gut aufnehmen wird.«

Diese Vermutung hatte ich auch ... »Versprich mir, dass du es ihm nicht sagst, wenn du mit ihm komplett alleine bist.«

Zögernd presste sie die Lippen aufeinander. »Er wird mir gegenüber sicher nicht handgreiflich werden.«

Scheiße, ich wäre beruhigter, wenn etwas mehr Überzeugung in ihrer Stimme gelegen hätte.

»Sorge einfach dafür, dass jemand in der Nähe ist, wenn du es ihm sagst.«

Nun nickte sie, und mir blieb nichts anderes übrig, als ihr zu vertrauen.

Ein schniefendes Schluchzen löste sich aus ihrer Kehle. »Ich werde jetzt fahren.«

Widerwillig ließ ich sie los und hielt ihr die Autotür auf, während sie einstieg. Bevor ich sie schloss, beugte ich mich noch einmal zu Hayden, um mir einen letzten Kuss zu stehlen, und hoffte, das Gefühl ihrer Lippen auf meinen würde ewig in mir nachklingen. Dann startete sie den Motor, und ich schaute ihr hinterher, bis sie aus meinem Blickfeld verschwunden war. Nur das Einrasten des Tores an der Einfahrt verriet mir, dass sie inzwischen auf der öffentlichen Straße sein musste.

Als ich hergekommen war, hatte ich mich nach Ruhe und Einsamkeit gesehnt. Jetzt allein zu sein, fühlte sich allerdings richtig übel an. Und mir stand noch eine ganze Woche bevor, bis es für mich zurück nach Hause ging. Keine Ahnung, wie ich das überstehen sollte.

30 – Hayden

Das Herz schlug mir bis zum Hals, als ich am Montagmorgen einen Blick aus dem Fenster warf. Denn verdammt, mein Zuhause wurde seit meiner Heimkehr von mehreren Reportern belagert, und ehrlich gesagt hatte ich richtig Schiss.

Bereits am Samstagabend waren weitere Fotos von Richie und mir aufgetaucht, die uns bei unserem letzten Spaziergang mit Izzy zeigten. Keine Ahnung, wo sich derjenige verschanzt gehabt hatte, der die Aufnahmen von uns gemacht hatte. Weder Richie noch mir war etwas aufgefallen. Aber diese Fotos zeigten nur zusätzlich, dass wir es auf die leichte Schulter genommen hatten und zu unvorsichtig gewesen waren.

Er hatte mich sofort angerufen, als er davon erfahren hatte. Dass die Presse herausgefunden hatte, wie ich hieß und wo ich wohnte, ließ ein unangenehmes Gefühl in mir aufsteigen. Bisher war mein Zuhause immer mein sicherer Hafen gewesen, aber das gehörte offenbar der Vergangenheit an.

Hayden: Sie stehen immer noch vor meinem Haus und warten wohl darauf, dass ich rauskomme. Was soll ich machen?

Es dauerte nicht lange, bis mir Richie zurückschrieb.

Richie: Parkt dein Auto vor dem Haus oder in einer Garage?

Hayden: Garage. Ich soll einfach rausfahren und sie ignorieren?

Richie: Also am besten keinen von ihnen überfahren, aber ja, fahr direkt zur Arbeit.

Hayden: Würde mich nicht wundern, wenn sie mir nachfahren beziehungsweise mir dort ebenfalls auflauern.

Richie: Scheiße, tut mir so leid, Hayden. Ignorier sie bitte einfach und reagiere nicht auf ihre Fragen, sollten sie dich bedrängen. Ich wollte das alles nicht.

Er schickte mir einen traurigen Smiley.

Richie: Die Villa wird jetzt übrigens auch belagert.

Hayden: Mist! Was ist bloß mit den Leuten los, warum können die sich nicht um ihren eigenen Kram kümmern?

Als Antwort bekam ich das schulterzuckende Emoji.

Schwer seufzend und immer noch unglaublich nervös ging ich mit Izzy in die Garage. Ich hob sie in mein Auto und stieg ebenfalls ein. Zusätzlich zu dem anstehenden Gespräch mit Davis dieser Belagerung ausgesetzt zu sein, hatte ich nicht erwartet. Vielleicht war ich naiv gewesen, dennoch schockte mich das Ausmaß hier sehr.

Kaum dass das Garagentor so weit hochgefahren war, dass ich herauskam, drängten sich die Fotografen um mich.

Blitzlicht blendete mich. Ob das mit Richie etwas Ernstes sei und seit wann wir ein Paar wären, waren nur zwei der Fragen, die trotz geschlossener Fenster zu mir durchdrangen.

Doch ich blieb nicht stehen, hielt mich an das, was Richie gesagt hatte, und konnte nur hoffen, dass alle zur Seite gingen und ich niemandem über die Zehen fuhr.

Mein Atem ging schnell, mein Herz schlug mir bis zum Hals, und meine Hände lagen schwitzig auf dem Lenkrad, als ich endlich die Straße erreichte.

Hatte ich gedacht, ich würde zumindest bis zum Feierabend meine Ruhe haben, hatte ich mich getäuscht. Denn im Rückspiegel musste ich beobachten, wie sie in ihre Autos stiegen und mir hinterherfuhren.

Ich verstand nicht, was an mir so interessant war. Gab es im Moment nichts Spannenderes zu berichten? War es um Britney Spears oder die Kardashians gerade so ruhig geworden, dass sie mir nachstellen mussten, um etwas zu haben, worüber sie schreiben konnten?

Vielleicht sollte ich die Polizei rufen – aber würden die wirklich etwas unternehmen? Solange die Reporter keine Gesetze brachen, waren den Cops sicher auch die Hände gebunden. Und die Pressefritzen wussten sicher ganz genau, wie weit sie gehen durften und ab wann eine Grenze nicht überschritten werden sollte …

Auf der Fahrt behielt ich ständig den Rückspiegel im Blick und erkannte, dass mir zumindest zwei Autos folgten. Weil ich sie aber erstens nicht abschütteln konnte und ich zweitens keinen Unfall bauen wollte, versuchte ich, mich ab der Hälfte auf die Strecke zu konzentrieren.

Als ich das Bürogebäude von *WholeVegan* betrat, führte mich mein erster Weg zu meiner Assistentin Liv, flankiert von Izzy, die sich hier genauso wohlfühlte wie zu Hause.

Liv strahlte mich an, kaum dass sie mich erblickt hatte, runzelte jedoch die Stirn, als ich mit ernstem Gesichtsausdruck neben ihr hielt.

»Guten Morgen, Hayden, ich hoffe, du hattest einen schönen Urlaub?«

»Danke, Liv, er war sehr erholsam. Hast du einen Augenblick für mich? Zwei Minuten.«

»Sicher.« Sie stand auf und folgte mir in mein Büro, wo ich die Tür hinter uns schloss. Izobel drehte erst schnüffelnd eine Runde, ehe sie sich in ihr Bettchen neben dem Schreibtisch setzte.

»Okay, ich mache es kurz und schnell: Ich wurde von einigen Reportern verfolgt, die mehr über mich und meine ... Verbindung zu Richie Scott, einem britischen Musiker, herausfinden wollen. Pass also auf, wenn du nach draußen gehst, in Ordnung? Schick bitte eine E-Mail an alle raus, dass auf gar keinen Fall irgendwer ein Wort über mein Privatleben an jemand Fremden verlieren darf. Sollte ich Wind davon bekommen, fliegt derjenige.«

Liv riss die Augen weit auf und nickte. Bestimmt lagen ihr dazu Fragen auf der Zunge, doch ich rechnete es ihr hoch an, dass sie mich damit nicht überfiel.

»Und sobald Davis hier ist, sag mir bitte Bescheid.«

»Er ist bereits in seinem Büro«, erklärte sie und fügte ein »Sorry« hinzu, als ich tief durchatmete und dabei die Augen schloss.

»Danke.«

»Brauchst du noch irgendetwas? Ein Wasser oder einen Kaffee? Tee?«

»Einen Kaffee, bitte. Oder nein, ich bringe lieber erst das Gespräch hinter mich.« Und danach würde sich zeigen, ob ich etwas Stärkeres brauchte, um Davis' Reaktion zu verdauen.

Nachdem sich Liv wieder auf ihren Platz gesetzt hatte, wies ich Izobel an hierzubleiben. Anschließend atmete ich mehrere Male tief durch und durchquerte den Flur, bis ich vor Davis' Bürotür hielt und anklopfte.

Als er mich durch den schmalen Glasstreifen sah, stand er lächelnd auf und kam mir entgegen, während ich eintrat.

»Hayden, wie schön, dass du zurück bist.« Er strahlte mich an, als wäre nichts passiert, doch ich musste mich zusammenreißen, ruhig zu bleiben.

»Wir müssen reden«, sagte ich kühl, was seiner Laune sofort einen Dämpfer zu verpassen schien, denn ein Schatten legte sich über sein Gesicht.

»Okay. Setz dich doch.« Er deutete auf die Couch, auf der wir so oft gesessen und bis spät in die Nacht hinein an Ideen für neue Produkte gearbeitet hatten, aber ich ignorierte seine Einladung und blieb stehen.

»Ich werde *WholeVegan* verlassen«, kam ich gleich auf den Punkt, weil es keinen Sinn machte, um den heißen Brei herumzueiern. »Nun haben wir zwei Möglichkeiten: Entweder kaufst du mir meinen Anteil ab, oder ich werde einen Käufer suchen müssen, der meinen Platz einnimmt.« Davis' Mund klappte auf, doch ich redete einfach weiter: »Und nein, spar dir die Mühe, mich davon überzeugen zu wollen, meine Entscheidung zu überdenken. Ich hatte drei Wochen Zeit und bin mir absolut sicher.«

Davis schnaubte lachend auf. Es klang kühl, und mit einem Mal hatte er nichts mehr mit dem Mann gemein, der so lange mein bester Freund gewesen war. »Du weißt, dass du ohne mich aufgeschmissen bist, oder? Dass du dir einen normalen Bürojob suchen musst, weil du allein nicht das Zeug hast, etwas wie *WholeVegan* aufzubauen. Mal davon abgesehen, dass ich dich daran erinnern darf, dass das Konzept von unserem Unternehmen geschützt ist und ich dich verklagen kann, wenn du es kopierst.«

»Und darf ich dich darauf hinweisen, dass du ohne mich gar nicht erst die Idee dazu gehabt hättest?« Ich kochte, aber gewaltig. Was nahm sich dieser Mistkerl eigentlich heraus? »Abgesehen davon kennst du gar nicht all meine Kontakte – Leute, die mir jederzeit sofort helfen würden, etwas Neues aufzubauen. Leute, die mir nicht wie du ihre eigene Meinung aufdrücken wollen. Und wir wissen beide, dass ich auch allein ein Unternehmen erfolgreich leiten kann.« Auffordernd reckte ich mein Kinn in die Höhe. »Es liegt nur an dir, ob du *WholeVegan* allein weiterführst oder du mit demjenigen zusammenarbeitest, den ich dir vorschlage. Aber lass dir gesagt sein, dass ich dir meinen Anteil nicht für ein paar Dollar überschreiben werde. Ich weiß, was ich und mein Platz in diesem Unternehmen wert sind.«

»Willst du mich jetzt erpressen?« Seine Augen funkelten – er war so was von wütend. So hatte ich ihn noch nie erlebt. Aber gut, Zorn verspürte ich auch.

»Nein, ich sage lediglich, dass ich nicht dumm bin, Davis. Und wenn wir es nicht auf friedliche Weise klären können, habe ich nichts dagegen, es über unsere Anwälte abwickeln zu lassen. Liegt ganz bei dir.« Ich wusste, er hatte ein Problem mit Juristen. Weil er dann nicht mehr die Oberhand behielt, sondern sich Vorgaben und Richtlinien fügen musste. Und das passte ihm so gar nicht in den Kram, wenn er sich nicht seine eigene Wahrheit aus dem Strick drehen konnte.

Als ihm das bewusst wurde, nickte er knapp und hob abwehrend die Hände. »Okay, ich akzeptiere und respektiere deine Entscheidung, obwohl ich es schade finde und ich jetzt schon weiß, dass du es bereuen wirst. Für diesen Fall sollst du wissen, dass dir hier die Türen jederzeit offen stehen.«

Das Schnauben, das über meine Lippen kam, konnte ich mir nicht verkneifen. Davis tat, als wäre ich irgendeine Angestellte, die eben ihren Job kündigte. Dass es dieses Unternehmen ohne mich gar nicht geben würde, hatte er wohl immer noch nicht geschnallt.

»Ich meine das ernst, Hayden«, sagte er schließlich in versöhnlicherem Ton, kam auf mich zu und machte Anstalten, mich in eine Umarmung zu ziehen. »Weißt du schon, was du stattdessen machen willst?«

Instinktiv trat ich einen Schritt zurück und streckte die Arme abwehrend aus. »Ich habe mehrere Ideen«, antwortete ich, hielt mich bewusst vage. Mein Vertrauen hatte Davis inzwischen verloren.

»Und die willst du mir nicht sagen, weil …?«

Gott, ich hasste es, dass er mich so bedrängte.

»Weil ich …«, begann ich, doch er beugte sich unangenehm nahe zu mir und fiel mir ins Wort.

»Hat nicht zufällig ein gewisser Brite etwas damit zu tun?«

Dass er Richie ins Spiel brachte, ließ mich richtig sauer werden. »Das geht dich überhaupt nichts an!« Beinahe schreckte ich vor meiner eigenen lauten Stimme zurück, aber ich sah ihn streng an.

»Ah, also habe ich voll ins Schwarze getroffen. Gut zu wissen. Du schmeißt somit hier alles hin, um mit ihm nach Europa zu gehen? Ist es das, was du willst? Dein Lebenswerk aufgeben für einen Kerl, für den du ein paar Wochen interessant bist, der dich um den Verstand vögelt und dich im Anschluss fallen lässt wie jede andere vor dir.«

»Wie kannst du es wagen? Du kennst Richie nicht.«

»Aber du, ja? Wie viel Zeit hast du mit ihm verbracht? Zwei Wochen?«

»Eifersucht steht dir nicht, Davis«, konterte ich erstaunlich ruhig, während es in mir brodelte. »In einer Sache hast du allerdings recht. Ich lasse mich von ihm um den Verstand vögeln«, sagte ich mit rasendem Herzen. Dass ich ihm damit einen Tiefschlag verpasste, war mir klar – ich konnte es deutlich an seinem Gesicht ablesen, das regelrecht blass geworden war. »Ist das der Grund, weshalb du so gehässig bist? Weil ich *ihn* will und nicht *dich?* Lass mich dir sagen, dass das wirklich erbärmlich ist. Wir waren Freunde und nie mehr. Nach dem, was du dir kürzlich geleistet hast, stelle ich sogar das infrage. Weil Freunde so was nicht machen, Davis. Ehrlich gesagt hatte ich gedacht, du wüsstest das. Aber da habe ich mich wohl geirrt.« Mit diesen Worten drehte ich mich um und rauschte aus seinem Büro. Mein Atem ging heftig, und ich hatte das

Gefühl, mein ganzer Kopf glühte wie ein einziges Stück Kohle.

Zurück in meinem Büro, tapste Izzy auf mich zu. Ich ging in die Hocke und streichelte sie mit zitternden Fingern. Offenbar merkte sie, wie aufgewühlt ich war, denn sie schleckte mir über den Handrücken, bevor sie sich kurz darauf wieder in ihr Bettchen verzog.

Das Gespräch mit Davis wühlte mich immer noch auf, weshalb ich das Fenster aufriss und tief Luft in meine Lungen sog. Am ganzen Körper bebend sackte ich kraftlos auf den Schreibtischstuhl. Meine Knie waren weich wie Butter, und mein Puls hatte sich noch nicht beruhigt, als mich ein Klopfen an der Tür zusammenzucken ließ. Innerlich wappnete ich mich für den Fall, dass Davis mir gefolgt war, doch es war Liv, die ihren Kopf hereinstreckte.

»Entschuldige die Störung, aber bei mir läuft das Telefon heiß, weil ständig irgendwelche Leute anrufen, die ein Interview mit dir haben oder an mehr Infos über dich und Richie Scott kommen wollen. Ja, du hast gesagt, ich solle sie abwimmeln, allerdings steht jetzt auch noch einer draußen, der behauptet, einen Termin mit dir zu haben. Und ich *weiß,* dass das nicht stimmt. Kurz habe ich überlegt, den Sicherheitsdienst einzuschalten, wollte es dann aber doch erst mit dir abklären.«

So gern ich einen kühlen Kopf bewahren und Liv eine klare Anweisung geben wollte, ich konnte es nicht. Gerade wurde mir alles zu viel, und Tränen stiegen mir in die Augen.

Liv schaute mich leicht überfordert an, ehe sie tief durchatmete. »Okay, ich werde die Anrufe weiterhin abwehren und den Kerl wegschicken – mit der Begründung, du hättest heute den ganzen Tag Termine und er solle mir seine Karte dalassen, damit du dich bei ihm melden kannst.«

»Was ich nicht tun werde«, erklärte ich mehr zu mir selbst als zu ihr.

»Okay, das werde ich ihm nicht sagen.«

Mechanisch nickte ich. Kaum dass sie aus der Tür war, presste ich eine Hand gegen den Mund und schluchzte auf. Das alles war mir zu viel. Erst die Belagerung vor meinem Haus, dann das Streitgespräch mit Davis und jetzt noch das …

Früher hätte ich Trost und Zuspruch bei meinen Eltern gesucht, aber ich hatte mich noch immer nicht dazu durchringen können, sie anzurufen und ein klärendes Gespräch zu führen. Dazu brauchte ich Zeit und Ruhe, die ich bisher nicht gefunden hatte. Erst wollte ich die letzten Tage mit Richie genießen, und seit ich zurück zu Hause war, hatten sich die Ereignisse erneut überschlagen.

Allerdings *musste* ich mit jemandem reden, der mir moralische Unterstützung bot. Und ich wusste schon, wer das am besten konnte.

Mit Tränen in den Augen griff ich zum Telefon und tat etwas, von dem ich einerseits gehofft hatte, es nicht tun zu müssen. Andererseits … nun ja, ich müsste lügen, wenn ich behaupten wollte, dass ich den Anruf nicht genoss.

31 – Richie

Ohne Hayden einzuschlafen und aufzuwachen, fühlte sich seltsam falsch an – was verrückt war, da ich so viele Jahre davor mit niemandem mein Bett zum Schlafen geteilt hatte.

Selbst die Villa war ungewohnt leer ohne sie und Izobel – sogar das Gebelle fehlte mir.

Es waren noch einige Lebensmittel da, weshalb ich nicht einkaufen fahren musste – was ich sowieso weitestgehend vermeiden wollte. Ich hatte schon überlegt, mir etwas liefern zu lassen, war allerdings unschlüssig. Vielleicht würde ich auch einfach was für mich allein kochen und dabei an Hayden denken. Würde meine Arbeitsschritte dokumentieren und ihr die Fotos schicken, um ihr damit eine Freude zu bereiten.

Noch lag ich gemütlich im Schatten am Pool und stellte mir vor, Hayden wäre mit Izobel spazieren und würde jederzeit zurückkommen. Dann fühlte sich der Druck in der Brust zumindest nicht mehr so quälend an.

Als mein Handy vibrierte, das ich auf dem Beistelltisch neben mir abgelegt hatte, und ich Haydens Namen auf dem Display aufleuchten sah, breitete sich süße Sehnsucht in mir aus, während gleichzeitig Sorge in mir aufstieg. Was, wenn sie nach wie vor zu Hause war, weil diese Aasgeier sie nicht wegfahren ließen?

»Hey! Na, wie geht's? Hast du es gut in die Arbeit geschafft?«, wollte ich hoffnungsvoll wissen.

»Hi, ja. Habe ich, aber ...«

Gott, sie klang total durcheinander. Alarmiert richtete ich mich auf. »Was ist los?«

In wenigen Worten erzählte sie mir von ihrem Morgen. Und nicht nur, dass diese verdammten Reporter sie noch immer nicht in Ruhe ließen. Dachten sie etwa, sie würden von ihr was rausbekommen, weil sie keine Erfahrung mit dieser Art von Presse hatte? Am meisten störte mich jedoch, dass dieser Davis schon wieder ein absoluter Arsch zu ihr gewesen war.

»Ich werde dich heute Abend abholen und dafür sorgen, dass du sicher nach Hause kommst, okay? Und ich werde den Leuten von der Klatschpresse sagen, dass wir einfach gute Freunde sind. Vielleicht funktioniert es, und sie lassen dich in Ruhe. Weil ich nämlich befürchte, dass sie das nicht tun werden, wenn sie keine Antwort von uns bekommen.« Und solange ich hier war, hatte ich noch die Möglichkeit, etwas zu unternehmen. Sobald ich zurück in London war, war Hayden auf sich allein gestellt. Und das könnte hart für sie werden, da die Presseleute unglaublich penetrant waren.

Hayden reagierte erst mit einem Schweigen, bevor sie tief Luft holte. »Was ist mit der Anweisung deines Plattenlabels? Dass wir uns voneinander fernhalten sollen, meine ich. Und was mit den Fotos, die bereits veröffentlicht sind? Die Leute sind nicht dumm, man sieht, wie wir uns küssen.«

Shit, damit lag sie nicht daneben. »Vermutlich ist es etwas naiv, aber wenn wir ihnen *irgendeine* Antwort liefern, ist das unter Umständen trotzdem besser, als gar nichts zu sagen, oder?«

»Vielleicht hast du recht. Weil so, wie es jetzt ist, traue ich mich nicht einmal aus dem Büro heraus, aus Angst, mir könnte jemand von denen im Gebäude auflauern.«

»Habt ihr einen Sicherheitsdienst?«

»Ja, aber wir sind aktuell auf Personalsuche und einige Leute werden zu Vorstellungsgesprächen geladen. Da könnte sich schnell jemand einschleusen und sich unter dem Vorwand, vorsprechen zu wollen, Zutritt verschaffen. Wir wollen ja auch nicht potenziell neue Angestellte schon im Vorfeld vergraulen – und das gerade jetzt, wo es so schwer ist, gute Leute zu finden.« Sie seufzte tief. »Oder ich bin schon am Durchdrehen, keine Ahnung. Tut mir leid.«

»Nein, entschuldige dich nicht dafür. Wie lange arbeitest du heute?«

»Bis sechs.«

»Dann bin ich da«, sagte ich entschlossen.

Nach ein paar Sekunden des Zögerns kam ein leises »Okay« von Hayden – und das genügte mir.

»Wie ist dein Urlaub?«, fragte sie dann, klang aber unendlich erschöpft.

Schnaubend schloss ich die Augen. »Mit dir war er schöner«, antwortete ich schließlich leise, was ihr ein leises Lachen entrang. *Besser,* dachte ich.

Dann legten wir auf, und ich bereitete mich gedanklich auf alles vor, was mich heute Abend bei ihr erwarten würde.

Wahrscheinlich war es dumm von mir, dort aufzukreuzen, den Reportern zusätzliches Futter zu geben und diesen Davis erneut zu reizen. Aber gerade brach das Platzhirschverhalten in mir durch, und ich musste Hayden beschützen und vor allem ihm noch einmal deutlich machen, dass *ich* für sie da war. Dass es ihr bei mir und mit mir gut ging. Der Presse würde ich verklickern, dass sie von Hayden nichts erfahren würden und dass sie sie in Ruhe lassen sollten. Und Davis würde ich es mit Genuss noch einmal unter die Nase reiben, dass Hayden und ich fest zusammen waren.

Der Tag zog sich unendlich lange. Nur das Kochen eines Linsen Dals und das Schicken von Fotos an Hayden hatte mich etwas abgelenkt. Als ich am frühen Nachmittag endlich losfuhr, um hoffentlich rechtzeitig bei Hayden zu sein und nicht im Verkehr von L. A. stecken zu bleiben, stieg die Aufregung in mir an. Wie erwartet verharrten ein paar Reporter vor der Einfahrt meiner Urlaubsvilla, doch bis ich in der Metropole im Stau steckte, hatte ich sie zum Glück abgehängt.

Der Gedanke daran, in Kürze zu sehen, wo und wie Hayden lebte, gefiel mir. Auch dass ich sie noch ein letztes Mal in meine Arme ziehen konnte. Auf keinen Fall würde ich sie danach erneut besuchen und der Presse weiteren Zündstoff liefern. Mein heutiger Ausflug war schon riskant genug, und ich würde nicht noch einmal zu ihr fahren, bevor ich nach Hause flog.

Als ich schließlich vor dem Firmengebäude hielt und aus stieg, streckte ich mich. WholeVegan befand sich in einem unscheinbar wirkenden, zweigeschossigen Gebäude, an des sen Fassade das Firmenlogo in hellgrünen Buchstaben prangte, die vermutlich in der Nacht leuchteten. Noch hatten mich die Paparazzi nicht entdeckt, was vielleicht auch an meiner Baseballcap und der verspiegelten Sonnenbrille lag, die ich trug. Allerdings waren diese Typen nicht dumm, und gerade solche Verkleidungen wie meine waren ein eindeuti ger Hinweis darauf, dass ich jemand war, der nicht erkannt werden wollte – und somit umso interessanter.

Verdammt, ich hasste es, dass ich mich in so einer Zwickmühle befand … Also legte ich die Cap in den Wagen, bevor ich zusperrte und die Straße überquerte.

Erst als ich an den Typen vorbeiging, hörte ich einen meinen Namen zischen und war innerhalb kürzester Zeit von Kameras umringt.

Perfekt.

Ich drehte mich zu ihnen um, und als ich die Sonnenbrille abnahm, verstummten sie. Handys und Diktiergeräte waren auf mich gerichtet, und ich war mir sicher, dass der ein oder andere bei seinem Fotoapparat auf Videoaufnahme umgestellt hatte. »Leute, um das mal klarzustellen: Hayden und ich sind nur Freunde. Ihr steht euch hier völlig umsonst die Beine in den Bauch. Ihr jagt lediglich meinem unbedeutenden Urlaubsflirt hinterher.«

»Wieso bist du dann hier, wenn sie so *unbedeutend* ist?«, schnellte sofort eine Frage zurück.

Scheiße, damit hatte er mich eiskalt erwischt. »Wir haben es versucht, aber der Funken ist nicht übergesprungen. Als Freunde verstehen wir uns allerdings prächtig«, antwortete ich ruhig und mit einem Grinsen auf den Lippen, während alles in mir zitterte und ich hoffte, sie würden mir diese Notlüge abkaufen. »Und es ist nichts daran falsch, Freunde zu besuchen und ihnen beizustehen. Vor allem nicht, wenn sie grundlos belagert und bedrängt werden, richtig?« Mit diesen Worten drehte ich mich um, und der Lärmpegel hinter mir schwoll wieder an.

Hatte ich bis eben noch gehofft, sie würden vor dem Gebäude warten, musste ich jetzt erkennen, dass ich mich geirrt hatte. Sie folgten mir auf Schritt und Tritt, direkt auf die etwas überfordert aussehende Dame am Empfang zu.

Clara Webster stand auf dem Schild vor ihr. Ich schenkte ihr ein Lächeln und hoffte, sie würde mich nicht ebenfalls für einen der Reporter halten. »Hi, ich bin Richie Scott und möchte zu Hayden Butler.«

»Einen Augenblick, bitte.« Sie griff nach dem Telefon und drückte eine Taste. »Hallo, Hayden, Mr Scott ist für Sie da ... Ja ... Ja, diesmal ist er es wirklich.«

Fuck, mein Magen drehte sich um bei der Vorstellung, was Hayden heute schon alles hatte durchmachen müssen.

Clara legte auf und stand auf. »Normalerweise würde ich Sie jetzt zum Büro begleiten, Mr Scott, aber die Erfahrung hat mir gezeigt, dass ich *die hier* …« Sie sah an mir vorbei zu den Reportern. »… nicht unbeaufsichtigt lassen kann. Würden Sie also bitte diesen Flur entlanggehen? Sie finden Ms Butlers Büro am Ende links, einfach am Schreibtisch von Olivia, ihrer Assistentin, vorbei.«

»Kein Problem. Und vielen Dank, Clara, dass Sie hier die Stellung halten und sich um Haydens Sicherheit kümmern«, sagte ich augenzwinkernd, bevor ich mich auf die Suche nach Haydens Büro machte.

Ich entdeckte den Arbeitsplatz, von dem Clara gesprochen hatte, auf Anhieb. Eine Frau mit dunklen Haaren lächelte mir freundlich zu. »Hi, ich bin Liv. Sie können direkt reingehen«, sagte sie und deutete auf die Tür neben sich.

Mein Herz schlug schneller, als ich klopfte. Durch das schmale Sichtfenster neben der Bürotür konnte ich den Schreibtisch erkennen, hinter dem Hayden aufstand. Sie sah ziemlich geschlaucht aus, lächelte aber tapfer, als sie mich erkannte und mir die Tür öffnete.

»Richie!« Sie griff nach meiner Hand, drückte sie sanft und zog mich ins Büro. »Sind sie noch hier?«

Kurz bückte ich mich, um Izobel zu begrüßen und sie zwischen den Ohren zu kraulen, ehe ich mich wieder aufrichtete. »Ja, sie stehen vorne beim Empfang.«

Hayden holte tief Luft. »Es ist echt unglaublich, was hier heute abgeht. Ich bekomme ehrlich Mitleid mit all den Stars und Sternchen, die das regelmäßig ertragen müssen.«

Schlechtes Gewissen regte sich in mir, weil Hayden das alles erspart bleiben würde, wenn das mit uns beiden nicht wäre. Oder zumindest, wenn man uns nicht in dem Restaurant gesehen hätte …

»Hör auf«, sagte sie sanft und drängte sich an mich. »Ich kann förmlich hören, was du denkst.« Sie schmunzelte.

»Ich habe ihnen vorhin gesagt, dass das mit uns lediglich ein unbedeutender Urlaubsflirt war und wir bloß Freunde sind – nur damit du Bescheid weißt. Und das war alles gelogen, ich hoffe, das ist klar«, fügte ich schnell hinzu, weil sie mich aus großen Augen anschaute und ich nicht sicher war, ob sie das jetzt in den falschen Hals bekommen hatte.

Hayden blinzelte, und fast bereute ich, was ich getan hatte. Auf keinen Fall wollte ich, dass sie dachte, ich würde nur mit ihr spielen und das mit uns nicht ernst meinen. »Ja, ich weiß«, sagte sie endlich nach einer gefühlten Ewigkeit, und ich atmete erleichtert aus. »Danke, dass du das alles tust. Ich hoffe, sie lassen uns dann in Ruhe.« Tief holte sie Luft. »Ich bin fertig für heute, von mir aus können wir abhauen. Soll ich mein Auto stehen lassen, oder wie wollen wir es machen?«

»Ich denke, wir fahren mit deinem Wagen, und ich nehme später ein Taxi hierher zurück.«

Kurz überlegte sie, dann stimmte sie mir zu. »Ich parke hinten auf dem Parkplatz. Dazu müssen wir den Mitarbeiterzugang benutzen, was vielleicht gar nicht so schlecht ist.« Sie schaltete ihren Computer aus, holte ihre Handtasche und legte Izzy die Leine an. Anschließend kam sie zu mir und griff nach meiner Hand, was sich einfach perfekt und richtig anfühlte.

Kurz drückte ich ihre Finger und sah ihr dabei tief in die Augen, hoffte, ihr damit Zuversicht und Sicherheit zu signalisieren.

Als ich schon die Bürotür für sie öffnen wollte, hielt sie mich zurück.

»Warte!« Sie küsste mich außerhalb des Sichtfensters so leidenschaftlich, dass ich sofort dieses Ziehen in mir spürte, das mit dem Wissen verbunden war, dass ich Hayden bald für viel zu lange Zeit nicht mehr sehen würde. »Das musste sein. Okay, gehen wir.«

Nun war ich es, der tief Luft holte, dann traten wir hinaus in den Flur. Ich wappnete mich für alles, aber das, was uns erwartete, als wir den Eingangsbereich erreichten, überstieg meine Vorstellungskraft bei Weitem.

Davis kam schnellen Schrittes auf uns zu und zeigte mit dem Finger auf mich. »Du!«, brüllte er, und sofort lagen sämtliche Blicke auf uns. Die Reporter hielten ihre Kameras und Handys auf uns gerichtet, und gerade verfluchte ich diesen Kerl noch mehr als sonst. »Du hast hier überhaupt nichts verloren, du verdammter Wichser.« Harsch packte er mich am Kragen.

»Davis, nicht!« Hayden klang panisch, doch er ließ sich nicht aufhalten. Ohne Rücksicht drängte er mich gegen den Tresen am Empfang, bis sich die Kante des Holzes schmerzhaft in meinen Rücken drückte, und beugte sich über mich.

»Du hast kein Recht, Hayden das anzutun. *Mir* das alles anzutun!«, keifte er, und sein Speichel sprühte mir ins Gesicht.

Angewidert zog ich die Nase kraus. »Es ist Haydens freie Wahl, sie kann, glaube ich, gut für sich selbst entscheiden, was und wen sie will und was nicht. Und offenbar zieht sie mich dir vor.« Den letzten Satz hatte ich ihm ins Ohr geraunt und hoffte einfach, dass ihn niemand sonst gehört oder gar aufgezeichnet hatte.

Das Gesicht dieses Mistkerls wurde noch röter, falls das überhaupt möglich war. Ich konnte ihm ansehen, wie sehr er mit sich rang, nicht die Beherrschung zu verlieren.

»Und wenn ich ehrlich bin, hast du sie auch gar nicht verdient«, setzte ich hinterher, weil ich es mir nicht verkneifen konnte.

Ich sah seine Faust kommen, schaffte es allerdings nicht, ihr auszuweichen, da er mich mit der anderen Hand derart fest am Kragen hatte.

Ein stechender Schmerz fuhr durch meinen Kiefer, als er mich hart traf.

Mehrere Leute hinter ihm schrien auf, und es wurde lauter. Izobel bellte, während ein Blitzlichtgewitter auf uns niederging. Doch das war mir egal, denn ich sah, wie er erneut ausholte – aber das ließ ich mir nicht bieten. Mit aller Kraft stieß ich mich vom Tresen ab und riss Davis mit mir. Wir taumelten, stürzten zu Boden. Zu gern wollte ich diesem Wichser die Fresse polieren, aber irgendwo tief in mir drin schlummerte ein letztes bisschen Verstand, das mich davon abhielt.

Ich versuchte, seine Hände zu fassen zu bekommen, um einen weiteren Angriff von ihm abzuwehren, aber dieser Kerl war unerwartet stark und schaffte es, sich wieder auf mich zu rollen.

Abermals holte er aus, allerdings verfehlte er diesmal sein Ziel, da ihn jemand von mir zog.

Grinsend schaute ich ihn an, während ich Blut schmeckte und ebenfalls zu beiden Seiten von kräftigen Händen gepackt wurde. Vermutlich, weil die Angestellten von *Whole-Vegan* und die Sicherheitsleute, die eingeschritten waren, sich nicht sicher waren, ob ich die Gelegenheit nicht für eine Revanche nutzen würde. Doch an diesem Idioten würde ich mir nicht die Finger schmutzig machen ...

»Kenneth, ihr könnt Richie loslassen«, wandte sich Hayden an einen der zwei Typen, die mich hielten.

Als sich die Griffe an meinen Oberarmen lockerten und schließlich verschwanden, wandte sie sich an mich. »Gott, Richie, es tut mir so leid. Schmerzt es sehr?« Haydens Stimme klang brüchig, als sie sich vor mich stellte und mir sanft über das Kinn strich, wo Davis seinen Treffer gelandet hatte. So wie die Stelle pochte und bei ihrer sanften Berührung schmerzte, war es geschwollen, genau wie meine Unterlippe.

»Mach dir um mich keine Sorgen.«

»Scheiße, du blutest!« Besorgt legte sie ihre Hände an meine Wangen.

»Mir geht es gut«, beschwichtigte ich sie. »Nichts, das nicht wieder wird.« Ich versuchte mich an einem Lächeln, das Hayden mitfühlend erwiderte. Dann wandte sie sich von mir ab und ihrem Geschäftspartner zu, der nach wie vor festgehalten wurde.

»Gottverdammt, Davis, was ist in dich gefahren?« Hayden stieß ihm fest gegen die Brust, woraufhin er die Lippen aufeinanderpresste. »Ich hoffe, du weißt, dass du dadurch nur noch mehr kaputtgemacht hast«, flüsterte sie, aber die Reporter, die uns gebannt beobachtet hatten, bekamen es natürlich mit.

»Was genau meinen Sie damit?« Der erste Geier witterte bereits eine große Story.

»Was hat er zerstört? Ihre Liaison? Ihr Arbeitsverhältnis?«

»Lief da mehr zwischen Ihnen beiden? Hat Richie Scott sich in Ihre Beziehung gedrängt und diese mutwillig zerstört?«

Hayden sah zu mir, Hilfe suchend, verzweifelt, verängstigt. Und in dem Moment wurde mir klar, dass ich durch mein Auftauchen hier nichts besser gemacht hatte. Im Gegenteil, ich hatte die Situation für Hayden und mich nur verschlimmert. Und Scheiße, diese Erkenntnis sorgte dafür, dass ich mich unendlich mies fühlte und ich am liebsten die Zeit zurückdrehen wollte, um den heutigen Tag rückgängig zu machen.

32 – Hayden

Nachdem die Polizei eingetroffen war, die das Sicherheitsteam gerufen hatte, verzogen sich die Paparazzi und es wurde endlich ruhiger.

Wir alle hatten unsere Aussage gemacht, und Davis war, sehr zu meinem Missfallen, mit einer Verwarnung davongekommen, was daran lag, dass Richie von einer Anzeige abgesehen hatte.

Welche Auswirkung diese Entscheidung haben würde, wollte ich mir nicht ausmalen. Die Reporter hatten den Fight zwischen Davis und Richie gefilmt und würden sich nun ihre eigene Geschichte daraus drehen – womöglich sogar zum Nachteil Richies.

Nach all der Aufregung atmete ich erleichtert auf, als wir endlich in meiner Garage hielten und diesmal keine Paparazzi vor dem Haus auf uns warteten – ihre Story für heute und morgen hatten sie ja wohl bekommen.

Richie folgte mir hinein, und Izzy tapste nervös neben den Küchenschrank, in dem ich ihr Futter aufbewahrte.

»Na komm, meine Heldin, du hast dir eine Extraportion verdient.«

Fragend schaute mich Richie an.

»Sie hat Davis angebellt, und wenn sie nicht so leicht wäre, hätte ich vermutlich Schwierigkeiten gehabt, sie zurückzuhalten. Die Kleine hat sich voll für dich eingesetzt. Hast du das gar nicht mitbekommen?«

»Oh!« Sichtlich überrascht ging Richie vor ihr auf die Knie. »Wir beide sind halt beste Freunde, nicht wahr?«

Mein Herz schwoll an, als er sie liebevoll kraulte und ihr schließlich den Futternapf hinstellte, den ich ihm reichte. Er ließ sich neben ihr auf den Boden sinken, mit dem Rücken an die Küchenfront gelehnt, und wirkte erschöpft.

Obwohl es vermutlich zu spät war, um etwas gegen die Schwellung zu tun oder seine Schmerzen zu lindern, holte ich ein Kühlpack aus dem Kühlschrank. Damit setzte ich mich zu ihm und drückte es sanft an die getroffene Stelle.

Er nahm es mir ab und verzog kurz das Gesicht, nachdem er es neu platziert hatte. Und ich fühlte mich nur noch mieser. »Tut mir leid, dass das passiert ist. Ich hätte dich nicht anrufen sollen …« Das schlechte Gewissen nagte an mir, doch Richie schüttelte den Kopf und zog mich an sich.

»Mach dir keine Vorwürfe, Hayden. Wäre Davis nicht ausgerastet, wären wir ohne irgendwelche Zwischenfälle hergekommen.«

Knapp nickte ich und wusste, dass er recht hatte. Wir schwiegen eine Weile, doch vor meinem inneren Auge sah ich immer wieder Davis auf Richie losgehen. Und jedes Mal zog sich mein Herz vor Schmerz zusammen.

»Möchtest du eine Führung durch das Haus?«, fragte ich schließlich, da ich uns aus dieser gedrückten Stimmung holen wollte.

Nun hoben sich seine Mundwinkel zu einem Lächeln. »Ich dachte schon, du fragst nie.«

Wir standen auf, und ich machte eine ausladende Armbewegung. »Wohnzimmer, Esszimmer, Küche«, sagte ich unnötigerweise und ließ zu, dass Richie mich abermals an sich zog, seine Finger mit meinen verwob und mich auf die

Schläfe küsste. »Hier ist das Gästezimmer, in dem ich meine Familie unterbringe, wenn sie mich besucht. Und in der Zeit dazwischen nutze ich es als Büro.«

»Du arbeitest auch von hier aus?«

»Ja, meistens abends«, erklärte ich verlegen und wandte den Blick ab. »Ich ackere generell zu viel. Oder hab zu viel gearbeitet, denn das ist jetzt vorbei. Für *WholeVegan* mache ich nur noch, was nötig ist.«

»Weiß Davis Bescheid, dass du aus dem Unternehmen rauswillst?«

Ich nickte. »Vermutlich mit ein Grund, weshalb er vorhin so ausgerastet ist.« Kurz lachte ich auf. »Jetzt reden wir schon wieder darüber. Komm mit, ich zeige dir den Rest.«

Ich führte ihn einen Raum weiter, wo das Badezimmer lag, von dem aus man ins Schlafzimmer gelangen konnte. Auch hier schaute sich Richie um. Er stellte sich vor mich und zog mich erneut an sich, als ob er es dringend brauchte, mich zu halten und zu spüren.

Sanft rieb er über meinen Rücken, während das Sehnen nach mehr in mir immer größer wurde. Ich drängte mich an ihn, verschränkte die Finger in seinem Nacken und küsste ihn auf den Mundwinkel, auf seine Wange, die nicht geschwollen war, und schließlich auf den Hals. Trieb mein Spiel noch weiter, indem ich ihn mit Zunge und Zähnen neckte, in der Hoffnung, er würde sich mir hingeben.

Richie antwortete mit einem tiefen Stöhnen, und ich versuchte, ihn Richtung Bett zu manövrieren, doch er schüttelte langsam und mit zusammengekniffenen Augen den Kopf. »Warte, Hayden ...« Gequält sah er mich an. »Ich denke, es wäre besser, wenn ich jetzt fahre.«

Mein Herz stolperte bei seinen Worten, und Enttäuschung stieg in mir auf.

»Glaub mir, es gibt nichts, was ich lieber tun würde, als zu bleiben. Dich zu küssen und mit dir zu schlafen. Vor allem, weil wir beide nicht wissen, wann wir uns wiedersehen. Aber ich will der Klatschpresse nicht noch mehr Munition liefern. Wer weiß, ob sie dein Haus gerade beobachten oder ob sie in der Nähe meines Wagens vor der Firma warten, bis ich zurückkomme. Wenn wir das hier machen ...« Er streichelte über meine Rippen und meine Hüften, bevor er mich am Po packte und gegen seine Erektion drückte. »... kann ich nicht garantieren, dass ich nicht über Nacht bei dir bleiben will. Was ich allerdings nicht sollte. Also ... breche ich lieber jetzt ab, wo ich noch irgendwie die Kraft aufbringen kann, mich von dir fernzuhalten.«

Verdammt, ich verstand ihn so sehr. Deshalb konnte ich bloß traurig nicken und einen Schritt von ihm zurückmachen.

Tief atmeten wir beide durch, dann ließ ich Richie den Vortritt aus meinem Schlafzimmer.

Vor Izobel ging er noch einmal in die Hocke, um ihr Köpfchen zu kraulen. Zum Dank schleckte sie ihn ab. Dann richtete er sich auf, zog sein Handy aus der Hosentasche und rief ein Uber, das laut der App in drei Minuten hier sein würde, wie er mir erklärte.

Schwere machte sich erneut in mir breit. »Ich hasse Abschiede«, murmelte ich an seiner Brust, nachdem er mich an sich gezogen hatte. Sanft streichelte er meinen Rücken, und ich lehnte mich in die Berührung.

»Ich auch. Aber wir bleiben in Kontakt und schreiben und telefonieren so oft wie möglich.« Liebevoll küsste er mich auf die Stirn und dann auf den Mund. Arm in Arm verharrten wir, bis sein Uber vor der Tür hielt und wir uns endgültig verabschieden mussten.

Als ich ihm hinterhersah, riss ich mich zusammen und versuchte, so neutral und gut gelaunt wie möglich zu wirken. Fast so, als wäre er wirklich bloß ein Freund, der sich verabschiedet hatte. Denn falls wir beobachtet wurden, wollte ich niemandem neues Material liefern, was meine wahren Gefühle für ihn betraf.

Zurück im Wohnzimmer, fasste ich einen Entschluss.

Der Tag war so aufwühlend verlaufen, dass es auf ein bisschen mehr emotionale Achterbahnfahrt nicht ankam. Also holte ich den Laptop aus dem Büro, machte es mir damit auf der Couch gemütlich und startete einen Videocall mit meiner Mom.

»Hayden!« Sie klang überrascht, aber auch bewegt und glücklich, dass ich mich endlich meldete. Zumindest lächelte sie.

»Hey, Mom. Wie geht es dir?«

»Gut, und dir?«, kam es zögerlich über ihre Lippen.

Tief holte ich Luft. »Gerade ist ziemlich viel los in meinem Leben. Ich habe Lainey besucht«, erklärte ich, weil ich nicht wusste, was Jackson alles erzählt hatte.

Mom schaute mich aus großen Augen an und linste zur Seite, wo vermutlich Dad saß. Er hielt sich oft bei unseren Videocalls im Hintergrund auf und quatschte hin und wieder dazwischen. Momentan jedoch schwieg er, was mich nervös machte. Mir wäre es lieber gewesen, er hätte sich dazu geäußert. Oder ich würde zumindest sein Gesicht sehen, um seine Meinung dazu einschätzen zu können.

»Wie war es? Wie ist sie?«, fragte sie mit belegter Stimme.

Also erzählte ich alles. Schonungslos und ehrlich, und ich hielt nicht mit der Wahrheit zurück.

Mom standen schweigend Tränen in den Augen, während Dad brummte, dass er es nicht guthieß, wenn ich Kontakt mit meiner leiblichen Mutter hatte. Zu oft war sie mit dem Gesetz in Konflikt geraten, hatte betrunken randaliert und war mehrfach wegen Diebstahls angezeigt worden. Deshalb hatten meine Eltern damals auch das Kontaktverbot erwirkt. Doch nun, wo ich volljährig war, würden sie mir keine Steine mehr in den Weg legen wollen, auch wenn ich ihnen am Gesicht und der Stimme ablas, dass sie ein Problem damit hatten, dass Lainey nun auch noch Drogen konsumierte. Allerdings war ich alt genug, um meine eigenen Entscheidungen zu treffen.

Und Lainey eine Chance zu geben, war mein gutes Recht.

»Wie gehst du jetzt mit dem Wissen um?«, fragte Mom schließlich, nachdem sie sich etwas gefangen hatte.

Geräuschvoll atmete ich aus. »Ehrlich gesagt weiß ich es nicht. Einerseits bin ich froh, endlich mehr über sie erfahren zu haben. Andererseits macht es mich fertig, dass sie ihr Leben dermaßen an die Wand gefahren hat. Ich frage mich, ob es ihr heute besser ginge, wenn ihre Eltern sie nicht dazu gezwungen hätten, mich herzugeben. Und ich weiß, dass es irrational ist, aber in gewisser Weise fühle ich mich dafür verantwortlich, wie es ihr jetzt geht.« Moms Mund klappte auf, und Dad murmelte etwas, das ich nicht verstand, doch ich ließ sie gar nicht weiter zu Wort kommen. »Ich habe ihr meine Telefonnummer gegeben. Wenn sie sich meldet, werde ich mich mit ihr treffen und versuchen, eine Basis mit ihr aufzubauen. Ich will sie kennenlernen und ihr die Chance bieten, Teil meines Lebens zu sein.«

»Gib ihr auf keinen Fall Geld, hörst du?«, rief Dad von der Seite.

Schmunzelnd rollte ich mit den Augen. »Das hat Richie auch schon gesagt. Und keine Sorge, das mache ich nicht.«

»Wir haben den Artikel gelesen. Also ist es wahr?«, fragte Dad.

Schmunzelnd schaute ich meine Eltern an – Dad war inzwischen aufgestanden und stützte sich mit den Händen an der Lehne hinter Mom ab.

»Was genau meinst du? Dass Richie und ich zusammen sind?«

Beide tauschten einen schnellen Blick, dann nickte Mom.

»Ja. Wir wollen es mit einer Fernbeziehung probieren – bitte macht euch dazu keine Sorgen oder so.«

Abwehrend hob Mom die Hände, während Dad sagte: »Wir halten uns raus, ihr werdet schon wissen, was ihr tut. Und du weißt, wir sind immer für dich da, egal, was ist.«

Erleichtert lächelte ich. »Danke, das bedeutet mir viel. Und ich denke, Richie und ich können es schaffen.« Geräuschvoll atmete ich aus. »Ich sagte ja, es ist gerade viel los bei mir. Aber um auf Lainey und deine Sorgen zurückzukommen, Dad: Vielleicht kaufe ich ihr was zu essen oder Klamotten. Und wenn sie möchte, helfe ich ihr, eine Entzugsklinik zu suchen.«

»Die du dann bezahlst?« Bestürzt schaute mich Mom an.

»Sollte es nötig sein ...«, erklärte ich entschlossen und würde mich davon garantiert nicht abbringen lassen.

Mom presste die Lippen aufeinander, und ich wusste, sie musste das tun, um mir nicht Dinge vor den Latz zu knallen, die unweigerlich den nächsten Streit hervorrufen würden.

»Außerdem ... tut es immer noch weh, dass ihr mir ihren Brief vorenthalten habt. Das war nicht richtig von euch. Ich weiß, dass einige Stellen darin eure Alarmglocken zum Schrillen gebracht haben, auch weil sie gar nicht erst meine Nähe hätte aufsuchen dürfen. Aber diese Frau ist gebrochen. Ihr wurde ihr Baby weggenommen – entrissen, verdammt! –, das sie aus ganzem Herzen geliebt hat, und sie ist daran zerbrochen. Alles, was sie wollte, war, mich in ihrem Leben zu haben.«

»Indem sie dich entführt.« Mom schnaubte und schüttelte den Kopf.

»Sie hat es aber nicht getan, das ist ein entscheidender Unterschied«, erklärte ich mit strengem Ton.

»Sie ist dennoch nicht zurechnungsfähig.« Das kam von Dad, der sich so zu Mom neigte, dass er nun ganz in mein Blickfeld geriet.

»Sie ist meine leibliche Mutter, und sie liebt mich. Daran habe ich keinen Zweifel. Das ändert nichts daran, dass ihr meine Eltern seid, es immer sein werdet und ich euch über alles liebe«, sagte ich mit belegter Stimme und ärgerte mich, dass die beiden einfach nicht begriffen, worum es hier ging.

Einen Augenblick herrschte Schweigen, bis Dad fragte: »Was meint Davis zu der ganzen Sache?«

Ich schluckte all meinen Ärger über die Reaktion meiner Eltern hinunter, bevor ich ihnen von Davis erzählte. Dass ich ihm heute gesagt hatte, ich würde aus *WholeVegan* aussteigen – worauf die beiden ebenfalls nicht begeistert reagierten, mich allerdings weitererzählen ließen. Schließlich erklärte ich, wie er mir in den letzten Jahren immer wieder seine Meinung aufgedrückt, meine Ideen als nicht lukrativ genug eingestuft und mir meinen Traum von der veganen Kochschule ausgeredet hatte. Dass ich von uns beiden die mit der meisten Arbeit war und dass er mich während meines Urlaubs mehrfach zu einer Entscheidung gedrängt hatte. Außerdem erzählte ich ihnen, dass er in Malibu aufgetaucht war, um wegen Richie eine Szene zu machen, und dass er ihm einen Kinnhaken verpasst hatte. Und auch Davis' letzte *Glanzleistung* ließ ich nicht aus. Also erklärte ich meinen Eltern, wie er heute in der Firma ausgerastet und vor den Reportern erneut auf Richie losgegangen war.

Darauf erwiderten sie eine ganze Weile nichts mehr und ich fürchtete schon, der Videocall wäre eingefroren. »Mom?«, hakte ich nach.

»Das hätte ich nie von ihm gedacht«, sagte sie schließlich. »Tut mir so leid für dich, dass du das alles hast durchmachen müssen. Und dass du das Gefühl hattest, dich uns nicht anvertrauen zu können – wobei wir da vermutlich selbst dran schuld sind. Du weißt, du kannst jederzeit nach Hause kommen. Vielleicht wäre das sowieso eine gute Idee, solange die Reporter dich belagern. Ich habe da echt kein gutes Gefühl dabei. Aber ich verstehe natürlich, wenn du in Palm Springs bleiben willst. Oder wenn du nach der Sache mit dem Brief noch sauer auf uns bist und Zeit brauchst.«

Sie schielte zu Dad hinüber, der mit einem knappen »Hm« antwortete.

»Ich bin nicht mehr sauer auf euch. Nur enttäuscht, und

das wird sich mit der Zeit bestimmt legen. Ich weiß ja, dass ihr nur aus Liebe zu mir gehandelt habt und das Beste für mich wollt. Nur müsst ihr lernen, die Entscheidung darüber mir selbst zu überlassen. Ich bin nicht mehr euer kleines Mädchen.«

»Du wirst *immer* mein kleines Mädchen bleiben, Hayden«, sagte Dad leise, was mir sofort Tränen der Rührung in die Augen trieb. »Aber ich verstehe dich auch. Tut uns leid, dass wir dir den Brief vorenthalten haben.«

Tief atmete ich durch, und als Mom nickte, fuhr ich fort: »Ich vermisse euch, aber ich bleibe lieber hier. Nicht nur, weil ich noch einiges regeln muss, was meinen Austritt aus *WholeVegan* betrifft, sondern auch, weil ich nicht davonlaufen will. Weder vor Davis noch vor den Reportern oder dem Chaos, das bestimmt noch auf mich wartet.«

»Du wirst sicher deinen Weg gehen«, meinte Dad versöhnlich. »Wir sind so oder so stolz auf dich.«

Mom nickte. »Und dieser Richie ist ...?« Da ihre Mundwinkel nach oben zeigten, wusste ich, dass wir das Schlimmste überstanden hatten.

»Einfach großartig, ihr werdet ihn mögen. Und ich vermisse ihn schon so sehr, obwohl er erst vorhin gefahren ist«, sagte ich, und mit meinen Eltern darüber zu reden, fühlte sich ungewohnt und schön zugleich an. Dann erzählte ich ihnen von ihm und unseren turbulenten Wochen in der Villa. Wie er mich erst auf die Palme gebracht hatte, bis ich hatte feststellen müssen, dass er doch nicht so übel war. Wie er für mich da gewesen war, als das mit Lainey anfing, und wie er mich nie zu einer Entscheidung gedrängt hatte. »Ihr glaubt nicht, wie gut es sich anfühlt, zu wissen, dass er bedingungslos an meiner Seite ist und ich mich darauf verlassen kann, dass er mich bei allem unterstützt ...« Ich erstarrte. »Mist, sorry, so wollte ich das nicht ...«

»Schon gut«, unterbrach mich Mom. »Ich denke, diesen Seitenhieb haben wir verdient.«

Dad strich ihr liebevoll übers Haar, während ich mich immer noch mies fühlte.

»Ich freue mich für dich, Hayden. Du klingst glücklich, und nichts anderes wünschen wir uns für dich.« Mom schaute kurz zu Dad, der ihre Hand drückte.

»Und was ist jetzt mit diesen Paparazzi? Belagern die immer noch dein Haus?«, wollte Dad schließlich wissen.

»Nein, zumindest war vorhin keiner da.« Ich wagte es allerdings auch nicht, aus dem Fenster zu schauen, aus Angst, etwas könnte sich inzwischen daran geändert haben.

»Sollten sie dich nicht in Ruhe lassen, ruf die Polizei, hörst du? Und wenn es nicht besser wird, kommen wir dich besuchen, und dann werde ich denen mal meine Meinung geigen. Eine junge Frau einfach so bestürmen und belästigen. Unglaublich, was der Presse einfällt ...«, schimpfte Dad lauthals, wofür ich ihn zu gern umarmt hätte.

Auch wenn ich mit Lainey vielleicht jemanden in meinem Leben dazugewann und meine Wurzeln verstand, diese zwei hier würden immer meine Eltern sein.

»Ich hab euch lieb«, sagte ich mit belegter Stimme und hatte das Gefühl, dass endlich nichts mehr zwischen uns stand. Damit fiel ein schwerer Brocken von meinen Schultern, von dem ich gar nicht mitbekommen hatte, wie sehr er mich belastet hatte. Wenn ich das mit meinen Eltern nicht hätte klären können und das mit Lainey zu einem endgültigen Bruch zwischen uns geführt hätte ... Ich wollte mir gar nicht ausmalen, was das bedeutet hätte.

33 – Richie

Kraftvoll schüttelte ich meinen Shaker mit dem Proteindrink, während Wortfetzen einer Morgenshow vom Fernseher im Wohnzimmer zu mir in die Küche drangen.

Seit Hayden weg war, war es mir einfach zu still hier. Oft hörte ich nur Musik, aber manchmal genoss ich es, Stimmen zu lauschen. Und wenn es nur die *daily news* waren.

In den meisten Fällen verfolgte ich nur am Rande, was im Fernsehen lief, doch diesmal hielt ich mitten in der Bewegung inne, als ich mir einbildete, *Mighty Bastards* vernommen zu haben.

Schnell eilte ich ins Wohnzimmer, wo ich gerade noch ein Foto von der Band sah, bevor in das Bild gezoomt wurde, bis nur noch mein Gesicht zu erkennen war.

»... wo es gestern Abend zu einer Auseinandersetzung zwischen Richie Scott, dem Bassisten der Band, und Davis Vaughn, Unternehmensgründer und Geschäftsführer von WholeVegan, *einem Unternehmen für vegane Fertigprodukte, gekommen ist.«*

Und schon sah ich, was ich eigentlich hatte vergessen

wollen. Wie Davis und ich im Foyer von *WholeVegan* rangelten und ich Davis' Faust abbekam.

Instinktiv griff ich an die Stelle, die bei Berührung immer noch schmerzte.

Mein Blick war auf Hayden gerichtet, die aufschrie und dazwischengehen wollte – etwas, das ich so gar nicht mitbekommen hatte.

Fuck, ich wusste ja, wieso ich verrückt nach dieser Frau war!

»Noch unklar ist der Auslöser für diese Reiberei. Allerdings wird vermutet, dass es sich um eine Eifersuchtsszene gehandelt haben könnte. Erst kürzlich wurden Richie Scott und Hayden Butler, zweite Geschäftsführerin des veganen Unternehmens, turtelnd am Strand von Malibu gesichtet.« Natürlich wurden auch dazu die passenden Bilder eingeblendet.

Wütend ballte ich die freie Hand zu einer Faust.

»Was denkst du, Kathy, ist der britische Bassist Davis Vaughn in die Quere gekommen? Man munkelt ja, dass besagte Butler und Vaughn in einer Beziehung waren, bevor sich der Rockstar und die Unternehmerin begegnet sind.«

Nun war das Fernsehstudio zu sehen, in dem sich zwei Frauen mit Moderationskarten auf roten Sofas gegenübersaßen.

»Das klingt auf jeden Fall nachvollziehbar. Und weißt du, was ich noch gehört habe, Jul? Anscheinend ist nun durch ihre Affäre die Zukunft ihres Unternehmens WholeVegan *gefährdet – was zumindest für mich als Veganerin echt schlimm wäre. Dieses Unternehmen hat den veganen Markt revolutioniert, wenn du mich fragst.«* Kathy schaute direkt in die Kamera und zeigte ihre strahlend weißen Zähne.

»Das habe ich auch gelesen, und zwar im L. A. Star. *Dort steht außerdem, eine sichere Quelle würde behaupten, Hayden Butler sei schwanger. Nun stellt sich die Frage, wer von den beiden Männern der Vater ist.«* Jul kicherte.

Mir klappte der Mund auf. Es war zum Kotzen!

Angepisst schnaubte ich auf, hin- und hergerissen zwischen dem Wunsch, auszuschalten und den Mist weiterzuverfolgen, und griff nach der Fernbedienung. Allerdings klingelte in dem Moment mein Handy. *Samantha Evans* stand auf dem Display.

Scheiße!

Da musste ich rangehen. Bestimmt hatte sie auch schon von dem Zwischenfall gestern gehört und würde mir jetzt die Leviten lesen.

»Richie Scott, ich hoffe doch sehr, es handelt sich bei den jüngsten Berichten, die mir zu Ohren gekommen sind, um einen verspäteten Aprilscherz.« Sie klang aufgebracht und definitiv so, dass ich mir sicher war, jetzt keine Scherze machen zu dürfen, um das Ganze abzuschwächen.

»Äh … nein, leider nicht«, gab ich geknickt zu und ließ mich auf die Couch sacken.

Bisher hatte ich Samantha Evans noch nie sauer erlebt. Ja, als das mit unserem Manager und seinem Deal mit Lex aufgekommen war, war sie genervt gewesen. Vor der Band hatte sie sich allerdings professionell mit ihrem Zorn zurückgehalten, uns unterstützt und Hilfe angeboten.

Doch als sie jetzt ihrem Ärger bei mir Luft machte, wagte ich es nicht, etwas auf ihre Schimpftirade zu erwidern.

Stattdessen lehnte ich mich auf der Couch im Wohnzimmer zurück, legte den Kopf an die Rückenlehne und kniff die Augen zusammen – als ob es dadurch leichter zu ertragen wäre –, und trank von meinem Proteinshake.

»Sind meine Anweisungen nicht deutlich gewesen? Habe ich mich nicht klar genug ausgedrückt?«, beendete sie ihren Ausbruch.

»Doch«, gab ich kleinlaut zu und war froh, ihr nicht gegenüberstehen zu müssen, sondern sie lediglich am Telefon zu haben.

»Dann verstehe ich nicht, warum ihr euer Glück so herausfordert und du trotz allem zu ihr gefahren bist. Und obendrein noch diesen dämlichen Streit angefangen hast?!«

Dass nicht ich ihn ausgelöst hatte, verkniff ich mir.

»Sorry, aber ich werde mich doch wohl noch frei bewegen dürfen, oder? Sicher, ich habe Hayden nicht noch einmal in der Öffentlichkeit geküsst, aber sie zu besuchen und ihr beizustehen, wenn sie von der Presse belagert und bedrängt wird, kann mir keiner verbieten. Und dass dieser Davis ausgerastet ist, dafür kann ich nichts.« Vielleicht war es falsch, meiner Wut nun ebenfalls Luft zu machen, aber das musste aus mir raus.

»Nun, ich verstehe deinen Ärger und deine Argumentation, aber mir wäre es wirklich recht, wenn ihr euch ruhig verhaltet, bis ihr einen Manager habt. Keine Schlägereien, keine Skandale mehr.« Nun klang sie müde und geschlagen.

»Keine Sorge, ich reise in wenigen Tagen ab, es wird nicht wieder vorkommen.«

»Etwas Ähnliches hast du schon beim letzten Mal gesagt«, meinte sie, und damit hatte sie ebenfalls nicht unrecht. »Bitte versprich mir, dass du dich ab sofort wirklich von jeglicher Art von Negativschlagzeilen fernhältst. Hast du mitbekommen, was die Presse euch angedichtet hat? Oder entspricht das gar der Wahrheit?«

»Ja, habe ich. Und Scheiße, nein, tut es nicht!«, erklärte ich schnell.

»Gut. Ich erwarte dich nächsten Montag in meinem Büro.«

»Yes, Ma'am.« Noch nie hatte ich mich so übel gefühlt. Übler als nach Dads Rügen, wenn ich etwas ausgefressen hatte.

Was er über das Ganze dachte, wollte ich mir gar nicht erst ausmalen …

Kurz nachdem ich mit Samantha Evans telefoniert hatte, wählte ich Haydens Nummer.

»Hey!«, sagte ich mit rauer Stimme, als sie ranging, »Für den Fall, dass du noch nicht mitbekommen hast, was die neuesten Gerüchte über uns sind: Dir wird jetzt eine

Schwangerschaft unterstellt. Nun wird gerätselt, ob Davis der Vater ist oder ich.«

Sie seufzte schwerfällig. »Ja, ich weiß. Das war echt ein herber Schlag ins Gesicht, als ich vorhin auf dem Weg ins Büro erneut von den Klatschreportern bedrängt worden bin und die mich gefragt haben, ob ich wüsste, von wem das Baby ist und in der wievielten Woche ich bin. Wie es mit *WholeVegan* weitergeht und ob es ein Happy End mit Davis oder mit dir gibt. Oder ob ihr euch die Vaterschaft teilt und wie Davis reagiert, sollte das Kind von dir sein.«

»Fuck, Hayden, das tut mir so leid. Ich wollte nicht, dass du das alles durchmachen musst.«

»Schon gut, du kannst nichts dafür. Du hast dein Bestes getan. Wobei ich nicht verstehe, wie sie überhaupt auf eine Schwangerschaft kommen ...« Sie lachte.

»Das habe ich mich auch schon gefragt. Keiner von uns hat auch nur ein Wort in dieser Richtung erwähnt ... Aber vielleicht steigert man so die Einschaltquoten und Klickraten auf den Websites.«

Im Hintergrund hörte ich Izzy bellen, dann murmelte Hayden etwas abgewandt vom Telefon: »Danke, Liv.«

»Okay, ich halte dich nicht länger auf. Lass dich nicht unterkriegen, hörst du?«

»Mache ich nicht. Bis bald!« Sie hauchte einen Kuss ins Telefon, schon hatte sie aufgelegt.

Als ich ein Klicken an der Haustür vernahm, machte mein Herz einen Satz. Doch es war nur Mary, die das Haus betrat.

Sofort fiel ihr Blick auf mich. »Oje, ist alles in Ordnung?«

Statt einer Antwort schnaubte ich nur.

Besorgt stellte sie ihre Tasche ab, nachdem sie die Tür hinter sich geschlossen hatte, und kam auf mich zu. »Es ist wegen der Presse, hab ich recht?«

»Stehen sie vor dem Tor?«

Sie nickte. »Wenn ich das sagen darf: Ihr Interesse wird

schnell verfliegen. Klar ist das gerade wenig Trost für euch beide, aber schon bald ist Gras über die Sache gewachsen, und ein anderer Promi rutscht in den Fokus. So ist das immer in dieser Stadt.«

Missmutig brummte ich, da mir das alles leider im Moment nicht weiterhalf. Und Hayden ebenfalls nicht. Allerdings würde die Aufmerksamkeit vermutlich der Band helfen – und das sorgte für zwiegespaltene Gefühle in mir. Denn durch die negative Presse wurden bestimmt auch die Plattenverkäufe angekurbelt. Das war zwar gut für uns, aber zu welchem Preis …?

»Wie lange bist du noch da?«, wollte sie wissen.

»Am Freitag geht es zurück.«

Wieder nickte sie. »In deiner gewohnten Umgebung ist es bestimmt einfacher für dich, mit diesem Rummel umzugehen. Wenn du dein Management, Familie und Freunde um dich hast, meine ich.«

»Tja, aber Hayden ist hier und muss sich dem ganzen Mist alleine stellen«, brummte ich und sprach damit aus, was mich am meisten beschäftigte.

Würde es immer so sein? Ich hatte jemanden kennengelernt, für den mein Herz wirklich schlug. Und noch ehe sich daraus etwas Dauerhaftes, etwas Beständiges hätte entwickeln können, gefährdete es die Presse – und ich fragte mich, ob ich, ob wir das längerfristig wirklich aushalten konnten.

»Sie ist eine starke junge Frau und steht bei Weitem nicht so im Rampenlicht wie du als Musiker. Ich bin mir sicher, sie kommt zurecht.«

Darauf sagte ich nichts mehr. Weil ich zwar einerseits hoffte, dass Mary damit recht behielt, andererseits war jede andere Möglichkeit nichts, was ich aussprechen wollte.

Nach einem letzten mitfühlenden Blick wandte sie sich schließlich ab und machte sich an die Arbeit. Und ich beschloss, ins Gym zu gehen und ihr nicht im Weg zu sein. All meine Wut und Hilflosigkeit steckte ich in mein Workout, das das vielleicht härteste war, das ich je gemacht hatte. Immer wieder pushte ich mich über meine Grenzen. Aber selbst dass ich mich am nächsten Tag kaum bewegen konnte, weil ich es dezent übertrieben hatte, war mir mehr oder weniger egal. Es half nicht über den Schmerz und die Machtlosigkeit hinweg, die mich voll im Griff hatten.

In London zu landen, hatte sich seltsam angefühlt. Als wäre ich aus einem turbulenten, aufwühlenden Traum aufgewacht und müsste mich erst wieder in der Realität zurechtfinden.

Gerade war ich dabei, meinen Koffer auszupacken, als es an der Tür klingelte. Da ich jedoch keine Ahnung hatte, wer es war, und befürchtete, dass mir die Reporter hier ebenfalls auflauern könnten, warf ich erst einen Blick durch den Türspion. Doch die Gesichter vor der Tür kannte ich nur zu gut. Sofort musste ich lächeln. Wie ich sie vermisst hatte ...

»Hey, Leute, was treibt euch denn hierher?«, fragte ich, als ich Theo und Spencer die Tür öffnete.

Meine beiden Kumpel klopften mir freundschaftlich auf die Schulter, traten ein und machten es sich keine fünf Sekunden später auf der Couch im Wohnzimmer gemütlich.

»Wir helfen dir beim Bekämpfen deines Jetlags«, erklärte Spencer und hielt grinsend ein Sixpack Bier und eine Großpackung Cola in die Höhe.

»Was er damit sagen will«, meinte Theo und grinste mich herausfordernd an, »ist, dass wir alles über dich und Hayden Butler wissen wollen.«

Allein die Tatsache, dass sie ihren Nachnamen kannten – vermutlich aus der Presse –, störte mich. Überhaupt waren zu viele Details von ihr in die Öffentlichkeit geraten, die mir gegen den Strich gingen. Nicht nur, dass Fotos von ihr kursierten, auch über ihre Essensgewohnheiten, ihr Gewicht und Izobel war berichtet worden. Als ob es nichts Wichtigeres gäbe. Aber offensichtlich gab es das nicht, sonst würden sich die Leute darüber das Maul zerreißen, anstatt mein Liebesleben über Ozeane hinweg zum Thema Nummer eins zu machen. Was stimmte nur nicht mit der Welt?

»Warte mit deinem Bericht, Tessa und Lex sind ebenfalls auf dem Weg hierher. Sie wollten noch was zu essen mitnehmen. Wir dachten, du könntest hungrig sein.« Spencer rieb über seinen Bauch, und ich war mir sicher, dass *er* definitiv Hunger hatte. Der Kerl konnte futtern wie niemand sonst – was man ihm definitiv nicht ansah.

Als Lex und Tessa wenig später eintrafen und sich der Duft von gebratenen Nudeln, Reis, Fleisch und Shrimps im Raum ausbreitete, stellte ich fest, dass es eine Wohltat war, wieder mit meinen Kumpels vereint zu sein. Und während wir die Essensboxen verteilten und Theo uns mit Getränken versorgte, griff ich ganz automatisch nach einer fleischlosen Portion. Anschließend berichtete ich von den neuesten Ereignissen bei Hayden in Palm Springs inklusive der darauffolgenden Standpauke von Samantha Evans.

»Scheiße, das klingt übel«, meinte Theo und schaute mich zerknirscht an.

»Das ist eine minimale Untertreibung«, murmelte ich und starrte auf meine Cola, von der ich heute einiges brauchen würde, um bis zur regulären Bettgehzeit wach zu bleiben und den Jetlag dadurch halbwegs in den Griff zu bekommen.

»Was für eine Kacke, dass du mit dem Erfolg gleichzeitig dein Privatleben in die Öffentlichkeit ziehen musst.« Spencer drehte sein Bier zwischen den Handflächen und wirkte ebenfalls betroffen.

»Nicholas hat das zwar mehrfach betont, aber irgendwie realisiert man es erst, wenn es so weit ist«, sagte Lex und drückte Tessas Hand.

»Vor allem, weil es nicht nur einen selbst betrifft, sondern auch die Leute im engeren Umfeld.« Theo runzelte die Stirn. »Meine Mom wurde kürzlich vom *Gossip Glance!* angerufen und um ein Interview zu ihrem *berühmten Sohn* gebeten.«

Überrascht pfiff ich durch die Zähne. »Und hat sie …?«

»Natürlich nicht!«, erklärte er entrüstet.

»Aber ich will nicht wissen, wie viele auf diese Weise Freundschaften oder sogar ihre Kinder verraten, nur um ein bisschen Kohle für das Ausplaudern von pikanten Details zu bekommen.«

»Die womöglich nicht einmal stimmen oder von der Presse *zurechtgerückt* werden«, ergänzte Tessa mit erhobenem Finger, und alle stimmten ihr zu.

Ehrlich gesagt war ich ganz froh, als sie und Lex daraufhin das Thema wechselten und von ihren Besuchen bei ihren Eltern berichteten. Auch Spencer erzählte vom Urlaub bei seiner Mutter und anschließend Theo von seiner Auszeit in der Provence. Davon, dass er dort ein paar coole Leute in einem kleinen Bistro kennengelernt hatte und dass er was mit der Nachbarstochter am Laufen gehabt hatte, die übers Wochenende bei ihren Eltern zu Besuch gewesen war.

»Klar, und natürlich kriegt das kein Schwein mit. Wenn ich allerdings am anderen Ende der Welt eine Frau kennenlerne, zerreißen sich die Leute das Maul darüber.« Ich brummte beleidigt, pikste etwas Gemüse auf die Gabel und schwenkte damit auf das ursprüngliche Thema zurück.

»Mach dir keinen Kopf, Richie, uns ging es auch nicht besser.« Tessa legte ihre Hand auf meinen Unterarm und lächelte mich mitfühlend an.

»Ja, aber ihr seid wenigstens hier und habt euch gegenseitig.« Ich schaffte es nicht, meine Enttäuschung zu verbergen.

»Du hast dich allerdings auch in *das* Paparazzinest der Staaten gesetzt. Vermutlich ist es lediglich in Hollywood selbst noch heißer.« Theo klopfte mir grinsend den Rücken.

»Wann seht ihr euch wieder?«, lenkte Spencer mich davon ab, Theo genervt anzufunkeln oder mein Essen nach ihm zu werfen.

»Keine Ahnung«, gab ich zu und seufzte schwer. »Wir wollen per Telefon in Kontakt bleiben, aber gerade … Na ja, Hayden hat viel um die Ohren mit ihrem Austritt aus *WholeVegan* und vermutlich auch wegen der Presse. Dazu hat sie allerdings nichts gesagt, ich habe den Eindruck, als würde sie im Moment nicht darüber sprechen wollen, damit ich mir keine Sorgen mache.«

»Ich würde sie wirklich gerne mal kennenlernen«, sagte Tessa, die unsere leeren Essenskartons stapelte, um etwas Platz am Couchtisch zu schaffen.

»Eine Fernbeziehung wäre ja echt nichts für mich«, meinte Theo, der im Anschluss entschuldigend die Hände hob.

»Wann hattest du überhaupt zuletzt eine Beziehung?«, konterte ich, weil mich sein Kommentar nervte.

Er grinste. »Touché.«

»Wir müssen ja sowieso mal abwarten, was unser neuer Manager dazu sagt«, schaltete sich Lex beschwichtigend ein.

»Wissen wir schon, wen Samantha Evans in die engere Auswahl genommen hat?« Fragend schaute ich meine Kumpels an.

»Ich habe gehört, es sollen zwei Männer und eine Frau sein. Das hat Lindsey mir gestern am Telefon verraten«, meinte Spencer und zuckte mit den Schultern.

»Wer ist Lindsey?«, fragten Theo und ich gleichzeitig.

»Samantha Evans' Assistentin. Ich habe angerufen, weil ich vergessen habe, um welche Uhrzeit wir am Montag dort sein sollen.« Spence grinste verlegen.

»Ich glaube jedenfalls, dass alle drei großartige Manager sind«, meinte Tessa. »Weil Samantha Evans nach dem, was Nicholas sich geleistet hat, sicher keine Risiken eingehen will.«

Dem konnte ich nur zustimmen.

Als ich zwei Tage später gemeinsam mit dem Rest der *Mighty Bastards* vor dem Gebäude des Plattenlabels eintraf, war ich unglaublich gespannt auf die Kandidaten, die vorhatten, uns in Zukunft zu managen.

Dass Lex ebenfalls angespannt war, konnte ich ihm ansehen. Immer wieder trat er von einem Bein auf das andere und stieß mehrfach geräuschvoll den Atem aus.

»Alles okay, Mann?«, raunte ich ihm zu, bevor wir den Aufzug betraten.

Lex zuckte mit den Schultern. »Hab nur Schiss, erneut eine falsche Wahl zu treffen.«

»Hör zu, wir wissen, dass du mit Nicholas ziemlichen Mist hast durchmachen müssen. Aber wir haben uns damals *alle* für ihn entschieden, und heute fällen wir ebenfalls *gemeinsam* die Entscheidung«, erklärte ich und drückte seine Schulter.

»Genau«, schloss sich Theo meiner Meinung an. »Und ob es die richtige ist, wird sich erst im Laufe der Zeit herausstellen. Abgesehen von dieser Sache mit dem Vertrag, seinem Drängen, Tessas Text als unseren zu verwenden, und wie er dann mit Tessa umgegangen ist, war er – das müsst ihr alle zugeben – ein guter Manager.«

Kurz hielt ich die Luft an und beobachtete Lex scharf. Dieser schien Theos Worte jedoch nicht als Angriff aufzufassen, denn er nickte genau in dem Moment, als die Aufzugtüren aufglitten und wir den Empfangsbereich von *Symbol Records* betraten.

34 – Hayden

Ich wusste, dass es Wunschdenken gewesen war, auch nur zu glauben, wir würden unsere Fernbeziehung ganz easy hinbekommen.

Richie war zurück in London, und seitdem fühlte sich die Distanz noch größer an. Es war, als würde uns der Ozean nicht bloß räumlich trennen, sondern auch emotional zwischen uns stehen. Was sicher größtenteils an mir lag, weil ich mich gerade ziemlich rarmachte.

Aber konnte man es mir verübeln? Immerhin wusste ich nicht, wohin das mit Richie und mir führte, und ich musste mein Herz schützen. Jetzt erst recht.

Die Presse lauerte mir immer noch auf, Davis war unberechenbar, und ich fürchtete nur den nächsten Ausbruch von ihm. Zwar war er mir gegenüber bisher nie handgreiflich geworden, aber nachdem ich gesehen hatte, wie er auf Richie losgegangen war, hielt ich so weit wie möglich Abstand. Außerdem achtete ich darauf, nie mit Davis allein in einem Raum zu sein.

Da sich in letzter Zeit so viele Reporter bei mir gemeldet hatten, war ich skeptisch, als mir eine Nummer am Display angezeigt wurde, die ich nicht kannte. Keine Ahnung also, warum ich den Anruf annahm. Vielleicht war es mein Instinkt, der mir dazu geraten hatte.

»Hallo?«

»Hi, Hayden, ich bin's, deine Mom.«

Lainey! Für den Moment setzte mein Herz aus.

Ehrlich gesagt überraschte es mich, dass sie den Zettel mit meiner Nummer nicht verloren oder weggeworfen hatte, so neben sich, wie sie bei unserem letzten Treffen gewesen war. Obwohl das Kind in mir sich sehnlichst daran festgeklammert hatte, es könnte doch anders sein.

»Oh, hi, wie geht es dir?«, erkundigte ich mich und versuchte herauszufinden, ob sie gerade auf Drogen war und mich in ihrem Rausch angerufen hatte oder ob sich vielleicht doch das schlechte Gewissen gemeldet hatte, weil sie mich beim letzten Mal derart abserviert hatte.

»Ich ... ganz okay, und dir? Hab gehört, du bist schwanger und machst mich zur Granny.« Sie lachte heiser, was in einem schlimmen Hustenanfall endete.

»Nein, ich bin nicht schwanger. Du solltest nicht alles glauben, was in den Medien berichtet wird.«

»Also werde ich keine Grandma?«

Weil sie so überrascht klang, musste ich lachen. »Nein, definitiv nicht.«

»Okay, also ... kommst du mich besuchen? Oder hast du nach dem letzten Mal die Schnauze voll von mir?«

Kurz biss ich mir auf die Unterlippe. »Ich ... weiß nicht, ob das gerade eine so gute Idee ist.« Allein wenn ich daran dachte, dass mich jemand mit ihr sah und sie sich womöglich auch nur annähernd so aufregte wie beim letzten Mal, wurde mir schlecht.

Lainey schnaubte ins Telefon, es klang abfällig. »Wieso nur hab ich das gewusst?«, keifte sie mit einem Mal so laut, dass ich das Handy etwas vom Ohr nehmen musste. »War ja klar, dass du mich doch nicht in deinem Leben haben willst, Miss *Ich bin von einem Rockstar schwanger.*«

Ich zwang mich, ruhig zu bleiben, auch wenn ich mich gerade tierisch über sie ärgerte. Nicht nur, dass sie Richie und diese Geschichte mit der Schwangerschaft wieder ins Spiel brachte, störte mich, nein, auch dass sie jetzt die Beleidigte spielte, stieß mir sauer auf. Allerdings war ich mir auch nicht sicher, ob sie die aktuelle Lage eventuell ausnutzen und sich selbst an die Presse wenden würde, wenn ich ihr nicht gab, was sie wollte. Sie brauchte immerhin Geld, und wenn sie den Pressefritzen erzählte, dass sie meine leibliche Mutter war, würde das ungeahnte Ausmaße annehmen. Zuzutrauen war es ihr jedenfalls.

Ich sah die Schlagzeilen schon vor mir: *Wie die Mutter, so die Tochter – die ganze Wahrheit über Hayden Butlers Schwangerschaft mit dem Rockstar,* oder so.

Doch ... war es nicht unfair, ihr so was zu unterstellen? Immerhin kannte ich sie nicht. Allerdings musste ich mich selbst schützen, da war es nur richtig, vorsichtig zu sein.

»Wir können uns gerne sehen, aber ... ich bin momentan so mit Arbeit eingedeckt, dass es mir lieber wäre, wenn wir uns in der Mitte treffen könnten?« Es war eine Notlüge, denn wenn ich ehrlich war, wollte ich auch um jeden Preis vermeiden, dass mich jemand mit ihr sah. Denn das würde aufs Gleiche herauskommen, als wenn sie einem Reporter ihre Version der Geschichte erzählte. »Hast du eine Möglichkeit, mir ein Stück entgegenzukommen, sodass wir uns auf halber Strecke treffen?«

Nervös wartete ich auf eine Antwort von ihr und fragte mich gleichzeitig, ob es wirklich so schlau war, mich mit ihr in der Öffentlichkeit sehen zu lassen.

Doch ihre Antwort kam schneller, als mir lieb war. »Ja, kann ich machen. Morgen Abend, such dir ein schickes Lokal aus und sag mir die Adresse, ich bin dort.«

Verdammt, da kam ich jetzt wohl nicht mehr raus.

Bis zum nächsten Morgen war das Bedürfnis, jemandem von dem Treffen mit ihr zu erzählen, übermächtig geworden. Nein, nicht jemandem, sondern Richie. Nervös tigerte ich in meinem Büro auf und ab, bevor ich mich an den Schreibtisch setzte.

Ich nahm mein Handy zur Hand und navigierte zu unserem Chat. Allerdings fühlte es sich seltsam an, ihm ausgerechnet *das* zu schreiben, obwohl ich mich in den vergangenen Tagen mit der Kommunikation zurückgehalten hatte. Noch dazu, da ich wusste, dass es ihm nicht gefallen würde. Ihm war schon der letzte Besuch bei Lainey gegen den Strich gegangen, genauso wie die Tatsache, dass ich weiterhin mit ihr in Kontakt bleiben wollte. Vor allem, nachdem ich sie zugedröhnt erlebt hatte.

Ihm jetzt per Telefon zu sagen oder gar zu *schreiben*, dass ich mich mit ihr traf, könnte in einer Meinungsverschiedenheit oder gar in einem Streit zwischen Richie und mir enden, und das wollte ich nicht. Also schrieb ich stattdessen Jackson.

Hayden: Wünsch mir Glück, ich treffe mich später mit Lainey.

Jackson: Allein???

Hayden: Ja, in einem kleinen Restaurant irgendwo im Nirgendwo.

Jackson: Fuck, ich hoffe, du weißt, was du tust …

Hayden: Ich weiß, dass ich ihre Tochter bin. Mehr muss ich nicht wissen.

Jackson: Bist du mir böse, wenn ich dir sage, dass ich kein gutes Gefühl dabei habe? Auch wegen der Presse nicht.

Hayden: Ich auch nicht, aber was, wenn sie von sich aus Kontakt zu denen sucht, wenn ich ihr nicht gebe, was sie will? Da treffe ich mich lieber außerhalb mit ihr und hoffe, dass uns niemand bis dorthin verfolgt. Ich tausche mit Liv den Wagen, damit sollte ich zumindest unerkannt aus der Stadt kommen.

Jackson: Klingt logisch. Hab übrigens gehört, du hattest ein klärendes Gespräch mit Mom und Dad.

Hayden: Ja, es war sehr emotional, aber wir konnten über alles reden.

Jackson: Wissen sie von deinem heutigen Treffen mit Lainey?

Hayden: Nein, und das soll bitte auch vorerst so bleiben. Wenn, dann sollen sie es von mir erfahren. Sie wissen, dass ich sie besser kennenlernen möchte, und ich glaube, sie brauchen noch etwas, um sich mit dem Gedanken anzufreunden.

Jackson: Okay, von mir erfahren sie natürlich nichts. Versprich mir aber, dass du auf dich aufpasst. Nicht nur heute Abend, sondern immer.

Hayden: Na klar.

Ich schickte ein Kuss-Emoji hinterher, bevor ich mich wieder dem Vertrag widmete, den ich auf dem Laptop vor mir hatte. Er war vorhin per E-Mail bei mir eingetrudelt, ich hatte ihn von meinem Anwalt, Mr Faris, aufsetzen lassen. In Kürze sollte er meinen Austritt aus *WholeVegan* besiegeln.

Noch waren nicht alle Punkte so, wie ich sie wollte. Einen Teil verstand ich auch nicht, den würde mir Mr Faris erklären müssen. Aber grundsätzlich war ich mit dem ersten Entwurf sehr zufrieden. Wie Davis darauf reagieren würde, wollte ich mir allerdings gerade nicht vorstellen …

Als es schließlich Zeit für mich war, mich auf den Weg

zu machen, um Lainey zu treffen, klappte ich den Laptop zu und verstaute ihn in der Tasche. Auf keinen Fall würde ich ihn mit so sensiblem Inhalt hier zurücklassen.

Ich riss die Tür meines Büros auf und lief beinahe in Davis hinein, der wohl nach dem Türgriff hatte fassen wollen und nun ins Leere griff.

»Ich bin weg. Wenn du mit mir reden willst, musst du bis morgen warten.« Ich wollte mich an ihm vorbeischieben, doch er packte mich am Unterarm und hielt mich fest. »Du bleibst hier«, zischte er und drängte mich grob zurück ins Büro.

»Nein, das werde ich nicht.« Entschlossenheit lag in meiner Stimme, bevor ich laut nach Liv rief.

»Die kann dich nicht hören, die ist eben auf die Toilette verschwunden.« Süffisant grinste Davis mich an. »Weshalb ich den Moment nutzen wollte, um an deinem neuen kleinen Wachhund vorbei zu dir zu kommen.« Er schloss die Tür hinter uns beiden, ohne mich aus den Augen zu lassen. Gleichzeitig wich der letzte Funken Freundlichkeit aus seinem Gesicht. »Und jetzt will ich wissen, was für ein Scheißvertrag das ist, den du von diesem Mr Faris bekommen hast!«

In seinem Blick loderte Zorn, während selbiger in mir aufstieg. »Du hast Zugriff auf meine E-Mails?«

Davis lachte schnaubend auf. »Klar, oder denkst du, ich lasse dich drei Wochen *Urlaub* machen ...« Er malte Gänsefüßchen in die Luft. »... ohne zu wissen, was sich in deinem Posteingang tut? Wer versichert mir denn, dass du ihn wirklich regelmäßig checkst?«

Mein Mund klappte auf. »So etwas nennt man Vertrauen. Aber klar, dass du das nicht kennst, wo du auf dem von anderen völlig ignorant herumtrampelst. Weißt du, was? Ich bin so was von fertig mit dir.« Mit diesen Worten wandte ich mich ab, drängte mich an ihm vorbei und hoffte, dass er mich nicht aufhalten würde. Und ich hatte Glück.

Mein Herz raste, als wäre ich vor ihm davongerannt, was ich im Grunde auch war, und der Wunsch, dieses Gebäude zu verlassen, war noch nie so groß gewesen wie jetzt.

Am Empfang lief ich Liv in die Arme.

»O Gott, Hayden, was ist passiert?«, fragte sie und sah mich aus geweiteten Augen an. Ihr Blick an mir vorbei verriet mir, dass sie den Auslöser meiner Aufgewühltheit bereits sah. »Hat er dir etwas getan?«, raunte sie mir zu, als Davis auf uns zukam.

»Nein, alles gut«, flüsterte ich. Zum Glück hatten wir schon vorhin unsere Autoschlüssel getauscht, sodass ich jetzt nicht noch einmal mit ihr zurück in Davis' Richtung musste. »Ich bin weg. Melde mich später!«, rief ich ihr über die Schulter zu, ehe ich auf den Mitarbeiterparkplatz hinauseilte.

Immer noch verspürte ich den Drang, schnellstens den größtmöglichen Abstand zwischen Davis und mich zu bringen. Kaum dass ich in Livs Wagen saß und die Türen von innen verriegelt hatte, atmete ich durch.

Mein Puls beruhigte sich jedoch erst, als ich Palm Springs hinter mir gelassen hatte. Dennoch zitterten meine Finger weiterhin, als ich mich am Display im Auto zu Livs privater Telefonnummer navigierte und sie anrief.

»Alles okay bei dir?«, erkundigte ich mich sofort.

»Ja, bei mir schon, aber was ist mit dir?«

Tief holte ich Luft. »Hör zu, kannst du bitte dafür sorgen, dass das Schloss zu meinem Büro ausgetauscht wird? So schnell wie möglich, am besten noch heute, spätestens jedoch morgen in der Früh. Davis darf keinen Schlüssel bekommen. Und dann vereinbare bitte einen Termin mit Kenneth. Er muss unbedingt die Sicherheitsvorkehrungen hochfahren und dafür sorgen, dass Davis keinen Zugriff mehr auf meine E-Mails hat. Auf meinen Kalender auch nicht.«

Kurz lauschte ich Livs überraschtem Schweigen. »Okay, das mache ich natürlich. Muss ich ... Angst vor ihm haben?« Die letzten Worte hatte sie leiser gesagt.

»Ich denke nicht, dass er dir etwas tun würde. Aber bleib wachsam und vorsichtig. Und sollte dir etwas eigenartig vorkommen, sag Bescheid.«

»Das werde ich.«

»Oh, und würdest du Izzy, wenn du sie bei mir zu Hause absetzt, noch füttern? Ihre Ration für den Abend steht auf der Küchenanrichte.«

»Natürlich. Und bevor ich fahre, und nach dem Fressen lasse ich sie noch mal ihr Geschäft erledigen.«

»Danke. Ich weiß echt nicht, was ich ohne dich machen würde.« Ich merkte, wie zumindest ein Teil der Anspannung von mir abfiel.

»Melde dich einfach bei mir, wenn ich noch etwas für dich tun kann. Immer und jederzeit.«

Kurz überlegte ich, doch dann entschied ich, dass ich sie in meine Pläne einweihen wollte. »Ich werde *WholeVegan* verlassen, Liv.«

Ihr entwich ein überraschter Laut. »O nein, wie schade. Aber ... falls du mich auch weiterhin an deiner Seite haben willst, wechsle ich gerne für dich das Unternehmen.«

»Ich kann dir leider nicht versprechen, ob ich dich mitnehmen kann, weil ich noch nicht sicher weiß, was ich danach machen werde. Also ... ich habe gewisse Pläne. Ob und wann und wie ich sie umsetzen werde, steht jedoch bislang in den Sternen.«

»Okay.« In diesem einen Wort schwangen so viel Enttäuschung und Verständnis mit, dass ich schlucken musste.

»Egal, was passiert, wir bleiben auf jeden Fall in Kontakt. Und ich möchte nicht, dass du dich verpflichtet fühlst, weiterhin für *WholeVegan* zu arbeiten, wenn ich nicht mehr dort bin. Selbstverständlich bekommst du ein ausgezeichnetes Empfehlungsschreiben von mir, solltest du dich nach etwas Neuem umsehen wollen. Du hast über die Jahre hinweg herausragende Arbeit geleistet und bist auch menschlich unersetzbar. Dafür danke ich dir, Liv.«

»Oh, vielen Dank. Und ich bin wirklich froh, dass ich für

dich arbeiten darf und durfte.« Ich konnte hören, wie ihre Stimme brüchig wurde. Mit ihr als Assistentin hatte ich wirklich eine großartige Arbeitskraft gefunden, und wenn die Zukunft es zuließ, würde ich sie auf jeden Fall auch weiterhin für mich arbeiten lassen.

Je mehr ich mich meiner Zieladresse näherte, desto aufgeregter kribbelte es in mir. Als ich schließlich das kleine Restaurant entdeckte und parkte, war ich so nervös, dass ich kaum noch ruhig atmen konnte.

Auf der Fahrt hierher hatte ich immer wieder die Autos im Rückspiegel beobachtet, aber ich war mir ziemlich sicher, dass mir kein Wagen von Palm Springs hierher gefolgt war. Also sollte ich keinen Paparazzo im Nacken haben. Dennoch zwang ich mich dazu, noch einen Moment stehen zu bleiben, meine schwitzigen Hände an der Stoffhose abzuwischen und meine Gedanken zu sortieren, bevor ich eintrat.

Die Bedienung führte mich in den Außenbereich. Unser Tisch stand im Schatten, der von Weinreben gespendet wurde. Ob diese echt waren, konnte ich von hier aus nicht erkennen, jedoch fühlte ich mich sofort wohl. Wir waren vor neugierigen Blicken von außen geschützt, und die grünen Blätter hatten etwas Tröstliches an sich.

Ich bestellte einen Kaffee und ein großes Wasser gegen den Durst, während ich auf Lainey wartete. Und wartete.

Eine halbe Stunde später war ich kurz davor, sie anzurufen und zu fragen, ob sie unser Treffen vergessen hatte, als ich sie vom Eingangsbereich auf mich zuschlendern sah.

Die Empfangsdame ignorierte sie einfach und stolzierte an ihr vorbei, als gehörte ihr der Laden. An Selbstbewusstsein fehlte es ihr jedenfalls nicht.

»Entschuldigung, für wie viele Personen brauchen Sie …!«, rief ihr die Frau vom Empfang hinterher.

»Mach dir nicht in die Hose, ich weiß schon, wo ich hinmuss«, fiel ihr Lainey einfach ins Wort, während sie auf mich zukam. »Schicker Laden, den du da ausgesucht hast.« Als sie sich setzte, roch ich sofort die strenge Alkoholfahne.

»Du hast getrunken«, sagte ich überrascht und schockiert zugleich. Zum einen, weil ich erwartet hatte, mit ihr reden zu können, während sie klar im Kopf war, zum anderen kannte ich niemanden, der bereits am späten Nachmittag so viel gekippt hatte, um derart zu riechen. Und schon gar nicht hatte ich erlebt, dass jemand dermaßen betrunken zu einem Treffen kam, um sich kennenzulernen und ... keine Ahnung.

»Na und? Das geht dich einen feuchten Dreck an. Wenn du jetzt wie deine Großmutter anfängst, kann ich auch gleich wieder gehen. Auf so eine Scheiße hab ich echt keinen Bock.«

Mit offenem Mund schaute ich sie an. »N-nein, das wollte ich damit nicht sagen. Ich war nur ... verwundert.« Schnell sah ich mich um, doch zum Glück schenkte uns niemand Beachtung.

Lainey schnaubte und winkte der Bedienung. »Geht das auch ein bisschen schneller? Bring mir einen doppelten Whiskey, aber nicht das teure Zeug, gib mir einfach den billigsten Fusel, den ihr habt. Der tut's.« Mit gefurchter Stirn wandte sie sich an mich. »Außer du zahlst, was anderes kann ich mir nämlich nicht leisten.«

Völlig überrumpelt nickte ich, woraufhin sie dem Kellner »Nimm doch den teuersten!« hinterherrief.

Schockiert warf ich einen schnellen Blick auf die Karte und schluckte. Nicht nur, weil der deutlich teurer war als gedacht, sondern auch um meinen Ärger zu verbergen. Ich war nicht hier, um einen Streit anzufangen. Mit aller Kraft bemühte ich mich um ein neutrales, freundliches Lächeln. »Wie geht es dir heute?«

»Scheiße, wir sind doch jetzt nicht hier, um Small Talk zu führen? In so was bin ich echt nicht gut. Also, was willst du? Soll ich dir erzählen, wie beschissen deine Großeltern zu mir waren, als ich ihnen gebeichtet habe, dass ich schwanger war? Wie sie mir von da an das Leben zur Hölle gemacht haben? Wie es für mich war, dich nach der Geburt hergeben zu müssen, obwohl sich alles in mir dagegen gewehrt hat?« Mein Mund klappte abermals auf, aber Lainey redete einfach weiter. »Oder willst du wissen, wie schlimm es für mich war, immer wieder Gefahr zu laufen, dich mit deiner neuen fancy Familie zu sehen? Das Gefühl zu haben, dass ich niemals gut genug für dich sein könnte? Dass ich froh war, den Alkohol zu haben und Blunts, um den Schmerz in mir zu betäuben ...« Sie seufzte auf, während ihr der doppelte Whiskey serviert wurde, kippte das Glas hinunter, als wäre es Wasser und rief dem Kellner »Noch einen!« hinterher. Und mir? Mir drehte sich allein beim Anblick der Magen um.

Kurz musste ich an Richie denken und daran, dass er mich vor Lainey gewarnt hatte. Wusste er, dass es *so* sein würde? Bestimmt ...

Gott, vielleicht war es ein Fehler, mich mit ihr zu treffen. Sicher, ich wollte meine Wurzeln verstehen, wollte mehr über mich und meine ursprüngliche Herkunft erfahren. Aber das alles überforderte mich gerade.

Mir war Laineys Verhalten unglaublich unangenehm, und langsam dämmerte mir, dass ich die ganze Sache vermutlich wirklich zu sehr durch die rosarote Brille betrachtet hatte.

Doch noch wollte ich ihr nicht sagen, dass mir ihr Verhalten nicht recht war. So, wie ich sie einschätzte, würde sie nur noch mehr Drama machen, mich weiter in Verlegenheit bringen. Also biss ich in den sauren Apfel, schluckte meinen Ärger hinunter und stellte schließlich die erste Frage, die in meinem Kopf aufploppte: »Wer ... sind denn meine Großeltern?«,

Lainey reagierte mit einem verächtlichen Schnauben. »Der ehrenwerte ehemalige Bürgermeister von Deadwood, Mr Dustin Rogers, und seine Frau Daphne.«

Völlig überrumpelt von dieser Neuigkeit war ich erst einmal sprachlos. Deadwood war eine kleine Stadt nur gut zweieinhalb Stunden von Buffalo entfernt und die ursprüngliche Heimat meiner Mom. In meiner Kindheit hatten wir dort viel Zeit bei meinen Großeltern verbracht. »Aber dein Nachname ...?«

»... ist der Mädchenname meiner Mutter. Sie haben mich bekommen, als sie noch nicht verheiratet waren. Ja, bei den beiden war eine uneheliche Schwangerschaft wohl legitim, bei der Tochter nicht. Als sie mich verstoßen haben, hatte ich auch keinen Bock mehr, mit ihnen in Verbindung gebracht zu werden – was ihnen bestimmt nur recht gewesen ist. Also habe ich wieder meinen ursprünglichen Namen angenommen.«

Nachdenklich ließ ich die Neuigkeiten auf mich wirken, als Lainey den zweiten Doppelten serviert bekam – den sie ebenfalls direkt hinunterkippte.

»Noch einen«, forderte sie mit schwerer Zunge, doch nun hatte ich genug davon.

»Nein, das reicht«, sagte ich streng und bedeutete dem Kellner mit einem Kopfschütteln, dass er wirklich keinen mehr bringen sollte, woraufhin der zum Glück kurz nickte und wieder ging.

»Was soll der Scheiß, Hayden? Du bist nicht meine Mutter!«

»Aber deine Tochter, und du blamierst mich gerade«, erwiderte ich leise, während ich mich umsah und am liebsten unter den Blicken der Leute an den Nachbartischen im Erdboden versunken wäre. »Mal davon abgesehen, dass du dich auf meine Kosten betrinkst. Und sorry, doch das kann ich nicht unterstützen.«

Lainey schnaubte. »Ich wusste es. Du bist genauso ein Spießer wie deine verkackte Familie. Ein Drückeberger wie dein gottverdammter Vater, der sich einen Scheißdreck um dich geschert hat. Der nichts mehr mit mir zu tun haben wollte, als du zur Welt gekommen bist. *Abgestritten* hat er es auch noch, dass du von ihm bist!« Sie war immer lauter geworden, während mein Gesicht glühte und ich einen ungewohnten Schmerz in meiner Brust fühlte.

Dass sie so über meinen Vater sprach, traf mich mehr, als ich gedacht hätte. Ja, vielleicht hatte er nicht gerade den besten Charakter bewiesen, aber er war dennoch Teil meiner Wurzeln. Mit einem Mal war ich traurig darüber, dass es keine Gelegenheit mehr geben würde, ihn kennenzulernen.

Mein »Ich bitte dich, sei etwas leiser« brachte das Fass schließlich endgültig zum Überlaufen.

»Leiser? *Leiser?!«* Inzwischen war sie aufgestanden und hatte die Arme ausgebreitet. »Weißt du, was? Ich scheiß drauf! Ich hab die Schnauze dermaßen voll davon, immer die Klappe zu halten und gute Miene zum bösen Spiel zu machen. Hauptsache, die anderen zerreißen sich nicht das Maul ... Dabei hat doch jeder hier ein paar Leichen im Keller. Hand hoch, wer kein Lügner ist.« Sie sah sich auffordernd um, während rund um uns die Leute die Köpfe zusammensteckten und tuschelten. »Wer noch nie high war. Gestohlen hat. Betrogen, jemanden verprügelt.«

Der Kellner von vorhin trat an unseren Tisch. »Ich muss Sie bitten, sich zu beruhigen oder das Lokal zu verlassen, Miss.«

Tatsächlich dachte ich, Lainey würde die Gelegenheit nutzen und sofort verschwinden, doch sie setzte sich wieder und sah mich an. »Siehst du? Niemand hat die Hand gehoben. Jede verdammte Person hier hat Dreck am Stecken. Nur bei mir wird ein Drama draus gemacht.« Seufzend lehnte sie sich zurück und kratzte sich über den Unterarm. »Hast du Kohle bei dir, die du mir leihen kannst? Du kriegst dein Geld auch wieder, versprochen.« Dass sie dabei auf einmal so bittersüß klang und nichts mehr von der aufgebrachten Lainey von eben zu sehen war, ließ alle Alarmglocken in mir schrillen.

»Nein, ich habe kein Bargeld bei mir. Und selbst wenn,

würde ich es dir nicht geben. Weil es falsch ist, was du tust. Du … zerstörst dich, reitest dich nur weiter hinein, du …«

»Ach, fick dich doch! Falls du jetzt noch mit einer Entzugsklinik um die Ecke kommst, bist du für mich gestorben.«

Mein Gesichtsausdruck musste mich wohl verraten haben, denn sie schlug genervt mit der flachen Hand auf den Tisch. »Scheiße, ich hab es befürchtet. Weißt du was? Es war ein Fehler hierherzukommen. Vergiss einfach, dass es mich gibt, okay? Mach am besten mit deinem ach so perfekten Leben weiter wie bisher und tu mir einen Gefallen: Melde dich nie wieder bei mir. Auf so Gutmenschen wie dich habe ich echt keinen Bock.« Mit diesen Worten stand sie auf. Sie torkelte leicht, dann riss sie sich zusammen und stolzierte aus dem Restaurant, jedoch nicht, ohne den Kellner, der sie vorhin zurechtgewiesen hatte, mit der Seite zu streifen, sodass ihm fast eine Wasserflasche vom Tablett gefallen wäre. Zur Krönung des Ganzen zeigte sie mir noch den Mittelfinger über die Schulter, griff im Vorbeigehen nach einer Margarita, die auf einem der Tische stand, trank sie in einem Zug aus und knallte das Glas hin, dass es nur so klirrte. Und ich blieb zurück mit hochrotem Kopf und Tränen in den Augen, während ich innerlich zerbrach und merkte, dass ich einem Traum hinterhergejagt war, der nie die Chance gehabt hatte, Wirklichkeit zu werden.

35 – Richie

»Und was würden Sie uns raten, wie wir es der Öffentlichkeit kommunizieren sollen, wenn wir in einer neuen Beziehung sind?« Lex schaute Kiyoshi Holmes neugierig an und ließ nichts durchsickern, was er über die Antworten dachte, die der potenzielle Manager uns auf unsere vorherigen Fragen gegeben hatte.

Der Mann rückte seine Brille zurecht und legte beide Hände auf dem Tisch übereinander. »Natürlich würde ich gemeinsam mit Ihnen einen genauen Plan ausarbeiten und sämtliche Schritte im Vorfeld festlegen. Wann wir eine Pressekonferenz einberufen, welche Fragen dort gestellt werden dürfen. Ich würde ein Fotoshooting organisieren, damit auch wirklich nur die Bilder an die Journalisten weitergeleitet werden, die Sie zeigen wollen. Und selbstverständlich bin ich auch hier jederzeit für Ihre Wünsche und Vorschläge offen.« Lächelnd schaute er uns an und fuhr sich über seine schwarzen Haare.

»Okay. Hat noch jemand von euch Fragen an Mr Holmes?« Lex schaute in die Runde, doch ich schüttelte, genau wie Theo und Spence, den Kopf. »Gut, dann ...

danke für Ihre Zeit. Wir melden uns bei Ihnen, sobald wir alle Bewerber besprochen haben.«

Mr Holmes stand auf und wischte die Handfläche in seiner Anzughose ab, bevor er sie uns zur Verabschiedung entgegenstreckte. »Nein, ich danke Ihnen. Ich würde mich freuen, Sie in Zukunft begleiten und in allen Belangen unterstützen zu dürfen.«

Freundlich verabschiedete ich mich von ihm, während ich froh war, dass wir die Gespräche endlich hinter uns hatten.

Kaum dass Mr Holmes das Besprechungszimmer verlassen hatte, schaute Lex in die Runde. »Also, was sagt ihr zu ihnen?«

»Also ... ich finde alle drei kompetent und gut«, meinte Spencer. »Samantha Evans hat eine gute Vorauswahl getroffen.«

Er erntete zustimmendes Gemurmel von uns.

»Und wer ist euer Favorit? Oder wen würdet ihr ausschließen?« Lex schaute von mir zu Theo.

»Tatsächlich würde ich mich nicht unbedingt für Carlisle Fisher entscheiden.« Theo zog die Stirn kraus. »Weil er noch andere große Bands managt und ich befürchte, dass wir nicht seine komplette Aufmerksamkeit haben. Was vielleicht egoistisch klingt, aber nach dem Desaster mit Nicholas hätte ich schon gern wen, der voll und ganz für uns da ist und auf den wir zählen können. Jemanden, der immer an unserer Seite ist und uns wie ein unsichtbares zusätzliches Bandmitglied begleitet. Oder ist das ... zu viel verlangt?« Fragend schaute Theo von Lex zu Spencer und schließlich weiter zu mir.

»Nein, ich sehe es wie du«, schloss ich mich seiner Meinung an. »Tatsächlich fand ich Nora Adams am überzeugendsten«, fuhr ich fort und erntete sofort ein Grinsen von den Jungs. »Nicht, weil sie eine Frau ist. Also klar, damit punktet sie bei mir natürlich zusätzlich«, sagte ich und konnte mir ein Schmunzeln nicht verkneifen. »Aber ich finde, sie hat etwas ...« Ich schnippte mit den Fingern, in der Hoffnung, dass mir das gesuchte Wort einfallen würde. »... Mütterliches. Fürsorgliches. Und dennoch strahlt sie eine Kompetenz aus, die einen umhaut.«

Lex brummte zustimmend. »Ich glaube, mit ihr sollte man sich nicht anlegen. Sie hat die Power, einen dermaßen zurechtzuweisen, dass einem ganz anders wird.«

Spencer lachte. »Wie Theos Mum.«

Dieser verzog sein Gesicht. »Das spricht allerdings gegen Nora ...«

»Ach, komm schon, du weißt selbst, dass die Durchsetzungskraft deiner Mum sie im Leben gewaltig weit gebracht hat. Genau so jemanden suchen wir. Und deine Mum kann auch anders, also ...«

»Ja, mit Abwesenheit glänzen«, murmelte Theo mit einem Mal so leise, dass vermutlich nur ich ihn verstand, weil ich direkt neben ihm saß.

Oh, fuck, ich konnte ihn in dieser Hinsicht so gut verstehen ...

»Was haltet ihr von Kiyoshi Holmes?«, wollte Lex wissen.

»Auch gut, aber irgendwie ... ist da der Funke nicht übergesprungen«, versuchte ich, meine Empfindungen in Worte zu fassen. »So, als hätte er alles erzählt, was wir hören sollen, um uns für ihn zu entscheiden.«

»Ja, das trifft es gut«, schloss sich Theo meiner Meinung an. »So, als hätte er sich genauestens darauf vorbereitet, indem er das gesagt hat, was Bands nun mal in so einem Fall erwarten. Aber es wirkte nicht ... überzeugend.«

»Nicht ehrlich«, ergänzte Lex, und ich nickte.

»Vielleicht irren wir uns auch in ihm und tun ihm gerade unrecht, mein Bauchgefühl tendiert jedoch zu Nora Adams«, erklärte ich.

»Okay, lasst uns abstimmen – Mehrfachnennungen sind möglich. Wer ist für Carlisle Fisher?«, fragte Lex und Spencer hob die Hand, unser Leadsänger folgte zögerlich. »Wer für Kiyoshi Holmes?« Dass sich diesmal nicht einmal Spencer meldete, wunderte mich. »Und wer für Nora Adams?«

Gleichzeitig mit den drei anderen hob ich die Hand. Und war erleichtert, dass uns die Wahl so leichtfiel. Dass wir alle eine Meinung teilten und so schnell zu einem Ergebnis gekommen waren.

»Gut, dann werde ich unsere Entscheidung Samantha Evans mitteilen und die drei informieren.« Lex stand auf und schlug klatschend die Hände zusammen. »Gratuliere, Jungs, wir haben eine Managerin.« Die Erleichterung war ihm vom Gesicht abzulesen. Und ich musste zugeben, dass es sich auch für mich befreiend anfühlte, zu wissen, dass wir jemanden hatten, der sich um alles rund um die Band kümmerte. Dass wir uns wieder ganz darauf konzentrieren konnten, was unser Job war: Nämlich verdammt gute Musik zu machen und im besten Fall bald an einem neuen Album zu arbeiten.

Zwei Tage nachdem Lex Carlisle Fisher und Kiyoshi Holmes abgesagt und Nora Adams engagiert hatte, berief diese ein Treffen mit uns ein. Zwar hatten wir durch das Hearing bereits einen guten ersten Eindruck von ihr bekommen. Dennoch waren wir alle nervös und aufgekratzt, als wir uns auf den Weg zum angemieteten Proberaum in London machten, wo wir mit ihr verabredet waren.

Als wir ankamen, wartete sie bereits vor der Tür. »Okay, Jungs, gleich mal vorweg und auf die Gefahr hin, mich unbeliebt zu machen: Wenn wir ein Treffen haben, will ich, dass ihr pünktlich seid. Es ist nicht nur meine wertvolle Zeit, die ihr vergeudet, sondern auch eure eigene, die euch später zum Musikmachen fehlt. Mir ist bewusst, dass ihr Künstler seid und für Kreative eine andere Zeitrechnung gilt. Allerdings muss das zwischen uns funktionieren, und das beinhaltet, dass ihr euch an gewisse Vereinbarungen haltet. Dazu gehört, dass ihr keine fünfzehn Minuten zu spät erscheint.«

Betreten sahen Lex und Theo zu Boden, während Spencer sich den Rest seines Donuts in den Mund schob, den er unterwegs gekauft hatte und wegen dem wir uns verspätet hatten.

»Haben wir uns verstanden?«, fragte sie streng nach, als von keinem von uns eine Reaktion kam. »Das hat auch was mit Respekt zu tun.«

»Ja, Ma'am«, kam es unisono von uns.

»Okay, Regel Nummer zwei: Nennt mich bitte nicht Ma'am. Mir ist bewusst, dass ich eure Mutter sein könnte, aber im Herzen bin ich immer noch Anfang zwanzig, also nehmt mir nicht dieses gute Gefühl.« Sie zwinkerte uns versöhnlich zu und brach damit das Eis. »Und jetzt zeigt mir mal, wo ihr arbeitet«, bat sie, woraufhin Theo die Tür aufschloss und uns einließ.

Kurz sah sie sich in dem Raum um, in dem ein Schlagzeug stand und Theo fünf seiner Gitarren in einem Gestell aufbewahrte. Von mir war der Bassverstärker hier sowie drei Bässe. Den anderen, wichtigsten E-Bass hatte ich im Koffer bei mir.

Neben zwei alten Sofas hatten wir auch einen Getränkekühlschrank hier, der gerade jetzt im Sommer dringend notwendig war. Denn obwohl sich der Raum in einem relativ kühlen ehemaligen Industriegebäude etwas außerhalb des Zentrums befand, konnte es bei steigender Außentemperatur unangenehm schwül werden.

»Ich würde vorschlagen, wir setzen uns und reden darüber, wie eure Pläne aussehen. Und dann erzähle ich euch, was ich mir vorstellen könnte«, meinte Nora und deutete mit der Hand auf die Sofas.

Während die anderen Platz nahmen, teilte ich Getränke aus. Anschließend machte ich es mir auf der Armlehne neben Spencer gemütlich, sofern man das in dieser unbequemen Position so nennen konnte. Allerdings hatte ich keine Lust, mich zu ihm und Lex auf ein Sofa zu quetschen. Schon gar nicht würde ich mich zu Theo und Nora drängen. Und der Boden … nein danke.

»Ich weiß nicht, wie viel du über unsere Vergangenheit weißt, aber meine Freundin Tessa ist seit Neuestem als Songwriterin mit an Bord«, begann Lex.

»Hätte ich mich nicht ausführlich mit euch und eurem Werdegang beschäftigt, wäre ich fehl am Platz als eure Managerin.«

Nora lächelte Lex an, der nickte.

»Super. Also jetzt, wo wir alle zurück aus unseren Urlauben sind, wollen wir an neuen Texten arbeiten. Tessa hat schon zwei Entwürfe skizziert, von mir liegt auch schon einiges an Material vor. Das heißt, gemeinsam mit ihr kümmere ich mich um das Songwriting. Sobald das Grundgerüst steht, stellen wir sie dem Rest der Band vor, und jeder kann seine Ideen einbringen. So haben wir es bisher auch immer gemacht.«

Nora nickte. »Das klingt gut. Samantha Evans will spätestens Mitte nächsten Jahres euer zweites Album auf den Markt bringen, was bedeutet, dass ihr euch ranhalten müsst – ohne euch Druck machen zu wollen. Sicher, die Fans lieben euer erstes Album, aber *Feet on the Ground* wird sie nicht ewig zufriedenstellen können. Über kurz oder lang werden sie auf neue Songs von euch pochen, und es wäre fatal, nichts zu liefern oder sie über Gebühr warten zu lassen. Der größte Fehler, den ein Künstler machen kann, ist, sich auf dem Erfolg auszuruhen, den er bereits hat. Ihr wollt nicht wissen, wie vielen das in der Vergangenheit das Genick gebrochen hat. Außerdem wollt ihr doch mehr sein als eine Eintagsfliege, oder?«

»Auf jeden Fall. Wir sind hoch motiviert«, meinte Theo, woraufhin der Rest von uns zustimmend durcheinandermurmelte.

»Das ist gut, so soll es sein. Macht euch darauf gefasst, dass ich eine Menge Interview- und TV-Termine an Land ziehen werde. Ihr sollt im Gespräch bleiben – wobei Lex und Richie ja schon die Weichen gestellt haben. Ob freiwillig oder unfreiwillig ist erst mal egal.«

Ich schaute zu meinem Kumpel, auf dessen Gesicht sich ein nachdenklicher Ausdruck abzeichnete.

»Also, ich hätte ehrlich gesagt darauf verzichten können«, erklärte ich.

»Die Aufmerksamkeit der Presse? Oder das Gerede über deine Affäre mit der Start-up-Gründerin und ihre Schwangerschaft?«, hakte Nora nach.

»Hayden ist nicht schwanger!« Aufgebracht stand ich auf. »Scheiße, und es ist keine Affäre. Wir sind zusammen und ... dieser Mistkerl Davis sollte sich besser von ihr fernhalten.«

Dass Nora mich beinahe triumphierend anlächelte, verwirrte mich. »Setz dich, Richie. Ich habe dich in keiner Weise angegriffen, sondern wiedergegeben, was die Presse schreibt. An eurer Contenance solltet ihr alle arbeiten. Weil es immer wieder vorkommen wird, dass Reporter so lange in euren Wunden rühren, bis ihr ausrastet und etwas sagt, was ihr lieber für euch behalten wolltet. Oder bis ihr austickt und ihnen damit neues Kanonenfutter liefert. Beides wollt ihr garantiert nicht. Merkt euch, ich bin auf eurer Seite. Immer und ausnahmslos.«

Beschämt ließ ich mich zurück auf meinen Platz sinken.

»Ich würde gerne mit jedem von euch separat ein Gespräch führen. Bei euch beiden einmal mit und einmal ohne Partnerinnen. Nicht, dass ich glaube, dass ihr etwas vor ihnen verheimlicht, aber man spricht andere Themen an, wenn der Freund oder die Freundin nicht dabei ist. Ich hoffe, das nehmt ihr mir nicht übel.« Nora sah von mir zu Lex, der nickte.

»Für mich ist das okay, und Tessa hat sicher auch nichts dagegen«, erklärte er und schaute dann mich an.

»Für mich ebenfalls. Aber Hayden wird so schnell nicht herkommen.« Falls ich sie überhaupt noch einmal sah – denn seit ich zurück in London war, herrschte weitestgehend Funkstille zwischen uns. Am Anfang hatte ich es noch darauf geschoben, dass es in ihrem Leben gerade drunter und drüber ging, aber inzwischen machte es mich ehrlich gesagt nervös, nichts mehr von ihr zu hören. Zwar hatte ich ihr ein paar Nachrichten geschickt und sie parallel telefonisch zu erreichen versucht. Doch sie hatte erst verspätet und da nur kurz reagiert und mir geantwortet, dass bei ihr gerade viel los sei und sie sich ein anderes Mal melden würde. Weil ich sie nicht nerven oder zu etwas drängen wollte, hatte ich ihr lediglich geantwortet, dass ich jederzeit für sie da sei. Das war jetzt allerdings schon drei oder vier Tage her. Seitdem keine Reaktion mehr ...

Bestimmt brauchte sie nur ihre Zeit, um alles zu regeln. Dennoch hinterließ die Funkstille langsam, aber sicher einen bitteren Nachgeschmack bei mir, und ich fragte mich, ob ich zu viel in die Sache mit ihr hineininterpretiert hatte. War ich in ihren Augen doch nur ein kleiner Urlaubsflirt gewesen – ihren eigenen Worten zum Trotz? Oder aber war ihr – jetzt mit der Distanz zu mir – die Sache mit der Presse zu viel geworden? Zog sie sich zurück und nahm sich eine Auszeit, anstatt mit mir gemeinsam an dem Problem zu arbeiten? Sicher, uns trennte ein ganzer Ozean, das machte die Sache komplizierter. Aber ich würde jede noch so große Hürde in Angriff nehmen, um auch in Zukunft mit Hayden glücklich zu sein ...

»Das ist kein Problem, ich kann das gerne per Videotelefonie machen«, erklärte Nora und riss mich damit aus meinen Überlegungen. »Vielleicht beginnen wir gleich heute noch? Ich denke, bei dir, Richie, ist die Sache brenzliger, da du von der Presse ja nicht gerade im besten Licht dargestellt wirst, nachdem du mit Haydens Geschäftspartner aneinandergeraten bist.«

»Was nicht meine Schuld war«, brummte ich genervt, biss mir dann allerdings auf die Wangeninnenseite, als ich Noras Schmunzeln sah.

Verdammt, es war echt gar nicht so leicht, nicht auf Vorwürfe zu reagieren, sondern meine Meinung dazu hinunterzuschlucken.

»Also gut, ich werde euch mit euren Handynummern zu einer Gruppe hinzufügen. Das macht die Kommunikation für uns alle einfacher, ich hoffe, damit seid ihr einverstanden. Und ich werde euch bei der Probe zusehen, um ein Gefühl für eure Dynamik zu bekommen. Am besten verhaltet ihr euch so, als wäre ich gar nicht da. Ich werde mich im Hintergrund halten, euch zuhören, beobachten und mir ein paar Notizen machen. Haben wir hier Strom für meinen Laptop?« Sie sah sich um, und ich zeigte ihr die Buchse neben dem Sofa, mit der sie ihren Computer laden konnte.

Dankbar steckte sie das Kabel ein und erklärte die Besprechung für beendet, bevor sie mich bat, bei ihr Platz zu nehmen.

Nervös wischte ich meine Handflächen an den Jeans ab und kam ihrer Aufforderung nach.

Die anderen bezogen in der Zwischenzeit Aufstellung, und Spencer begann sofort einen lässigen Beat zu spielen, als hätte er nur darauf gewartet, endlich wieder an den Drums zu sitzen.

»Hey, könnt ihr noch damit warten, bis ich hier fertig bin?«, rief Nora, woraufhin die Jungs mit einem »Sorry!« antworteten und Spencer seine Drumsticks zwischen den Fingern wirbeln ließ. »Also ...«, wandte sie sich mit weicher Stimme wieder mir zu, und ich merkte den Unterschied zwischen der knallharten Managerin und der liebevollen Mutterfigur. »Willst du mir von ihr erzählen? Wie habt ihr euch kennengelernt?«

Nur zu gern folgte ich ihrer Bitte und erzählte ihr von Haydens und meinem ersten Aufeinandertreffen und von den zwei Wochen, in denen ich die bisher beste Zeit meines Lebens verbracht hatte. Vom Ende einmal abgesehen. Und ich erklärte ihr, wie sich das mit Davis *wirklich* zugetragen hatte.

Sie machte sich ein paar Notizen und unterbrach mich kein einziges Mal.

»Ich möchte, dass du weißt, dass ich den Stress nicht angefangen habe. Dazu bin ich nicht der Typ. Allerdings kann ich auch schlecht die Klappe halten, und Davis hat das mehr als provoziert.«

Nora schmunzelte. »Vor mir musst du dich nicht rechtfertigen, Richie. Und wir alle sind Menschen. Wir haben Gefühle, und die kochen hin und wieder über, vor allem, wenn es um jemanden geht, den wir lieben.«

Ihr letztes Wort ließ mich stocken. Bis mir klar wurde, dass sie den verdammten Nagel auf den Kopf getroffen hatte.

Verflucht, ich musste es Hayden sagen – sie musste wissen, wie ich für sie empfand, bevor es womöglich endgültig zu spät war!

Um mir nicht anmerken zu lassen, dass mich diese Erkenntnis so aus der Bahn warf, wechselte ich das Thema. Ich erzählte ihr von meiner Mutter, weil es garantiert wichtig war, Nora auch über meine Schattenseiten in Kenntnis zu setzen. Besser jetzt, als wenn ein Reporter zu wühlen begann und diese Details ans Licht beförderte – wobei das vermutlich nur eine Frage der Zeit war.

»Wie stehst du zum Konsum betäubender Substanzen?«, erkundigte sie sich schließlich bei mir und sorgte dafür, dass ich meine Hände zu Fäusten ballte und meine Kiefer aufeinanderpresste. »Sorry, ich muss das fragen. Nicht nur, weil Künstler, vor allem Musiker, gerne ihre Sinne erweitern, um ... na ja, wie soll ich es am besten ausdrücken? Um ihrer Kreativität Raum zu geben und sich selbst und ihre Muse zu fördern.«

Ich streckte meine Finger durch, ließ sie knacken und ermahnte mich zur inneren Ruhe. Dann setzte ich Nora darüber ins Bild, wie ich dieses Thema sah.

Überrascht runzelte sie die Stirn. »Also habt ihr diesbezüglich eine Null-Toleranz-Grenze?«

»Außer was Alkohol betrifft. Aber selbst da würde ich mir die Jungs vorknöpfen, wenn ich das Gefühl hätte, sie würden sich nicht mehr unter Kontrolle haben.«

»Dann bist du sozusagen derjenige, der ein wenig die schützende Hand über alle hält«, stellte sie zufrieden fest und zwinkerte mir zu.

»Wenn du es so ausdrücken willst, ja. Sicher, die Jungs sind alt genug, dass sie wissen, was sie tun. Allerdings ist ihnen bewusst, dass sie mit ihrem Handeln einen Keil zwischen mich und die Band treiben könnten – und das können sie sich nicht leisten. Weil ich mit Abstand der beste Bassist bin, den sie kriegen können.«

Noras Lachen war herzlich und ehrlich und kein bisschen, als würde sie mich nicht ernst nehmen, sondern eher, als würde sie mich für mein Selbstbewusstsein feiern. Sie war definitiv die richtige Wahl gewesen. »Das denke ich übrigens auch«, meinte sie schließlich. »Okay, also pass auf, ich möchte gern so schnell wie möglich ein Gespräch mit Hayden und dir führen, damit wir uns auf eine Strategie einigen können, wie wir mit der Presse umgehen wollen.«

»Ich werde auf keinen Fall tun, als wären wir nicht zusammen oder als hätte es sich bei ihr nur um einen Urlaubsflirt gehandelt. Dass ich das vor den Paparazzi behauptet habe, bereue ich inzwischen zutiefst und würde es am liebsten rückgängig machen.«

Shit, womöglich hat sich Hayden deshalb nicht mehr gemeldet – weil es sie möglicherweise doch verletzt hat und sie mir jetzt aus dem Weg geht, um sich selbst zu schützen?

»Dazu bietet sich bald die Gelegenheit«, erklärte Nora entschlossen und lenkte meine Konzentration wieder auf das Gespräch. »Wie gesagt, ich stehe voll und ganz hinter euch und werde all eure Interessen vertreten. Und ja, ihr dürft ein Privatleben führen, denn ihr seid in erster Linie eines: Menschen. Ich werde auch ein Pressetraining für jeden von euch vereinbaren. Das halte ich für besonders wichtig. Und egal, was los ist, ich will, dass ihr mit all euren Sorgen zu mir kommt. Weil eure Probleme automatisch die der Band sind und wir sie am besten gemeinsam lösen, bevor sie an die Öffentlichkeit dringen.«

Dankbar nickte ich. »Das werden wir.«

»Gut. Dann melde dich mal bei deiner Hayden und sag mir Bescheid, wann ihr Zeit habt für den Call. Ich richte mich nach euch.«

»Könnte sein, dass es bei ihr erst geht, wenn es bei uns mitten in der Nacht ist«, sagte ich, weil ich ihr nicht sofort erklären wollte, dass die Situation zwischen Hayden und mir gerade etwas schwierig war.

Nora hob eine Augenbraue. »Richie, mit der Vertragsunterzeichnung als eure Managerin habe ich *mein* Privatleben in großen Teilen aufgegeben. Ich arbeite für euch, immer und jederzeit. Ich habe keine fixen Arbeitszeiten, und wenn ihr mich braucht, bin ich da. Das ist meine Grundeinstellung und sorgt meiner Meinung nach für ein gutes Verhältnis zwischen uns.«

Überrascht runzelte ich die Stirn, merkte allerdings, dass sie mit ihrer Aussage nur noch mehr Sympathiepunkte bei mir sammelte. »Könnte auch sein, dass sie sich gar nicht meldet«, erklärte ich deshalb leise. Weil ich das Gefühl hatte, Nora voll und ganz vertrauen zu können.

Besorgt schaute sie mich an. »Wie meinst du das?«

In wenigen Worten erzählte ich ihr von der angespannten Kommunikation, seit ich wieder hier war.

Tief atmete sie durch. »Das tut mir leid für dich.« Fürsorglich legte sie ihre Hand an meinen Rücken. »Egal, was dabei herauskommt, wir finden eine Lösung, okay? Immerhin sollt ihr beide euer Leben leben können, ohne ständig von sensationsgeilen Journalisten belagert zu werden. Halte mich einfach auf dem Laufenden.«

Knapp nickte ich, doch der Knoten in meinem Magen löste sich auch nicht, als ich mit den Jungs probte und Musik, die mich normalerweise immer erdete, durch meine Venen floss.

36 – Hayden

In mir krampfte sich alles vor Sehnsucht zusammen, als ich auf das Handydisplay starrte, auf dem erneut ein Anruf von Richie einging. In den letzten Tagen hatte er sich mehrfach bei mir gemeldet, doch ich hatte ihn bis auf eine kurze Nachricht schweren Herzens ignoriert. So vieles stand bei mir an, was geklärt oder entschieden werden musste. So vieles, was mich unklar in der Luft hatte hängen lassen.

Ich war mir sicher, dass Richie Antworten von mir haben wollte. Antworten, warum ich mich nicht meldete und wann, oder vielleicht sogar, ob wir uns wiedersahen. Doch die hatte ich ihm bisher nicht geben können. Erst hatte ich alles bei mir klären müssen, für mich selbst herausfinden müssen, wie ich mit dem Thema Presse und mit Davis weitermachte, weshalb ich ihm feigerweise einfach aus dem Weg gegangen war.

Dass er heute schon das dritte Mal anrief, brannte in mir. Allerdings würde ich es nicht schaffen, ihn wegzudrücken – noch dazu, da es genau genommen keinen Grund mehr dafür gab, ihm aus dem Weg zu gehen. Die Angst vor einem endgültigen Bruch und dem damit einhergehenden Herzschmerz einmal ausgenommen.

Erneut verklang der Anruf, und ich seufzte auf. Zum Teil erleichtert, seine Stimme nicht hören zu müssen. Weil ich mir sicher war, dass sie all die mühsam um mein Herz errichteten Schutzmauern einreißen würde. Zum Teil frustriert, da ich eine weitere Gelegenheit verpasst hatte, mit ihm reden zu können. Denn wenn ich ehrlich war, sehnte sich alles in mir nach ihm, doch die Angst vor dem Schmerz war größer.

Gerade wollte ich das Handy beiseitelegen und mich endlich der finalen Fassung des Vertrags widmen. Das hatte ich schon längst erledigt haben wollen, doch Mr Faris hatte etwas länger mit dem Anpassen meiner Änderungswünsche gebraucht.

Gerade beugte ich mich erneut über das Schreiben, das meinen Ausstieg aus *WholeVegan* besiegeln sollte, als mein Telefon ein weiteres Mal vibrierte und eine Nachricht ankündigte. Und ja, sie war von Richie.

Richie: Bitte melde dich bei mir, wir müssen wirklich dringend etwas besprechen. Es geht um uns beide und die Presse.

Sofort sackte mein Herz in den Magen, und mir wurde übel. Anstatt Richie zu antworten, googelte ich unsere Namen, obwohl ich das zuletzt erst heute Morgen getan hatte. Gab es einen neuen Bericht über uns, der mir entgangen war? Doch nein, ich konnte nichts finden, das ich nicht bereits kannte.

Allerdings war meine Neugier geweckt, und sosehr ich in letzter Zeit standhaft geblieben war, was das Nichtmelden bei ihm betraf, so schnell knickte ich durch diese eine Nachricht ein.

Was ich jedoch nicht schaffte, war, ihn anzurufen. Seine Stimme zu hören, würde mich vermutlich gerade zerstören.

Hayden: Was ist los?

Statt mir zurückzuschreiben, rief er erneut an.

Verdammt, im Grunde hätte ich damit rechnen müssen.

Tief atmete ich durch und wappnete mich gegen das schmerzhafte Ziehen in der Brust, bevor ich den Anruf annahm. Meine Stimme war dünn, als ich mich mit einem knappen »Hallo« bei ihm meldete. Ein kurzer Blick auf die Uhr verriet mir, dass es bei ihm inzwischen mitten in der Nacht sein musste.

Schon sein »Hey« warf mich völlig aus der Bahn. Seine Stimme war weich und warm und voller Sehnsucht und sorgte dafür, dass mir augenblicklich die Sicht verschwamm. »Wie geht es dir?«

»Gut«, brachte ich tränenerstickt hervor.

»Vielleicht liegt es an der Entfernung und dem etwas schlechten Empfang, aber spontan würde ich sagen, dass sich *gut* anders anhört.«

Gequält musste ich lachen. »Nein, mir geht es wirklich gut. Also ... den Umständen entsprechend.«

»Okay? Was ist passiert?«

In wenigen Worten brachte ich ihn auf den neuesten Stand, was Davis und das getauschte Schloss sowie den verwehrten Zugriff auf meine E-Mails betraf.

»Dieser Mistkerl kann von Glück reden, dass ich gerade zu weit weg bin, um ihm dafür den Hals umzudrehen.« Richie knurrte die Worte regelrecht, und mein Herz schmolz, weil er sich immer noch so sehr für mich einsetzte – und das, obwohl ich ihn die letzten Tage quasi geghostet hatte. War er mir denn gar nicht böse, dass ich ihm aus dem Weg gegangen war?

»Dann kannst du mir auch gleich die Leviten lesen«, gab ich kleinlaut zu, bevor ich ihm von dem Treffen mit meiner leiblichen Mutter im Restaurant erzählte.

Schweigend lauschte er meinen Worten. »Und was machst du jetzt? In Bezug auf sie meine ich.«

Gott, ich liebte es, dass er trotz allem mit seiner Meinung hinterm Berg hielt und mich ruhig und sachlich nach meiner Einschätzung fragte.

»Keine Ahnung«, gab ich leise zu. »Aber ihr Verhalten hat mich unglaublich verletzt.«

»Du weißt, dass sie das immer wieder tun wird. Sie kann nicht anders, glaub mir. Ich kenne das nur zu gut.« Er sagte es, als wäre es eine Tatsache – und vermutlich hatte er damit recht.

»Ja, dessen bin ich mir jetzt auch bewusst«, erwiderte ich nach ein paar Sekunden und fühlte mich mit einem Mal wahnsinnig müde. »Irgendwie wollte ich es bisher einfach nicht wahrhaben. Und ein Teil von mir klammert sich nach wie vor an die Hoffnung, sie könne sich ändern. Dass sie für *mich* anders sein will. Sie ist mein einziger Zugang zu meinen Wurzeln, weißt du?«

Richie stieß ein leises Brummen aus. »Was ist mit deinen Großeltern? Weißt du inzwischen, wer sie sind? Hast du sie kontaktiert, oder ... möchtest du das überhaupt?«

»Ja, ich weiß inzwischen, wer sie sind, und habe versucht, sie zu kontaktieren. Jedoch habe ich erfahren, dass beide tot sind. Mein Großvater ist vor ein paar Jahren an einem Herzinfarkt gestorben, kurz darauf meine Großmutter an Darmkrebs.« Zu wissen, dass ich keine Gelegenheit haben würde, sie kennenzulernen, tat weh. Egal, wie verletzend sie Lainey gegenüber gewesen waren.

»Das tut mir leid«, sagte Richie mitfühlend, und zu gern würde ich ihn jetzt sehen und mich von ihm halten lassen.

»Danke. Wie war das Wiedersehen mit deinen Bandkollegen?«, lenkte ich schließlich auf ein anderes – für uns hoffentlich leichteres – Thema.

»Großartig.« Ich konnte direkt hören, wie er grinste. »Und Nora, unsere neue Managerin, ist ebenfalls toll. Unter anderem deshalb habe ich mich auch bei dir gemeldet. Aber ... mit uns beiden ist doch alles in Ordnung, oder?«

Ich zögerte mit meiner Antwort. Denn ja, grundsätzlich

war alles gut zwischen uns. Es lag nur an mir, dass ich … irgendwie blockiert war.

Da ich nicht sofort etwas erwiderte, redete Richie weiter. »Ich weiß, dass du nach der ganzen Presse-Scheiße Zeit brauchst, aber … Hayden, du bedeutest mir unglaublich viel. Dich nicht zu sehen, nicht zu hören, tat echt weh.«

»Tut mir leid, das wollte ich nicht.«

»Schon gut, Hayden. Du wirst deine Gründe haben. Wenn du sagst, dass alles okay zwischen uns ist, dann …« Er machte eine Pause, und ich war gespannt, wie der Satz weiterging, doch er wechselte das Thema. »Lass mich dir besser sagen, weshalb ich angerufen habe, damit du dich gleich wieder deiner Arbeit widmen kannst. Nora möchte ein Gespräch mit uns beiden vereinbaren, damit wir darüber reden können, wie wir bezüglich der Presse vorgehen.«

O Gott, das würde bedeuten, noch öfter Richies Stimme hören oder ihn gar sehen zu müssen. Allein dieses Telefonat brachte mich an meine Grenzen. Ich merkte, dass ich mir die freie Hand fest gegen die Brust presste, in der sich ein beißender Schmerz hartnäckig hielt, der seit Beginn des Gesprächs intensiver geworden war, weil ich Richie so sehr vermisste. Ihn nicht zu sehen und nicht zu hören, tat weh. Es zu tun, aber auch.

Dass ich nicht reagierte, geschweige denn sofort begeistert auf seine Bitte ansprang, musste ein herber Tiefschlag für Richie sein. »Oder willst du das etwa nicht?«, fragte er, und die Enttäuschung in seiner Stimme trieb mir Tränen in die Augen.

»Doch, ich … weiß nur nicht …«

»Was ist los, Hayden? Du weißt, du kannst mir alles sagen …«

»Nichts, es ist nur … Durch meinen Ausstieg aus *Whole-Vegan* ist es gerade etwas chaotisch und viel.« Mal davon abgesehen, dass ich Richie so schrecklich vermisste, dass ich nicht wusste, wie ich den Schmerz länger aushalten sollte. Und gleichzeitig hatte ich riesige Angst, erst recht alles gegen die Wand zu fahren, würde ich mich noch länger rarmachen … Es fühlte sich an, als wäre ich in einem verflixten Teufelskreis gefangen, aber das sagte ich ihm nicht, sondern sprach weiter. »Hinzu kommt, dass Davis nach wie vor Probleme macht. Ich muss mich darauf konzentrieren, keine Fehler zu machen, aus denen er mir einen Strick drehen könnte. Hier geht es um meine berufliche Zukunft. Verstehst du, bei mir steht derzeit meine ganze Existenz auf dem Spiel. Das soll nicht heißen, dass ich deine Situation mit der Band und der Presse runterspielen will, aber …«

»Schon klar«, fiel er mir kühl ins Wort. »Ich hab's kapiert, du hast andere Prioritäten. Sollten sich diese doch noch verschieben, lass es mich wissen, okay?«

Dann hatte er einfach aufgelegt.

Mein Herz polterte wie irre in der Brust, und ich starrte geschockt auf mein Telefon, weil ich das Ende dieses Gesprächs so nicht hatte kommen sehen.

Gelähmt vor Schock war ich erst einmal unfähig, etwas zu tun; ihm zu schreiben oder ihn zurückzurufen und ihm klarzumachen, dass ich das eben nicht so gemeint hatte. Dass mir einfach gerade alles über den Kopf wuchs und ich aufpassen musste, mich nicht selbst zu ruinieren. Doch noch bevor ich mich sammeln konnte, um eine vernünftige Entscheidung zu treffen, ging von ihm eine Nachricht ein.

Richie: Sorry, solltest du dich unter Druck gesetzt fühlen. Auch bei mir steht gerade alles kopf, und ich muss einen Weg für mich finden, um mich durch diese neue Situation zu kämpfen. Wenn ich es mir aussuchen könnte, dann mit dir an meiner Seite, weil ich dich liebe. Sollte das eben nicht klar geworden sein. Also lass mich wissen, wenn du für ein Gespräch mit Nora bereit bist. Falls nicht, muss und werde ich es ebenfalls akzeptieren.

Richie liebte mich? Nun liefen mir die Tränen haltlos über

die Wangen, weil dieser Mann mal wieder viel zu gut und verständnisvoll war und er mich mit seinen Worten mitten ins Herz getroffen hatte.

Ich brauchte ein paar Minuten, bis ich mich wieder so weit gesammelt hatte, um den letzten Absatz des Vertrags noch einmal zu lesen und schließlich meine Unterschrift darunterzusetzen.

Als ich diesen Schritt geschafft hatte, atmete ich tief durch und begann, meine persönlichen Sachen in meinem Büro zu packen. Heute war der letzte Tag, an dem ich hier war, und dieses Wissen sorgte zusätzlich für das reinste Gefühlschaos in mir.

Izzy machte einen kleinen Rundgang durch den Raum, als wüsste sie ebenfalls, dass sie ab morgen nicht mehr hierherkommen würde.

Kurz schaute ich ihr dabei zu, bevor ich alles, was mir gehörte, einpackte. Das Foto meiner Familie sowie jenes von Izobel. Meine beiden Orchideen, die zu Hause beinahe eingegangen wären und hier schließlich wieder voll aufgeblüht waren – ob sie den Umzug zurück nach Hause überleben würden, war fraglich. Außerdem hatte ich noch mehrere Schokoladenriegel, eine Haarbürste, Make-up, ein Parfum und eine Handcreme hier, die ich in den Karton räumte.

Wie Izzy schaute ich mich ein letztes Mal im Büro um, in dem ich lange gedacht hatte, meinen Traum zu leben – bis ich schließlich verstand, dass es nicht meiner war. Ich dachte an die vielen lustigen Meetings, an die Firmenfeier letztes Jahr im Sommer, weil wir so viel Gewinn gemacht hatten und so schnell gewachsen waren. Ich dachte aber auch an die Diskussionen mit Davis, wenn er mir seine Meinung als die einzig wahre verkaufen wollte, und wie er aus meiner Idee die seine gemacht hatte, ohne es mich merken zu lassen.

Ja, ich hatte hier eine schöne Zeit verbracht und war gemeinsam mit dem Unternehmen gewachsen. Und ja, ich war traurig, *WholeVegan* hinter mir zu lassen – aber nicht wegen des Unternehmens selbst oder meiner Position, sondern wegen der vielen lieben Angestellten, mit denen ich hier gemeinsam so viel geschaffen hatte.

Als ich mit dem Karton in der einen Hand und Izzys Leine in der anderen schließlich das Büro verließ, war es spät. Die meisten Leute waren bereits nach Hause gegangen. Von denen, die mir besonders am Herzen lagen, hatte ich mich heute Mittag persönlich verabschiedet. Nur Liv war noch hier, und so, wie sie mich anschaute, hatte sie auf mich gewartet.

»Du wirst hier fehlen, Hayden«, sagte sie mit belegter Stimme. »Aber ich glaube, du hast die richtige Entscheidung getroffen. Das hier ...« Sie sah sich um. »... das warst nie du. Ich habe deine ursprüngliche Idee, von der du mir bei der Firmenfeier erzählt hast, nicht vergessen. Egal, wohin es dich in Zukunft treibt, du gehst deinen Weg.«

Lächelnd lief ich neben ihr her auf den Ausgang zu. »Danke, das bedeutet mir viel.«

»Du findest bestimmt etwas, das dich so erfüllt, wie du es dir gewünscht hast. Alles Gute, Hayden!« Mit diesen Worten zog sie mich in eine herzliche Umarmung, dann drehte sie sich um und ging zu ihrem Auto. Und ich war mir sicher, ich hatte in ihren Augen ebenfalls Tränen gesehen.

»Hey, alles okay bei dir? Du klingst, als hätte dir jemand die Frühstücksflocken geklaut.« Jackson, mit dem ich am darauffolgenden Abend videotelefonierte, runzelte besorgt die Stirn.

Gemächlich kraulte ich Izobel und streichelte ihren Rücken. Sie hatte es sich neben mir auf der Couch gemütlich gemacht, und ich war einfach nur froh, sie zu haben.

»Sicher. Ich habe bloß gestern den Vertrag unterzeichnet und bin seitdem total angespannt. Keine Ahnung, wann Davis ihn bekommt und wie er darauf reagieren wird.«

»Shit! Und jetzt verschanzt du dich zu Hause?«

Seufzend ließ ich mich auf die Couch zurücksinken. »Ja, mein Büro habe ich bereits gestern geräumt und lediglich firmeninterne Unterlagen dortgelassen. Alles Private habe ich schon mitgenommen. Heute werde ich mir einen neuen Laptop kaufen«, sagte ich mit einem schwachen Lächeln. Dieser Shoppingtrip war vermutlich der einzige Lichtblick in meinem aktuellen Chaosleben.

»Aber dann hast du ja den schwersten Teil geschafft, oder?« Jackson sah mich optimistisch an.

»Hm, ja ... vielleicht.«

Er zog seine Stirn kraus. »Okay, was ist los? Und sag jetzt nicht *Nichts,* ich kenne dich, Hayden. Hat Davis dir etwas getan? Erpresst er dich oder ...«

»Nein, es hat nichts mit Davis zu tun, es ist ... Richie.«

Als hätte Izobel verstanden, dass ich gerade von ihm sprach, hob sie ihr Köpfchen und schaute mich neugierig an. Sie vermisste ihn ebenfalls ...!

»Richie? *Er* erpresst dich?«

»Was? Gott, nein! Er ist ... großartig. Verständnisvoll und so lieb. Und ich habe ihn bitter enttäuscht. Er möchte ein Gespräch mit seiner Managerin und mir bezüglich der Presse führen, aber gerade habe ich nicht den Kopf dafür, ich ...«

» Hayden Butler, das ist nicht dein Ernst, oder?«, fiel Jackson mir ins Wort.

»Doch?«, brachte ich kleinlaut hervor.

»Was, zur Hölle, stimmt nicht mit dir? Wovor hast du Angst?«

Blinzelnd legte ich den Kopf in den Nacken. »Ich weiß es nicht, Jacks ... Es ist ... Richie und mich trennt ein Ozean. Wie soll ich da an eine gemeinsame Zukunft glauben?«

Jackson schnaubte verächtlich auf, was mich überraschte und zugleich verletzte. Und dann sagte er etwas, das meine Sichtweise auf alles völlig veränderte ...

37 – Richie

»Fuck, Mann, ich mach mir ehrlich Sorgen um dich. So deprimiert kenne ich dich gar nicht.« Theo ließ sich neben mich auf Lex' Couch sinken und reichte mir eine Flasche Bier, mit der ich ihm zuprostete.

Meine miese Laune war nicht schwer zu erklären. Morgen würde Tessa endlich bei Lex einziehen, nachdem sie aufgrund des Pressetrubels bei ihren Eltern in Liverpool Zuflucht gesucht hatte. Die einzige Möglichkeit für die beiden, die Aufregung um sie als Paar so gering wie möglich zu halten. Doch inzwischen hatte Nora eine Pressemitteilung über die Beziehung der zwei verfasst. Lex hatte zusätzlich in Absprache mit unserer Managerin einen Beitrag auf Instagram gepostet, der ihn in inniger Pose mit Tessa zeigte. Die Katze war also aus dem Sack, weshalb er nicht nur uns Jungs, sondern auch ein paar andere Leute eingeladen hatte, um den letzten Abend allein in seiner Wohnung zu feiern. Laute Musik drang aus den Boxen, es roch nach den Pizzen, die vorhin geliefert worden waren, und alle hatten gute Laune. Alle außer mir. Denn bei Hayden und mir war die Lage unverändert, und sosehr ich meinen

Freunden ihr Happy End gönnte, so sehr schmerzte es mich, dass es mir weiterhin verwehrt blieb.

»Wundert es dich?«, gab ich bitter zurück.

»Wegen Lex und Tessa?«, raunte Theo mir zu.

»Es ist echt hart, die zwei gemeinsam zu erleben. Dass sie jetzt auch noch hier einzieht ... Keine Ahnung, mich macht das einfach fertig«, gab ich zu. »Nicht falsch verstehen, ich gönne den beiden ihr Liebesglück.«

»Aber du hast das nicht«, schlussfolgerte er, und ich nickte.

»Hayden ist in Palm Springs und hat ihre ganz eigenen Probleme. Und ich war am Telefon auch noch richtig scheiße zu ihr. Würde mich nicht wundern, wenn sie gar nichts mehr mit mir zu tun haben will.«

Theo schnaubte. »So schlimm kann es doch nicht sein, oder?«

In wenigen Worten erzählte ich ihm, was ich zuletzt zu Hayden gesagt hatte, bevor ich mit einer Textnachricht zu retten versucht hatte, was ich verbockt hatte. »Aber seitdem hat sie sich wieder nicht mehr gemeldet. Keine Nachricht, kein Anruf. Nichts.«

»Scheiße, Mann, das tut mir leid. Ist halt auch echt schwierig, weil du nicht einfach mal bei ihr vorbeifahren und mit ihr persönlich reden kannst ... Was wäre denn, wenn du dich noch einmal bei ihr telefonisch meldest?«, schlug Theo vor.

»Nein, das würde sie bloß unter Druck setzen. Das will ich nicht.« Mal davon abgesehen, dass ich nicht einmal wusste, ob sie was für mich empfand. Immerhin hatte ich ihr gestanden, dass ich sie liebte, und von ihr kam nach wie vor ... nichts.

»Du hast einfach Angst vor einem Korb.« Lachend stieß er mir in die Seite.

Ich hingegen fand das ganz und gar nicht lustig. Wenn ich ehrlich war, fürchtete ich nämlich genau das: Dass sie mir beim nächsten Mal sagte, es würde keinen Sinn machen, über diese Entfernung eine Beziehung aufrechtzuerhalten. Denn schon seit meiner Abreise hatte sie nicht wirklich großen Einsatz gezeigt. Und ich hatte keine Ahnung, wie ich damit umgehen sollte, wenn sie mir offenbarte, dass sie für mich einfach nicht dasselbe fühlte wie ich für sie.

Gut, auch ich hatte mich inzwischen etwas zurückgezogen. Konnte man mir das verübeln? Zuerst hatte ich noch gedacht, sie bräuchte einfach etwas Abstand und Ruhe, um sich um alles zu kümmern, was bei ihr mit *WholeVegan* anstand. Doch inzwischen war ich mir nicht mehr so sicher, ob die Funkstille zwischen uns nicht zu lange dauerte ...

»Scheiße, das war ein Scherz«, meinte Theo und rieb sich über seinen tätowierten Unterarm.

»Sorry, bin gerade nicht sehr empfänglich für solche Späße.«

Theo runzelte die Stirn, und ich wusste, dass er mich nicht hatte kränken wollen. »Was sagst du eigentlich dazu, wie die Fans darauf reagieren, dass Lex mit Tessa zusammen ist?«, wechselte er schließlich das Thema.

Die Kommentare auf ihre offizielle Bekanntgabe gestern waren zum Teil echt heftig.

»Keine Ahnung. Ich bin ehrlich gesagt ... enttäuscht. Kann man das so sagen?«

Theo machte ein zustimmendes Geräusch. »Mich haben manche Leute auch echt sprachlos gemacht.«

Nicht nur, dass angedroht worden war, unsere Musik zu boykottieren, solange Lex und Tessa zusammen waren, einige hatten auch echt hässliche Dinge über Tessa selbst geschrieben. Zwar waren Nora und ihre Assistentin Evie dahinter, alles zu löschen, was gewisse Grenzen überschritt, aber die User waren um einiges schneller als die beiden.

»Das Ganze hinterlässt auf jeden Fall einen schalen Beigeschmack und stimmt mich nachdenklich. Als wären wir schlicht den Fantasien unserer Fans ausgeliefert und würden nur ihnen gehören. Dürften außerhalb der Band und ihren Träumen nicht existieren«, sagte ich und schaute besorgt in Lex' Richtung. Keine Ahnung, wie es in ihm aussah und wie groß seine Sorgen um Tessa und die Band sein mussten.

Erneut wollte Theo etwas darauf erwidern, als mein Telefon vibrierte.

Ich zog es aus meiner Hosentasche und sah, dass die Message von Hayden war.

»Sieht so aus, als hätte sie gespürt, dass wir vorhin über sie geredet haben«, meinte er mit einem Grinsen, klopfte mir auf die Schulter und stand auf, um mir Raum zu geben, die Nachricht allein zu lesen.

Tief atmete ich durch, dann klickte ich sie mit einem flauen Gefühl im Magen an.

Hayden: Hast du kurz Zeit, mit mir zu telefonieren, oder schläfst du schon?

Augenblicklich überschwemmte mich neue Hoffnung. Freude und Unsicherheit kämpften in mir, gepaart mit der Angst, meine schlimmsten Befürchtungen könnten sich bewahrheiten und Hayden meldete sich nur, um die Sache mit uns beiden endgültig zu beenden.

Schnell kippte ich den Rest des Biers in mich.

Meine Knie waren weich wie nach dem härtesten Legday, als ich aufstand und hinaus auf den Balkon ging, um in Ruhe zu telefonieren – und das lag nicht ausschließlich am Alkohol.

Die Nacht war lau und feucht vom Nieselregen, der bei unserer Ankunft niedergegangen war. Doch jetzt hatte es aufgeklart, und der Mond zeigte seine Sichel über den Dächern Londons.

Tief atmete ich durch und wappnete mich für *alles,* bevor ich Haydens Nummer wählte.

»Hi, Richie!«

Wie letztes Mal kostete es mich all meine Kraft, beim Klang ihrer Stimme stark zu bleiben und nicht zusammenzubrechen. »Hayden, was ist los?« Dass ich diesmal kühl und abweisend rüberkam, tat mir leid. Das war reiner Selbstschutz.

»Wie geht es dir?«

»Ganz okay. Ich bin gerade mit den anderen auf Lex' Party.«

»Ah.«

Bildete ich es mir ein, oder konnte ich Enttäuschung in diesem einen Laut hören?

»Also, ich wollte mit dir reden, weil ich mich bei dir entschuldigen muss. Dafür, dass ich mich so lange nicht gemeldet und dich im Unklaren gelassen habe, was uns beide betrifft.«

Angespannt hielt ich den Atem an. »Okay. Danke für die Entschuldigung.« Immer noch rang ich angestrengt um Fassung.

»Ist ... zwischen uns noch alles okay? Kannst du mir vergeben?«

Ihre Stimme zitterte, und nun war der Moment erreicht, ab dem ich es nicht länger schaffte, meinen Schutzwall aufrechtzuerhalten.

Blinzelnd legte ich den Kopf in den Nacken. »Ich denke schon. Hoffe es zumindest. Aber ... du hast mich mit deinem Schweigen verletzt.« Und damit, dass sie nicht auf mein Liebesgeständnis reagiert hatte, aber das erwähnte ich nicht. Ich wollte es nicht noch komplizierter machen, als es schon war.

»Das tut mir leid, Richie. Ich hätte es anders gemacht, wenn ich die Möglichkeit dazu gehabt hätte. Aber ... ich habe dich so vermisst und dich zu hören oder mit dir zu schreiben, hat mich jedes Mal an meine Grenzen gebracht. Ich brauchte aber all meinen Fokus für die Dinge, die mit meinem Ausstieg aus *WholeVegan* zusammenhingen.«

»Irgendwie ist es schwieriger als gedacht, mit so großem

Abstand zwischen uns, oder?« Dass ich damit den räumlichen sowie den emotionalen meinte, erwähnte ich nicht. Bestimmt fasste Hayden es richtig auf.

Sie lachte auf, doch es klang erstickt. »Ja, es hat definitiv leichter geklungen, als wir darüber gesprochen haben.«

»Dann ... möchtest du das zwischen uns endgültig beenden?«, brachte ich mühsam die Worte hervor, deren Antwort darauf ich am meisten fürchtete.

»Willst du das denn?«

Mein Herzschlag dröhnte laut in meinen Ohren. Ich sah nach oben zum Mond, vor den sich eine Wolke schob, und dachte daran, dass Hayden ihn gerade gar nicht sehen konnte, weil es bei ihr mitten am Nachmittag war.

»Nein«, flüsterte ich und hoffte, dass sie es gehört hatte.

»Ich auch nicht«, antwortete sie sofort.

Erleichtert atmete ich auf.

»Gott, ich vermisse dich so sehr.« Hayden weinte, und verdammt, ich hasste es, dass ich sie nicht an mich ziehen konnte.

»Ich dich auch. Ich wünschte, du wärst hier.«

»Ja?« Sie zog die Nase hoch und klang auf einmal gar nicht mehr so traurig wie zuvor. »Witzig, dass du das sagst.«

»Wieso?«

»Weil ich ... also, ich habe überlegt, dass ich, sobald ich hier alles abgeschlossen habe, nach London kommen könnte.«

»Ja?« Euphorie flutete meinen Körper, und ich wischte mir mit der freien Hand über das Gesicht, um mich zu wecken, sollte ich das gerade träumen. Doch ich war wach, und sie hatte das wirklich gesagt.

»Ja, also nur, wenn du mich sehen willst.«

»Scheiße, klar will ich dich sehen.«

Ich machte einen Sprung in die Luft, um meine Freude zu bändigen und ihr zugleich Raum zu geben. »Weißt du, was? Dein Ticket geht auf mich.«

»Was? Nein, das möchte ich nicht«, erklärte sie entschlossen, aber ich schüttelte den Kopf.

»Doch, ich bestehe darauf. Bitte. Sieh es als Dankeschön, weil du die Reparatur meines Fenders bezahlt hast.«

»Du meinst den, für dessen Schaden ich verantwortlich war?«, meinte sie neckend.

»Darüber können wir ja diskutieren, sobald du da bist«, schlug ich vor. »Wann willst du denn kommen? Und wie lange möchtest du bleiben?«

»Kommen? So oft du mich dazu bringst«, meinte sie, und, fuck, sofort zuckte mein Schwanz. »Also ich richte mich nach dir, wie klingt für dich Mitte nächster Woche?«

»Großartig!«, sagte ich, obwohl ich sie nur zu gern überredet hätte, schon morgen zu kommen.

»Okay, super, dann machen wir das so. Und bleiben? Am liebsten für immer, aber ... ich fürchte, dass ich nach einer Woche wieder zurückmuss. Zumindest diesmal.«

Gut. Das war gut. Eine Woche Hayden, und das in Kürze. Das war mehr, als ich mir erhofft hatte. Dass der Abschied erneut hart werden würde, daran wollte ich nicht denken. Nicht jetzt. Wir würden einfach jeden Tag, jede Minute, die wir gemeinsam verbrachten, in vollen Zügen genießen. »Ich zeige dir all meine Lieblingsplätze in London«, sagte ich leise und spürte die Aufregung in mir, weil ich am liebsten sofort den Flug für sie buchen wollte.

»Ich freue mich darauf. Und, Richie?«

»Ja?« Angespannt hielt ich die Luft an.

»Wenn du willst, können wir morgen mit deiner Managerin videotelefonieren. Oder wir reden mit ihr, sobald ich bei dir bin – ganz wie du möchtest.«

»Selbstverständlich stelle ich dich ihr persönlich vor, aber ehrlich gesagt wäre es wirklich gut, das Gespräch schon morgen zu führen. Ich schreibe ihr gleich mal wegen der Uhrzeit. Wann würde es dir passen?«

»Jederzeit, ich richte mich nach euch.«

»Okay«, sagte ich und freute mich darauf, Hayden in

wenigen Stunden nicht nur zu hören, sondern auch zu sehen.

Nora war wirklich großartig. Gleich nach dem Telefonat gestern mit Hayden hatte ich ihr bezüglich des Terminvorschlags geschrieben, und sie hatte sich sofort zurückgemeldet. Also trafen wir uns heute um fünf Uhr nachmittags online für den Videocall, und ich konnte mein Grinsen nicht verbergen, kaum dass Hayden auf dem Computerbildschirm auftauchte.

»Hey, Hübsche!«, begrüßte ich sie, was Nora, die ebenfalls anwesend war, mit einem amüsierten Laut quittierte.

»Hi, Richie! Hallo, Nora!«, sagte Hayden und winkte in die Kamera.

»Hayden, freut mich, dich kennenzulernen. Richie hat mir bereits eine Menge von dir erzählt. Ihr hattet ja richtig turbulente Tage in Malibu.«

»Ja, das kann man so sagen.«

Scheiße, sie lächeln zu sehen, war vermutlich das Schönste, das ich seit meiner Rückkehr erlebt hatte.

»Richie hat erwähnt, du würdest schon bald für ein paar Tage nach London kommen. Deshalb und für eure gemeinsame Zukunft ist es wichtig, dass wir uns bezüglich der Presse absprechen und uns überlegen, was wir nach draußen kommunizieren.«

Hayden und ich nickten, und Nora fuhr fort.

»Gut. Ihr solltet euch dessen bewusst sein, dass ihr das, was die Fans von euch erfahren, nicht sofort revidieren könnt. Dass du, Richie, vor der Presse gesagt hast, Hayden wäre nur ein Urlaubsflirt, obwohl ihr jetzt zu eurer Beziehung stehen wollt, ist nicht so schlimm. Komplizierter wird es, wenn ihr gefühlt alle zwei Wochen euren Beziehungsstatus ändert, versteht ihr, was ich meine? Aber so schätze ich euch nicht ein.«

»Das haben wir auch nicht vor«, erklärte ich schnell, und Hayden stimmte mir zu.

»Vielleicht hast du es bei Lex und Tessa mitbekommen, Hayden. Die beiden haben vor zwei Tagen bekannt gegeben, dass sie ein Paar sind, und das Feedback darauf war enorm – natürlich und leider nicht nur positiv. Selbstverständlich bin ich mit meiner Assistentin Evie hintendran, die richtig heftigen Hate-Kommentare zu löschen und alles andere zu moderieren, aber wir werden vermutlich nicht alle entdecken. Du, Hayden, hast im Falle, dass ihr eure Beziehung öffentlich machen wollt, zwei Möglichkeiten: Entweder du stellst all deine Profile auf privat. Hat zwar den Vorteil, dass die Leute nicht bei dir stöbern und etwas kommentieren können. Aber alles, was man verbirgt oder verheimlicht, ist umso interessanter. Was bedeutet, dass es sein kann, dass die Fans und Journalisten andere Wege suchen werden, mehr über euch beide, eure Beziehung und euer Privatleben zu erfahren. Je geheimnisvoller etwas gemacht wird, desto größer ist der Drang, einen Blick hinter die Kulissen werfen zu können, was unter Umständen bedeuten könnte, dass ihr umso mehr in den Fokus geratet. Oder die Leute erfinden selbst pikante Details – das kennt ihr ja bereits. Es wäre auch nicht verwunderlich, wenn sie mit KIs oder Photoshop arbeiten und sogenannte Aufnahmen von euch generieren, die nicht den Tatsachen entsprechen. Glaubt mir, ich habe schon alles erlebt. Die zweite Möglichkeit wäre, dass du deine Profile öffentlich machst und wir immer im Vorfeld absprechen, was wir den Fans zeigen und über euch erzählen. In dem Fall kann ich dir anbieten, dass du Evie Zugriff auf deine Konten gewährst und sie hier nach Absprache mit dir ebenfalls für Ordnung sorgt.«

Hayden runzelte die Stirn und wirkte ob der vielen Neuigkeiten gerade ziemlich überfordert.

»Du musst das sicher nicht sofort entscheiden«, sagte ich, um sie ein wenig zu beruhigen.

»Nein, auf keinen Fall sollst du jetzt etwas überstürzen. Aber bis zu deiner Ankunft in London solltet ihr euch zumindest entschieden haben, ob ihr eure Beziehung offiziell machen oder sie weiterhin geheim halten wollt. Bei Ersterem könnte es sein, dass ihr komplett in den Fokus rückt, bei Zweiterem besteht das Risiko, dass sie weitere Gerüchte streuen, sollte man euch gemeinsam sehen. Es wäre nicht das erste Mal, dass ein Fan die Gelegenheit nutzt und sich ein schnelles Geld verdient, indem er ein Foto an die Presse verkauft.«

»Okay, ich werde darüber nachdenken«, meinte Hayden schließlich. Und verflucht, ich hatte Schiss, dass sie doch noch einen Rückzieher machte, weil ihr der ganze Rummel zu viel wurde …

38 – Hayden

Nora mochte ich auf Anhieb. Sie war eine hübsche Frau Mitte bis Ende vierzig mit kurzen schwarzen Haaren, und ich hatte den Eindruck, dass ihr wirklich eine Menge am Wohl der Band lag – somit auch an Richies und meiner Beziehung.

Was mich allerdings heftig aus der Bahn warf, war ihre Aufzählung dessen, was passieren konnte, sollten wir weiterhin auf Geheimhaltung bestehen. Ebenso, wenn wir doch fast alles mit der Öffentlichkeit teilten. Es war eine Wahl, die sich nicht wie eine Wahl anfühlte.

Beim Gedanken daran, weiterhin bedrängt und von Fotografen verfolgt zu werden, ja sogar, dass Leute noch mehr in mein Privatleben eindringen könnten, schlug mein Herz immer schneller, und mir wurde übel. Dass ich meine schwitzigen Hände an den Jeans abwischte, schien sie nicht zu bemerken, denn sie redete einfach weiter. »Was ihr außerdem bedenken müsst, ist, dass ihr als Band womöglich nicht mehr für alle attraktiv genug seid und ihr durch eure Beziehung Fans verliert.«

Wirklich? Sollte nicht ihre Musik Grund genug sein, die

Band zu mögen? Die Welt war ein komischer Ort. Ich zog die Augenbrauen hoch und blickte zu Richie, der die Stirn runzelte.

»Was sagt Lex dazu?«, wollte er gepresst wissen.

»Dass es ihm – ich zitiere – ›am Arsch vorbeigeht!‹.« Nora verzog ihr Gesicht zu einem halben Lächeln.

Entschlossen nickte Richie. »Sehe ich genauso. Leute, die uns den Rücken kehren, weil wir glücklich und verliebt sind, sind keine echten Fans unserer Musik. Auf die können wir getrost verzichten.«

Seine Einstellung faszinierte mich. Und mein Herz schwoll an in dem Wissen, dass er mich über die *Mighty Bastards* stellte. In gewisser Weise zumindest. Und ich wusste, wie viel ihm die Band bedeutete.

Allerdings war es egal, wofür wir uns entschieden, wir würden mit der Entscheidung unser Leben verkomplizieren. Oder aber wir trennten uns doch – immerhin ich konnte zurück in meine Welt, in der sich niemand für mich interessierte, wenn die erste Welle des Dramas über mich hinweggeschwappt war.

Nachdem Nora uns über alles aufgeklärt hatte, verabschiedete sie sich und klinkte sich schließlich aus unserem Videocall aus.

Sofort bildeten sich Sorgenfalten auf Richies Stirn. »Du weißt, dass du nichts übereilen musst. Und wenn dir das alles doch zu viel ist, werde ich dein Nein zu uns akzeptieren. Nur werde ich mich dann komplett zurückziehen müssen, wir werden also keine Freunde bleiben kö…«

»Wovon zur Hölle redest du?«, fiel ich ihm ins Wort, als ich realisierte, worauf er hinauswollte.

Aus großen Augen schaute er mich an, und der Schmerz in seinem Gesicht sorgte dafür, dass sich alles in mir zusammenkrampfte. »Solltest du die ganze Aufregung um uns beide nicht wollen, kann ich es verstehen, wenn du Schluss machst.« Er presste die Worte gequält hervor, und am liebsten hätte ich ihn an mich gezogen und ihm mit meinen Küssen versichert, dass er sich umsonst Sorgen machte. So blieb mir allerdings nur, den Kopf zu schütteln.

»Richie, ich werde dich *nicht* verlassen. Sicher hätte ich mir gewünscht, dass wir eine ruhige Beziehung ohne all das Interesse der Öffentlichkeit führen können. Aber denkst du nicht, dass das im Laufe der Zeit abflauen wird? Jetzt am Anfang interessieren sich alle für uns, irgendwann jedoch gibt es Wichtigeres, über das berichtet wird. Dann haben wir unsere Ruhe und werden zumindest nicht mehr auf Schritt und Tritt verfolgt. Wir sind immerhin keine Hollywoodstars oder die königliche Familie.« Ich versuchte mich an einem Lächeln, das mir vermutlich misslang.

Eine Weile sah er mich an, ehe er die Lippen aufeinanderpresste und nickte. Ich kannte ihn gut genug, um zu erkennen, dass er noch etwas hatte sagen wollen, sich allerdings die Worte verkniff und erst einmal abwartete, was auf uns zukam.

»Ich komme nächste Woche nach London, das ist es doch, was zählt, richtig? Dass wir uns wiedersehen und du mir deine Stadt zeigen kannst.«

Sein Gesichtsausdruck wurde weicher, und erneut nickte er. »Du hast recht. Das ist alles, was vorerst wichtig ist. Du und ich, zusammen.«

»Und für mich wäre es okay, unsere Beziehung offiziell zu machen. Also ... falls das für dich ebenfalls in Ordnung geht.«

»Ja?«

O Gott, glitzerte es etwa in Richies Augen? »Ja. Ich habe lieber die Kontrolle darüber, was über uns berichtet wird. Also ... sofern man überhaupt von Kontrolle sprechen kann. Aber ... du weißt schon.« Ich lachte auf.

»Scheiße, Hayden, ich würde dich jetzt so gern an mich ziehen und küssen.«

In meiner Brust wurde es eng. »Das wäre echt schön. Es sind ja zum Glück nur noch wenige Tage ... Danke übrigens für die Flugtickets.«

»Das ist das Mindeste, wenn ich dich so unbedingt sehen will.«

Ich schmunzelte. »Das ist umgekehrt doch nichts anderes …«

»Wie geht es Izzy?«, wollte er schließlich wissen.

»Gut. Sie schläft in ihrem Bettchen.«

Ich nahm den Laptop hoch und drehte ihn so, dass Richie sie sehen konnte.

»Du musst sie von mir hinter den Ohren kraulen«, meinte er. »Sie vermisst das sicher ganz schrecklich.«

»Das mache ich jeden Tag.«

Ein tiefes Seufzen brach aus ihm hervor. »Wo ist sie eigentlich, während du in London bist?«

»Jackson kommt für ein paar Tage vorbei, bevor bei ihm die Kurse weitergehen. Er passt auf sie auf«, erklärte ich.

»Wird seltsam werden, dich ganz für mich zu haben«, meinte er schmunzelnd.

»Oh, ich denke, die Journalisten könnten dafür sorgen, dass wir nicht zu sehr in Zweisamkeit versinken«, scherzte ich und verzog gleichzeitig das Gesicht, weil es vermutlich genau so sein würde.

»Wir lassen uns von nichts und niemandem die Zeit zu zweit vermiesen. Und ich kann nicht garantieren, dass du die ersten zwei Tage überhaupt aus dem Schlafzimmer kommst.« Seine Stimme war mit einem Mal tiefer und rauer geworden und sandte in leiser Erwartung ein Kribbeln durch meinen Körper.

»Oh, was hast du mit mir vor?«, fragte ich und merkte, wie sich mein Atem beschleunigte und eine tiefe Sehnsucht von mir Besitz ergriff.

»Ich werde dich mit meinen Händen und meiner Zunge verwöhnen und … Zieh dein Shirt aus!«

»Was?« Überrascht von seiner Aufforderung musste ich kichern.

»Du bist doch zu Hause auf der Couch, richtig? Und du bist allein?«

Augenblicklich schoss Hitze durch mich hindurch. »Ja, bin ich.«

»Gut. Ich ebenfalls und ich ... Nein, vergiss es. Das war eine dumme Idee«, ruderte er zurück und wirkte glatt ein bisschen verlegen.

»Warte kurz.« Mit dem Laptop in der Hand ging ich ins Schlafzimmer, wo ich sofort die Fenster komplett verdunkelte und das Licht der Nachttischlampe einschaltete.

»Oh, es wird romantisch. Moment, ich mache mit«, erklärte Richie, stand auf, und kurz darauf war bei ihm sein Wohnzimmer ebenfalls nur noch dezent durch eine kleine Lampe beleuchtet, die ihn in ihren sanften Lichtschein hüllte.

»Das hier soll ich also ausziehen?«, fragte ich neckend und streifte mir das Tanktop über den Kopf. Mein Puls raste, und gleichzeitig war ich dermaßen erregt, dass ich hoffte, ihn nicht missverstanden zu haben – und dass er darauf einsteigen würde.

Richie leckte sich über die Lippen, und, verflixt, ich liebte es, dass ihn die Situation genauso anmachte wie mich. »Dann ist es wohl nur fair, wenn ich das hier loswerde.« Mit diesen Worten landete sein T-Shirt außerhalb meines Sichtfelds.

»Bin ganz deiner Meinung«, erklärte ich grinsend.

»Fuck, Hayden. Du ahnst nicht, wie gern ich jetzt bei dir wäre. Alles in mir schreit danach, dich zu küssen, zu berühren, dich zu riechen und zu schmecken ...« Er schloss die Augen und stöhnte verzweifelt auf.

»Was, wenn ich zumindest das Streicheln für dich übernehme?«, fragte ich atemlos.

Wie sehr ich es liebte, dass sich alleine durch meine Worte sein Atem beschleunigte und er mich mit diesem hungrigen Blick musterte, den er nur für mich reserviert hatte.

Wie sich seine Erregung deutlich an seiner Hose abzeichnete, und zwar nur durch das, was ich zu ihm gesagt hatte. Obwohl uns Tausende von Meilen trennten und wir uns durch einen Computermonitor anschauten.

»Klingt gut.« Seine Stimme war leiser, lustverhangener geworden. »Also wäre ich jetzt bei dir, würde ich sanft deinen Hals küssen.«

»Hier?«, fragte ich und zeigte auf die Stelle.

»Genau. Und dann würde ich tiefer wandern und deine Brüste umkreisen.«

Ich zeichnete mit der Hand den Weg nach, den er beschrieb, und wünschte mir sehnlichst, wir könnten uns tatsächlich in den Armen liegen.

»Ich würde den BH öffnen ...« Ich übernahm das für ihn. »... und dann sanft an deinen Brustwarzen saugen – so, wie du es magst. Mir für jede ausgiebig Zeit nehmen.«

Ich kniff hinein und stöhnte leise bei seinen Worten.

»Fuck, ja!« Er keuchte, und Hitze schoss zwischen meine Beine, sammelte sich in meiner Mitte, ließ mich sofort feucht werden.

»Ich würde dich jetzt auch gerne küssen.«

»Wohin?«, wollte er neckend wissen und zwinkerte mir zu.

Schmunzelnd tat ich, als würde ich erst darüber nachdenken müssen. Hielt mir sogar den Zeigefinger vor den Mund. »Zuerst auf deine Lippen.«

Richie befeuchtete sie und öffnete den Mund ein kleines Stück, als würde er tatsächlich jeden Moment meinen Kuss erwarten.

»Dann tiefer, über die Brust zu deinem Bauch.«

Wie ich zuvor, so zeichnete auch er den Weg nach, den ich beschrieb. »Ich würde dir jetzt deine Hose ausziehen«, meinte er schließlich.

Sofort kam ich seiner Bitte nach.

»Na, wenn das so ist ...« Er stellte den Laptop vor sich ab, und kurz sah ich nur seine kurze Hose, die gleich darauf zu Boden fiel, sodass er lediglich mit Boxershorts bekleidet war.

Auffordernd wackelte er mit den Augenbrauen, als er mich ansah.

Gott, er war süß. Und heiß!

»Berühre dich«, forderte er rau und ernst.

Ich schluckte, während Hitze durch meinen Körper wallte. Dann schob ich die Hand in meinen Slip. Streichelte mich mit halb geschlossenen Augen, Richie im Blick, und stellte mir vor, es wären seine Finger, die mich reizten.

Auch er griff in seine Boxershorts und umfasste seinen Schwanz, den er langsam zu reiben begann.

»Ich kann es kaum erwarten, ihn wieder zu schmecken und dich mit meiner Zunge verrückt zu machen«, sagte ich keuchend.

Richies verhaltenes Stöhnen schoss mir direkt zwischen die Beine.

Ich rieb mich schneller, kniff mir in die Brustwarzen und schaute Richie wie gebannt zu, wie er es sich selbst machte.

»Du bist unglaublich heiß, Hayden.«

Seine Worte prickelten durch mich hindurch. »Und du erst, Richie. Ich vermisse dich so sehr.«

»Ich dich auch«, brachte er gepresst hervor und steigerte wie ich das Tempo.

Ich keuchte, legte den Kopf in den Nacken, Richies Stöhnen im Ohr, und schloss die Augen, während ich kam. Sanfte, weiche Wellen waberten durch mich hindurch, bei Weitem nicht so intensiv, als wenn Richie hier wäre. Aber ich liebte es, dass er mir dabei zusehen konnte. Und gerade als mein Höhepunkt abebbte, überrollte auch ihn der Orgasmus.

»Ich liebe dich, Richie Scott«, flüsterte ich und war mir schon lange nicht mehr einer Sache so sicher gewesen wie dieser.

39 – Richie

Während ich am Flughafen stand und auf Hayden wartete, war ich scheißnervös. Was verrückt war, da ich wusste, dass sie in der Maschine saß. Hoffte ich jedenfalls. Zumindest war sie seit gestern Abend offline. Dennoch war da immer noch die Angst in mir, dass sie es sich anders überlegt haben konnte. Obwohl sie mir mehrfach beteuert hatte, wie sehr sie sich freute, mich zu sehen.

Sie liebte mich, das hatte sie mir gesagt. Und dennoch …

Erneut strömten Leute mit Koffern und Taschen in die Ankunftshalle, und ich hielt Ausschau nach Haydens langen blonden Haaren. Nicht zum ersten Mal hatte ich gedacht, sie sei es, die mir entgegenlief, und euphorisch die Hand zum Winken gehoben, nur um festzustellen, dass ich mich geirrt hatte.

Bis sie wirklich hier war. Eindeutig.

Sie zog einen großen Rollkoffer hinter sich her. Ihre Haare waren vom Flug und ihrem Nackenhörnchen zerzaust, doch in dem Moment, als sie mich entdeckte, hatte sie das schönste Lächeln überhaupt auf den Lippen. Sie beschleunigte ihren Schritt, ehe sie kurz vor mir den Koffer stehen ließ, mir in die Arme sprang und ihre Beine um mich schlang.

Ohne mich um die Blicke der anderen Leute zu scheren, küsste ich sie mit all der Sehnsucht, die mich seit unserer gemeinsamen Zeit in Malibu gequält hatte. Und sollten mir Paparazzi gefolgt sein und uns beide hier fotografieren, dann war es eben so. Dann hatte die Presse wenigstens ihre Bestätigung – und wir unsere offizielle Stellungnahme.

Nur widerwillig löste ich mich von ihr und ließ sie zu Boden gleiten. Mein »Hi!« klang atemlos. Mehr brachte ich gerade nicht zustande, weil in meiner Brust gefühlt ein Presslufthammer sein Werk verrichtete.

»Ich bin hier«, sagte sie und strahlte, als wäre sie der glücklichste Mensch der Welt. Aber das konnte nicht sein, denn der war ja bereits ich.

»Endlich. Lass uns zu mir nach Hause fahren. Außer du willst gleich die Stadt erkunden«, fügte ich hinzu.

Doch Hayden schüttelte den Kopf, während sie nach ihrem Rollkoffer griff. »Ich würde gern erst mal duschen, wenn ich darf. Und mir etwas anderes anziehen. Und was essen?« Sie legte eine Hand an ihren Bauch, was mich daran erinnerte, was die Klatschpresse über sie geschrieben hatte.

Sie musste an meinem Gesicht abgelesen haben, was mir durch den Kopf ging, denn sofort zuckte sie zusammen, als hätte sie sich verbrannt. Unsicher sah sie sich um, bevor sie sich zu mir beugte und mir »Ich bin *nicht* schwanger« in mein Ohr raunte.

»Okay«, flüsterte ich zurück, verwob ihre Finger mit meinen und dirigierte sie in Richtung Parkhaus.

»Mist, glaubst du, uns hat jemand gesehen und irgendwelche falschen Schlüsse gezogen?«, fragte sie, kaum dass wir aus dem größten Rummel raus waren.

»Ich denke nicht. Vorhin ist die englische Fußball-Nationalmannschaft angereist, die haben vermutlich mehr Aufmerksamkeit auf sich gezogen als wir beide.« Ich zwinkerte ihr zu. »Sonst wären wir vermutlich auch nicht allein unterwegs zu meinem Auto, sondern würden von mindestens einem Reporter verfolgt werden.« Vorsichtig sah ich mich um, während ich nun doch unsicher wurde. Dabei hatte ich nicht zulassen wollen, dass mir etwas die Freude an Haydens Aufenthalt vermieste.

Ihr schien die Antwort jedoch zu genügen, denn wir hatten immerhin auch im Vorfeld entschieden, unsere Beziehung öffentlich zu machen.

Sie stieß erleichtert den Atem aus und hopste neben mir her. »Ich bin wirklich hier bei dir. In London! Wie verrückt ist das, bitte?«

Ich nahm ihr den Koffer ab und verwob die Finger der freien Hand mit ihrer. Und weil ich aufhören musste, hinter jeder Ecke einen Paparazzo zu vermuten, kaum dass ich mit Hayden gemeinsam unterwegs war, vertrieb ich meine negativen Gedanken und ließ mich von ihrer guten Laune anstecken. Sie war hier, bei mir. War nur für mich den weiten Weg angetreten …

Nervös wischte ich meine Hände an den Jeans ab, bevor ich den Wohnungsschlüssel aus der Hosentasche holte und aufschloss. Hayden in mein Reich zu führen, war aufregend und ich hoffte, dass sie sich wohlfühlte und es ihr hier gefiel.

Neugierig betrat sie das Wohnzimmer, in dem ein gemütliches graues Sofa mit zwei weißen Ledersesseln stand, an das direkt die offen stehende cremefarbene Küche mit Hochglanzfronten grenzte. »Ich mag, wie du es eingerichtet hast. Warst du das?«

»Zum Teil«, gestand ich. »Die Küche war hier, die Ledersessel ebenfalls. Das Sofa habe ich gekauft, genau wie den Couchtisch und die Bilder.« Ich zeigte auf die abstrakten Gemälde an der Wand. »Und das Bett …«

»Oh, willst du es mir zeigen?« Sie lehnte sich an mich und leckte sich über die Lippen, was mich sofort verrückt nach ihr werden ließ. Das Ganze steigerte sich noch, als sie ihren Arm um meine Mitte schlang und sich an mich schmiegte.

»Ich dachte, du wolltest erst duschen?« Grinsend knabberte ich an ihren Lippen.

»Ach, das kann ich auch später«, sagte sie und reizte mich damit noch stärker.

Mehr musste ich nicht hören. Ich hob sie hoch und trug sie ins Schlafzimmer, wo ich sie auf mein Bett legte und mich über sie beugte, um sie zu küssen, zu berühren, zu riechen und zu schmecken ...

Hayden lag eingekuschelt neben mir. Ihre Haare waren inzwischen zerzaust vom Flug *und* vom Sex, und sie schlief tief und fest. Kurz hatte ich überlegt, sie zu wecken und wach zu halten, damit der Jetlag nicht so heftig kickte, aber ich brachte es nicht übers Herz. Sie war total fertig gewesen, sodass sie fast direkt nach ihrem Höhepunkt ins Land der Träume geglitten war. Und vielleicht würde ihr eine Stunde Schlaf guttun. Außerdem sah Hayden in meinem Bett einfach bezaubernd aus ...

Eine Weile hatte ich neben ihr gesessen und ihr beim Schlafen zugesehen. Die halb zugezogenen Vorhänge sperrten zumindest einen Teil des Tageslichts aus. Ich seufzte, könnte Hayden stundenlang beobachten. Da vibrierte plötzlich mein Telefon. Schon wieder. Bereits während Hayden und ich miteinander geschlafen hatten, hatte jemand angerufen. Nachdem sie eingeschlafen war, hatte ich nachgesehen und festgestellt, dass es Nora gewesen war. Aber ich hatte mich noch nicht von Hayden losreißen können.

Nun, da erneut ein Anruf einging, blieb mir allerdings nicht erspart ranzugehen. Bestimmt war es wichtig.

Ein Blick auf das Display ließ mich allerdings scharf die Luft einziehen, denn es war nicht Nora, sondern Brandon.

Um Hayden nicht zu wecken und um in Ruhe telefonieren zu können, ging ich leise aus dem Schlafzimmer und schloss die Tür hinter mir.

In meiner Brust hämmerte es wie wild, und meine Finger zitterten, als ich über das Display wischte, um den Anruf anzunehmen.

»Richie?«

Mist, ich hatte gar nichts gesagt …

»Ja. Hi!«

»Hey, hier ist Brandon. Wie geht es dir?«

Sofort stieg altbekannte Wut in mir hoch. Nach all der Zeit, nach allem, was er sich geleistet hatte, und nach all der Funkstille fragte er tatsächlich, wie es mir ging? Doch dann bremste ich mich in meinem Groll. Vermutlich hatte er bloß mit Small Talk starten wollen, um in ein Gespräch hineinzufinden.

»Gut, und dir?«

»Auch. Gratuliere zu eurem großartigen Erfolg mit der Band. Ich wusste immer, dass ihr den Musikhimmel rocken werdet.«

Meine Mundwinkel verzogen sich zu einem leichten Lächeln. Dass Brandon so dachte, war mir neu, aber wir hatten einfach zu viele Jahre nicht miteinander geredet.

»Danke.«

»Vielleicht weißt du es nicht, aber ich habe deine Karriere die ganze Zeit verfolgt. Ich bin wahnsinnig stolz auf dich.«

Mit einem Mal war da ein Kloß in meinem Hals, so groß, dass ich unmöglich etwas hätte sagen können, ohne ihm zu verraten, wie es in mir aussah. Also stieß ich nur ein »Hm« aus und hoffte, er würde weiterreden, weil ich es nicht konnte.

»Na ja, ich … Bei mir hat sich auch einiges getan in den letzten Jahren. Womöglich haben dir ja Dad oder unsere Schwestern erzählt, dass ich gute Chancen habe, zum technischen Leiter aufzusteigen.«

Nein, haben sie nicht, lag es mir auf der Zunge, doch ich

wollte Brandon nicht sagen, dass ich den anderen verboten hatte, mir von ihm zu erzählen. Das wäre nicht förderlich für das Gespräch, zu dem er den ersten Schritt gesucht hatte. Mal davon abgesehen, dass ich nicht einmal wusste, ob er noch bei den Wasserwerken arbeitete, wo er vor unserem Streit angefangen hatte. »Das ist … toll«, sagte ich deshalb, jedoch nicht, ohne mich vorher zu räuspern.

»Ja, ich habe hart gearbeitet, und alle im Team mögen mich. Und mein Boss hat nur noch zwei oder drei Jahre und ich stehe als möglicher Nachfolger zur Auswahl.«

»Das freut mich für dich«, sagte ich und meinte es so.

»Danke … Aber deshalb habe ich nicht angerufen.« Brandon holte geräuschvoll Luft. »Hör zu, ich will auch gar nicht das alte Thema erneut aufrollen. Du sollst nur wissen, dass es mir leidtut, wie sich damals alles entwickelt hat und … dass ich dich als meinen Bruder wahnsinnig vermisse. Ich habe viel aus alldem gelernt und würde es heute definitiv anders machen.«

In erster Linie hoffentlich, mir nicht wieder die Freundin ausspannen, dachte ich verbissen, verkniff mir allerdings jeglichen Kommentar.

»Jedenfalls hat mir ein Vögelchen gezwitschert, dass du jemanden hast?«

Augenblicklich versteifte ich mich, und alles in mir ging auf Abwehr. Sofort war da wieder die Angst, die Vergangenheit könnte sich wiederholen. Ganz egal, was er gerade dazu gesagt hatte. So etwas ließ sich nicht einfach abschütteln.

»Fuck, nein, Richie, ich will nichts von deinem Mädchen«, sagte Brandon schnell, weil von mir keine Reaktion kam und ich zu sehr unter Schock stand und er das zu merken schien. »Ich wollte dir nur sagen, dass ich mich für dich freue, dass du … also … Du bist doch glücklich mit ihr, oder?«

Fest presste ich meine Lippen aufeinander, da jedes Wort, das jetzt meinen Mund verlassen würde, zu viel

Schaden anrichten konnte. Meine freie Hand ballte ich zu einer Faust, und ich konnte die Wut in mir förmlich brodeln spüren.

Geräuschvoll atmete Brandon durch. »Richie, ich werde heiraten. Fiona und ich sind seit eineinhalb Jahren zusammen und sehr glücklich. Sie ist ... großartig. Das Beste, was mir je passiert ist. Und ... na ja, ich möchte dich zu unserer Hochzeit im nächsten Frühjahr einladen. Es wäre schön, wenn du kommst.« Er machte eine kurze Pause, in der mein Ärger wieder abschwoll. »Falls nicht, muss ich es akzeptieren, ich will dich zu nichts zwingen oder so. Du sollst dich mit allem wohlfühlen. Aber wie gesagt, ich vermisse dich.«

»Okay«, murmelte ich, erneut mit diesem Kloß im Hals, weil mich gerade meine Emotionen übermannten.

»Wäre schön, die Vergangenheit endlich hinter uns lassen zu können.«

»Mhm«, brummte ich.

»Vielleicht sehen wir uns ja mal, wenn du wieder in York bist? Sag einfach Bescheid, ich bin da.«

»Okay«, murmelte ich erneut und wischte mir über die Wangen, die inzwischen ganz feucht waren.

»Ich hab dich lieb, Richie.« Einen Augenblick lauschte er noch meinem verdammten Schweigen, dann legte er auf.

Und ich brach zusammen. Eine Unmenge an viel zu lange weggesperrten Emotionen quoll aus mir hervor. Meine Brust schmerzte, und ich rollte mich auf der Couch ein, weil ich nicht die Kraft hatte, mich aufrecht zu halten.

Natürlich hatte ich in der Hektik der letzten Wochen seinen Anruf komplett verdrängt gehabt und er mich damit heute völlig überrumpelt. Aber selbst wenn ich mich darauf hätte vorbereiten können, hätte ich nie damit gerechnet, dass es *so* werden würde. Dass ich ihn derart vermissen würde. Dass mich die Gefühle förmlich zerrissen und ich mich mies fühlte, weil ich ihm in den letzten Jahren aus dem Weg gegangen war. Keine Ahnung, ob ich das in nächster Zeit ändern konnte. Sein Betrug und sein Vertrauensbruch schmerzten immer noch. Und das machte mich wiederum traurig ... Das war das Problem. Seinem Bruder sollte man bedingungslos vertrauen können, er sollte der erste beste Freund im Leben sein. Brandon hatte uns das genommen.

Nun konnte er tun, was er wollte – ich würde es ihm nie vergessen können. Dafür saß der Verrat einfach zu tief. Dennoch war ich ihm eine neue Chance schuldig, und wenn es nur war, um selbst ein besserer Bruder zu sein.

»Hey, was ist los?«

Haydens Stimme neben mir und ihre vorsichtige Berührung an meiner Schulter ließen den letzten Schluchzer verklingen, und verflucht, am liebsten wäre ich im Boden versunken.

Ich zog die Nase hoch, wischte mir über die Wangen und setzte mich auf. »Nichts, es ist alles in ...«

»Sag bloß nicht, dass alles in Ordnung ist, Richie Scott.« Ihr strenger Ton gepaart mit ihrem leicht ängstlichen Blick machte mir klar, dass sie gerade die völlig falschen Schlüsse zog.

Tief holte ich Luft und bedeutete ihr schließlich, sich neben mich zu setzen. »Brandon hat mich eben angerufen«, erklärte ich mit rauer Stimme.

»Dein Bruder?«

Ich nickte. Dann erzählte ich ihr, was wir geredet hatten – oder eher, was *er* gesagt hatte, weil ich die meiste Zeit nichts herausgebracht hatte. »Scheiße, es ist doch total bescheuert, dass mir das immer noch so wehtut. Ich meine, er ist mein Bruder, aber er hat mich einfach unglaublich enttäuscht. Und jetzt ruft er an und ... Keine Ahnung. Irgendwie hat das alles wieder aufgerissen. Sorry, du hättest mich nicht so finden sollen.«

»Richie.« Hayden sagte meinen Namen auf eine Art, als würde sie mir gleich erklären wollen, was offensichtlich war, ich jedoch nicht begriffen hatte. Sie richtete sich auf und schwang ein Bein über meine, bis sie rittlings auf meinem Schoß saß. Dann nahm sie mein Gesicht in ihre Hände und sah mir tief in die Augen. »Du darfst bei mir immer *du* sein. Ohne dich verstellen zu müssen oder deine Gefühle zurückzuhalten. Wenn du lachen und tanzen willst, mach das, ich bin dabei. Und wenn du weinen musst, bin ich da, um dich zu halten und zu trösten.« Sanft küsste sie mich auf die Lippen. »Und ich kann dich verstehen, dass du bezüglich Brandon hin- und hergerissen bist. Du erinnerst dich, ich habe mit Lainey etwas Ähnliches durchgemacht. Und mit Davis.«

Ich brummte, als sie seinen Namen erwähnte.

»Er war jahrelang mein bester Freund. Wir haben so viel gemeinsam erlebt, haben geträumt und einen Teil meiner Träume verwirklicht.«

»Oder seiner«, warf ich ein, woraufhin sie mir mit sanftem Lächeln auf den Lippen in die Wange kniff.

»Dennoch hat er mich lange Zeit unterstützt und war für mich da. Dass er sich nun so verändert hat, hat mich schwer getroffen. Und das zu akzeptieren, tut weh und braucht Zeit. Ich werde aber nicht zulassen, dass ich daran zerbreche. Weil ich dich habe. Und mich selbst.«

Fuck, nun fühlte ich mich schlecht, weil ich kurz vergessen hatte, wie es für Hayden sein musste – das mit Davis *und* das mit Lainey. Noch dazu das Wissen, dass ihre Großeltern und ihr leiblicher Vater nicht mehr lebten ... Ich war ein Idiot. Und Hayden einfach viel zu gut für mich. Sanft streichelte sie meine Brust. »Weißt du, vielleicht hat man manchmal Menschen in seinem Leben, die genau das mit einem machen: Sie wirbeln alles in einem auf, bis nur noch Chaos in einem herrscht. Dann braucht man Zeit, um für Ordnung zu sorgen. Mal kürzer, mal länger, und womöglich wird es nie mehr so, wie es vorher war. Weil sie mit ihren Taten und Worten Kerben in einem hinterlassen haben, die sich nicht kitten lassen. Aber wenn sich Brandon jetzt bei dir gemeldet hat und Kontakt möchte und das für dich klargeht oder du ihm zumindest eine Chance geben willst, mach das doch. Ich bin da für dich. Um mit dir zu tanzen, sofern es gut läuft und ihr euch wieder versteht. Oder um dich zu trösten, solltest du erneut enttäuscht werden. Aber lass diesen Moment nicht verstreichen.«

Sanft küsste ich sie und zog sie fest an mich. Und sagte nichts, da mir zu viele Worte auf der Zunge lagen, die vielleicht gerade nicht passend waren. Weil Hayden nur diese Woche da war. Wenn sie erst wieder zurück in Palm Springs war, konnte sie mich nicht mehr halten, sollte mich der nächste Schlag in die Magengrube erwarten. Sie wäre auch nicht hier, um sich mit mir gemeinsam zu freuen – denn ihr am Telefon oder per Videocall davon zu erzählen, wäre einfach nicht dasselbe. Also nickte ich bloß und hoffte, sie würde nicht den Schmerz und die Angst in meinen Augen lesen können, die immer noch in mir wüteten.

40 – Hayden

Der Sturm in Richies Augen traf mich mit voller Wucht. Wie musste es da erst in ihm drin aussehen? Er zog sich in sich zurück, das spürte ich. Und mein Herz krampfte für ihn und seinen Schmerz. Mir war klar, dass er mich nicht zu sehr mit dem belasten wollte, was ihm auf dem Herzen lag. Dennoch war es falsch, jetzt darüber zu schweigen, das spürte ich.

»Kann ich mal mit dir reden?«, fragte ich deshalb und hoffte, dass ich nicht gleich alles kaputtmachen würde, was wir beide hatten und was noch viel zu fragil war, wenn ich meine kleine Bombe platzen ließ.

»Immer.« Er lächelte schwach, und ich merkte, er hatte abgeschlossen.

Schwer schluckte ich. Knetete den Saum meines T-Shirts und räusperte mich. »Bevor ich zu dir geflogen bin, habe ich meinen Anteil von *WholeVegan* an Davis verkauft.«

Überrascht runzelte er die Stirn. »So schnell?«

»Ja, na ja, zumindest auf dem Papier. Er hat meinen Vertrag unterschrieben. Und die Summe akzeptiert.« Nun konnte ich mein Grinsen nicht verbergen.

»Also bist du zufrieden?«

»Mehr als das. Ich habe ziemlich hoch gepokert mit meinen Forderungen, und er hat anstandslos eingewilligt.«

Ungläubig schaute er mich an. »Einfach so?«

»Nicht direkt. Die Alternative wäre gewesen, dass ich einen Käufer für meine Hälfte suche. Und ich habe ihn wissen lassen, dass ich daran interessiert bin, so gewinnbringend wie möglich zu verkaufen. Was bedeutet hätte, dass ich an eine große Kette verkauft hätte, die sich schon seit über einem Jahr bei *WholeVegan* einkaufen will, um unsere Produkte landesweit zu vertreiben. Nur hat Davis immer abgelehnt, weil er nicht möchte, dass die mitmischen.«

»Ich dachte, das wäre sein Traum? Also zu expandieren ...«

»Jein. Bei einem Teilhaber dieser Größe wäre er nicht mehr derjenige, der über alles das Sagen hat. Da läuft eine Vielzahl an Prozessen zusammen, vieles ist automatisiert. Die wissen ja, was sie tun müssen, um enorme Mengen zu produzieren und zu vertreiben. Im Grunde wäre in so einem Fall das Beste, einfach das gesamte Unternehmen komplett an den Konzern zu verkaufen und sich etwas Neues aufzubauen. Aber das will Davis natürlich nicht. *WholeVegan* ist das einzige Konzept von ihm, das boomte.«

»Also war er gezwungen, deine Forderungen zu akzeptieren, weil er sonst sein Lebenswerk verloren hätte.«

»Genau. Und jetzt bin ich frei. Nichts, das mich noch mit Davis verbindet – abgesehen von unserer Vergangenheit.« Erleichtert atmete ich durch.

»Das freut mich wirklich sehr für dich«, sagte er, und endlich lächelte er wieder.

»Danke.«

Sanft küsste ich ihn auf den Mund. »Das heißt auch, dass mir jetzt alle Türen offen stehen.«

Richie lehnte sich zurück und musterte mich eingehend. »Und das bedeutet? Hast du schon einen neuen Job in Aussicht oder eine Geschäftsidee, die du umsetzen willst? Du hast mal von dieser veganen Kochschule erzählt, die du ursprünglich gründen wolltest ...«

»Ja, diese Idee habe ich in den letzten Tagen weiterverfolgt. Und ich denke wirklich, dass es das ist, was ich machen möchte. Menschen das Kochen veganer Gerichte beibringen, genau wie alles, was damit zu tun hat. Also die gesamte Warenkunde mit dem Einkauf. Welche Produkte sich als Ersatz eignen – sei es geschmacklich oder was die Nährstoffe betrifft.«

»Und wo willst du diese Kochschule eröffnen?«, fragte Richie und klang dabei stoischer als zuvor.

»Dort, wo ich die meisten Leute erreiche«, erklärte ich und konnte meine Aufregung nicht verbergen. »Nämlich online.«

Richie blinzelte, und es dauerte kurz, bis er verstand, was ich ihm klarzumachen versuchte. »Also ... dann wärst du völlig ortsungebunden?«

Euphorisch klatschte ich in die Hände. »So ist es. Genau genommen wäre es dann eher ein Koch-Channel, mit dem ich auf allen Social-Media-Kanälen zu finden bin. Ich kann von überall aus meine Videos aufnehmen und online stellen. Auf diese Weise erreiche ich viel mehr Menschen, als wenn ich irgendwo eine Location dauerhaft anmieten würde, in der ich Kurse anbiete. Und weil ich meinen Anteil für eine wirklich richtig hohe Summe an Davis verkauft habe, kann ich das anfangs einfach zum Spaß machen und herumexperimentieren, bis ich herausgefunden habe, was beim Publikum am besten ankommt. Weil ich zumindest in der ersten Zeit nicht darauf angewiesen bin, aktiv Geld damit zu verdienen. Und für die Zukunft will ich mir Sponsoren suchen. Ich habe bereits ein paar vegane Marken ins Auge gefasst, die ihre Produkte sowohl in Europa als auch in den USA vertreiben und mit denen ich mir eine Kooperation vorstellen könnte. Immerhin brauche ich auch Zutaten zum Kochen – und die können jemanden brauchen, der diese regelmäßig in die Kamera hält.«

»Das bedeutet … du könntest rein theoretisch auch für eine Weile hier in London bleiben«, überlegte Richie laut. »Also nur, falls du willst, natürlich.«

Aufgeregt legte ich meine Hände auf seine Schultern. »Die Frage ist, ob *du* möchtest, dass ich herkomme. Für länger. Bezüglich allem Rechtlichen habe ich mich schon erkundigt, das sollte ich hinbekommen, inklusive der Arbeitserlaubnis.«

Nun konnte ich in seinen Augen ein Leuchten entdecken, das mir gefiel. »Was meinst du damit? Wie lange würdest du denn bleiben?«

»Na ja, ich kann vorerst für sechs Monate hierbleiben, ehe ich für eine kurze Pause ausreisen muss.«

»Ein halbes Jahr?!«, rief er aus und riss dabei die Augen weit auf.

»Ja, also längstens. Das bedeutet nicht, dass ich die ganze Zeit bei dir bleiben …«

Weiter kam ich nicht. Richie presste seine Lippen auf meine, bevor er mit mir gemeinsam aufstand und mich durch sein Wohnzimmer wirbelte.

Ich lachte, weil er sich so freute.

»Ein halbes Jahr! Das sind sechsundzwanzig Wochen.« Geräuschvoll stieß er Luft aus. »Das ist weit mehr, als ich mir erhofft habe.«

Glücklich schmiegte ich mich an ihn. »Ich dachte, ich könnte nach Ablauf der Zeit meine Eltern und Jackson besuchen.«

»Aber danach kommst du wieder, oder?«

Nun musste ich lachen. Weil Richie, ohne zu überlegen, so weit in die Zukunft plante. »Natürlich! Vorausgesetzt, du willst mich dann noch hier bei dir haben.«

»Selbstverständlich, warum sollte ich das nicht?«

»Na ja, vielleicht gehe ich dir nach ein paar Wochen auf den Keks, und du zählst die Tage, bis ich wieder ausreisen muss?«

Er rollte mit den Augen und zog eine Grimasse. »Das

kann ich mir nicht vorstellen. Du erinnerst dich an deine Pranks?«

»Ach ja, stimmt, du bist resistent gegen meine schlechte Laune.« Ich knuffte ihn in die Seite.

Sanft ließ er seine Hand in meinen Nacken gleiten, und erneut bildete sich eine Sorgenfalte auf seiner Stirn. »Was ist mit Lainey? Ich dachte, du willst mit ihr in Kontakt bleiben und für sie da sein?«

Schwer seufzte ich. »Du hast es noch nicht gesehen, oder?« Ich holte mein Handy aus der Handtasche, die noch immer neben der Eingangstür stand, und öffnete den Internetbrowser. Sofort wurde der Artikel angezeigt, den ich kurz vorm Abflug entdeckt hatte.

Mein Herz klopfte wild, als ich Richie das Telefon gab, und ich beobachtete gespannt seine Mimik, während er las.

Seine Augen weiteten sich, dann schaute er mich an. »Das hat sie nicht getan, oder?«

Die Schwere, die ich in meinem Herzen gefühlt hatte, als ich es selbst zum ersten Mal gelesen hatte, nahm mich wieder voll in Besitz. »Doch, leider schon.«

Lainey hatte wohl mitbekommen, dass ich durch Richie gerade im Gespräch war, und ihre Chance gewittert, mit einer schmutzigen Story Kohle zu machen. Bestimmt war ein ordentliches Sümmchen für sie rausgesprungen, als sie der Boulevardpresse Geschichten über mich erzählt hatte. Dass sie gezwungen worden war, mich zur Adoption freizugeben. Dass wir allerdings in Kontakt standen und sehr viel Zeit miteinander verbrachten. Auch ihre Drogensucht wurde in die Story eingewoben, was zur Folge hatte, dass gemutmaßt wurde, inwiefern ich ebenfalls abhängig war – und welche Auswirkungen das auf die *Mighty Bastards* haben könnte. Dass ich kein guter Umgang für die Band war und ihrem Erfolg womöglich im Weg stehen könnte.

»Vermutlich hat mich Nora deshalb angerufen«, meinte Richie nachdenklich. Er griff nach seinem Smartphone, das er auf den Couchtisch gelegt hatte, und nickte. »Sie hat mir den Artikel weitergeleitet und mir geschrieben, dass ich mich bei ihr melden soll.« Gequält schaute er mich an. »Fuck, Baby, wie geht es dir damit? Kann ich was für dich tun?«

Schwer seufzend schüttelte ich den Kopf. »Vielleicht habe ich das einfach gebraucht, damit es mir die Augen öffnet. Ich weiß, du hast mich oft genug vor ihr gewarnt, und ich wollte es nicht wahrhaben. Jetzt weiß ich allerdings, dass Lainey nicht gut für mich ist. Das mit ihr und mir *kann* nicht funktionieren, sosehr ich es mir auch gewünscht habe. Das einzig Positive ist, dass ich meine Wurzeln jetzt kenne. Und dass ich weiß, dass mich nicht das Blut mit meiner Familie verbindet, sondern das Herz und mein Zuhause.«

Richie zog mich an seine Brust, hielt mich fest und strich mir über den Rücken. »Ich bin immer für dich da, das weißt du, oder?«

Ich schluckte gegen den Kloß in meinem Hals an und nickte. »Danke. Für alles. Wirklich, du warst so geduldig mit mir, als die Sache mit Lainey aufgekommen ist. Keine Ahnung, wie ich an deiner Stelle reagiert hätte. Ich war ... so verbohrt, was das anging.«

»Du hast dich einfach danach gesehnt, deine Wurzeln kennenzulernen.«

Gott, ich liebte diesen Mann! »Jetzt sehne ich mich allerdings danach, ganz viel Zeit mit dir zu verbringen.«

Endlich schmunzelte er wieder. »Aber du weißt, dass das Londoner Klima nicht mit dem kalifornischen zu vergleichen ist, oder? Denkst du nicht, dass du die Sonne und den Ozean vermissen wirst, wenn du erst mal hier bist?«

»Das Meer liegt genau genommen hier sogar ein kleines Stückchen näher als in Palm Springs. Abgesehen davon mag ich es, wenn es etwas kühler ist. Schon vergessen, ich komme aus Buffalo? Und weißt du, ich liebe Pullover und Mäntel und Stiefel. Die konnte ich die ganze Zeit nicht tragen.«

Erneut wirbelte mich Richie herum. »Ich kann es kaum erwarten, dich in diesen Klamotten zu sehen und dir Schicht für Schicht davon wieder auszuziehen.« Verwegen wackelte er mit den Augenbrauen. »Wo willst du dann wohnen?«

In seiner Stimme lag ein Funken Hoffnung, und ich konnte mir vorstellen, dass er sich wünschte, ich würde hier bei ihm einziehen. Doch so reizvoll ich den Gedanken fand, wusste ich auch, dass ich erst einmal Raum für mich brauchte. »Ich hatte gehofft, du würdest mir helfen, eine passende Wohnung in deiner Nähe zu suchen. Eine, in der Hunde erlaubt sind.«

»Dann nimmst du Izobel also mit?«

Wie sehr ich es liebte, dass er sich so auf die Kleine freute!

»Selbstverständlich! Wenn sie die Auflagen erfüllt – und das wird sie –, muss sie nicht einmal in Quarantäne.«

»Dann ... wow! Dann wirst du bald schon hier sein. Bei mir. Gemeinsam mit Izobel.« Ungläubig schüttelte er den Kopf. »Wieso hast du das nicht früher gesagt? Hast du eine Ahnung, wie sehr ich gelitten habe, wie groß meine Angst war, dich nach dieser Woche wieder gehen lassen zu müssen, ohne zu wissen, ob und wann wir uns wiedersehen?«

Er zog eine Grimasse, um zu verdeutlichen, dass er das Ganze mit einem Augenzwinkern meinte. Dennoch regte sich in mir das schlechte Gewissen. »Es tut mir leid, das wollte ich nicht. Es ist nur so, dass ich abwarten wollte, nein musste, was Davis zum Vertrag sagt und ob er ihn unterschreiben würde. In erster Linie deshalb, weil er ihn ja schon gesehen hatte, als er noch in Arbeit war.« In wenigen Worten erzählte ich ihm, wie es dazu gekommen war. »Aber nachdem er gestern kurz vor meinem Abflug unterzeichnet hat, wusste ich endlich, wie es bei mir weitergeht. Als wäre ein Knoten geplatzt, hatte sich das letzte Fragezeichen in meinem Kopf gelöst. Ich wollte dir keine Hoffnungen machen, die ich womöglich hätte zerschlagen müssen, weil mein Plan nicht aufgeht. Abgesehen davon war ich mir auch nicht sicher, ob es dir nicht zu früh ist, wenn ich gleich herkomme. Immerhin kennen wir uns ja noch nicht sooo lange. Womöglich wäre es dir lieber gewesen, es erst noch eine Weile mit einer Fernbeziehung zu versuchen.«

Zärtlich strich er mir eine Haarsträhne zurück, legte die Hand an meine Wange und sah mir tief in die Augen. »Wenn du auf einer Fernbeziehung bestanden hättest, hätte ich die Zeit irgendwie durchgestanden. Aber so gefällt es mir tausendmal besser. Ich liebe dich, Hayden Butler. Danke, dass du so großartig bist und dass du deinen Urlaub in dieser Villa gebucht hast. Ich denke, wir sollten Mr Sutton eine Flasche Wein als Dankeschön schicken – auch dafür, dass er uns einen Gutschein ausgestellt hat als Entschädigung für die Doppelbuchung.«

Da sowohl Richie als auch ich einen über eine Woche bekommen hatten, könnten wir ihn zusammenlegen und noch einmal in der Villa einen ausgedehnten Urlaub genießen.

Kichernd schmiegte ich meinen Kopf in seine Hand. In meinem Bauch tanzten die Schmetterlinge. »Und ich liebe dich, Richie Scott. Danke, dass du dich nicht von mir hast abwimmeln lassen, als ich meine schlechte Laune an dir ausgelassen habe.«

»Keine Sorge, ich werde es auch in Zukunft mit jeder deiner Stimmungsschwankungen aufnehmen.« Verschmitzt grinste er mich an.

Empört knuffte ich ihn in die Seite, woraufhin er mich kitzelte und wir kurz darauf knutschend auf der Couch landeten. Ich in seinen Armen, in meinem neuen Heimathafen. Richie war alles, was ich brauchte, um glücklich zu sein. Und alles, was ich für ihn fühlte, war Liebe.

Nie hätte ich gedacht, dass sich auch hier in London die Ereignisse überschlagen würden. Noch gestern hatten wir mit Nora bezüglich des Artikels telefoniert und beschlossen, mit unserer Lovestory in Form eines Exklusivinterviews dagegenzuhalten, in der Hoffnung, dass dadurch hoffentlich schnell die negativen Vibes verdampfen würden, die Lainey durch die Presse verbreitet hatte.

Keine zwei Stunden später hatte sich Nora bei Richie gemeldet mit der Info, sie hätte den Journalisten eines der größten Klatschblätter Großbritanniens erreicht, der Interesse an der Story hätte. Und wir hatten zugesagt.

Nach einem ausführlichen Videocall mit Nora, in dem sie uns auf das Interview vorbereitet hatte und uns noch in der Nacht per E-Mail die Fragen hatte zukommen lassen, die der Reporter uns stellen wollte, sollte ich mich gut vorbereitet fühlen. Allerdings sagte mir das nur mein Kopf. Mein Herz flatterte vor Aufregung, und ich hatte Angst, etwas falsch zu machen, das Richie und seinen Bandkollegen auf den Kopf fallen könnte.

»Hier sind wir schon«, sagte Richie, der seine Finger mit meinen verwoben hatte. Ich schaute an dem roten Backsteinhaus nach oben, in dem wir mit Nora und Hendrik, dem Journalisten, verabredet waren. Auch ein Fotograf war bestellt worden, um den Artikel mit den passenden Pärchenfotos zu untermalen. Dazu würden wir allerdings im Anschluss in den nahe gelegenen Park gehen, hatte Nora gemeint.

Mir war alles recht, solange ich nur schnell diese Fragen hinter mich brachte.

In den letzten Wochen hatte ich mit der Presse ausschließlich schlechte Erfahrungen gemacht, weshalb ich dem Termin äußerst skeptisch gegenüberstand. Allerdings wusste ich auch, dass es unsere vermutlich einzige Möglichkeit war, Laineys Geschichte sofort den Wind aus den Segeln zu nehmen.

»Alles wird gut«, beruhigte mich Richie, der wohl meine Anspannung gespürt haben musste, und beugte sich zu mir, um mich flüchtig auf den Mund zu küssen. In dem

Moment kam auch schon Nora um die Straßenecke auf uns zu.

»Ich weiß wirklich nicht, was ich mit euch machen soll«, meinte sie zum Teil tadelnd, zum Teil mit amüsiertem Unterton. »Könnt ihr nicht warten, bis Hendrik seine Story hat?«

Richie grinste nur, während ich ein verlegenes »Sorry« murmelte.

»Na kommt, gehen wir rein.«

Wir folgten Nora in das Innere des Hauses, das auf den ersten Blick wie ein Wohnhaus aussah. Beim Betreten stellte ich jedoch fest, dass hier auch einige Büros eingemietet waren. Wir hielten vor der Tür, auf deren Schild *Hendrik Mazer, Journalist* stand. Nora klopfte an, und uns öffnete ein Mann Ende vierzig mit schulterlangen braunen Haaren und freundlichem Lächeln.

»Hey, Leute, schön, dass ihr hier seid. Kommt rein.« Er zog die Tür weiter auf, und ich begriff, dass das Hendrik sein musste, denn außer ihm war niemand in dem Büro, das nur aus diesem Raum bestand und vielleicht so groß war wie mein ehemaliges Wohnzimmer in Palm Springs.

Nora schien ihn zu kennen, denn die beiden führten kurz Small Talk auf freundschaftlicher Ebene, dann stellte sie uns alle vor.

»Nora hat mir gesagt, ihr würdet mir eure Lovestory erzählen. Wie ihr euch kennen- und lieben gelernt habt und auf welche Weise euch die Musik verbindet.«

Schnell schielte ich zu Richie und konnte mir ein Grinsen nicht verkneifen. Ihm ging es ähnlich, und ich war mir sicher, er dachte ebenfalls gerade an den im Pool versenkten Bass.

»Ja, wir freuen uns schon darauf. Nora hat gesagt, du bist der Beste auf dem Gebiet, wir vertrauen ihrer Einschätzung und dir da vollkommen«, sagte Richie, was ich mit einem Nicken bestätigte.

»Vielleicht sollte ich erwähnen, dass ich zwar ein knallharter Journalist bin, allerdings auch ein großer Romantiker. Und es gibt für mich nichts Schöneres, als über die Liebe zwischen zwei Menschen zu schreiben.« Hendriks Augen leuchteten bei seinen Worten, und in dem Moment begriff ich, dass wir hier wirklich in besten Händen waren und wir den Artikel bekommen würden, den unsere Lovestory verdient hatte.

»Hey, jetzt musst du aber nicht mehr nervös sein.« Gut drei Stunden später hatte ich ein rundum gutes Gefühl, was das Interview und die Fotos anging. Das Gespräch mit Hendrik war wirklich gut verlaufen, und auch mit den Fotos waren wir alle äußerst zufrieden. Dennoch hatte ich schweißnasse Hände, diesmal aber aus einem anderen Grund.

Amüsiert hielt Richie meine Hand und streichelte meinen Handrücken, was nicht wirklich half, die erneute Aufregung in mir zu bändigen.

»O doch, es sind deine Freunde, und wie du weißt, bin ich nicht gut darin, einen ordentlichen ersten Eindruck zu hinterlassen. Was also, wenn ich es gleich verbocke und deine Bandkollegen mich für eine doofe amerikanische Zicke halten?«

Richie schnalzte mit der Zunge und verdrehte die Augen. »Das werden sie nicht. Du bist großartig, und sie werden sich für mich, für uns freuen, weil wir glücklich sind. Also mach dir nicht ins Höschen, du wirst sehen, sie werden dich mögen. Tessa ist auch schon neugierig auf dich, ihr werdet euch bestimmt gut verstehen.« Damit öffnete er die Tür zum Proberaum.

Mein Herz polterte trotz seiner beruhigenden Worte viel zu heftig in meiner Brust, als wir auf die drei Musiker und die Frau zugingen, die dort warteten.

»Hey, Leute, das ist Hayden. Baby, das sind Theo, unser Gitarrist …«

Der Mann mit den dunkelblonden Haaren grinste mich

an und streckte mir eine komplett tätowierte Hand entgegen, die ich ergriff und schüttelte. »Freut mich.«

»Dann haben wir hier Spencer an den Drums ...«

Er war ein ganzes Stück größer als Richie. Zudem wirkte er um einiges muskulöser, aber mit seinem freundlichen Lächeln und dem frechen Funkeln in seinen graugrünen Augen war er mir auf Anhieb sympathisch.

»Und Lex, unseren Leadsänger. Und das neben ihm ist Tessa, seine Freundin.«

Lex schüttelte sich mit einer lässigen Geste seine dunkelbraunen Haarsträhnen aus dem Gesicht und grinste mich an. Sofort fiel mein Blick auf sein Unterlippenpiercing.

Tessa hatte die Haare zu einem wilden Dutt hochgedreht. Ihre Boyfriend-Jeans saßen ihr tief auf den Hüften, dazu trug sie ein Trägershirt mit Harley-Quinn-Aufdruck.

Auch die beiden begrüßten mich herzlich, wobei Tessa mich sofort in eine Umarmung zog.

»Was bin ich froh über weibliche Verstärkung«, raunte sie mir zu, und ich spürte, dass Richie recht hatte mit seiner Aussage, wir würden auf einer Wellenlänge sein.

Nach der kleinen Vorstellungsrunde wurde ich sofort von ihnen belagert und mit einer Menge Fragen bombardiert – angefangen damit, wie mein Flug war, wie lange ich blieb ... bis zu, wie mir London gefiel.

»Ehrlich gesagt habe ich bisher nicht viel von der Stadt gesehen«, gestand ich und spürte, wie meine Wangen heiß wurden – mehr noch, als alle in Gelächter ausbrachen und Theo Richie seine Faust für einen Fist Bump entgegenstreckte.

Spencer legte seinen Arm um meine Schultern. »Wir können ja gerne mal eine Sightseeingtour durch die Stadt machen. Könnte lustig werden.«

»O Gott, bei so was wäre ich immer vorsichtig«, brachte sich Tessa ein. »Glaub mir, ich spreche aus Erfahrung. Das könnte ein wirklich peinlicher Tag werden. Vor allem mit den Jungs an unserer Seite.«

»Also ich habe nur gute Erinnerungen an das letzte Mal«, meinte Lex und schlang seine Arme von hinten um seine Freundin, die mit den Augen rollte, bevor sie verliebt lächelte und sich von ihm den Nacken küssen ließ.

»Hayden wird noch genug Zeit haben, London zu erkunden. Weil sie bald hierherziehen wird«, verkündete Richie mit stolzgeschwellter Brust, sodass ich ihm nicht einmal böse sein konnte, dass er gleich damit herausplatzte.

»Oh, wirklich? Das ging ja schnell«, meinte Tessa, die allerdings wirklich erfreut darüber klang.

»Das dachte ich auch erst«, hörte ich Nora hinter uns, die vorhin noch telefoniert hatte und erst jetzt zu uns aufschloss.

Sie zwinkerte uns zu und begrüßte anschließend die anderen herzlich, bevor ich der Band von meinen Plänen erzählte.

»Ich weiß zwar noch nicht genau, wann ich herkomme, aber Richie und ich haben gestern bereits online einige Wohnungen gefunden, die in seiner Nähe sind und verfügbar wären. Ein paar werden wir uns, sollten wir Besichtigungstermine bekommen, in den nächsten Tagen anschauen. Ich will auf keinen Fall etwas überstürzen, wenn jedoch was dabei ist, das passt, werde ich zuschlagen.«

»Echt krass, dass du so weit von zu Hause wegziehst«, meinte Tessa und wirkte ehrlich beeindruckt. »Ich muss mich erst daran gewöhnen, gut viereinhalb Stunden von meiner Familie entfernt zu leben. Du musst dir ja wirklich sicher sein mit Richie. Find ich gut.«

»Du bereust hoffentlich nicht schon, hergezogen zu sein?«, raunte ihr Lex zu – jedoch nicht so leise, dass ich es nicht gehört hätte.

Sie schmiegte sich an ihn und schüttelte den Kopf. »Kein bisschen.«

»Übrigens ist bei uns jetzt auch die Katze aus dem Sack«, sagte Richie und zog damit wieder die Aufmerksamkeit auf uns.

»Habt ihr das Interview schon gegeben?«, fragte Theo.

Selbstverständlich waren auch die anderen Bandmitglieder in unseren Plan eingeweiht worden.

»Ja, und ich habe ein gutes Gefühl dabei.« Richie zog mich an sich und strich mir über den Rücken.

»Ihr werdet schnell merken, wie befreiend es ist, die Beziehung nicht mehr verstecken zu müssen«, sagte Tessa und lächelte mir zu.

Lex nickte, und als sich die beiden küssten und ich sie turteln sah, wurde mir bewusst, wie verliebt sie waren. Und dass es mir mit Richie nicht anders ging.

Doch noch bevor ich mir ebenfalls einen Kuss von ihm stehlen konnte, klatschte Nora in die Hände.

»Ich würde sagen, wir fangen an. Ich habe nämlich einiges mit euch zu besprechen, bevor ich euch an die Instrumente lasse.«

»Gut, dass wir noch zwei Sofas besorgt haben«, meinte Spencer und erntete Zustimmung von den anderen.

Gleich darauf saßen wir auf den vier Sitzgelegenheiten, wo sie die Jungs mit einer Menge Termine für Interviews, Radioauftritte, Fernsehshows und Fotoshootings versorgte, und mir wurde zum ersten Mal bewusst, wie Richies Job aussah. Dass er von der Promo ihres Albums lebte und gleichzeitig regelmäßig zu den Proben musste, während an neuen Songs gearbeitet wurde.

Für diese waren in erster Linie Tessa und Lex zuständig, doch schon schnell kristallisierte sich heraus, dass auch der Rest der Band mit einbezogen wurde.

Die *Mighty Bastards* saßen gemeinsam mit Tessa und Nora zusammen, besprachen die Termine, suchten Slots für Proben und Zeiten, in denen sie an dem neuen Material feilen konnten.

Währenddessen wich ich nicht von Richies Seite, der immer eine Hand auf oder einen Arm um mich gelegt hatte. Und wenn das gerade nicht möglich war, berührten sich unsere Oberschenkel.

Hin und wieder stahl er sich einen schnellen Kuss von mir. Und in dem Moment, in dem Nora das Meeting für beendet erklärte, warf er seinen Kalender und sein Handy auf den Couchtisch und beugte sich über mich, um mich tief und gierig zu küssen.

»Alter, verlegt eure Pornoshow auf später in dein Schlafzimmer, wir wollen endlich spielen.« Der Spruch kam von Theo, und ich schob Richie mit glühenden Wangen und verlegenem Grinsen von mir.

»Halt die Klappe, Leo, Neid steht dir nicht«, konterte Richie, woraufhin Theo ihm den Mittelfinger zeigte.

»Leo?«, raunte ich Richie zu.

»Ja, er sieht aus wie Leo DiCaprio in seinen jungen Jahren, findest du nicht?«, murmelte er zurück, ehe er nach einem allerletzten Kuss aufstand und mit den anderen zu den Instrumenten ging.

Tatsächlich erkannte ich die Ähnlichkeit zu dem Schauspieler und schüttelte belustigt den Kopf.

»Pass auf, gleich legen sie los. Hast du sie schon mal spielen sehen?«, wollte Tessa wissen.

»Nur auf YouTube«, gestand ich. Sonst hatte sich bisher nichts ergeben. »Und Richie hat mir auf seinem Bass was vorgespielt, als wir in Malibu waren.«

»Oh, dann mach dich mal auf was gefasst«, meinte sie, und in ihren Augen glitzerte die Vorfreude, die nun auch mich erfasste und kribbelnd durch mich pulsierte.

Nora saß neben uns und tippte auf ihrem Laptop herum. So, wie sie schmunzelte, war ich mir sicher, dass sie Tessas Worte gehört hatte.

Es dauerte eine Weile, bis die Jungs alles eingestellt und gestimmt hatten. Sie spielten irgendwie wirr durcheinander, während Lex, Richie und Theo Stimmübungen machten – es klang chaotisch und professionell zugleich. Einfach atemberaubend, so etwas hatte ich noch nie erlebt.

Schließlich wurde es still. Die vier unterhielten sich leise – zu leise, als dass ich ein Wort hätte verstehen können, weil wir doch ein Stück weit entfernt saßen.

Angespannt hielt ich den Atem an, als Spencer seine Drumsticks aneinanderschlug, um den Takt vorzugeben. Dann begann Theo auf der E-Gitarre zu spielen, und sofort stellten sich die Härchen auf meinen Unterarmen auf, weil mir der Sound so unter die Haut ging. Tessa klatschte begeistert in die Hände. Bestimmt hatte sie das Lied bereits erkannt.

Dann kam Richies Einsatz, und ich liebte es, wie er mich anschaute. Als ob er diesen Song nur für mich spielte. Vielleicht tat er das in diesem Moment sogar, es ging mir in jedem Fall durch und durch.

In dem Moment, als Spencer an den Drums loslegte, kribbelte der Beat über meine Arme, und es vibrierte in meinem ganzen Körper, bis schließlich Lex zu singen begann.

»Wow«, brach es aus mir heraus, ohne dass ich es hätte zurückhalten können.

»Ja, oder?«, rief Tessa mir zu. »Nicht umsonst ist *Broken* ihr erfolgreichster Song. Ich liebe ihn.«

Dabei war ich mir nicht sicher, ob sie das Stück selbst, den Songtext oder Lex meinte. Richie hatte mir im Vertrauen erzählt, was es mit dem Ursprung des Liedes auf sich hatte. Vermutlich jedoch bezog sich ihre Liebeserklärung auf alles zusammen.

Und als ich meinen Blick wieder zu Richie schweifen ließ und er mir zuzwinkerte, formten meine Lippen ganz automatisch ein stummes *Ich liebe dich.*

Er lächelte, und ich wusste, dass er genauso empfand. Und dass meine Entscheidung, mein Leben hierher zu verlegen, die richtige war.

41 – Richie – Epilog

Sechs Monate später

»Wooohooo, wie sehe ich aus?« Nervös zupfte ich an der Fliege, die ich zum dunkelblauen Anzug und weißen Hemd trug, und betrachtete mich dabei im Spiegel. Später würde ich das Outfit für unseren Auftritt gegen ein T-Shirt mit dem Print der *Rolling Stones* und meiner zerschlissenen schwarzen Jeans tauschen. Doch diese Klamotten waren bereits im ehemaligen *Millennium Dome,* wo wir heute Vormittag beim Soundcheck gewesen waren. Jetzt ging es jedoch gleich um alles, wenn ich mit den *Mighty Bastards* über den roten Teppich der *BRIT Awards* laufen würde. Wir waren nicht nur in den vier Kategorien *British Album of the Year, British Group, Song of the Year* und *Best British Alternative/Rock Act* nominiert, sondern durften auch *Broken* performen. Und das war ... einfach nur unglaublich.

Am liebsten wäre ich ein paarmal in die Luft gesprungen, um meine Anspannung loszuwerden, aber heute war dann wohl der Tag, an dem ich mich zumindest halbwegs seriös und erwachsen verhalten sollte. Abgesehen davon wollte ich einen guten Eindruck auf dem roten Teppich hinterlassen und nicht mit zerknittertem Hemd oder gerissener Anzughose dort aufkreuzen.

»Großartig wie immer.« Hayden gab mir einen süßen Kuss, der mich kurz vergessen ließ, was den Jungs und mir gleich bevorstand.

»Du siehst viel besser aus«, murmelte ich an ihren Lippen und zog sie enger an mich.

»Wir können gerne Outfits tauschen. Das würde garantiert für Schlagzeilen sorgen, wenn du im babyblauen Abendkleid aus Satin und in farblich passenden High Heels auf der Bühne der *BRIT Awards* stündest.« Sie kicherte an meiner Brust.

»Danke, nach dem Wirbel um uns zu Beginn unserer Beziehung bin ich echt froh, dass sich die Wogen etwas geglättet haben und ich mit den *Mighty Bastards* momentan ausschließlich wegen unserer Musik Schlagzeilen mache.« Nachdem der Enthüllungsartikel über Hayden und mich veröffentlicht worden war, hatten wir noch einige Zeit im Mittelpunkt gestanden – aber nur noch mit positiven Schlagzeilen. Die Leute hatten unsere Romanze gefeiert – was auf jeden Fall auch an Hendriks Interview gelegen hatte, der unsere Geschichte als *die* Lovestory des Landes verkauft hatte. Aber nach einigen Tagen Aufregung war der Fokus auf andere Themen gerückt und das Interesse endlich etwas abgeflaut. Zumindest, was das Liebesglück der *Mighty Bastards* betraf.

Ich stahl mir einen letzten Kuss von Hayden, bevor ich mich bückte und Izobel streichelte. »Du bleibst brav zu Hause, während wir weg sind, okay? Später kommt Katie vorbei, um dich abzuholen.«

Katie war Haydens Nachbarin, und an Tagen wie diesem, an denen wir länger unterwegs waren und wir Izzy nicht mitnehmen konnten, passte sie auf die kleine Hundedame auf.

Dass Hayden diese Wohnung nur fünf Minuten von meiner entfernt gefunden und sich noch dazu gleich mit Katie angefreundet hatte, war für mich echt eine Erleichterung gewesen. Für Hayden vermutlich auch.

Tatsächlich hatte ich befürchtet, sie würde länger auf der Suche nach einem neuen Zuhause sein. Aber bereits die zweite Wohnung, die wir besichtigt hatten, war perfekt gewesen, was Lage, Größe und Kosten betraf. Und dass sie mit Izobel einzog, hatte ebenfalls kein Problem dargestellt.

Hayden war übrigens entgegen ersten Erwartungen schon nach drei Monaten wieder nach Hause gereist – nämlich um Thanksgiving in Buffalo zu verbringen und mich ihrer Familie vorzustellen. Denn natürlich hatte ich sie begleitet.

Scheiße, war ich nervös gewesen – jedoch völlig unbegründet. Ihre Eltern hatten mich sofort herzlich willkommen geheißen, und Jackson, der sich mir gegenüber anfangs noch reserviert gezeigt hatte, war nach und nach aufgetaut. Hayden hatte gemeint, er habe nach dem Drama mit Davis Angst gehabt, ich könnte es mit ihr nicht ernst meinen und sie ebenfalls enttäuschen und verletzen. Aber nachdem er gemerkt hatte, wie sehr ich Hayden liebte, hatten wir uns richtig gut verstanden. Wir hatten vereinbart, dass er uns im Sommer in London besuchen kam, und ich war mir jetzt schon sicher, dass wir gemeinsam mit ihm eine großartige Zeit verbringen würden.

»Beeil dich, du willst doch nicht zu spät kommen!« Amüsiert lehnte Hayden neben der Wohnungstür, ihre Handtasche am Unterarm und den flauschigen Mantel auf ihren nackten Schultern.

»Auf keinen Fall! Die Jungs würden mir den Kopf abreißen«, sagte ich, streichelte noch einmal Izobels Rücken und folgte Hayden schließlich aus der Wohnung. »Von Nora ganz zu schweigen.«

Doch so, wie ich Hayden kannte, würde sie es erst gar nicht so weit kommen lassen …

Sie war mir in unglaublich vielen Dingen ein Vorbild geworden, sodass ich nur noch mehr Liebe und Respekt für diese Frau empfand.

Ihren Online-Koch-Channel hatte sie innerhalb weniger Wochen gestartet und bereits vor unserer Reise nach Buffalo die ersten Videos online gestellt. Schon im Vorfeld hatte sie regelmäßig TikToks hochgeladen und von ihrer Leidenschaft für veganes Essen erzählt. Diese waren auf den Punkt gebracht und so gut und ansprechend gestaltet, dass sie binnen kürzester Zeit über achtzigtausend Follower generiert hatte. Bereits ihr erstes Kochvideo war viral gegangen. Und seit sie zwei Videos pro Woche hochlud, wuchs auch ihre Abonnentenzahl auf YouTube beständig, was sie zum neuen Stern am veganen Online-Kochhimmel machte.

Von Davis hatte sie zum Glück nichts mehr gehört – zumindest nichts, was besorgniserregend gewesen wäre. Die Kommunikation zwischen den beiden fand ausschließlich über ihre Anwälte statt, und manchmal saßen Hayden und ich abends beisammen und redeten darüber, wie alles gelaufen war. Ich hatte den Eindruck, sie hatte nach wie vor nicht verkraftet, wie er sie behandelt und sich mir gegenüber aufgeführt hatte.

Auch von Lainey war nichts mehr gekommen. Vielleicht hatte sie eingesehen, dass ihr letzter Zug absolut unter die Gürtellinie gegangen und ihr Interview nichts als ein heißes Lüftchen gewesen war.

Zwar merkte ich Hayden an, dass sie, wann immer wir über Lainey sprachen, nach wie vor etwas geknickt war. Bestimmt hatte sie sich von Herzen ein anderes Ende gewünscht. Aber wenn ich ehrlich war, war ich erleichtert, dass sie mit ihrer leiblichen Mutter keinen Kontakt mehr hatte. Auf Dauer hätte es Hayden sicher zu stark belastet – ich wusste immerhin, wovon ich sprach. Was nicht bedeutete, dass ich nicht für Hayden da sein würde, sollte sich Lainey noch einmal bei ihr melden und sie um Hilfe bitten, wenn sie ernsthaft einen Entzug in Erwägung zog. Allerdings vermutete ich, dass sie in ihrem aktuellen Zustand weit davon entfernt war.

Ich jedoch hatte aus Haydens Erfahrungen in diesen Punkten gelernt und mich auf Brandons Versöhnungsversuch eingelassen. An Dads Geburtstag hatte Hayden mich zu meiner Familie begleitet. Brandon und Fiona waren ebenfalls eingeladen gewesen.

Zwar hatte es sich zunächst seltsam steif und gezwungen angefühlt, aber ich hatte gemerkt, dass bei diesem Aufeinandertreffen meine ersten Mauern gefallen waren. Danach hatten wir noch zweimal telefoniert, und obwohl ich nie wirklich wusste, was ich mit ihm reden sollte, tat es gut, ab und an seine Stimme zu hören.

Am meisten jedoch hatte es mich berührt, als er mir gesagt hatte, dass er sich die Übertragung der *BRIT Awards* anschauen würde und dass er unheimlich stolz war, mich dort zu sehen.

Vielleicht deshalb war ich doppelt nervös. Dass meine Schwestern und mein Dad alles von zu Hause aus verfolgten, war schon aufwühlend genug. Aber aus irgendeinem seltsamen Antrieb heraus wollte ich in erster Linie Brandon einen Grund geben, besonders stolz auf mich zu sein. Dabei lag das nicht einmal in meiner Hand. Zumindest nicht heute Abend. Wer die Sieger waren, stand bereits fest. Wir konnten nur hingehen, einen bombastischen Auftritt abliefern und uns verflucht fest die Daumen drücken, dass wir in einer der vier Kategorien überzeugt hatten. Wobei ich mir das bei der großen Konkurrenz kaum vorstellen konnte.

Als ich mit Hayden an der Straße ankam, griff sie nach meiner schweißnassen Hand und drückte sie sanft.

»Hey, ihr werdet die Veranstaltung heute Abend rocken. Ich bin für dich da.«

»Danke.« Das wusste ich. Hayden würde später bei uns am Tisch sitzen, genau wie Tessa und Nora. Sie würde mit mir lachen und tanzen, wenn wir einen Award abräumten, und sie würde mich halten, sollten wir mit leeren Händen ausgehen – ihre Worte, und ich war mir sicher, dass sie diese auch genau so meinte. Wobei ich nicht glaubte, dass der heutige Abend mich enttäuschte. Wir waren bei den *BRIT Awards* nominiert, und, verflucht, allein das war bereits besser als alles, was wir uns je erträumt hatten.

Endlich hielt die Stretchlimo vor uns, in der bereits Spencer, Lex, Tessa und Nora saßen. Ich ließ Hayden den Vortritt, die sich sofort zu Tessa setzte, und rutschte neben sie. Die beiden würden später gemeinsam mit Nora *The O2* betreten, während ich mich mit Lex, Spencer und Theo den vielen Kameras und Reportern am roten Teppich stellen würde.

Der Chauffeur fuhr an, und ich merkte, dass meine Freunde ebenfalls gewaltig angespannt und zugleich überdreht waren. Schon seit Tagen waren unsere Nerven zum Zerreißen gespannt, und es verging gefühlt nicht eine Stunde, in der wir nicht über die diesjährige Verleihung diskutierten, die Konkurrenz abcheckten und analysierten und unsere Chancen ausrechneten. Chancen, die vermutlich geringer waren, als wir sie uns eingestehen wollten.

Unser letzter Stopp war der bei Theo, dessen Wohnung direkt an der Themse lag.

Als wir hielten, stand er bereits an der Straße, die Hände in den Hosentaschen vergraben. Was auf den ersten Blick lässig wirkte, sollte sein blasses Gesicht vertuschen, das mir auffiel, bevor er einstieg.

»Alles okay?«, raunte ich ihm zu, als er sich mir gegenüber hinsetzte.

»Sicher«, war seine knappe Antwort, doch mir war der schnelle Blick zu Nora nicht entgangen. »Ich bin nur nervös«, murmelte er, als Spencer etwas zu ihr sagte.

»Nun, da wir komplett sind und noch gute fünfzehn Minuten Fahrtzeit vor uns haben, wollte ich auf uns anstoßen.« Lex unterbrach damit alle Gespräche und holte gleichzeitig einen Champagner aus der Minibar.

Nora war wohl eingeweiht, denn sie teilte Gläser an uns aus, während Lex die Flasche mit einem lauten Plopp öffnete. Es schäumte leicht, und Tessa tat ihr Bestes, den Alkohol mit ihrem Champagnerglas aufzufangen.

Als kurz darauf alle versorgt waren und der Chauffeur die Stretchlimo weiter durch den Londoner Verkehr manövrierte, erhob Lex sein Glas. »Zuallererst wollte ich erwähnen: Nora, danke, dass du dich unserer angenommen hast. Du machst einen großartigen Job, und ich glaube, ich spreche im Namen aller, wenn ich sage, dass wir heilfroh sind, dass du unsere Managerin geworden bist.« Wir applaudierten, und Nora, die glatt ein bisschen rot um die Nasenspitze wurde, deutete eine kleine Verbeugung an.

»Danke, Jungs, es ist mir eine Ehre, von euch ausgewählt worden zu sein und euch nun zu managen. Noch schöner ist, dass ich euch heute zu den *BRIT Awards* begleiten darf. Ich bin unglaublich stolz auf euch.«

»Da hast du mir eben die perfekte Überleitung geliefert«, meinte Lex, was uns alle amüsierte. »Leute, ich kann nicht in Worte fassen, *wie* stolz ich auf uns bin. Ich meine, wir fahren gerade zu den *BRIT Awards.* Das sind die Oscars oder der BAFTA der Musikbranche und wir sind nominiert. Allein diese Tatsache ist ...« Er verstummte und wischte sich mit Daumen und Zeigefinger über die Augen. »Scheiße, Leute ... Danke, dass ihr mit mir so grandiose Musik macht.«

Jubelnd prosteten wir uns alle zu.

»Eines wollte ich noch sagen«, durchbrach er unsere Partystimmung. »Egal, was heute Abend passiert – ob wir mit einem Award die Veranstaltung verlassen oder ob wir einfach eine bombenmäßige Bühnenshow liefern –, ich liebe euch.«

Wir johlten und lachten und tranken, bis mein Blick auf Hayden fiel. Sie strahlte mich an, und in dem Moment wurde mir klar, dass ich mit ihr bereits alles in meinem Leben hatte, was ich brauchte, um glücklich zu sein.

Danksagung

Als ich die ersten Ideen zu diesem Band notiert habe, war unter anderem auch schon eine grobe Vorstellung für den Arbeitstitel vorhanden. *Everything I Feel For You* war meiner Meinung nach ein gutes Pendant zu *Everything I Hate About You,* und dass beide Titel vom Verlag übernommen wurden, hat mich riesig gefreut.

Dass die Geschichte von Hayden und Richie jedoch wirklich mit so vielen Gefühlen verbunden sein würde, habe ich zu dem Zeitpunkt noch nicht geahnt. Ich hoffe, du hast während des Lesens kein Schleudertrauma erlitten und die Achterbahnfahrt der Emotionen gut überstanden.

Ein großes Dankeschön geht an meine Testpilotinnen Andra und Anne Jaeckel, Laura-Jane Köhler, Katrin Schreyer und Franzi Schuster, die diese Geschichte schon in ihrer allerersten Rohfassung geliebt haben, was mich unglaublich glücklich macht.

Danke auch an meinen Kollegen Patrick Peters für den kleinen Unterricht in Musikkunde und die vielen hilfreichen Tipps und Links – und die schönen Gespräche über Musik und das Schreiben.

Ohne das Co-Working mit meinen lieben Kolleginnen Emily Key und Anya Omah wäre dieser Roman vermutlich nicht pünktlich fertig geworden. Danke für eure Motivation, das frühe Aufstehen mit mir und die Videoschreibsessions, in denen ich mich nicht traue, mich ablenken zu lassen 😂.

Ganz besonders möchte ich mich bei meiner lieben Kollegin Mona Kasten bedanken. Du bist mir bereits so viele

Jahre Freundin und Vorbild zugleich, und ich schätze unseren Austausch sehr. Danke, dass du so schöne Worte für Haydens und Richies Geschichte gefunden hast und dass die beiden einen Platz in deinem Herzen bekommen haben.

Danke an meine Lektorin Caroline Dau und den gesamten Piper-Verlag – dafür, dass du sofort von der Idee begeistert warst, nach Lex auch die drei anderen Bandmitglieder ihre Story erzählen zu lassen. Und dafür, dass ihr meinen *Mighty Bastards* ein so schönes Zuhause geschenkt habt.

Vielen Dank auch an Carsten Polzin, den besten Agenten, den ich mir wünschen könnte – dafür, dass du mich in allen Belangen unterstützt und immer an mich und meine Geschichten glaubst.

Liebste Jil Aimée Bayer, ich danke dir von Herzen, dass du mit mir gemeinsam als Zweitlektorin am Text gearbeitet hast und ich dieser Geschichte dank deiner Hilfe den perfekten Feinschliff verpassen konnte.

Danke an alle, die im Hintergrund dafür sorgen, dass meine Bücher gesehen werden – seien es Blogger:innen und/oder Buchhändler:innen. Ohne euch würden viele um diese Geschichte kommen – und das wäre doch wirklich schade.

Mein größter Dank geht jedoch an dich. Dafür, dass du Haydens und Richies Lovestory gelesen hast und für deine Liebe für die *Mighty Bastards.* Ich hoffe, dass du der Band auch weiterhin treu bleibst und nun mindestens so gespannt wie ich auf Theos Geschichte bist 🤭.

Wenn du mich unterstützen möchtest, erzähle gern weiter, wie dir das Buch gefallen hat. Schreibe eine Rezension dazu – die muss nicht lang sein, ein paar Zeilen genügen – und teile sie auf Social Media und/oder in den Onlineshops.

Für mehr Informationen über mich und mein Autorinnendasein folge mir gerne auf meinen Social-Media-Plattformen und abonniere meinen Newsletter:

Website: www.sarahsaxx.com
Instagram: @sarahsaxx
TikTok: @sarah_saxx
Facebook: www.facebook.com/Sarah.Saxx.Autorin/
Newsletter: www.sarahsaxx.com/newsletter

Content Notes

In diesem Buch werden Themen behandelt, die triggernd wirken können. Folgende Aufzählung kann den Verlauf des Buches spoilern, erhebt aber keinen Anspruch auf Vollständigkeit.

Belästigung/Privatsphärenmissbrauch
Adoption
Stalking
Übersteigerte Eifersucht
Drogenmissbrauch
Zerrüttete Familienverhältnisse
Gewalt
Abhängigkeit
Wochenbettdepression

Wenn dein One-Night-Stand deinen Songtext klaut

Coverabbildungen vorbehalten

Sarah Saxx
Everything I Hate About You
Roman

everlove, 352 Seiten
ISBN 978-3-492-06518-4

Als Tessa den Song der Shootingstars Mighty Bastards im Radio hört, kommt er ihr erstaunlich bekannt vor – denn sie hat den Text geschrieben. Er stand in ihrem Notizbuch, das sie nach einer heißen Nacht mit dem attraktiven Alexander im Hotelzimmer vergessen hat. Dass dieser sich nun nicht nur als Sänger, sondern auch als Songwriter feiern lässt, macht sie wütend. Um Alexander mit seinem Diebstahl zu konfrontieren, bewirbt Tessa sich als Tourbusfahrerin der Band. Doch dann machen ihr ihre Gefühle einen Strich durch die Rechnung …

everlove by PIPER

Leseproben, E-Books und mehr unter www.everlove-verlag.de

Bad Boy oder Good Guy: Wem gehört dein Herz?

Coverabbildungen vorbehalten

Meagan Brandy

Say You Swear

Roman

Aus dem amerikanischen Englisch
von Anne Morgenrau
everlove, 544 Seiten
ISBN 978-3-492-06560-3

Seit Jahren ist Ari heimlich verliebt in Chase, den besten Freund ihres Bruders. Im Sommer ihres Highschool-Abschlusses kommt sie ihm endlich näher, doch nach einer gemeinsamen Nacht bricht Chase ihr das Herz. Auf dem College lernt Ari Noah kennen, den Kapitän des Footballteams, der keine Angst davor hat, ihr seine Gefühle zu offenbaren. Sie beginnt zu hoffen, dass sie sich neu verlieben kann. Doch man sagt, die erste Liebe vergisst man nicht. Und als Chase begreift, dass es ein Fehler war, Ari abzuweisen, steht sie plötzlich zwischen zwei Männern und ihren widersprüchlichen Gefühlen …

everlove by PIPER

Leseproben, E-Books und mehr unter www.everlove-verlag.de